Tempo e espaço
na cultura japonesa

Shuichi Kato

Tempo e espaço
na cultura japonesa

Tradução
Neide Nagae e Fernando Chamas

Estação Liberdade

Título original: *Nihon bunka ni okeru jikan to kūkan*
Copyright © 2007 Yuichiro Motomura
Edição original japonesa por Iwanami Shoten, Publishers, Tóquio, 2007
Copyright © Editora Estação Liberdade, 2011, para esta tradução

Preparação de texto	Nair Hitomi Kayo
Revisão	Túlio Kawata e Huendel Viana
Equipe editorial	Fábio Bonillo, Luciana Araujo, Paula Nogueira e Tomoe Moroizumi
Título em caligrafia sho	Hisae Sagara
Composição	B.D. Miranda
Capa	Midori Hatanaka
Ilustração da capa	Katsushika Hokusai, *Queda d'água de Amida na estrada de Kisō* (c. 1831)
Editores	Angel Bojadsen e Edilberto F. Verza

CIP-BRASIL – CATALOGAÇÃO NA FONTE
Sindicato Nacional dos Editores de Livros, RJ

K31t

Kato, Shuichi, 1919-2008

Tempo e espaço na cultura japonesa / Shuichi Kato ; tradução Neide Nagae e Fernando Chamas. – São Paulo : Estação Liberdade, 2012
288 p. : 21 cm

Tradução de: Nihon bunka ni okeru jikan to kūkan

ISBN 978-85-7448-202-6

1. Japão – Civilização – Filosofia. 2. Espaço e tempo. 3. Espaço e tempo na literatura. I. Título

11-5855.   CDD: 962
   CDU: 94(52)

JAPANFOUNDATION
A EDIÇÃO DESTA OBRA CONTOU COM SUBSÍDIO DO PROGRAMA
DE APOIO À TRADUÇÃO E PUBLICAÇÃO DA FUNDAÇÃO JAPÃO.

Todos os direitos reservados à

Editora Estação Liberdade Ltda.
Rua Dona Elisa, 116 | 01155-030 | São Paulo-SP
Tel.: (11) 3661 2881 | Fax: (11) 3825 4239
www.estacaoliberdade.com.br

日本文化に於ける時間と空間

Sumário

Nota dos tradutores   13
Introdução   15

PARTE I
O TEMPO

1 – Os tipos de tempo   29
   O tempo judaico   29
   O tempo na Grécia Antiga   33
   O tempo na China Antiga   36
   O tempo segundo o budismo   39
   O tempo no Kojiki   43
   Os três tempos na cultura japonesa   47

2 – As diversas expressões do tempo   54
   As características da língua japonesa   54
      A ordem das palavras   54
      O tempo verbal   62

   A literatura japonesa   70
      O estilo das narrativas   70
      A forma do poema lírico   84
      O "agora = aqui" do *renga*   91
      O tempo do *haiku*   97
      Peculiaridades do *zuihitsu*   104

A arte e o tempo   106
    A música do "timbre" e da "pausa"   106
    A expressão corporal   111
    O tempo na pintura   114

3 – Estilos de ação   122
    Da união xintoísmo-budismo à descrença   122
    A submissão total à maioria e sua interiorização   132

PARTE II
O ESPAÇO

1 – Os tipos de espaço   151
    O espaço das civilizações europeias   151
    O espaço da civilização chinesa e o mundo do leste asiático   156
    A percepção de espaço na mitologia do começo dos tempos   163
    O espaço fechado   168
    Dentro e fora dos mura   171
    As regiões distantes e os mura   178
    As três características do espaço   187

2 – As diversas manifestações do espaço   197
    O espaço arquitetônico   197
        O espaço da sala de chá   197
        Propensão à horizontalidade   202
        A estética da assimetria   206

    O espaço na pintura   218
        O espaço aberto e fechado e a pintura   218
        A tendência para o subjetivismo   226

3 – Estilos de ação   231
   As relações internacionais que se abrem e se fecham   231
   Abertura e fechamento das comunidades e o seu coletivismo   239

PARTE III
A CULTURA DO "AGORA = AQUI"

1 – A parte do todo   247

2 – Evasão e superação   253
   Sobre o desejo de fuga   253
   A fuga do "agora"   257
   A fuga do "aqui"   261
   A escolha do exílio   263
   O desprendimento do tempo e do espaço   269

Epílogo   277

Nota dos tradutores

Para a transliteração das palavras japonesas, usou-se o sistema Hepburn, inclusive para antropônimos e topônimos. Para antropônimos japoneses, seguiu-se a ordem sobrenome e nome, com exceção do nome do autor, que seria Katō Shūichi.

Quando necessários, foram inseridos os caracteres em japonês, sempre acompanhados de sua leitura transliterada e respectiva tradução. Muitas das obras citadas neste livro não foram traduzidas para o português; assim, a tradução que acompanha os títulos dessas obras consta apenas para esclarecer o leitor.

As palavras mantidas no original devem ser consideradas empréstimos. Como a língua japonesa não possui gênero e número, seguiu-se como critério o gênero masculino, por expressar o que é mais geral, e a concordância acompanhará o contexto.

Para a transliteração das palavras chinesas, usou-se o Sistema Hànyǔ Pīnyīn, seguindo orientações do professor Sylvio Roque de Guimarães Horta, do curso de Chinês da Faculdade de Filosofia, Letras e Ciências Humanas da Universidade de São Paulo.

A obra original japonesa possui notas de final de capítulo do próprio autor, as quais, nesta tradução, foram deslocadas para o pé da página, devidamente identificadas com [N.A.], assim como as notas dos tradutores, marcadas com [N.T.].

Em algumas notas de rodapé, o autor cita trechos de autores estrangeiros que lhe serviram de base, na sua respectiva língua. Nesses casos, a tradução desses trechos para o português seguiu a citação em japonês feita pelo autor.

Os tradutores tomaram a liberdade de colocar, no próprio texto, muitas datas de acontecimentos, de nascimento e morte de personagens históricos, assim como significados imediatos de alguns termos japoneses para os quais foram consideradas desnecessárias notas de tradução. No final da presente edição, há duas tabelas indicando a correspondente data no calendário gregoriano dos períodos japoneses e chineses.

Introdução

Viver no "agora = aqui"

"Deixe a água levar o passado"[1], diz um provérbio japonês. Trata-se de uma recomendação: esqueça logo uma polêmica que ficou para trás, ou seja, não fique remoendo um erro. Agir dessa maneira em relação às atividades realizadas no presente é mais vantajoso para um indivíduo ou para um grupo. Por um lado, significa que nenhum deles necessita assumir responsabilidades pelas ações do passado. Isso depende, sem dúvida, das proporções assumidas pelo fato em questão, e em qualquer cultura há um limite para a cobrança de responsabilidades passadas. Não é apenas no Japão, por exemplo, que as penas criminais prescrevem. Porém, especialmente na sociedade japonesa, pode-se dizer que é notável a tendência à idealização de algo para se viver o presente em paz sem a menor preocupação com o passado. Conforme a natureza da discórdia, é mais conveniente e prático "enterrar o passado" e fazer as pazes que resolver uma disputa nos tribunais. Porém, na Segunda Guerra Mundial, por exemplo, como se apontou diversas vezes, enquanto a sociedade alemã não procurou enterrar os campos de concentração (Auschwitz), a sociedade japonesa, por sua vez, tentou fazê-lo com o Massacre de Nánjīng (1937). Como se sabe, a relação de confiança entre a França e a Alemanha foi "restabelecida", mas o mesmo não ocorreu entre o povo japonês e o chinês.

Sobre o futuro, diz-se que "amanhã, outros ventos soprarão". Possivelmente também há duas possibilidades de entendimento dessa

---

1. Em português, equivale à expressão "enterrar o passado". [N.T.]

frase. Uma delas é a de que as circunstâncias do futuro são imprevisíveis. Por isso, é melhor dirigir a atenção para o momento em que se vive hoje em vez de se preocupar com o dia seguinte. A outra é a de que, mesmo sem saber em que direção o vento soprará, alguma atitude condizente será tomada. Esta última demonstra a ênfase no presente e a capacidade de adaptação às contingências. Também inclui a ausência de princípios ou de valores que vão além da mudança de conjuntura. Por exemplo, como ficou evidente no grande terremoto que atingiu a região das cidades de Kōbe e Ōsaka[2], se, de um lado, a prevenção em relação a um futuro grande terremoto foi precária, de outro, os habitantes reagiram rápida e tranquilamente em relação ao terremoto ocorrido. Após a Segunda Guerra Mundial, o interesse maior do Japão concentrou-se nas atividades circunscritas ao presente e não se voltou para possíveis mudanças futuras. As rápidas mudanças na situação internacional — tais como a ocupação militar do Japão pelos americanos após o fim da guerra, a aproximação entre os Estados Unidos e a China, e a elevação do custo do petróleo — ocorreram todas por forças externas e, visto que não eram esperadas em absoluto, foram um "choque", mas a reação a elas foi ágil e eficiente. Seja para uma pessoa ou para um país, o futuro é uma incógnita. Portanto, pode haver muitos projetos de longo prazo que fracassam. Mas há uma diferença entre o fracasso e a inexistência de um projeto de longo prazo.

Em todos os níveis da sociedade japonesa, há uma forte tendência de se viver o presente, deixando o passado ser levado pelas águas e confiando o futuro à direção do vento. O sentido dos acontecimentos do presente se define por si mesmo, independentemente da relação entre a história passada e a finalidade futura.

Os acontecimentos ocorrem no espaço de vida de uma determinada pessoa, ou seja, no interior de um grupo específico. No Japão,

---

2. Terremoto de grandes proporções (7.3) que assolou a região sul da província de Hyōgo no dia 17 de janeiro de 1995, e resultou em 6.434 mortos, três desaparecidos e 43.792 feridos (dados de 2005 do Departamento Japonês da Defesa Civil). [N.T.]

INTRODUÇÃO

um grupo típico durante um longo período foi a comunidade da família[3] ou do *mura*[4] ("vila"), mas, seja qual for o caso, a fronteira entre os grupos é clara e as posturas em relação aos membros do grupo ("os de dentro") e aos estrangeiros ("os de fora") são contrastantes. Em outras palavras, "fortuna fica, e ogro sai". Certamente, é desejo geral que "a fortuna permaneça dentro", mas não se pode afirmar necessariamente que se deseja "deixar o ogro fora". Nem sempre "os de fora" são ogros. Por exemplo, a sociedade citadina geralmente se concretiza tendo como pressuposto que os estrangeiros às famílias, aos *mura* ou aos pequenos grupos empresariais não são ogros.

Provavelmente, a questão que está por trás do "ogro fora" provenha de um forte senso de integração de grupo. Como o grupo constitui o espaço da vida cotidiana, o forte senso de integração de grupo pode significar para a pessoa envolvida que o mundo é aquele lugar em que ele vive = "o aqui". O "ogro" vive fora desse mundo (num mundo distinto). Em outras palavras, a parte externa do grupo não é considerada um prolongamento da parte interna; é compreendida como um espaço regido por outro sistema de valores, heterogêneo ao da parte interna. O interesse concentra-se na parte interna do grupo, ou seja, no "aqui", e raramente alcança a parte externa ou outros lugares. Por exemplo, a razão da existência da típica veneração pelos antepassados no dia de Finados[5]

---

3. No original, *kazoku*, que significa família. Atualmente, a chamada família nuclear é composta pelo casal e filhos, mas, nesse contexto, seria aquela constituída pelos pais e irmãos do casal. [N.T.]

4. O autor grafa *mura* em katakana (ムラ), silabário usado, entre outros empregos, para nomes comuns e próprios de origem estrangeira, principalmente ocidental, não utilizando o ideograma 村. Optamos por manter a palavra japonesa, dadas as características que o autor lhe atribui e que não correspondem exatamente a "vila", "vilarejos" ou similares. [N.T.]

5. No original, お盆, *obon*. A rigor, 盂蘭盆, *urabon*, *ullambana*. No dia 15 de julho do calendário lunar, ou em outros dias, 20, 24 ou 27, de acordo com a região, oferecem-se iguarias aos antepassados e também aos espíritos famintos para proporcionar-lhes a salvação dos sofrimentos. Nesse dia, também é costume visitar os túmulos e realizar ofícios religiosos pela felicidade dos que se foram. Na noite do dia 13, acende-se a fogueira de recepção, e, no dia 16, a fogueira de despedida. [N.T.]

provavelmente não se deve a um interesse em relação ao espírito dos antepassados que estariam em outro mundo, mas a um interesse para com um acontecimento do "aqui" e para com os espíritos que voltam para "cá" todos os anos.

Naturalmente, tal característica é comum a muitas sociedades tradicionais; não é exclusividade do senso comum nem do costume das famílias e dos *mura* japoneses. A peculiaridade da sociedade nipônica reside no fato de que, até mesmo depois que a industrialização dissolveu as famílias e os *mura* tradicionais, parte daquele senso ou costume produzido dentro deles foi herdado por grupos e organizações que não compartilhavam do mesmo padrão e sobreviveram com o mesmo formato ao longo do tempo. Esse fato é notável pela ênfase no grupo a que se pertence = "o aqui". As empresas são um caso típico. Quando grandes, tal legado pode estar presente num grupo pequeno existente na empresa. No interior de um pequeno grupo, a pressão para uma adaptação à maioria (conformismo) é forte e isso dificulta o contato humano com o mundo exterior.

Assim, no Japão, é notório o quanto as pessoas vivem "o agora = o aqui". Nesse cenário pode-se ter uma visão de mundo que concentra o tempo no "agora" e o espaço no "aqui". A visão de mundo difere segundo a cultura. Em outras palavras, a postura em relação ao tempo e ao espaço, a imagem e a ideia que se tem deles, por exemplo, não são universais, não ultrapassam as diferenças culturais e, com certeza, seguem um padrão próprio de cada cultura. Por exemplo, as concepções de tempo histórico do mundo judaico-cristão têm diferenças extremas com o modo de pensar tradicional japonês e, se as compararmos culturalmente, isso pode ser muito útil para esclarecer o caso do Japão. Porém, antes de discutirmos o tempo na Parte I e o espaço na Parte II, é conveniente esclarecer sucintamente os domínios conceptuais dessa comparação.

INTRODUÇÃO

Enquadramento conceitual

Para discernir dois acontecimentos enquanto tais é preciso, geralmente, reconhecer a distância existente entre eles. Se essa distância é temporal, espacial, espaço-temporal ou nada disso (distância zero).

Vivenciar uma distância temporal dentro de um mesmo espaço é viável para um "aldeão" que não sai de seu *mura*. Dois acontecimentos organizam-se numa ordem temporal e são percebidos como fatos históricos do *mura* (experiência diacrônica).

Perceber uma distância espacial num mesmo intervalo de tempo é uma experiência viável a um "aldeão" que faz contato com um estrangeiro que mora num lugar distinto do seu. Ele pode conhecer a cultura (experiência sincrônica) de um estrangeiro (cultura estrangeira).

A sobreposição de uma distância temporal e espacial aparece na experiência do viajante. Ulisses, em certo momento, escuta o canto das sereias e, depois, volta à terra natal e reencontra Penélope, sua esposa. A experiência dele com as sereias e seu reencontro com Penélope ocorrem em tempos e locais distintos. Os dois acontecimentos estão separados por uma distância temporal e espacial, até porque essas são as condições da viagem. Enquanto está no mar, Ulisses não tem como saber o que está acontecendo naquele exato momento em sua terra natal. Quando retorna, ouve os depoimentos, reúne os dados e reorganiza ele mesmo os acontecimentos históricos — o que é uma operação consciente em alto grau — e, ao estabelecer relações com esse passado, compreende o significado da situação, isto é, a dominação de seu palácio pela aristocracia.

A viagem também pode ser coletiva. No Êxodo, o povo judeu, em seu processo de deslocamento, questiona o significado dos fatos em hora e lugar determinados sempre em relação ao ponto de partida (Egito) e ao de chegada (Israel) da viagem.

Se não houver o reconhecimento da distância, seja ela temporal ou espacial, não seriam dois acontecimentos, mas um. Dois acontecimentos não ocorrem num mesmo lugar simultaneamente. O mundo do "agora = aqui" é uma vivência cotidiana de colegas de um grupo, e, nele, a distância entre o eu e o outro é minimizada.

O tempo é experimentado como duração e direção, e é possível comparar a medida da duração. Por exemplo, pode-se dizer "uma tarde de primavera é um instante" e "a vida é curta". Também é possível calculá-lo por meio da observação de um fenômeno cíclico. Um dos fenômenos cíclicos do corpo humano é a pulsação, e entre os fenômenos naturais extracorpóreos podem-se citar o revezamento do dia com a noite, as fases da Lua e o movimento de um pêndulo. Quanto mais precisa for a regularidade do fenômeno, mais precisa se torna a aferição. É do conhecimento público que a medição precisa do tempo é algo intimamente relacionado com o desenvolvimento das ciências naturais, mas aqui não me aterei a esses pormenores. O que está em questão aqui é o tempo que foi vivido diariamente e que é, portanto, o (a consciência do) tempo histórico.

A natureza direcional do tempo é uma relação entre o antes e o depois dos acontecimentos, e, se projetarmos isso no espaço, podemos visualizar uma linha reta com uma direção. Sobre o tempo histórico, particularmente, há quatro formas de linha do tempo: uma linha com ambas as extremidades fechadas, que corresponde a um tempo limitado com começo e fim; uma linha com uma das extremidades fechada e a outra aberta em direção ao infinito, que faz contraponto com a história que tem começo, mas não tem fim; uma linha infinita que se fecha em um ponto, que se contrapõe à história sem começo, mas com um fim; e uma linha reta, que se prolonga infinitamente em ambas as direções, uma história sem começo nem fim. Esse tempo ilimitado pode até mesmo ser expresso por uma circunferência, sucedendo-se sem fim numa direção determinada, como os ponteiros de um relógio. A diferença entre um tempo cíclico e um tempo linear é que o primeiro volta para a posição inicial, formando um círculo, e os mesmos acontecimentos se repetem. Ou seja, "o eterno retorno". Em uma sociedade agrícola de uma região com quatro estações bem distintas — que é o caso do arquipélago japonês —, o ciclo das quatro estações pode tornar-se um protótipo essencial do curso do tempo, ainda mais no cotidiano. "Se o inverno está chegando, a primavera não está distante." Se transferirmos isso para o processo histórico, ficaria "até as pessoas que se vangloriam não permanecerão para sempre". Como as quatro estações que se sucedem, pode-se pensar que as vicissitudes históricas da vida também se sucedem (uma visão histórica cíclica).

O espaço é captado pelos sentidos principalmente como comprimento (uma dimensão) ou como largura (duas dimensões ou três). Em geral, medir o comprimento espacial é mais simples do que medir a duração do tempo. Não é necessário detectar o fenômeno cíclico, basta adotar como unidade a distância desejada entre dois pontos. Por exemplo, o intervalo de uma passada. Para obter mais exatidão, é possível tomar como unidade a distância entre as extremidades de uma vara ou régua de madeira ou de metal próxima a uma linha reta. Indo além dessa precisão, há que se considerar a temperatura e outros fatores externos que influenciam no comprimento da vara. Se pudermos colocar essa vara ou régua no alvo, é possível conhecer o seu comprimento aproximado. Porém, aqui, na medição do comprimento assim como na medição do tempo, também não há necessidade de nos envolvermos em demasia numa medição material.

Para comparar e examinar as expressões de espaço aceitas condicionalmente segundo a cultura, um conceito importante é o limite dos espaços de convivência (por exemplo, de um *mura* até uma nação). Em momentos precisos, tanto racional como psicologicamente, as fronteiras mostram que o espaço interno e o externo (nessa sociedade ou cultura) são heterogêneos. Também é notável a distinção que se faz entre os que são do grupo e os que não são, e é raro os de fora atravessarem a fronteira e se tornarem membros do interior de uma comunidade. Nos casos em que as fronteiras não são precisas ou não tendem ao fechamento, a heterogeneidade dos espaços interno e externo não se destaca, e também a comunicação entre os de fora e os de dentro é comparativamente fácil, apresentando uma grande fluidez dos membros. Resumindo, podemos dizer, metaforicamente, que há uma fronteira aberta e uma fronteira fechada.

O espaço da parte interna da fronteira estrutura-se tanto material como socialmente. A estruturação, sobretudo, vai se alinhando tanto no sentido vertical como no horizontal. É claro que há casos em que os eixos se entrelaçam de modo complexo. Na estruturação dos espaços urbanos, arquitetônicos, etc., essa simetria esquerda/direita e a assimetria são importantes. A simetria diz respeito ao todo do espaço dado e não à natureza das partes. Portanto, nesse contexto, as diferenças entre as estruturas simétricas e assimétricas podem sugerir também as diferentes atitudes do planejador sobre a relação entre o todo e as partes.

O espaço da parte de fora da fronteira não é necessariamente uniforme. Visto do lado de dentro, a parte exterior possui o que é próximo e o que é distante. A parte externa próxima, ou seja, a vizinhança, é, por exemplo, o *mura* vizinho. Nela, há uma estrutura social igual à do meu *mura*, com a mesma língua, valores e sistema de crenças. No espaço vizinho visto como um prolongamento do espaço da parte interna, pode-se chegar a um entendimento razoável. É possível também pensar que a parte exterior distante é heterogênea em todos os aspectos, e que, desde o início, a possibilidade de um entendimento razoável é nula. Portanto, a atitude dos habitantes do *mura* da parte interna em relação aos vizinhos difere de modo contrastante com a atitude que eles têm para com os visitantes externos e distantes. Conforme iremos discutir em minúcias, a concepção de proximidade e distância com a parte externa é extremamente valiosa para analisar o papel do espaço, sobretudo na sociedade japonesa.

A ORGANIZAÇÃO DESTE LIVRO

Este livro consta de três partes. A Parte I fala do tempo; a II, do espaço; e a III discute a correlação entre tempo e espaço, tratando de alguns assuntos mais marcantes sobre esses dois elementos na cultura japonesa. A primeira e a segunda parte contêm três capítulos cada.

INTRODUÇÃO

No primeiro capítulo das partes I e II, busco o modelo de concepção de tempo (Parte I) e de espaço (Parte II) que caracteriza a cultura japonesa dentro da mitologia antiga e do sistema de crenças, em comparação com o de outras culturas. O modelo original não necessariamente tem origens históricas — almejar esse conhecimento com precisão é difícil —, é um modelo da ideia de uma imagem concreta do tempo-espaço que se mostra coerente em vários domínios da cultura histórica posterior.

Sobre a consciência histórica, o modelo original referido aqui está próximo das "camadas antigas" mencionadas por Maruyama Masao. As "camadas antigas" perduram ao longo de cada período nas camadas mais internas da consciência — a consciência, nesse caso, é a grupal — e fomentam, delimitam e condicionam o desenvolvimento de um pensamento novo, diferente segundo cada período.[6] Porém, o modelo da ideia não é uma concepção substancial como as "camadas antigas", é uma ferramenta conceitual para análise, sem limites no senso histórico, e, de modo geral, uma forma de ver o tempo. Além disso, pode ser ampliado e aplicado a toda e qualquer atitude em relação ao espaço.

No Capítulo 2 das partes I e II, discuto a expressão concreta do modelo original. Já que não é possível abranger todos os domínios culturais, analisarei mais especificamente a história da arte e a da literatura, e, nelas, as obras representativas e de que maneira vêm representando e tratando o tempo e o espaço. Isso não comprova a previsão genérica feita no primeiro capítulo, mas lhe dá sustentação. Ao contrário, mostro o quanto a teoria do primeiro capítulo é eficiente para

---

6. *Rekishi Ishiki no Kosō* (*As "camadas antigas" da consciência histórica*), 1972. *Maruyama Masao Shū Dai Jikkan* (*Coletânea de Maruyama Masao*, v. 10), Iwanami Shoten, 1996, pp. 3-64. Nesse volume, o autor atenta para o fato (a continuidade da mitologia para a história) de que a Era dos *Kami* (mitologia popular), do *Kojiki* (*Registro de fatos antigos*) e do *Nihon Shoki* (*Crônicas do Japão*) é narrada de modo a desembocar naturalmente na Era dos Homens, e aponta que as três "categorias básicas" que perpassam toda a narrativa são *naru* ("ficar"); *tsugi* ("em seguida/sucessão"); *ikioi* ("impulso"). A "base" é, em outras palavras, "as camadas antigas". [N.A.]

analisar e compreender de modo concreto o fenômeno cultural. Provavelmente, o objetivo da explanação será atender a tais questões.

Em suma, cada primeiro capítulo discute o tempo-espaço em algumas visões de mundo e, cada segundo capítulo, sua expressão na arte e na literatura. No último capítulo, novamente, são dados alguns exemplos característicos de como a atitude em relação ao tempo ou ao espaço tradicionais influenciou e tende a influenciar o modo de agir das pessoas. Nos primeiros e segundos capítulos das partes I e II serão dados exemplos que correspondem à história anterior à "moderna", e, no terceiro, o período que vai desde o Japão moderno até o atual. As características básicas da cultura japonesa que se expressam de modo típico na arte e na literatura antigas condicionam fortemente o modo de agir individual ou coletivo dos japoneses até hoje em vários domínios, como o da vida diária e da sociedade política. Pode-se dizer que o passado vive no presente.

Na Parte III, trato da relação entre tempo e espaço na cultura japonesa. Em resumo, há uma tendência em valorizar a parte em relação ao todo. A ênfase no "agora" nos permite pensar que há um foco na autonomia (natureza autoconclusiva) da parte em relação ao tempo como um todo. Isso, por conseguinte, pode ser uma consonância com a valorização do "aqui" no espaço, ou, mais ainda, com a atitude que concentra o interesse na qualidade das partes mais do que do todo, para estruturar o aqui = espaço limitado. Essa natureza direcional do processo analítico que não é "do todo às partes" e, sim, "da parte ao todo" é uma característica básica da cultura do "agora = aqui".

É difícil apreender a totalidade do tempo histórico sem começo nem fim. Dentro de um espaço rodeado por fronteiras que distinguem claramente o interior do exterior, são poucas as pessoas que se envolvem com a totalidade do espaço juntando o interno ao externo. Desse modo, uma cultura com pouco interesse pelo todo gera um forte interesse pela parte. E isso se relaciona de modo profundo com a visão de mundo dominante na ilha japonesa antes de receber

INTRODUÇÃO

o impacto da cultura continental[7], especialmente do budismo, e, mesmo depois, com a natureza da "margem de cá", *shigan*[8], da visão de mundo mantida nas camadas mais interiores da consciência coletiva.

A elaboração para ultrapassar e unir o tempo e o espaço dentro da cultura japonesa foi resultado do budismo importado do continente, em especial o misticismo do zen a partir do século XIII. É como resumiu de modo admirável a frase de Daitō Kokushi[9]: "Separar-se por uma eternidade sem se afastar nem por um pequeno intervalo de tempo, estar ligado o dia inteiro sem se encontrar nem por um instante."[10] Teoricamente, como foi exposto em pormenores no *Shōbō Genzō* (*Essência das leis budistas*)[11], o objetivo principal da iluminação, *satori*, é a superação da dualidade (como o eu e o outro; a subjetividade e a objetividade; um e muitos; a existência e o nada; o ser eterno e o nirvana; e a vida e a morte), e a superação da distância temporal ou espacial é uma das faces dessa consciência.

---

7. China e Coreia. [N.T.]
8. No budismo, a margem do lado de cá do rio, em oposição a *higan*, a margem do lado de lá. [N.T.]
9. Nome póstumo pelo qual ficou conhecido Myōchō (1282-1337), monge da escola zen-budista Rinzai do Período Kamakura. Originário da antiga província de Harima, fundou o templo Daitoku, em 1324. [N.T.]
10. No original, 億劫相別れて須臾も離れず、尽日相対して刹那も対せず。 *Okkū aiwakarete shuyu mo hanarezu, jinjitsu sōtaishite setsuna mo taisezu*. [N.T.]
11. Antologia das pregações feitas, entre 1231 e 1253, por Dōgen (1200-53), fundador da escola Soto Zen; é composta por 95 rolos (há outras com 12 e 75). [N.T.]

PARTE I

O TEMPO

1

Os tipos de tempo

O TEMPO JUDAICO

A representação do tempo com um começo e um fim, e do tempo histórico como uma linha reta delimitada (parte de uma linha), com ambas as extremidades fechadas, é característica do mundo judaico-cristão. Nela, o tempo flui sobre uma linha reta que avança do começo para o fim e com uma forte natureza direcional. Essa direção não muda e não retrocede. Todos os acontecimentos dessa linha do tempo ocorrem uma única vez. O Antigo Testamento relata não apenas a mitologia da criação do céu e da terra, mas também do fim do mundo. A história de Israel narrada no Êxodo nada mais é do que o transcorrer de uma viagem a partir do Egito até a chegada à terra prometida. Devido à possibilidade de se pensar, assim, num tempo limitado por um começo e um fim como um todo e vislumbrá-lo é que "Deus mostra a Adão e também a Abraão e a Moisés todo o passado e o futuro, o seu desenrolar e o final desse extenso período".[1]

Essa concepção de tempo é contrastante com a do helenismo. É o tempo judaico e não o grego que originou a consciência histórica da Europa moderna. Como se falará depois, o tempo judaico contrasta de modo incisivo com o tempo japonês em praticamente todos os aspectos e também constitui importante parâmetro para se discutir

---

1. "God shows Adam — but also Abraham and Moses — the entire past and future, the current and the final aeon." Gershom Scholem, *The Messianic Idea in Judaism and Other Essays on Jewish Spirituality*, Nova York, Shocken, 1971, p. 5. [N.A.]

o tempo na cultura japonesa. Michael Walzer diz que o Êxodo[2] sintetiza o pensamento judaico sobre o tempo: "O Êxodo, enquanto história política notavelmente retilínea e progressiva, não apenas dá uma forma contínua ao modo judaico de pensar o tempo, como também serve, em última instância, de 'modelo' até mesmo para uma forma de pensar não judaica."[3]

Nele, os acontecimentos ocorrem uma única vez, e o seu significado não é definido pela relação estabelecida com as condições daquele momento (presente), mas pela sua relação com os acontecimentos do passado e do futuro. "No Êxodo, os acontecimentos históricos ocorrem apenas uma vez, e seu significado tem origem num sistema de relação mútua entre o voltar-se para trás e o olhar para o destino a ser seguido."[4] Consegue-se estruturar um tempo definido. Ou seja, o significado de cada acontecimento (uma parte) é estabelecido na relação com a estrutura do todo. Se o tempo é uma linha reta infinita, é impossível estruturá-la, e o sentido dos acontecimentos em dado momento (atual) parece inconcebível nessa relação com a estrutura do todo. No momento em que se considera que o tempo é uma sucessão cíclica infinita, os mesmos acontecimentos se repetem. A primavera deste ano vem depois do outono do ano passado e antes do outono deste ano. Parece impossível falar sobre a relação do que vem antes com o que vem depois de um acontecimento e tampouco relacionar os acontecimentos atuais aos do passado ou do futuro. Não é apenas sobre a linha reta do tempo com começo e fim que é impossível enterrar o passado e saber em que direção o vento soprará. Tudo converge para um desfecho específico, para uma "Terra Prometida", ou

---

2. Michael Walzer, *Exodus and Revolution*, Nova York, Basic Books, 1985. [N.A.]
3. "A political history with a strong linearity, a strong forward movement, the Exodus gives permanent shore to Jewish conceptions of time, and serves as a model, ultimately, for non conceptions too." Ibidem, p. 12. [N.A.]
4. "In Exodus history events occur only once, and they take on their significance from a system of backward-and forward-booking interconnections [...]". Ibidem, p. 13. [N.A.]

seja, para um objetivo final, e é ele que imprime significado a todos os acontecimentos que ocorrem até se chegar a ele.

Desse modo, é impossível separar a expressão de um tempo que avança sobre uma linha reta, sempre em direção a um momento final, de um conceito de "história como um movimento que caminha para um alvo".[5] "A descrição histórica do povo de Israel não focou o processo histórico nem o conhecimento científico das várias forças contidas nesse processo, e sim a relação entre o alvo histórico e os acontecimentos históricos."[6]

Porém, a irreversibilidade do tempo não se projeta integralmente no processo histórico. A história avança para um destino ou para um objetivo em escala maior de longo prazo e não nos pormenores de curto prazo. Os hebreus que fugiram do Egito repeliram a força militar do faraó que os perseguia utilizando o mar Vermelho. A abertura do mar Vermelho ao meio que os salvou aconteceu apenas uma vez, é impossível ocorrer novamente. Porém, todo tipo de dificuldade estava à espera deles mais adiante na travessia do deserto. Sem água e sem comida, eles não sabiam o que escolher: se avançar ou recuar, se almejar a Terra Prometida a qualquer custo ou voltar para o Egito. Não é que os hebreus, passivamente, avançaram deixando-se levar pelo rumo dos acontecimentos. Sofreram, vacilaram e, depois de muito pensar, escolheram por eles mesmos ir adiante. A "terra do leite e do mel" é o que Deus prometera, mas isso não era incondicional. Implicava abandonar todos os deuses e servir a um Deus único. Era um contrato de comum acordo firmado entre Deus e o povo hebreu, de modo que seguir em frente significava o cumprimento de um contrato, e voltar atrás, retornando para perto dos deuses do Egito, representava o descumprimento desse contrato. Neste último caso,

---

5. "die Geschichte als eine Bewegung zu Zielen hin." Rudolf Bultmann, *Das Ur-Christentun*, Zurique/Munique, Artemis, 1949 (5ª ed., 1986), p. 18. [N.A.]

6. "Die israelitische Geschichteschreibung nicht an der wissenschaftlichen Erkenntnis des geschichtlichen Verlaufs und der ihm immanenten Kräften interessiert war, sordern am Verhältnis der geschichtlichen Vorgänge zum Ziel der Geschichte." Ibidem, p. 19. [N.A.]

Deus não se prenderia ao contrato. Ao contrário, se Deus não lhes desse a Terra Prometida e não cumprisse a promessa, os hebreus não teriam a obrigação de servir a um Deus único. A opção dos hebreus, em suma, era uma só: cumprir o contrato com Deus mesmo diante de extremas dificuldades. Em outras palavras, significava priorizar o objetivo (Terra Prometida) que deveria se realizar no futuro ou as necessidades perante as circunstâncias do momento (a fuga das dificuldades enfrentadas).

Como as escolhas ocorreram? Pelo livre-arbítrio de cada um dos membros do grupo. Nessa decisão, não houve a intervenção divina pelo oráculo e muito menos a influência da "sorte" que os médiuns transmitiam. Nem houve indução ou convencimento por parte do líder Moisés, que foi até prudente para que a pressão do grupo não interferisse na vontade individual. Em suma, no sentido de que não há nenhuma coação de qualquer força exterior sobre o indivíduo, a decisão de sua vontade é livre. A vontade do grupo, enquanto somatório das livres decisões dos indivíduos, foi seguir com o contrato firmado com Deus e avançar para o local almejado e, sendo o avanço a história do povo hebreu, eles passaram a fazer a sua própria história. A história não é a mudança das circunstâncias dadas, é o resultado das livres decisões humanas.

Desse modo, o Êxodo demonstra o protótipo das duas concepções que vieram desempenhando um papel determinante nos mundos judaico e cristão: a primeira delas, a concepção de um tempo com um limite que avança sem cessar sobre uma linha reta em direção ao alvo; e a segunda, a concepção de que a história é feita pelo ser humano, ou seja, a do antropocentrismo histórico.[7]

---

7. O objetivo último da história pode ser mesmo o mundo ideal (utopia). Os variados utopismos que surgiram no pensamento ocidental, até o historicismo hegeliano (Georg Wilhelm Friedrich Hegel, 1770-1831) do século XIX e o marxista (Karl Marx, 1818-83), parecem expressão típica da "História como um movimento que caminha para um objetivo" (Rudolf Bultmann, 1884-1976, citado anteriormente). Esse mundo ideal, como um objetivo histórico, é diferente dos 蓬萊山 (Hōraiyama ou Pénglái shān, "A Montanha dos Imortais" da mitologia chinesa), ou do 神仙郷 (Shinsenkyō ou Shénxiānxiāng, "A Cidade dos Imortais") da China taoísta. Separo o mundo ideal do taoísmo da realidade do "agora = aqui" devido à distância espacial e não à distância temporal.

OS TIPOS DE TEMPO

O tempo na Grécia Antiga

Na expressão de um tempo sem começo e sem fim, infinito, é possível conceber dois tipos. Um deles seria uma linha reta com uma direção determinada, e o tempo flui sobre essa linha reta de um passado infinito em direção a um futuro infinito. O outro tipo é o tempo que percorre infinitamente sobre uma circunferência, e o acontecimento num ponto dessa circunferência repete-se transcorrido um tempo específico (um ciclo). Um exemplo típico do segundo modelo é a concepção de tempo do helenismo.

Também é claro que o conceito de "avanço" histórico tem por premissa o objetivo da história. Cada etapa do "avanço retilíneo" é definida pela distância até o objetivo. Se não há um objetivo, o conceito de "avanço" não se realiza.

O antropocentrismo no Velho Testamento reflete-se maravilhosamente nos esboços que Marc Chagall (1887-1985) fez para os vitrais da igreja de Israel, por exemplo. Há uma cena bíblica para cada janela e em uma delas há a cena do Dilúvio e da Arca de Noé. Como ele tratou essa cena? A esquadria da janela é um retângulo colocado no sentido vertical como um rolo de pintura chinesa ampliado. Se fosse um *suibokuga* (pintura a nanquim) de Sung e Yuan, a vastidão da água se estenderia por toda a janela e atingiria o horizonte, com apenas um barco a flutuar e um pequeno indivíduo em pé na proa; se ele é ou não Noé, ficaria confiado à imaginação do observador. Todavia, Chagall desenha uma pessoa gigantesca que ocupa toda a tela. E no espaço mínimo sob seus pés, estão a água e a arca e uma explicação de que aquela pessoa é Noé. Pois, para Chagall, o que sintetiza o acontecimento histórico não é o Dilúvio nem a calamidade natural, nem mesmo as condições dadas ou o panorama, é o ser humano que age respondendo a tudo isso. Ainda que tivesse recebido a instrução dos deuses (a graça), Noé agiu de acordo com essa instrução espontaneamente (livre-arbítrio). É a liberdade dele que faz a história.

O antropocentrismo não é exclusividade do judaísmo. Também é uma das características do helenismo. Porém, o antropocentrismo helenístico não aparece nas linhas da história. Os deuses do Monte Olimpo, seja na forma física ou no modo de agir, são "humanos até demais", mas têm uma existência eterna, eles não têm uma existência histórica. No antropocentrismo histórico do judaísmo, os seres humanos, que têm uma existência dentro da história, tomam os deuses historicamente desprendidos como mediadores e fazem a história, ao mesmo tempo que são condicionados por ela. Não cabe tratar aqui desse desenvolvimento histórico ocidental (de santo Tomás de Aquino até Erasmo) e a relação entre os dois antropocentrismos. [N.A.]

Na Grécia Antiga, pensava-se o universo com uma ordem harmônica, e que essa ordem continuaria pela eternidade. O "modelo" de ordem universal que dura pela eternidade seria o firmamento. Observada da Terra, a posição dos corpos celestes da abóbada celeste — o céu parece uma esfera — muda com o passar do tempo, mas, depois de determinado tempo, volta para a posição original. Nas escolas filosóficas de Pitágoras, de Zenão de Cício e de Platão, "a continuidade do universo é garantida pela repetição, por um ciclo eterno (anáclase/Anakureshisu/ἀνάχυλησις)". O helenismo "compreende o tempo como algo cíclico ou repetitivo".[8]

Platão pensava o Universo como um corpo esférico. Afirmou que o tempo é obtido a partir de um cálculo de seu "movimento giratório cíclico"[9] e que o instrumento mais útil para se calcular o tempo é o movimento dos corpos celestes.[10] Aristóteles também enfatizou que o movimento circular dos corpos celestes é o critério para medir o tempo: "A partir do movimento da abóbada celeste, podem-se medir vários outros movimentos, e o tempo, por sua vez, é estabelecido tomando como critério o movimento da abóbada celestial." Assim, já que o tempo podia ser calculado pelo movimento circular, pensou-se que o "o próprio tempo delineava um tipo de circunferência". Porém, movimento e tempo não são a mesma coisa; o tempo é a contagem numérica do movimento feita pela consciência humana (o número que foi atribuído ao movimento pela consciência humana).[11]

---

8. Conferência de Eranos (org.). *Toki no Genshōgaku I* (*A fenomenologia do tempo I*), tradução de Kamiya Mikio, Heibonsha, 1990, pp. 25-123 (artigo de Henri-Charles Puech, 1902-86). Obra original: "La Gnose et le temps", in *Proceedings of the VII Congress for the History of Religions*, Amsterdam, 1951, ou *Enquête de la Gnose*, Paris, Gallimard, 1978. [N.A.]

9. Tradução do francês, *Platon, Œuvres complètes*, Collection de la Pléiade, t. II, Paris, Gallimard, 1950, p. 452. [N.A.]

10. Léon Robin, *La Pensée Grecque et les origines de l'esprit scientifique*, Paris, La Renaissance du Livre, 1932, p. 276. [N.A.].

11. "Sobre o lugar e o tempo", *Ciências Naturais*, v. IV, tradução de Mori Shin'ichi. *Sekai Koten Bungaku Zenshū*, 16, *Arisutoteresu* (*Obras completas da literatura clássica mundial*, XVI, *Aristóteles*), Chikuma Shobō, 1996, p. 416. [N.A.]

É interessante que Platão, Aristóteles e outros, especialmente o segundo, tivessem problematizado a medição do tempo ao discutir sobre ele. Os gregos antigos, tomando como ferramenta a natureza cíclica regular do movimento circular dos corpos celestes, calcularam um tempo cíclico. Porém, sendo a regularidade cíclica o instrumento para se calcular o tempo, não era necessário que ele fosse o movimento do céu nem circular. Também não importava se o tempo medido fluía de modo cíclico ou retilíneo. Fazendo-se uma releitura de que a proposição deles em relação à medição do tempo é justamente um fenômeno (no céu ou na terra) consciente que se repete num intervalo de espaço determinado, isso não seria nada mais que o princípio universal de medição geral do tempo.[12] Um fato peculiar sobre a concepção de tempo no helenismo é que foi justamente o movimento dos corpos celestes e não outro fenômeno cíclico que chamou a atenção; nele enxergou-se uma ordem estrutural de todo o Universo e pensou-se que o tempo, em si, tinha um movimento cíclico. Segundo essa forma de pensar, não apenas a posição dos corpos celestes, mas também todos os acontecimentos deveriam repetir-se em ciclos. Passado um ano, a primavera que se foi voltaria, e a Guerra de Troia — pelo menos uma guerra semelhante — deveria ocorrer novamente num futuro distante. Isso é o "ciclo eterno".

O conceito de tempo cíclico foi um instrumento eficaz na medição do tempo. Porém, a fantasia do "ciclo eterno" não serviu para os historiadores da Grécia Antiga narrarem a história de uma sociedade humana concreta. O registro do transcorrer da Guerra de Troia praticamente não tem nenhuma relação com o fato de uma guerra igual se repetir num futuro distante. Heródoto descreveu o clima, os habitantes, os costumes, etc. de várias regiões da costa leste do mar Mediterrâneo e narrou episódios que misturam verdades e inverdades sobre o passado e o presente desses lugares. Trata-se de uma compilação colossal de conhecimentos e lendas topográficas, culturais e

---

12. Mais detalhes podem ser encontrados, por exemplo, em Rudolf Carnap, *Introduction to the Philosophy of Science*, Nova York, Basic Books, 1974. [N.A.]

geográficas, mas não significa que o princípio da repetição de acontecimentos do mesmo tipo permeie tudo isso e, muito menos ainda, que a relação íntima entre os acontecimentos do passado-presente-futuro como o que se vê no Êxodo seja claramente mostrada. Tucídides disse que "certamente, os acontecimentos do passado, coisas parecidas, etc. podem ocorrer novamente no futuro em função da natureza comum dos seres humanos".[13] Porém, isso é "conforme a natureza comum dos seres humanos", e não é necessariamente conforme o movimento cíclico do tempo. O que ele descobriu em toda a sua narração pormenorizada da Guerra do Peloponeso foram "as regras eternamente imutáveis", chamadas de "a lei do mais forte", e "a verdadeira natureza do ser humano", chamado de "desejo de poder"[14], e não a natureza cíclica do tempo histórico, "o ciclo eterno", etc. Nem é preciso dizer que, tal como ocorreu na história da Grécia Antiga, o que definiu posteriormente a consciência histórica da Europa foi o tempo em linha reta judaico-cristã, e não o tempo cíclico do helenismo.

O tempo na China Antiga

Se denominarmos de visão histórica cíclica a posição que afirma a repetição periódica dos acontecimentos históricos, veremos que ela não era exclusividade da Grécia Antiga, sendo vista também na China Antiga. Por exemplo, Mêncio (372-289 a.C.) disse que "Um rei próspero deve ter quinhentos anos" (*Gong Sūn Chǒu*, 13º – II).[15]

---

13. *Sekai Koten Bungaku Zenshū*, 11, *Tūkyudidēsu* (*Obras completas da literatura clássica*, XI, *Tucídides*), tradução de Konishi Haruo, Chikuma Shobō, 1971, p. 12 (cap. I, 22). [N.A.]

14. Ibidem, p. 29 (cap. I, 76). [N.A.]

15. Volume II, Capítulo 13. 「公孫丑」第一三, 下 é o título de um dos sete livros que compõem a obra *Mêncio*, no qual está escrito: 「五百年必有王者興」 "Um rei próspero deve ter quinhentos anos". Cada livro possui dois tomos totalizando catorze volumes. [N.A.]

Um monarca é aquele que realiza um governo sábio e justo e concretiza o "governo pacífico sob o céu". O "caminho real" tem uma política de acordo com a ética (倫理) humanista e moral e se opõe ao "caminho da força". Pouco mais de quinhentos anos após o caminho real dos soberanos de Yáo-Shùn[16], Tāngwáng, o primeiro soberano da dinastia Yin[17], divulga o caminho real. Quinhentos e poucos anos mais tarde, o rei Wén[18] (1099-1050 a.C.), fundador da dinastia Zhou (1045-256 a.C.), aparece, e novamente quinhentos anos depois surge Confúcio (551-479 a.C.). Este último não foi um monarca, mas o sábio que explicou o caminho real. Na época de Mêncio, cerca de um século antes de Confúcio, dizia-se que a restauração de um caminho real teria de ser esperada por várias centenas de anos (*Jinshin* 38º – II). Também o historiador chinês Sīmǎ Qiān (145-85 a.C.) fala no *Shǐ-jì* (*Registro histórico*, escrito entre 109-91 a.C.), que "o caminho (*tao*) dos três reis é como o ciclo que termina e recomeça" (*Gāozǔ Běnjì*, a *Biografia dos monarcas ancestrais das dinastias chinesas*, segundo Sīmǎ Qiān). Os "três reis" são Yǔ, da dinastia Xia, Tāngwáng, da dinastia Yin, e Wen, da dinastia Zhou, e o caminho deles é o caminho real de Mêncio. Mesmo terminando, o caminho real recomeça; por isso, o estilo conciso do *Shǐ-jì* resume isso na frase: "Circula, mas é jovem". Nele consta ainda que "o que prospera também declina" (*Píngzhǔnshū*, *Livro da esqualização*) e que "há outras mudanças", o que provavelmente diz respeito à lei das transformações. Se considerarmos que o revezamento de prosperidade e declínio é a lei da mudança, sem dúvida isso também é um tipo de sucessão. A visão histórica de sucessão da China Antiga difere do ciclo eterno do helenismo no fato de ser determinada pelo tempo histórico e não ter ligação com os movimentos dos corpos celestes. O interesse dos filósofos da Grécia Antiga se concentrava na investigação da ordem fundamental do Universo,

---

16. Rei Shùn, sábio e lendário da antiga China. [N.T.]
17. Ou dinastia Shang (1776-1050 a.C.). Cheng Tāng (ca.1675-1646 a.C.): fundador da dinastia Yin da China Antiga. [N.T.]
18. Ou Bun'ō. [N.T.]

mas o interesse dos pensadores da China Antiga estava quase exclusivamente voltado para a sociedade humana. Com exceção de *I Ching* (*O livro das mutações*) e dos clãs famosos, assim eram todos os grandes intelectuais — por exemplo, o filósofo chinês Mòzǐ (489-390 a.C.) e o famoso legalista no período de guerras entre os reinos, Han Fēizǐ (?-233 a.C.), e mais ainda no confucionismo antigo. Confúcio não fala de deuses com força descomunal, e Mêncio jamais tocou na ordem dos céus; eles se dedicavam à análise criteriosa do plano terrestre e da sociedade humana. O confucionismo foi organizado como uma metafísica global do mundo, incluindo o céu e a terra; influenciado muito tempo depois pelo budismo, mais tarde, opôs-se a ele, criando a Teoria da Razão e da Energia[19] do Pensamento dos Literatos da Dinastia Sung. Certamente se parece com a visão histórica cíclica de Tucídides e Sīmǎ Qiān. Os dois notáveis historiadores consideravam os acontecimentos e, atentos ao fato de que os mesmos tipos de ocorrências históricas se repetem, descreveram, respectivamente, o curso da Guerra do Peloponeso e o esplendor e a queda das dinastias na bacia fluvial do rio Amarelo do período das Primaveras e Outonos e da Era dos Estados Combatentes. Porém, os cenários culturais são diferentes. No cenário de Tucídides, há uma concepção de tempo que se sucede como um princípio universal e isso, sim, constituía o centro na visão grega de mundo. No ambiente cultural de Sīmǎ Qiān, o centro da visão de mundo dominante não é o do universo, é o da constituição da sociedade humana, mas, ao passo que Mêncio discute seus padrões éticos pela especulação filosófica, Sīmǎ Qiān descreve o desenvolvimento histórico de acordo com os fatos e alcança uma visão histórica cíclica.

Frequentemente, a concepção do tempo que flui para um processo determinado sobre uma linha reta infinita coexiste, numa mesma cultura, com a concepção de tempo que se sucede infinitamente sobre

---

19. Uma teoria confucianista do período Sung (*lǐqìshuō*: *lǐ* = razão, a forma genuína do universo; *qì* = energia, espírito e seu fenômeno aparente e *shuō* = teoria). [N.T.]

uma circunferência. Por exemplo, na China Antiga havia, de um lado, a visão histórica cíclica e, de outro, a consciência de que tudo acontece entre o céu e a terra, com um tempo em linha reta, em que a luz e a sombra vão e não voltam mais.[20] O céu e a terra (a natureza) são eternos, e estão aí constantemente. No tempo, não há começo nem fim. Porém, tudo que existe (todos os indivíduos) aparece e se extingue, e a vida não se repete. Até mesmo a noite de primavera em um jardim de pessegueiros em flor de determinado ano (um momento da linha do tempo), provavelmente não retornará a esse lugar.[21] Portanto, significa que o momento = "agora" é valioso.

Não é que não havia uma mitologia da criação do céu e da terra na China Antiga (*Shānhǎi Jīng*, o *Clássico da montanha e do mar*, livro de mitologia e geografia). Porém, ela era absurda demais, e é inconcebível que tenha influenciado os intelectuais realistas e racionalistas do mundo confuciano. Para a China intelectual e psicológica, não existe o início do céu e da terra, portanto, também não há o início do tempo. Não há uma escatologia. A ideia de que o tempo é uma linha reta infinita não foi só de Lǐ Bó (701-762), mas de muitos poetas.

O TEMPO SEGUNDO O BUDISMO

Como o budismo pensou o tempo? Discutir sistematicamente essa questão supera muito o domínio deste livro. Aqui, basta apontar a coexistência com muitos modos de pensar do budismo *mahayana*,

---

20. "Os indivíduos do céu e da terra e tudo quanto existe no universo fazem a viagem inversa, a luz e a sombra são passageiras do infinito." Extraído de Lǐ Bó, Introdução, *Banquete dos aprendizes numa noite de primavera no jardim de pessegueiros em flor*. [N.A.]

21. "Os antigos dizem que é bom carregar uma vela nos passeios noturnos." Extraído de Lǐ Bó, já citado. O agora do tempo retilíneo não se repete, o que significa que ele é precioso, e a conclusão a que se pode chegar depende da pessoa e das circunstâncias. "Pegar uma vela para se passear a noite" é a conclusão hedonista de Táo Yuānmíng (365-427) e de seu predecessor, o poeta Dù Fǔ (712-770). [N.A.]

que viajou do norte da Índia pela Ásia Central, chegando ao norte da China e alcançando a península coreana e o arquipélago japonês. O budismo *mahayana*, como bem se sabe, absorveu os vários elementos das crenças populares indianas e, em sua longa trajetória de avanço para o leste, recebeu as influências culturais de cada região e se desenvolveu no nordeste da Ásia. A coexistência de vários modos de pensar que mutuamente, mas não necessariamente, eram incompatíveis, ao que tudo indica se deu porque esses modos de pensar tinham origem em culturas ou em sistemas de crenças diferentes.

Em primeiro lugar, nele há a ideologia do *samsara*. Pode-se considerar que o tempo é a sucessão sem limite, porque a vida e a morte se repetem sem cessar. Porém, uma vida e a próxima não são necessariamente iguais. Por exemplo, a alma que numa vida foi de um monge zen chamado Wéishān, numa próxima talvez se torne a alma de um búfalo. Quando o búfalo morrer, sua alma pode reviver tanto em outro animal quanto em outro ser humano. As vidas do monge e do búfalo são diferentes. As reencarnações na *samsara* não necessariamente são a repetição dos mesmos acontecimentos. Certamente, a vida e a morte se repetem, mas todos os acontecimentos entre a vida e a morte que ocorrem para o monge e para o búfalo não se repetem. A relação entre dois acontecimentos — a vida do monge e a do búfalo — que não se repetem é a da ação (ato) com a sua consequência, ou seja, a relação de causa e efeito. O que a relação de causa e efeito precisa é de uma ligação entre o antes e o depois, e esta não fica clara num tempo que se sucede sobre uma circunferência, mas num tempo que avança sobre uma linha reta. A *samsara* sugeriria um tempo meio cíclico e meio retilíneo.

Em segundo, num determinado período de tempo em determinada região (por exemplo, As Seis Dinastias do Norte da China (265--589 a.C), a crença em Maitreya[22] se difundiu. Dizem que Maitreya, no

---

22. Em japonês, Miroku, um *bodhisattva* (aquele que se aprimora em busca do *satori*, a iluminação), a quem fora prometida a iluminação após Sakyamuni e que desceria a este mundo 5,67 bilhões de anos anos depois da morte deste último para salvar todos aqueles que não conseguiram ser salvos. [N.T.]

momento, está meditando no céu, mas aparecerá na terra num futuro muito distante e salvará todos os seres vivos. É semelhante à crença no retorno de Cristo, e é um tipo de teoria escatológica. Como o budismo não fala sobre o começo do mundo e do tempo, o que aparece na crença em Maitreya é uma linha temporal reta sem começo, mas com um fim. O tempo segue de um passado indefinido para um futuro delimitado.

Em terceiro lugar, existe a chamada ideologia escatológica do "Fim da Lei de Buda" (*mappō*), que surgiu na China durante a dinastia Tang e também esteve em voga no período Insei, o governo dos imperadores "aposentados" do período Heian no Japão. Trata-se de um tipo de visão histórica budista, que tem como ponto de partida a morte do homem Sakyamuni e divide o tempo histórico posterior em três períodos. O primeiro período é aquele no qual se praticou o ensinamento correto (*shōbō*) de Sakyamuni; o segundo, quando foi transmitido um ensinamento próximo ao correto (*zōhō*); e o terceiro, o período do Fim da Lei de Buda, em que ela entra em declínio. Há teorias que dizem que o primeiro período seria de quinhentos anos e outras, de mil anos. O segundo, de mil anos, e o terceiro, de 10 mil anos. O que se propagou no Japão foi o de mil anos para o primeiro período. Somando-se os dois primeiros períodos, são 2 mil anos. Por isso, determinando-se o ano de falecimento de Sakyamuni, pode-se precisar o início do *mappō* (1052). Como coincidiu com a crise da sociedade política do final do período Heian, a ideologia *mappō* penetrou rápida e amplamente.[23]

Naturalmente, não significa que o mundo começou junto com Sakyamuni, e tampouco o tempo. Porém, para a história vista sob uma forte influência budista, o passado anterior a Sakyamuni não é

---

23. A contrapartida ideológica ao período do fim do budismo é a prosperidade da religião Jōdo. Esta se desenvolveu dentro do grupo da religião Tendai, que deu origem à Jōdo Shinshū de Hōnen (1133-1212) e Shinran (1173-1262). Ver detalhes em, por exemplo, Inoue Mitsusada (1917-83), *Nihon Jōdo Seiritsushi no Kenkyū* (*Pesquisa da história da formação do Jōdo no Japão*), Yamakawa Shuppansha, 1956. [N.A.]

importante. Assim como, a partir de uma forte influência islâmica, a história antes de Maomé também não. Do mesmo modo que o calendário islamita considera como inicial o ano em que Maomé se transferiu de Meca para Medina, em 622 da Era Cristã, pode-se pensar que a história budista começou a partir do Sakyamuni histórico. Por outro lado, dizer que o período *mappō* é de 10 mil anos, significa que ele seria próximo do infinito, em se tratando da história da sociedade humana. O fato é que a ideologia *mappō* conota que o tempo histórico tem um começo e não um fim. É contrastante com a escatologia de Maitreya, de um tempo sem começo, mas com um fim. Sua escatologia é muito próxima ao sistema budista, mas a forma de pensar que considera como começo a história "real" a partir de um ponto sobre uma linha reta infinita não está necessariamente tomando como requisito o sistema religioso. Por exemplo, um sistema político deve começar nos seus fundadores (patronos) e imaginar uma história em que ele mesmo continue para sempre. Uma civilização começa a partir de um ponto no tempo e não tem consciência, de antemão, de que virá um tempo final. Ao contrário do que se espera, a afirmação de que "a civilização agora sabe que existe um limite para a própria vida"[24] é uma exceção. A visão histórica da ideologia *mappō* também não fala sobre o seu fim. O período do *mappō* é de 10 mil anos, quase uma eternidade. E é um processo de decadência, um processo em que as circunstâncias se agravam com o passar do tempo. Não se trata de um futuro que continuará com a prosperidade das dinastias e do avanço da civilização, mas de um futuro em que o declínio do budismo avança eternamente. Ou seja, a ideologia *mappō* é um princípio antiprogressista — não é um sistema aprogressista.

Em quarto lugar, no budismo também há um modo de pensar em que se toma o espaço-tempo como "vazio". Tanto a distância temporal como a espacial não são mais do que uma forma de manifestação

---

24. "Nous autres, civilisations, nous savons maintenant que nous sommes mortelles." Paul Valéry, "La Crise d'esprit" (1919), *Variété*, Paris, Gallimard, 1924. [N.A.]

da realidade. Outra forma de manifestação é a unidade do universo. A realidade pode ainda ser tomada como distância (distinção) e também como integralidade (algo único). Tudo quanto existe no universo é um, e o um é tudo. Passado, presente e futuro são o agora da eternidade, e o agora da eternidade é passado, presente e futuro. Esse modo de pensar não é um tipo de concepção de tempo histórico, é a superação do tempo em si. Retomaremos esse assunto posteriormente.

A concepção de tempo, especialmente a do tempo histórico, difere segundo a cultura. Nessa concepção, há muitos tipos: primeiro, o tempo que avança sobre uma linha com começo e fim; segundo, o tempo que se sucede infinitamente sobre uma circunferência; terceiro, o tempo que flui para uma direção determinada sobre uma linha reta infinita; quarto, o tempo sem começo, mas com fim; quinto, o tempo com começo e sem fim. O quarto e o quinto tipos, ambos em linha reta, têm comprimento infinito. Também existem aquelas culturas que, além de uma concepção de tempo específico (no singular ou no plural), possuem um mecanismo espiritual que supera o tempo em si.

Então, a próxima questão é: qual era a concepção de tempo na cultura japonesa ou qual era a concepção de tempo que existia na cultura japonesa?

O tempo no *Kojiki*

O registro organizado mais antigo da mitologia japonesa pode ser visto no *Kojiki* (*Registro de fatos antigos*). Constituído por três volumes, o primeiro é o Shindaiki, o "Registro da época dos *Kami*", que relata a genealogia e episódios dos *kami*[25], e o segundo e o terceiro registram,

---

25. Entidade invisível que possui poderes superiores aos humanos; é alvo de adoração, podendo ser um espírito assentado nos santuários, um ser humano que alcançou esse patamar ou até mesmo um animal (como o tigre e a cobra) e forças da natureza (como o trovão), podendo ainda ser o soberano de um povo, o ente supremo onisciente, onipresente e onipotente que criou o universo e que o governa. [N.T.]

em ordem cronológica, a genealogia dos soberanos (*tennō*) lendários e históricos da corte de Yamato. Diz-se que a compilação foi feita por ordem da corte imperial do início do século VIII ("Prefácio", concluído em 712. A cópia manuscrita mais antiga existente data do século XIV).

O Shindaiki inicia-se com o verso: "Quando o céu e a terra surgiram pela primeira vez." No prefácio, consta "a divisão inicial do céu e da terra", que pode significar o momento em que o céu e a terra se dividiram. Diz-se que, nessa hora, passaram a existir três *kami*, a começar por Ameno Minakanushino Kami. Em seguida, enumera os "nomes dos *kami* constituídos" sucessivamente. Isso é notavelmente diferente do Gênesis do Velho Testamento. Nada é relatado sobre as circunstâncias em que o céu e a terra se dividiram. Além disso, o céu e a terra "se dividiram", não foi alguém que os "dividiu". O céu e a terra não foram criados ali, eram unos e se separaram. Ao mesmo tempo, os três primeiros *kami* surgiram. Porém, a natureza deles não é visível aos olhos humanos ("ocultaram o seu corpo"). Suas ações também não são registradas. Na realidade, nem os outros *kami* que apareceram depois foram gerados por eles, surgiram de modo independente. Assim, Ameno Minakanushi, que surgiu naquela oportunidade, nunca mais aparece nos registros do *Kojiki*. Não podemos considerar a parte inicial do "Registro da época dos *Kami*" como mito de criação do céu e da terra, tampouco vislumbrar nela o ponto de partida do tempo.

O que se reflete nela não é uma consciência sobre o começo do tempo histórico, mas simplesmente uma ideia sobre um passado distante que remonta a um tempo infinito. Com certeza, a corte de Yamato aprendeu do continente a ideia de que é preciso remontar suas origens a um passado distante para legitimar o poder e garanti-lo.

Dessa maneira, vários *kami* surgiram sucessivamente até que chegassem aos *kami* masculino e feminino Izanagi e Izanami. Eles copularam e em seguida geraram várias ilhas, criando o "Grande País das Oito Ilhas" (o arquipélago japonês). Essa é a origem do território japonês. Depois, geraram muitos *kami*, os quais geraram outros mais. Quando Izanami deu à luz o *kami* do fogo, adoeceu escaldada e acabou morrendo, mas muitos *kami* originaram-se de seu corpo e também do cadáver do *kami* do fogo, morto por Izanagi, que fez uma cerimônia de purificação. Ao lavar seu olho esquerdo, surgiu o *kami* Amaterasu Ōmikami, e, lavando o seu olho direito, o *kami* Tsukuyomino Mikoto. Eles são respectivamente os *kami* solar e lunar. O *kami* solar Amaterasu fez descer no território japonês seu descendente Ninigino Mikoto, e consta que o descendente dele é o primeiro *tennō* (imperador) mitológico Jinmu Tennō (que subiu ao trono em 660 a.C.).[26] A genealogia dos *kami* após Amaterasu é primeiramente de um *kami* mitológico, e depois disso é herdada sucessivamente pela genealogia dos imperadores históricos. Ou seja, é a origem da corte imperial.

Certamente, o *Kojiki* (*Registro de fatos antigos*, 702) fala sobre a origem do território japonês e da corte imperial, mas não sobre a origem do tempo, pois os acontecimentos anteriores à formação do país e da corte são relatados dentro do mesmo *Kojiki*. O tempo do *Kojiki* não tem um começo. Na extremidade final da genealogia da corte imperial está a imperatriz Suiko (592-628), mas isso não significa o fim da corte imperial. Muito menos o fim do tempo, ou seja, absolutamente não sugere uma escatologia. O tempo histórico que a cultura japonesa antiga concebeu é uma linha temporal reta sem começo e sem fim.

A visão de mundo estrangeira que exerceu uma influência dominante sobre a cultura japonesa depois disso, seja o budismo, seja o confucionismo, não gerou mudanças radicais nessa concepção de tempo sem começo e sem fim. Não é que no budismo não houvesse alguma teoria sobre a criação do céu e da terra. Porém, é claro que o ponto essencial do budismo — seja qual for a interpretação disso — não está num ponto de partida do tempo antes de Buda, mas na história depois de Sakyamuni. Essa teoria sobre a criação do céu e da

---

26. Seguindo o *Nihon Shoki*, as *Crônicas do Japão*, em 1873 o governo Meiji instituiu o dia 11 de fevereiro de 660 a.C. como o ano 1 da Era Japonesa. As comemorações feitas nesse dia foram abolidas em 1948, mas, em 1966, foram retomadas, celebrado como o Dia da Construção do País. [N.T.]

terra, por sua vez, não exerceu uma influência nem ampla nem profunda na cultura japonesa. Kitabatake Chikafusa (1293-1354) cita a teoria budista na obra *Jin'nō Shōtōki* (*Crônicas da autêntica linhagem dos divinos imperadores*, primeiro manuscrito de 1339 e revisto em 1343), simplesmente porque menciona exemplos de Tenjiku (Índia) e de Shintan (China), tendo como pressuposto o "Registro da época dos *Kami*" do Japão.[27] A respeito da China, tal como consta nele, que "A China, embora valorize especialmente os documentos e contratos, nada consegue dizer com certeza sobre a construção do mundo"[28], o confucionismo antigo concentrou os

---

27. "Estando-se num mesmo mundo, o começo da criação do céu e da terra não deveria ser diferente, mas a teoria dos três países são respectivamente diferentes", diz o prefácio do *Jin'nō Shōtōki* (*Crônicas da autêntica linhagem dos divinos imperadores*). O texto original citado é do *Nihon Koten Bungaku Taikei*, 87 (*Sinopse da literatura clássica japonesa*, 87, *Jin'nō Shōtōki*, *Masukagami*, Iwanami Shoten, 1965). Os três países são a Índia, a China e o Japão. Dizer que o início do céu e da terra não deveria ser diferente para os três países é uma relativização da mitologia do Japão, e nesse sentido é uma opinião inédita. Motoori Norinaga, que escreveu *Kojikiden* (*Edição crítica do Registro de fatos antigos*), na metade do século XVIII, diferentemente de Kitabatake Chikafusa (1293-1354), não conseguiu relativizar a mitologia de forma objetiva, comparar com a mitologia de outras culturas e, por fim, fazer uma avaliação crítica. Porém, Kitabatake Chikafusa não explica por que algo que não deveria ser diferente nos três países na prática é totalmente diferente em cada um deles. Se considerarmos que ele tinha a intenção de explicar o motivo, a discussão deveria girar em torno do fato de que não é suficiente acreditar que a mitologia é factual (história). Ou seja, a distinção nítida entre mitologia e história, a sua descontinuidade. Assim, não ficaria tão distante do *Koshitsū* (*Conhecimento sobre a História Antiga*), de Arai Hakuseki (1657-1725). A diferença entre Arai Hakuseki e Kitabatake Chikafusa talvez se restrinja ao fato de que o primeiro estava na posição de defender a legitimidade do poder político Tokugawa e o segundo, de alegar a legitimidade de Nanchō (o período da história chinesa de 420-589, em que a capital era Nanquim). É muito difícil separar a mitologia da história para embasar a legitimidade do divino imperador = imperador que é um *kami*. [N.A.]

28. *Jin'nō Shōtōki*, op. cit., p. 48. No original, 震旦ハコトニ書契ヲコトトスル国ナレドモ、世界建立ヲ云ル事タシカナラズ, *Shintan wa koto ni shokei o kototosuru kuni naredomo, sekai konryū o ieru koto tashikanarazu*. *Jin'nō Shotoki* (「神皇正統記」 (*Crônicas da autêntica linhagem dos divinos imperadores*) (Introdução), op. cit. [N.T.]

seus interesses na história e na sociedade humana, e não questionou a origem do universo e do tempo. O sistema confuciano não contém uma escatologia, nem mesmo nos Estudos Sung posteriores. No budismo, há a crença em Maitreya que diz que ele aparecerá no fim da história. Isso tem certa semelhança com a crença na segunda vinda de Cristo. Porém, conforme se mencionou anteriormente, o aparecimento de Maitreya está muito longe, é algo de um futuro praticamente indefinido. Além disso, como não há uma razão para que o Maitreya surgido promova o julgamento final, a relação entre esse mundo do "agora = aqui" é extremamente tênue. O cristianismo difundido no Japão pela Companhia de Jesus no final do século XVI continha uma mitologia da criação e uma escatologia em sua doutrina. A conversão para o cristianismo sem dúvida não evitou um confronto radical com a concepção de tempo histórico. Porém, o cristianismo chegou tarde demais. Diferentemente do Japão antigo que o budismo da península coreana encontrou, a cultura japonesa do século XVI com a qual os missionários lidaram já era muito mais sofisticada, com uma estrutura tradicional e um sistema de valores amplamente difundidos. O tempo que os missionários tiveram também foi curto demais. No início do século XVII, a força política dos Tokugawa que unificou o país proibiu todas as atividades missionárias, reprimindo de maneira radical os crentes cristãos. Foi culturalmente difícil e politicamente impossível a concepção de tempo judaico-cristã penetrar largamente na cultura japonesa.

Assim, a consciência do tempo sem começo e sem fim que aparecia na mitologia do Japão antigo estendeu-se pela história cultural japonesa e alcançou os dias de hoje sem mudanças radicais.

Os três tempos na cultura japonesa

O tempo como uma linha reta infinita pode ser dividido e estruturado. Todos os acontecimentos, do mesmo modo os *kami* da mitologia, nascem "numa sequência" sobre uma linha reta do tempo.[29] A sucessão do presente = "agora" de cada acontecimento não é outra coisa senão o tempo. A totalidade dos acontecimentos passados não é o que determina o significado do "agora" diante do qual se está, assim como a totalidade dos acontecimentos que devem vir não é o que se torna o propósito do "agora". O fluir infinito do tempo é dificilmente captado, e o que se pode apreender é apenas o "agora", por isso, cada "agora" pode se tornar o centro da realidade no eixo do tempo. Nele, as pessoas vivem o "agora".

Porém, o "agora" não é um instante, não é um ponto sobre a linha reta do tempo; de acordo com as circunstâncias, em caso específico, o "agora" é percebido como curto, e, em outro caso, como longo. O "agora" do *waka* — "Nessa época, de novo, invade-me o que há muito perdi e agora sinto falta"[30] — seria o equivalente a "nessa época", que provavelmente significa alguns anos. O "agora" (agora mesmo) dos versos "ao ouvir *o pinheiro*[31] (= que estás a esperar) agora vou voltar"[32], é mais curto do que o do poema anterior. Não é possível conceber uma definição geral sobre quão longa deve ser a duração do "agora".

---

29. *Kojiki*, o *Registro de fatos antigos*, expõe os nomes dos *kami* que vão surgindo um após o outro. Primeiro, Amenominakanushi; em seguida, Takamimusubinokami; depois, Kamumusuhinokami, e assim sucessivamente. A forma de exposição, com "em seguida, depois, ...", não difere muito do *Nihon Shoki*, as *Crônicas do Japão*. O *kami* anterior não dá necessariamente origem ao seguinte. É comum não haver nenhuma outra relação entre eles, a não ser a da sequencialidade. Cada *kami* surge de forma independente. [N.A.]
30. *Shin Kokin Wakashū* (ou *Shinkokinshū*, *Nova antologia de poemas waka de outrora e hoje*, início do século XIII), rolo XVIII, "Miscelânea poética II", cortesão Kiyosuke. [N.A.]
31. Semanticamente, "o pinheiro que está envelhecendo", おふる松, *ouru matsu*. [N.T.]
32. 「立ちわかれいなばの山の峯におふる松としきかば今かえりこむ」, *Tachiwakare inaba no yama no mine ni ouru matsu toshi kikaba ima kaerikon* (*Kokin Wakashū*, *Antologia de poemas waka de outrora e de hoje*), rolo VIII, "Poema de separação", cortesão Ariwarano Yukihira. いなばの山, *inabano yama,* é a montanha de Inaba, 稲羽, do país de Inaba, 因幡. Yukihira tornou-se governador de Inaba, 因幡守. [N.A.] No original, 松(待つ)としきかば今かえりこむ, *matsu (matsu) toshi kikaba ima kaerikon*. [N.T.]

OS TIPOS DE TEMPO

O "agora" estica e encolhe como um fio elástico. Pode incluir um passado e um futuro próximos, e, nele, a abrangência que serve de referencial para pensá-lo não muda, de modo que vamos deixá-lo determinado como uma extensão que permite ser extrapolada. O mundo numa dada época pode ser visto como triste ou pensado com saudade. Num limite em que mudanças assim não ocorrem, tem-se uma época que é a do "agora". Se o "agora" contrair-se, torna-se "agora vou voltar"[33], ou "se eu agora conseguir pensar assim"[34] (*Heike Monogatari*, v. X, "A morte de Noritsune"),[35] até que por fim se torna o instante do poema *haiku*.[36]

Um tempo histórico sem começo e sem fim é uma linha reta com natureza direcional. Há uma relação entre o antes e o depois dos acontecimentos sobre essa linha reta, mas não é possível seccioná-la por inteiro. No caso do tempo natural que se sucede num círculo, não há apenas a relação entre o antes e o depois dos acontecimentos, é também possível fazer a divisão com clareza: "Se o inverno veio, a primavera não está distante".[37] Na parte oeste da ilha principal do arquipélago japonês e na ilha de Kyūshū — ou seja, na região que foi o centro da cultura antiga —, a distinção das quatro estações é clara, é regrada, e não é difícil imaginar que essas mudanças que se sucedem naturalmente possam ter definido uma consciência de tempo cotidiano da sociedade agrícola. O segundo tipo de expressão de tempo da cultura japonesa é um tempo rotativo sem começo e sem fim. Não são as posições dos corpos celestes que se sucedem, como no caso do helenismo, mas as estações. O ciclo do tempo foi dividido nas quatro estações. A lavoura não se ultimava sem o trabalho de semeadura, de extração das ervas daninhas, da colheita, etc., que estava de acordo com o ciclo das quatro estações. Isso porque as

---

33. No original, 今かえりこむ, *ima kaeri kon*. [N.T.]
34. No original, いまはかうとおもはれければ, *ima wa kōto omowarekereba*. [N.T.]
35. No original, 能登殿最期, "Notōdono Saigo", "O fim do sr. Notō". [N.T.]
36. Poema de dezessete sílabas, considerado o mais curto do mundo. Cf. "O tempo do *haiku*", no Capítulo II da Primeira Parte. [N.T.]
37. No original, 冬来りなば春遠からじ, *fuyu korinaba haru tōkaraji*. [N.T.]

condições naturais da agricultura japonesa são diferentes das condições do Sudeste Asiático, de altas temperaturas e alta umidade[38], e onde um ano se passa sem uma percepção exata da troca das quatro estações.

A cultura da corte do período Heian, depois do século IX, transferiu a percepção dos produtores (= agricultores sensíveis às quatro estações, ou melhor, que não poderiam deixar de sê-lo) para a esfera estética completamente improdutiva e a refinaram. *Makura no Sōshi* (*O livro de cabeceira*, início do século X) começa com as famosas frases: "Na primavera, o alvorecer; no verão, a noite; no outono, o arrebol; no inverno, as primeiras horas da manhã".[39] Da mesma maneira, os seis primeiros volumes do *Kokin Wakashū* (*Antologia de poemas waka de outrora e de hoje*) são de poemas das quatro estações, e cinco volumes são de poemas de amor; os volumes das quatro estações e do amor constituem mais da metade do total de vinte volumes. A proporção de poemas de amor como tema dos poemas líricos não se limita ao Japão da corte de Heian. Porém, a concentração nas quatro estações é totalmente excepcional, nem na China chegou-se a tanto. Essa tendência já aparecia no *Man'yōshū* (*Coletânea miríade de folhas*, século VIII), e se fez de modo radical no *Kokin Wakashū*. Além do mais, o interesse em relação às mudanças das quatro estações ganhou ainda mais força depois do período Heian; para os mestres do *haikai*, tornou-se uma ideia quase obsessiva e, como bem se sabe, chegou a dar à luz os termos sazonais *kigo*, que foram sistematizados. Os *kigo* não existem na China Antiga ou na Índia, e provavelmente nem nos países europeus.

A concepção de tempo que se sucede, centralizada no ciclo das quatro estações, excede a esfera estética que a corte Heian refinou, mas será que influenciou até mesmo o senso mais geral e abstrato de tempo? Essa é uma questão difícil de definir. A parte inicial do *Heike*

---

38. A precisão no revezamento das quatro estações não ocorre apenas no Japão. Por exemplo, também é assim no oeste europeu. A diferença da cultura agrícola dessas duas regiões não pode ser reduzida à diferença das condições naturais, mas não nos cabe discutir aqui que condições não naturais atuaram nesse caso. [N.T.]

39. No original, 春はあけぼの、夏はよる、秋は夕暮、冬はつとめて。 *Haruwa akebono, natsuwa yoru, akiwa yūgure, fuyuwa tsutomete*. [N.T.]

OS TIPOS DE TEMPO

Monogatari (*Narrativas do clã Taira*), que começa com *Gion Shōja*[40], fala sobre "a efemeridade de todas as coisas" e também sobre "o declínio inevitável das pessoas prósperas". Isso com certeza é uma retórica budista. Porém, com ou sem influências do budismo, as pessoas que escutavam o *Heike Monogatari* não tinham dificuldades de se lembrar de situações em que houvesse o "declínio inevitável das pessoas prósperas" no período Kamakura. Sem dúvida, elas compreendiam essa retórica não porque adquiriram esse tipo de sabedoria graças ao budismo, mas porque conheciam profundamente a realidade do "declínio inevitável das pessoas prósperas". O fluir da história era cíclico como a primavera, o verão, o outono e o inverno. Além disso, na sequência, o texto do *Heike Monogatari* continua com citações sobre alguns exemplos da história da China Antiga. O autor é desconhecido, mas com certeza era conhecedor dessa visão cíclica da China.

A ideia de que o tempo se move em ciclos foi mostrada mesmo depois do *Heike Monogatari*, por exemplo, nas alegorias vistosas do poeta Yosa Buson (1716-83). "O *haikai* é dinâmico, tem o seu percurso e também não tem; acompanha um corredor circular como se corresse atrás de alguém. É como se aquele que está na frente perseguisse o que está atrasado. Qual deve ser o parâmetro para se distinguir o antes e o depois no percurso?"[41] Aqui, aquele que corre sobre o círculo é o tempo.

---

40. Jetavanavihāra, um dos monastérios mais famosos da Índia. Sobre ele, diz-se ter sido construído para Sakyamuni e seus discípulos. Em japonês, conhecido como *Gion Shōja* e imortalizado pela sua citação no início do *Heike Monogatari*. [N.T.]

41. *Nihon Koten Bungaku Zenshū*, 32, *Renga Haikai Shū* (*Coleção completa da literatura clássica japonesa*, 32, *Coletânea de renga e haikai*), *Botan chitte no maki* (*Rolo Peônias Desfloradas*, introdução do *haikai* do pessegueiro e da ameixeira), Shōgakukan, 1974, p. 561. [N.A.] No original, 夫俳諧の活達なるや、実に流行有て実に流行なし、たとえば一円廓に添て、人追ふて走るがごとし。先ンずるもの却て後れたるものを追ふに似たり。流行の先後何を以てわかつべけむや。 *Sore haikai no kattatsunaru ya jitsu ni nagareyuki arite jitsu ni nagareyuki no nashi, tatoeba ichienkaku ni sotte hito otte hashirugagotoshi. Senzuru mono kaette okuretaru monoo ouni nitari. Nagareyuki no saki ato nani o motte wakatsubeken ya.* [N.T.]

Porém, a "efemeridade de todas as coisas" não diz respeito a uma sucessão cíclica do tempo histórico, mas à vida com começo e fim de uma pessoa. A vida é curta. Esta é a condição humana, e não difere segundo a cultura. O que difere de acordo com a cultura é o modo de se lidar com essa realidade. Por exemplo, o taoísmo prolonga a vida e busca "a juventude e a imortalidade". No budismo e no cristianismo, pensa-se que, após a morte, a alma entra numa "segunda vida", e também há o misticismo que ultrapassa a vida e a morte através da experiência da união com o ente absoluto.[42] Nos casos em que não se toma uma posição religiosa, há também uma imersão num indefinido sentimento de tristeza de que a vida é como um sonho, como também há uma postura hedonista que diz que, já que a vida é curta, deve-se aproveitar o presente.[43] Ambas aparecem

---

42. A transcendência da vida e da morte é a transcendência do tempo e do espaço. Na cultura japonesa, tem-se o zen, por exemplo. Detalhes serão mencionados no Capítulo 2 da Parte III ("Evasão e superação"). [N.A.]

43. Os exemplos são infinitos, mas essa sensação sobre a vida, se ela é um sonho ou uma fantasia, não é peculiar à cultura japonesa nem característica do pensamento budista. Por exemplo, há um poema de Walter von der Vogelweide (cerca de 1170-1228):
"*Ouwê war sint vershwunden alliu mîniu jâr!/ ist mir mîn leben getroumet oder i t ez wâr?*"
"Oh, todos os anos (que eu vivi) para onde acabaram indo!/ Minha vida é sonho ou realidade?"
(*Mittelhochdeutscher Text und Übertragung*, Fischer, 1962, p. 109.)
A segunda linha é exatamente igual a 「浮生若夢」 (李白「春夜宴従弟桃花園序」Lǐ Bó, *Introdução: Banquete dos aprendizes numa noite de primavera no jardim de pessegueiros em flor.*). O verso "A vida humana é curta, a juventude passa facilmente, desfruta o agora" também pode ser encontrado em Táo Yuānmíng e também em Ronsard.
盛年不重来　一日難再晨　及時当勉励　歳月不待人
(Táo Yuānmíng Quánjí *Obras completas de Táo Yuānmíng*, vol. 2. (Tradução das notas por Matsueda Kazuo e Wada Takeshi, Iwanami Bunko, 1990, pp. 25-6.)
"Empenhar-se", nesse poema, expressa o esforço em aproveitar a vida humana e o seu agora.
"*Vivez, si m'en croyez, n'attendez à demain:/ Cueillez dès aujourd'hui les roses de la vie.*"

na poesia lírica em todas as épocas e lugares, e o Japão não é uma exceção.

Como a vida é uma linha reta infinita que avança numa direção determinada, ela é dividida. Por esse motivo, usamos os termos mocidade, maturidade e senilidade. A parte que ficou para trás não volta. Mesmo que se busque "o tempo perdido", não se pode vivê-lo novamente. O tempo da vida é um fluir irreversível, e um mesmo acontecimento não ocorre duas vezes; a relação mútua entre os acontecimentos é muito próxima e teoricamente pode até ser causal. Ou seja, diferente de um tempo histórico sem limites, o tempo finito experimentado pela vida pode ser estruturado. Por exemplo, o poema "Não há lua, e a primavera não é a mesma do passado; só o meu corpo é o mesmo"[44] (cortesão Ariwarano Narihira, 825-80) é de quando o poeta visitou a antiga residência da namorada, que não mais se encontrava nesse lugar. A ausência da protagonista acaba por mudar tanto a lua quanto a primavera de um lugar; seu corpo é o mesmo, mas o ambiente, ou seja, o mundo muda, e essa mudança é irreversível. Provavelmente, podemos dizer que esta é a expressão simples e exata, irreversível e única do tempo vivido.

Dessa maneira, na cultura japonesa, coexistiam três modos de tempo diferentes. Ou seja, uma linha reta sem começo e sem fim = tempo histórico; o movimento cíclico sem começo e sem fim = tempo cotidiano; e o tempo universal da vida, que tem começo e fim. E todos os três tempos se voltam para a ênfase do viver no "agora".

"Vivei, se acreditais em mim, não espereis o amanhã/ colhei as rosas da vida a partir de agora."
(Ronsard, *Poésies choisies*, II, Classique Larousse, p. 53.) [N.A.]

44. No original, 月やあらぬ春やむかしの春ならぬ我身ひとつはもとの身にして, *Tsuki ya aranu haru ya mukashi no haru naranu waga mi hitotsu wa moto no mi ni shite.* [N.T.]

2

As diversas expressões do tempo

As características da língua japonesa

A ordem das palavras

Comparada às línguas chinesa, europeias modernas e outras, a língua japonesa tem como uma de suas características a ordem das palavras na frase. No japonês, o *dōshi* ("o verbo") ou o *keiyōdōshi* ("os verbos adjetivos")[45], pela regra, vêm no final da frase. Vejamos as orações: "*Watashi wa nihonjin desu*"[46] e "*Watashi wa kome o taberu*".[47] Tomando A = *watashi* (eu), B = *kome* (arroz) e V = *dōshi* ("verbo"),

---

45. Entendemos que o autor tenha desejado referir-se aos termos que compõem o núcleo do predicado, e citado dois a título de exemplo: o *dōshi* e o *keiyōdōshi*, somente para comparar a estrutura gramatical mais simples constituída por sujeito, verbo e complemento, sem intenção de se aprofundar na constituição da língua japonesa. [N.T.]
46. A tradução seria: "Eu sou japonês." Se fosse traduzida literalmente, teríamos: "Eu-japonês-ser." As diferenças entre as línguas japonesa e portuguesa são muitas, como se pode perceber por termos usado "sou" para a tradução de *desu* e "ser" para ilustrar a estrutura. Observe que o uso do verbo auxiliar "ser" em ambos os casos não passa de uma opção considerada a mais adequada, pois, além de ser o morfema gramatical flexionável nocional-relacional, *desu* é uma forma polida, e também o pronome *watashi*, mas que não identifica o gênero do sujeito. [N.T.]
47. A tradução seria: "Eu como arroz." Se fosse traduzida literalmente, teríamos: "Eu-arroz-comer." *Taberu* equivaleria ao nosso verbo e pode ser usado para qualquer pessoa, do singular ou do plural, no presente ou futuro, e está na forma não polida. [N.T.]

a ordem da fala na língua japonesa é A-B-V, diferente das línguas chinesa, europeias modernas e outras que, para uma frase com o mesmo sentido, segue a ordem A-V-B. Uma ordem de fala que coloca o verbo no final da frase, sem dúvida, não é uma peculiaridade exclusiva da língua japonesa (a língua coreana também é assim). Em ocasiões específicas, até mesmo nas línguas europeias modernas essa é a regra (por exemplo, no alemão, as orações subordinadas continuam depois de algumas conjunções subordinativas ou pronomes relativos).

A diferença na ordem da fala poderia refletir a diferença na ordem de pensar do falante e do ouvinte? Aparentemente, essa diferença não existe, pelo menos nas orações simples. O conteúdo lógico da frase "Eu como arroz" é o mesmo que "eu tenho a natureza de comer arroz". Se escrevermos que f (A) é a natureza que eu (A) tenho, com certeza, para explanar f (A) tanto faria dizer "comer o arroz" ou o "arroz comido", pois não mudaria o fato de que o falante e o ouvinte apreenderiam f (A) como um todo, de uma só vez, intuitiva e claramente. Na vida cotidiana, pensar primeiro no "arroz" ou no "comer" não constitui um problema.

Contudo, numa frase complexa e longa, a relação entre a ordem da fala e a ordem do pensamento torna-se mais preponderante. Na ordem da fala da língua japonesa, coloca-se o termo (ou frase) modificador na frente do termo modificado. O recurso gramatical para se colocar o termo (ou frase) modificador atrás de um termo (ou frase) modificado como nas línguas europeias — por exemplo, o caso possessivo do substantivo, a preposição, o pronome relativo — não existe no japonês. Agora, numa frase simples como "Eu arroz como", experimentemos acrescentar um modificador (ou frase) a cada um dos A-B-V. O conteúdo do qualificativo (ou frase) pode expressar-se em três frases simples:

"Watashi wa Tōkyo de umarete sodatta" (Eu nasci e cresci em Tóquio);

"Watashi wa kome o komeya de kau" (Eu compro arroz na loja de arroz);

"Watashi wa kome o hotondo mainichi taberu" (Eu como arroz quase todos os dias).

Tomando como qualificativos de A-B-V o conteúdo dessas três frases e acrescentando-as à primeira frase "Eu como arroz", a frase torna-se complexa como a que segue:

"Tōkyo de umarete sodatta watashi wa (A) komeya de kau okome o (B) hotondo mainichi taberu (V)" ("Eu (A), que nasci e cresci em Tóquio, como (V) quase todos os dias o arroz (B) que compro na loja de arroz").

Em primeiro lugar, essa frase não só inclui "eu como arroz", como também todo o conteúdo das três proposições simples seguintes; em segundo, especifica a relação mútua das quatro proposições. A primeira proposição é a estrutura daquela frase inteira, e as três seguintes são detalhes dos componentes A-B-V da primeira. Isso não fica claro enfileirando-se simplesmente as quatro frases. Em outras palavras, a última frase que reuniu as quatro proposições distintas estrutura o objeto, ao especificar a relação entre o todo e as partes (ou os detalhes).

Porém, há limites numa junção como essa, e que se relaciona à ordem das palavras no japonês. A frase "Tōkyo de umarete sodatta..." começa, ou melhor, não pode deixar de começar por termos/frases modificadores, ou seja, pelos detalhes. Enquanto lê, o leitor não sabe o que o modificador modifica, se após o "umarete sodatta" vai aparecer um demônio ou uma cobra. Mesmo que o demônio e a cobra não apareçam e surja um "eu" mais calmo, do que trata esse eu? Riu? Chorou? Enquanto não chegar ao "comer" que aparece no final da frase, não se pode saber. Em suma, essa regra sobre a ordem da fala em que o termo modificador vem antes do termo modificado, e que não pode deixar de colocar o verbo no final, força o leitor a ler os detalhes antes de conhecer o todo. Mesmo assim, compreende-se facilmente a frase "Tōkyo de umarete sodatta...", primeiro, porque cada modificador de A-B-V é curto, e, segundo, porque o conteúdo é um assunto comum do dia a dia que não necessita de um esforço intelectual elevado. Quanto mais extenso for o modificador e quanto mais o assunto também se tornar abstrato a ponto de se tornar necessário um rigor intelectual na discussão, a compreensão da frase condicionada pela ordem de uma fala como essa pode ser proporcionalmente mais difícil, pois torna-se difícil compreender os detalhes sem tomar como premissa a estrutura do todo.

De fato, um dos maiores obstáculos em se traduzir para o japonês uma sentença teórica formulada em língua europeia moderna[48], por exemplo, é algo como se segue. Se traduzirmos as frases longas das línguas europeias dividindo-as em frases curtas no japonês, elas se tornam facilmente compreensíveis, mas a relação estrutural entre as proposições curtas — e que deveria ser algo que o autor original desejou especificar por meio das frases longas —, em maior ou menor grau, é sacrificada. Então, se fizermos a sua tradução sem dividir as frases longas originais, respeitando a ordem da fala o máximo possível, e mudando-a apenas nos casos em que é inevitável, prejudica-se a compreensão dela. Se quisermos enumerar os exemplos, não haverá fim, por isso, vou mostrar um caso extremo, com a tradução de Uchida Yoshiaki de duas sentenças de Max Weber.

> ところで、ユダヤ民族の宗教的発展が世界史的意義をもつのは、かれらがなかんずく「旧約聖書」を創造したことにもとづくのである。というわけは、パウロの伝道が達成した最重要な精神的業績の一つに属することなのだが、ほかならぬパウロの伝道が、このユダヤ人の聖書となっていたものをキリスト教にとっても一つの神聖なる書物としてキリスト教の側へと救い出しながら、しかもなにしろこのばあい、この旧約聖書のなかに教えこまれている倫理のなかで、ほかならぬパーリア民族状況というユダヤ人に特徴的なる特殊な地位と儀礼的に固く結びついている倫理のあの諸特徴を、救済主キリストが無効を宣言したがゆえに、もはや拘束力なきものとして一切排除した、ということがあったからである。
>
> (『古代ユダヤ教』上、岩波文庫、一九九六、二一‐二二ページ)

---

48. O autor utiliza esse termo genérico sem defini-lo, mas os exemplos citados são do alemão e do francês. [N.T.]

A propósito, o desenvolvimento religioso do povo judeu tem um significado histórico em nível mundial[49], sobretudo porque eles criaram o Velho Testamento. Isso porque — e trata-se de um dos feitos espirituais mais importantes da evangelização de Paulo —, justamente essa evangelização de Paulo, além de resgatar no cristianismo o que havia se tornado a bíblia dos judeus para ser parte de seus livros sagrados, aconteceu que, nesse caso em especial, em consequência de o Cristo Salvador, seguindo a ética ensinada no Velho Testamento, ter declarado sem efeito aquelas características da ética que estavam associadas de modo formal e sólido à posição particularmente peculiar dos judeus que tinham nada mais nada menos que a condição de um povo pária, aboliu-se todas elas, considerando que nada tinha poder coercivo.

(*Judaísmo antigo*, I, Iwanami Bunko, 1996, pp. 21-2.)[50]

A primeira frase, que começa com ユダヤ民族の宗教的発展, "o desenvolvimento religioso do povo judeu", é curta e clara. A que vem após, というわけは, "Isso porque", é uma frase da língua japonesa traduzida por um tradutor experiente, que empregou recursos realmente habilidosos, sem dividir a longa frase original, e certamente não se pode exigir mais que isso. A frase というわけは... と

---

49. Se essa frase inteira ou período após a conjunção fosse traduzida tentando seguir a estrutura gramatical do japonês, teríamos: "O fato de o desenvolvimento religioso do povo judeu ter um significado histórico em nível mundial é porque (o povo judeu) fundamenta-se, sobretudo, na questão de ele(s) (os indivíduos que compõem o povo judeu) ter(em) criado o Velho Testamento." Os negritos e os parênteses mostram as peculiaridades do japonês no tocante ao uso das frases nominais ou orações adjetivas, à omissão do sujeito e à ausência de número. [N.T.]

50. Tradução para o português das duas frases ou períodos em japonês constantes no texto de Kato, que, por sua vez, foram traduzidas do alemão por Uchida Yoshiaki, como esclarece o autor. Dispensou-se o cotejo com o alemão, pois o autor insere-o em suas notas, e porque a base para a tradução para o português é o japonês e poderia trazer confusões maiores do que as já existentes nesse processo deveras complexo. [N.T.]

いうことがあったからである, "Isso porque... aconteceu que", corresponde à frase original em alemão, que começa com "*denn*". A necessidade do "foi porque" (em português traduzido para "aconteceu que") no final da frase é uma característica da língua japonesa. A frase traduzida respeita ao máximo a ordem do texto original, mas, nele, a parte do modificador, que vem sublinhada juntamente com ほかならぬパーリア民族状況, "nada mais nada menos que a condição de um povo pária", usa o pronome relativo e vem no final da frase. O texto original em língua alemã, afinal, não é simples. A sequência da língua japonesa numa frase longa como essa dificulta ainda mais a compreensão do processo de um pensamento complexo.[51]

Em frases simples e curtas, a ordem das palavras não é um grande problema. Mas, numa frase complexa e longa, ela pode vir a ser. Uma frase longa pode ser constituída pela enumeração de algumas frases curtas equivalentes, ou um todo estruturado com um modificador dos elementos da frase principal, especialmente acrescido de uma oração subordinada longa. Das duas, uma. Na primeira, a relação entre

---

51. A seguir, o texto original de Max Weber:
Die weltgeschichtliche Tragweite der jüdischen religiösen Entwicklung ist begründet vor allem durch die Schöpfung des "Alten Testamentes". Denn zu den wichtigsten Leistungen der paulinischen Mission gehört es, dass sie dies heilige Buch der Juden als ein heiliges Buch des Christentums in diese Religion hinüberrettete und dabei doch alle Züge der darin eingeschärften Ethik als nicht mehr verbindlich, weil durch den christlichen Heiland ausser Kraft gesetzt, ausschied, welche gerade die charakteristische Sonderstellung der Juden: ihre Pariavolkslage, rituell verankerten. (Max Weber, "Die Wirtschaftsethik der Weltreligionen. Das antike Judentum I", in *Gesammelte Aufsätze zur Religionssoziologie*, III, J. C. B. Mohr (Paul Siebeck), Tübingen, 1963, pp. 6-7.)
Tanto o texto original quanto o traduzido não são de fácil leitura, mas são suficientemente claros. Comparando-se os dois, parece evidente o trabalho minucioso do tradutor, que levou em consideração a diferença de ordem das palavras das duas línguas.
Comparado aos autores das línguas inglesa e francesa, um autor alemão mostra uma tendência maior de compor sentenças longas. Porém, aqui não trataremos das diferenças entre as línguas europeias. [N.A.]

as partes da frase longa é fraca e, geralmente, cada uma delas tende a ter um significado independente do todo.[52] Na segunda, há uma

---

[52]. Desde os tempos antigos, os poetas japoneses usaram muito o *makura-kotoba* (epíteto ou "palavra-travesseiro"), o *kakekotoba* ("trocadilho ou paronímia") e o *engo* ("palavras afins, ou relacionadas semanticamente para intensificar um efeito no poema") a fim de enfatizar a parte enquanto tal, separada do esqueleto da frase e do conteúdo principal. O *makura-kotoba*, principalmente, gera um efeito fonético sem acrescentar um significado novo à frase. Por exemplo, em "*ashihikino* (*yama*, 山, montanha)" e "*hisakatano* (*sora*, 空, céu)", seriam *ashihikino* e *hisakatano* [embora seu sentido não seja considerado, significam, respectivamente, "em que se arrastam os pés" e "longínguo"]. O *kakekotoba* é usado em homófonos, por exemplo, "*matsu*" pode ser "pinheiro" (松) ou o verbo "esperar" (待つ), e "*furu*" pode ser "velho" (古) ou o verbo "chover" (降る), usados com duplo sentido. Essa graça delicada quase não tem relação com o conteúdo do significado total do *tanka*. O *engo*, por exemplo, como em "shira*yuki*" (白雪, "a neve branca") e "omoi*keyu*" (思い消ゆ, "desaparecer do sentimento"), é um tipo de jogo de palavras pela associação de ideias. Técnicas como estas, até mesmo dentro da forma poética curta de 31 sílabas, mostram a eficácia de um "som adorno/ sinfonia ornamental" que enriquece o poema sem mudar a forma da melodia principal.

Diz-se que o poema de amor, que consta do *Goshūi wakashū* (*Antologia de poemas waka colhidos depois, aqui e acolá*), do famoso Fujiwarano Sanekata (?-1998) no *Hyakunin'isshu* (*Um poema de cem poetas*), não conseguiu transmitir à amada o "*moyuruomoi*" (sentimento ardente) e que ela deveria desconhecer o fato. Ou seja, "*kakutodani eyawai(f)u*" (かくとだにえやは言ふ) e "*sashimoshirajina moyuruomohio*" (さしもしらじなもゆるおもひを) correspondem à melodia principal. O verso com trocadilho inserido entre eles, "*ifukino sashimogusa*" — no qual "*ifu*" (*ifu* = *iu* = dizer) sobrepõe-se a "*ifuki*" *yama* (*ifuki* = *ibuki*, montanha Ibuki; e "*sashimogusa* = *yomogi*" (artemísia; absinto) e "*sashimo shiraji*" constituem o "som adorno/ sinfonia ornamental", nada acrescentando ao significado da melodia principal.

かくとだにえやはいふきのさしもぐささしもしらじなもゆるおもひを

Kakutodani eyawaifukino sashimogusa sashimoshirajina moyuruomoio Todavia, em decorrência disso, o fluir do som é suave e, ao mesmo tempo, desperta a "imagem" da montanha Ibuki sem nenhuma relação com o "sentimento ardente". De Kyōto, voltando-se para o leste, a planície Nobi estende-se para além de Ibuki. Para os nobres do século X = os poetas, a montanha Ibuki seria a fronteira com um outro mundo. A neve cobria o diferença entre a ordem das palavras das línguas europeias, que possuem pronomes relativos, e da língua japonesa, que não os tem. Nas línguas europeias, a atenção do leitor dirige-se do todo para o detalhe, e no japonês, do detalhe para o todo. Ou seja, o detalhe que a oração subordinada expõe no japonês afirma-se isoladamente do todo da frase.

Se projetarmos a relação entre o detalhe e o todo no eixo do tempo, poderemos considerar o detalhe como cada "agora" no fluir do tempo como um todo. A ênfase no detalhe (oração subordinada) separado da totalidade da frase é a ênfase no "agora", isolado

---

seu topo antes de qualquer outro lugar, e quando ela derretia já era verão... Era o marco de um outro mundo que conduzia as pessoas para além da sua vida cotidiana, para o "sentimento ardente" que as fazia esquecer o tempo, e devia corresponder, mesmo que longinquamente, à "imagem" do "Ibuki" enquanto indicador das estações do ano. Provavelmente esse é um exemplo muito refinado de recurso estilístico na forma poética curta.

Não se trata de uma composição arquitetônica para a combinação de frases curtas, e a frase longa, decorrente da sequência de frases curtas, pode mostrar um resultado maravilhoso para descrever acontecimentos que acompanham o fluir do tempo. Seu exemplo típico é o *michiyuki* (道行, a literatura antiga de viagens narrada segundo um determinado ritmo; a encenação com efeitos sonoros e cênicos de uma viagem de fuga dos amantes) dos dois amantes que aparecem no *jōruri* (浄瑠璃) do período Tokugawa. Por exemplo, a introdução do famoso *michiyuki* da peça *Sonezaki Shinjū* (*Duplo suicídio por amor em Sonezaki*), que começa em "*Konoyo no nagori, yo mo nagori*" (Os resquícios deste mundo, a noite também com seus resquícios). Os pilarzinhos de gelo que sobem da terra "e vão desaparecendo a cada passo", o soar do sino "ouvido em sua última badalada", a Via Láctea refletida na superfície da água e a promessa de encontro das duas estrelas que ficam nas suas extremidades opostas — "imagens" como essas aparecem em sequência, convergem para "Eu e você, o casal de estrelas (Altair e Vega), juntos nos apoiamos sem falta, lágrimas que os dois choram por dentro". As imagens sucessivas da experiência do casal que se encontra no meio do caminho correspondem ao gelo sob os pés, ao soar do sino, ao céu estrelado, e cada experiência tem total equivalência dentro do fluir do tempo final que eles vivem. O recurso estilístico do *michiyuki* em conjunto com o desempenho da palheta do *futozao* (太棹, o *shamisen* de braço grosso) não é apenas liricamente belo, mostra claramente o conceito de tempo como uma cadeia de "agoras" equivalentes. [N.A.]

do tempo precedente e posterior. O significado de um acontecimento atual é autoconclusivo e, para compreendê-lo, nem sempre é necessário consultar os acontecimentos que o precederam ou sucederam, por exemplo.

O tempo verbal

Nos "verbos" da língua chinesa antiga não existe a marcação de tempo. A relação temporal entre o antes e o depois de um fato em questão é indicada pelo advérbio ou é depreendida a partir da orção.[53] No caso das línguas europeias modernas, o passado, o presente

---

53. São exemplos duas linhas iniciais da obra *Guānshānyuè*, de Rikuyū (1125--1210, poeta da dinastia Sung do Sul, 1127-1279), criada em Chéngdū Seito na primavera de 1177. Notas de Ikkai Tomoyoshi, *Rikuyū Chūgoku Shijin Senshū* 2 *shū* 8 (*Antologia de poetas chineses*, v. 2, n. 8). Iwanami Shoten, 1962, pp. 33-4).
我戎詔下十五年 ("eu bárbaro sob o édito imperial por quinze anos")
将軍不戦臨辺 ("general não luta, observa de lado")
"Eu bárbaro" (我戎), ou seja, já se passaram quinze anos desde que o imperador da dinastia Sung do Sul declarou o acordo de paz com Jīn, que iria se dirigir para o sul. Nesse período, o general dessa dinastia não lutou. "Sob o édito imperial" (詔下) é um acontecimento do passado, dado a conhecer pelos "quinze anos" (十五年) e não porque há uma flexão ou um auxiliar verbal que mostra o passado. O "não lutou" (不戦) e "observou de lado" (臨辺) falam da situação duradoura de quinze anos atrás até o momento da poesia. Porém, desconsiderando a relação entre o antes e o depois (na frase), e se retirarmos apenas esta segunda linha, não se sabe, absolutamente, se o general ficou, fica ou ficará de lado sem lutar.
Por volta da "Grande Revolução Cultural", um lema escrito com letras garrafais nas cidades da China foi o *Nóngyè Xué Dàzhài* (農業学大寨). A Campanha do Aprendizado com a Agricultura de Dàzhài foi organizada por Mao Zedong no início dos anos 1960. No lema, não há frases anterior e posterior. O estilo frequentemente segue o dos textos clássicos. Dàzhài é um topônimo, e, não obstante as péssimas condições naturais daquela época, ficou famoso como lugar que obteve êxito na agricultura. Esse lema se faz a partir de dois substantivos, "*Nóngyè*" (agricultura) e "*Dàzhài*", e também do verbo "*xué*" (estudo, ciência) [O autor usa *dōshi*, embora nesse caso *xué* seja um *meishi*, substantivo.]. Nesse caso, não é possível saber antecipadamente de quando são as ações (ou acontecimentos) que o verbo mostra, se do presente, passado ou futuro. Não há denominação de tempo

e o futuro dos acontecimentos são mostrados gramaticalmente pelas modificações das terminações do verbo ou do uso simultâneo de um verbo auxiliar[54] com o verbo principal.[55] Sobre o tempo verbal da língua

---

nem de modo; se dito em japonês, ninguém saberia se é "aprenda", "já aprendeu" ou "está aprendendo agora" ou "é desejável aprender amanhã". O que se sabe com certeza é que existe uma relação R entre os dois conceitos, "agricultura" e "Dàzhài", e R é definido por apenas uma letra de uma palavra, "estudo", sem relação com o antes e o depois da linha do tempo. [N.A.]

54. No original, o autor não explicita nenhum termo gramatical utilizado por uma língua europeia moderna, como referência. Usa o termo japonês *jodōshi* que no caso da língua japonesa refere-se aos morfemas gramaticais flexionáveis nócio-relacionais, alguns modalizadores, acoplados aos verbos e outras classes de palavras segundo uma regra específica. Entre eles, estão *da* e *desu*, utilizados para afirmações e julgamentos, o primeiro na forma comum, e o segundo na forma polida, com funções semelhantes às dos verbos copulativos, aos quais se julga que o autor esteja se referindo na comparação com uma língua europeia moderna. Daí a tradução para "verbos auxiliares". [N.T.]

55. O tempo das línguas europeias não apenas distingue claramente o passado, o presente e o futuro, como também mostra a nítida relação entre o antes e o depois de dois acontecimentos do passado (ou do futuro). Ou seja, a distinção gramatical entre o pretérito e o pretérito mais-que-perfeito é uma característica comum de muitas línguas europeias. Essa distinção não existe na gramática japonesa.

Além disso, por exemplo, em francês, distinguem-se, nos acontecimentos do passado, os duradouros/contínuos dos que ocorrem concentrados num momento da linha do tempo, e expressa em pretérito imperfeito os primeiros verbos e em pretérito perfeito os segundos. Na terceira cena do primeiro ato de *Fedra* (1677), de Jean-Baptiste Racine (1639-99, poeta francês), a heroína amada perdeu a visão e também a voz. "*Mes yeux ne voyaient plus, je ne pouvais parler*"; está no pretérito imperfeito. Anteriormente, sua irmã mais velha (ou mais nova), Ariadne, morreu na praia da ilha de Naxos abandonada por Teseu. "*Ariane, ma sœur, de quel amour blessée/ Vous mourûtes aux bords où vous fûtes laissée*" está no pretérito perfeito. A distinção desses dois passados não existe no inglês. O italiano se equipara ao francês, e o alemão, ao inglês.

Os diferentes usos dos pretéritos imperfeito e perfeito na língua francesa não se restringem apenas à durabilidade dos acontecimentos desde o seu começo. Uma explicação mais detalhada pode ser vista em livros de gramática francesa. Por exemplo, Maurice Grevisse, *Le Bon Usage. Cours de grammaire française et de langage français*, 4ª ed., Paris, Librairie Orientaliste Paul Geuthner, 1949. [N.A.]

japonesa, não há uma teoria vigente. No japonês, é possível mudar o sentido dos verbos de diversas maneiras, acrescentando-se ao final deles os *jodōshi*, morfemas gramaticais flexionáveis nocionais-relacionais, com sentidos específicos.[56] Por exemplo, mudar uma afirmação para uma suposição ou o avanço de um acontecimento para a sua conclusão. A questão é se há ou não um sistema de *jodōshi* que mude o presente do verbo para o passado ou para o futuro. Pelo menos, não há um sistema (ou seja, tempo verbal) claro como nas línguas europeias.

No japonês moderno, *Ame ga furu*, 雨が降る(A chuva cai = Chove), está no presente, e *Ame ga furu darō*, 雨が降るだろう[57] (Poderá/Deverá chover), não se restringe a um significado futuro. Se a assim chamada "probabilidade de chuva" se tornar uma certeza, 100%, também podemos usar *Ame ga furu* para um acontecimento futuro (*Ashita wa kanarazu ame ga furu*, 明日は必ず雨が降る, Amanhã choverá com certeza). É possível usar *darō* tanto para um acontecimento do presente quanto do passado. *Ame ga fu(ttei)ru*[58], 雨が降(ってい)る(Está chovendo). *Jōgashima demo fu(ttei)ru darō*, 城ヶ島でも降(ってい)るだろう (Mesmo em Jōgashima deve estar chovendo). Já que o falante não está no local, não tem certeza sobre a chuva em Jōgashima. O mesmo ocorre com a chuva do dia anterior. *Koko de wa ame ga futta*[59], ここでは雨が降った

---

56. No original, *jodōshi*, o mesmo termo traduzido anteriormente para "verbos auxiliares", mas, aqui, referindo-se ao termo empregado na gramática da língua japonesa, que é dividido em dezessete morfemas gramaticais flexionáveis nócio-relacionais, alguns com sentidos variados. [N.T.]

57. *Darō* é um dos dezessete *jodōshi*. Carrega a noção de suposição e não possui todas as formas de flexões. [N.T.]

58. *Furu* seria o "verbo" que, flexionado, assume cinco variações — *fura furi furu fure furo* —, para que a ele se ligue ou não um morfema gramatical flexionável (*jodōshi*) ou não flexionável (*joshi* = 52 formas). Nesse caso, *teiru* é composto pelo *te* enquanto elemento de ligação (semelhante ao morfema não flexionável) com um "verbo", que perde o seu sentido original para dar a ideia da duração ou do estado de uma ação, normalmente traduzido para o português no gerúndio. [N.T.]

59. *Ta* é um dos dezessete *jodōshi*, carregando a noção de uma ação conclusa e em geral acaba sendo traduzida no passado. [N.T.]

AS DIVERSAS EXPRESSÕES DO TEMPO

(Aqui choveu), *Jōgashima de mo futta darō*, 城ヶ島でも降った だろう (Deve ter chovido também em Jōgashima). *Darō*, だろう, não carrega a noção de futuro[60], mas de suposição, expondo um fato incerto para o falante.

Darō, だろう, é *dearu* + *u*, である＋う[61], mas o morfema de suposição "*u*" (う) não é necessariamente apenas uma suposição. Como em *ikō*, 行こう (vamos), e *dekakeyō*, 出かけよう[62] (vamos sair), pode significar uma vontade ou um convite, por exemplo, para o interlocutor. O acontecimento suposto pode ser do passado, do presente ou do futuro, de qualquer tempo, mas, quando se convida o interlocutor para uma ação qualquer, essa ação ainda nem começou. Ela vai ocorrer no futuro. Porém, o convite para essa ação é algo do presente. "*U*" (う) é o morfema de convite e não de futuro. As línguas europeias atuais parecem mostrar isso ao colocarem o verbo no presente como correspondentes para *ikō*, *dekakeyō* e *sorosoro dekakemashō* (vamos saindo).[63]

---

60. Na língua japonesa, o futuro é marcado por palavras que remetem ao tempo futuro, como os nossos advérbios de tempo. [N.T.]

61. Seguindo a história da língua, seria *de ara* + *u*, sendo que *ara* corresponde à forma de flexão que o "verbo" *aru* assume para se ligar ao morfema gramatical flexionável *u* e, nesse processo, sofre transformação fonética ficando *darō*. [N.T.]

62. Aqui, somente o う (*u*) de よう (*yō*) está sendo considerado, mas よう (*yō*) é uma variante em termos semânticos do う (*u*) e um morfema gramatical distinto, se visto como forma que se conecta a termos diferentes. Assim, ao verbo *iku* (行く) é o morfema *u* que se conecta, enquanto ao *dekakeru* (でかける), é o morfema よう (*yō*). [N.T.]

63. O *sorosoro dekakeyō*, そろそろ出かけよう, da língua japonesa moderna, o *sororisorori to mairō*, そろりそろりと参らう, de uma fala do *kyōgen* (cerca dos sécs. XV-XVI), na Europa, expressa-se, por exemplo, em "*On s'en va?*" (francês), "*Andiamo*" (italiano) e "*Gehen wir jetzt?*" (alemão). Todos os verbos estão no presente do indicativo. No inglês, pode-se usar a forma do futuro "*Shall we go now?*". O "*dekakeru*" (sair) é um fato de um futuro próximo, e o "convite" a esse fato é um propósito do presente. De acordo com o que chama a atenção, o verbo deve tomar a forma do futuro ou a do presente. Ou pode-se pensar que, como nesse caso o futuro próximo está bem perto, o presente é prolongado até ele. A frase em alemão acima citada tem a palavra do "agora" (*jetzt*), e o verbo está no presente; também temos a palavra "agora" (*now*) no

Na língua japonesa, não há um *jodōshi* que indique o futuro, que sirva apenas para os acontecimentos futuros. E quanto ao passado, como seria? O *ta* (た), de *kinō wa ame ga futta,* 昨日は雨が降った (Choveu ontem), mostra um "passado simples", e o *ta* de *hon o kaitara*[64], *okurimashō*, 本を書いたら送りましょう (Se/quando escrever o livro, vou enviar), mostra a "conclusão de um movimento" [Aramura Izuru (1876-1967), *Kōjien* (*Dicionário japonês*), Iwanami Shoten, 3ª ed., 1983]. Porém, há teorias de que o *ta* de *Ame ga futta* (Choveu), equivalente a *ki* e *keri* (き・けり) da língua clássica, não é morfema de passado, mas de lembrança [Ono Susumu, Satake Akihiro e Maeda Kingoro, *Iwanami Kogo Jiten* (*Dicionário de língua clássica Iwanami*), Iwanami, 1974]. A lembrança é o despertar da memória, e o conteúdo da memória é acontecimento do passado. Se considerarmos que *ta* não é o passado do conteúdo da memória, mas expressa uma situação do estado mental do falante que desperta a memória, a assimetria e a instabilidade da interpretação de que na língua japonesa moderna não há um *jodōshi* de futuro, mas somente de passado, podem ser evitadas. Na língua japonesa não há um *jodōshi* de futuro nem de passado. O que a gramática da língua japonesa está refletindo não é uma ordem de mundo que situa todos os acontecimentos sobre um eixo temporal dividido em passado, presente e futuro, como estrutura temporal do mundo, mas, certamente, a reação do falante em relação aos acontecimentos, por exemplo, o grau (de afirmação ou suposição) de precisão da proposição, do despertar da memória, da vontade da ação ou do convite ao interlocutor.

---

texto em inglês e o verbo está no futuro. O "futuro próximo" está num futuro bem próximo, e os fatos que ocorrem nele podem ser descritos com o uso de qualquer verbo do presente ou do futuro. Em todo caso, o auxiliar verbal japonês "*u*" dos momentos em que se deseja transmitir a mesma "mensagem" em iguais condições não indica um futuro claro. [N.A.]

64. O comentário restringiu-se ao *ta*, mas *tara* é uma das flexões que esse *jodōshi* assume na forma hipotética, ou, de acordo com a tabela de flexões, a quinta forma de flexão. [N.T.]

AS DIVERSAS EXPRESSÕES DO TEMPO

Uma das características claras do japonês moderno, pelo menos se comparado com as línguas europeias, é que a sua gramática, mais do que a estruturação do tempo segundo a relação entre o antes e o depois sobre uma linha do tempo, tem a notável tendência de se dirigir para a expressão da reação do falante em relação aos acontecimentos que se sucedem temporalmente. A memória traz os acontecimentos do passado para perto do estado psicológico presente do falante, e a previsão, os acontecimentos do futuro. O passado do mundo deságua no presente do falante, e o futuro do mundo escorre do presente do falante. Se não fosse assim, um passado sem conexão desapareceria (amnésia), e um futuro imprevisível não seria objeto de interesse de ninguém. Pode-se pensar que esse idioma e sua gramática convidam as pessoas para um tipo de centralismo no presente. Porém, a partir de que momento isso se dá?

A estrutura gramatical fundamental de uma língua não muda facilmente. Podemos dizer que a característica do tempo verbal do japonês atual parece remontar até o japonês do passado. O dicionário *Iwanami Kogo Jiten* (obra já citada), no verbete "Kihon Jodōshi Kaisetsu" (*Explicações dos* jodōshi *básicos*, pp. 1427-41) a respeito dos acontecimentos do passado, presente e futuro, enumera os *jodōshi* que expressam o sentido de suposição, conclusão, memória, obviedade, etc. Por exemplo, o *jodōshi* de suposição sobre um acontecimento (ação) do passado, é *ken* (けむ) de *Waga sodefuru o imo mikemu kamo* (Parece que a amada viu o aceno que fiz com as mangas) [*Man'yōshū*, 124 — daqui por diante, os números serão do *Koten Bungaku Taikei* (*Sinopse da literatura clássica*) da Iwanami Shoten]. Equivale a *mitadarō* (parece que viu) da língua moderna. A suposição sobre um fato do presente é *rashi*, de *Haru sugite natsu kitarurashi* (Parece que passando a primavera vem o verão) (*Man'yōshū*, 28), "*rashii*" da língua moderna. A suposição de uma ação da terceira pessoa no futuro, o *mu* de *Kataraitsugite au kotoaran* (Continuaremos a falar provavelmente sem nos encontrarmos) (*Man'yōshū*, 669), é o *darō* da língua moderna. Sobre a ação de um passado preciso, há os *jodōshi* de conclusão *tsu, nu, ri* e *tari*, e sobre os acontecimentos

67

que devem ocorrer naturalmente no futuro há o *beshi*, todos com exemplos no *Man'yōshū*. Nenhum deles, contudo, indica claramente o passado, o presente ou o futuro de modo direto.

No entanto, há uma divergência de opiniões entre os gramáticos sobre se há ou não um *jodōshi* que expresse o passado. Em geral, considera-se que *ki* e *keri* são *jodōshi* de passado. Porém, o dicionário *Iwanami Kogo Jiten* não adota essa teoria corrente, explicando que não é "passado", mas "lembrança". Os exemplos citados pelo dicionário são os que se seguem.

人言を繁みこちたみ逢はざりき心あるごとな思ひわが背子 (*Man'yōshū*, 538).

Hitogoto o shigemi kochitami awazariki[65] *kokoro aru goto na omoi waga seko.*

Olhos alheios impediram-me de ir. Não penses, amor, em outros motivos mais.

世の中は空しきものと知るときしいよよますます悲しかりけり (*Man'yōshū*, 793).

Yo no naka wa munashiki mono to shiru toki shi iyoyo masumasu kanashikarikeri.[66]

Assim que tomei ciência deste mundo como algo vão, mais triste eu fiquei.

A razão pela qual se toma isso como "lembrança" e não como "passado" inclui pontos de vista da teoria da cultura comparada e da psicologia.

---

65. Em geral, *ki* refere-se a experiências que o falante teve diretamente. [N.T.]
66. Normalmente, *keri* diz respeito a uma informação ou experiência transmitida por terceiros. [N.T.]

AS DIVERSAS EXPRESSÕES DO TEMPO

Entre os europeus modernos e os japoneses antigos há uma grande divergência quanto ao domínio do tempo. Os europeus pensam o tempo como existência objetiva e como continuidade prorrogável e o consideram divisível, colocando aí o alicerce da divisão de passado, presente e futuro. Porém, para os japoneses da antiguidade, o tempo não era uma continuidade prorrogável objetiva. Pelo contrário, muito subjetivamente, o futuro era a própria conjetura e suposição vaga do falante, e o passado, a existência ou não da memória do falante, ou o próprio reavivar da memória. Por isso, aqui não será usado o termo "passado" para *ki* e *keri*, denominando-os "lembranças" (*Iwanami Kogo Jiten*, pp. 1439-40).

Nesse modo original de pensar há também algumas questões problemáticas. Uma delas, o "domínio do tempo", compara os japoneses *antigos* com os europeus *modernos*, mas como fica a relação entre os japoneses antigos e os europeus antigos? A segunda analisa o "domínio do tempo" como um contraste entre a concepção geral de tempo objetivo e de tempo subjetivo (basicamente próximo ao "tempo que se viveu" de Bergson[67]), mas o problema é se não poderiam coexistir dentro de uma cultura de um período. Geralmente, essas duas questões estão ligadas a uma atitude da cultura em relação ao tempo. Por fim, qual é a relação entre a concepção de tempo de uma dada cultura e o tempo verbal na gramática? Certamente, um refletiria o outro. Porém, é difícil avaliar essa relação mais detalhadamente. Muito menos possível ainda é dizer qual é a causa e qual é o resultado.

Por enquanto, o que poderíamos concluir? Primeiro, comparada às línguas europeias, as características que a língua japonesa moderna possui — especialmente as características do tempo verbal — perduram até hoje desde a época do *Man'yōshū*, e provavelmente também no caso das línguas europeias, pelo menos no que diz respeito ao desenvolvimento do tempo verbal — por exemplo, o tempo verbal do latim; contudo, a ordem das palavras do latim antigo tem uma

---

67. Henri-Louis Bergson (1859-1941), autor de *Matéria e memória*. [N.T.]

diferença notável com as línguas europeias modernas —, desenvolveram-se continuamente a partir da língua antiga. Segundo, tais características do japonês enfatizam uma tendência que existe dentro da cultura japonesa, isto é, o tempo subjetivo mais do que o tempo objetivo, e, mais do que discernir apuradamente os tempos passado, presente e futuro, sugerem uma tendência que faz convergir tanto o passado como o futuro para o presente.

A LITERATURA JAPONESA

O estilo das narrativas

A gramática japonesa, que não distingue apuradamente o tempo passado, presente e futuro dentro de um parágrafo da narração, tem a possibilidade de usar simultaneamente as formas do presente do verbo (+ *jodōshi*) e do passado (forma que sugere o futuro, segundo a ocasião) livremente, sem dar a sensação de estranhamento ao leitor. Os escritores de narrativas literárias (*monogatari*) de língua japonesa aproveitaram positiva e habilmente tais qualidades desse idioma e produziram um estilo peculiar. Um de seus exemplos típicos é a obra *Genji Monogatari* (*Narrativas de Genji*):

> いづれの御時にか。女御・更衣あまたさぶらひ給ひけるなかに、いと、やむごとなき際にはあらぬが、すぐれて時めき給ふありけり。はじめより、「われは」と、思ひあがり給へる御かたがた、めざましき者におとしめそねみ給ふ。おなじ程、それより下﨟の更衣たちは、まして、安からず。[68]

---

68. Introdução do capítulo "Kiritsubo". *Nihon Koten Bungaku Taikei*, 14, *Genji Monogatari* 1 (*Sinopse da literatura clássica japonesa*, 14, *Genji Monogatari*, 1), notas de Yamagishi Tokuhei, Iwanami Shoten, 1958, p. 27, marcas no texto por Kato. [N.A.]

Izure no ontoki ni ka. Nyōgo, kōi amata saburai tamaikeru naka ni, ito, yangotonaki kiwa ni wa aranu ga, sugurete tokimekitamou arikeri. Hajime yori, "ware wa" to, omoiagari tamaeru onkatagata, mezamashiki mono ni otoshime sonemitamou. Onaji hodo sore yori gerō no koitachi wa, mashite, yasukarazu.

Em que momento de que época teria acontecido o seguinte fato? Entre as muitas damas *nyōgo* ou *kōi* existentes, havia uma que se destacava demasiadamente, mas que não tinha posição elevada. Aquelas que se enalteciam achando que eram as melhores desde o princípio ficaram com rancor e desprezavam-na como sendo um estorvo. Com a mesma intensidade, as damas *kōi*, de igual posição ou inferior a ela, desde então, não sossegam.

A maioria das narrativas tem seu conteúdo relacionado a acontecimentos do passado. Em primeiro lugar, いづれの御時にか (Em que momento de que época teria acontecido o seguinte fato?), mostra que o tempo pertence ao passado de um acontecimento como um todo — a um passado que não se pode determinar precisamente. O verbo (+ *jodōshi*) que vem na sequência, *saburai tamaikeru* ("existiu", na forma de modéstia), está no passado; *aranu* ("não há") está no presente; *arikeri* ("existiu"), no passado; *sonemitamau* ("sente rancor", na forma de modéstia) e *yasukarazu* ("não sossegam"), no presente. Para o senso do narrador, a forma do passado destaca o distanciamento com o objeto. O fato de que havia (*saburai tamaikeru*) muitas damas *nyōgo* e *kōi*[69] e, entre elas, a protagonista, que não tinha uma condição muito elevada, mas se destacava excepcionalmente (*sugurete tokimeki tamō*), é uma situação objetiva do passado. O que aconteceu ali? Surge o rancor (*sonemi*) e a insatisfação das damas *kōi*. Isso é explanado na forma do presente, porque para o narrador

---

69. As damas que serviam à corte, *kōi* (ou *hin*, de acordo com a época), cuidavam das mudas de roupas do imperador e hierarquicamente eram inferiores às *nyōgo*. [N.T.]

trata-se de um objeto de grande interesse. Por meio dos verbos na forma do presente, a consciência do narrador aproxima-se do alvo. Para o leitor, certamente surge uma sensação repentina de estar diante de uma cena complexa e dramática da inveja das mulheres no interior de um pequeno grupo fechado. Após a frase que termina distensa com "rebaixar e sentir rancor" (*otoshime sonemi tamō*), essa sensação de estar presente é elevada a uma tensão por meio da frase que termina com a expressão clara e forte "não sossegam" (*yasukarazu*), ou seja, pelo recurso de atenuação ou intensificação.

Porém, a técnica que produz o sentimento de presença, misturando frases no presente enquanto narra os acontecimentos que ficaram para trás, é utilizada com muito mais efeito no *Heike Monogatari* (*Narrativas do clã Taira*) do que no *Genji Monogatari*. Por exemplo, na cena famosa em que, da praia, Nasuno Yoichi derruba com uma flecha o leque colocado para fora do barco que balançava entre as ondas da praia:

> [...]心のうちに祈念して、目を見ひらひたれば、風もすこし吹よはり、扇もゐ(射)よげにぞなったりける。与一鏑を<u>とってつがひ、よっぴいてひやうどはなつ</u>。[...]鏑は海へ入ければ、扇は空へぞあがりける。しばしは虚空にひらめきけるが、春風に一もみ二もみもまれて、海へさっとぞちったりける。[70]

> [...] *kokoro no uchi ni kinenshite, me o mihiraitareba, kaze mo sukoshi fukiyowari, ōgi mo i yoge ni zo nattarikeri. Yoichi kabura o <u>totte tsugai, yoppiite hyōdo hanatsu.</u>* [...] *kabura wa umi e hairikereba, ōgi wa sora e zo agarikeru. Shibashi wa kyokū ni hiramekikeru ga, shunpū ni hito momi futa momi momarete, umi e satto zo chittarikeru.*

---

70. *Heike Monogatari* (*Narrativas do clã Taira*), rolo 11, Nasuno Yoichi. *Nihon Koten Bungaku Taikei*, 33, Heike Monogatari, 2 (Sinopse da literatura clássica japonesa, 33, Narrativas do clã Taira, 2), notas de Takagi Ichinosuke, Iwanami Shoten, 1960, pp. 318-9. [N.A.]

[...] ao abrir os olhos depois de orar em silêncio, o vento havia atenuado, e ficara fácil de acertar o leque. Yoichi <u>pega</u> uma flecha, <u>posiciona</u>-a, <u>arqueia e solta-a fazendo fiuuuu</u>. [...] A flecha mergulhou no mar, e o leque subiu ao céu. Por uns momentos reluziu no espaço, mas piruetando uma vez, duas vezes à brisa primaveril, caiu direto no mar.

Aqui, apenas o movimento do protagonista que atira a flecha está na forma do presente. "Yoichi pega uma flecha, posiciona-a, arqueia e solta-a fazendo fiuuuu." As situações anterior e posterior, o serenar do vento com orações aos *kami* e budas e a cena espetacular depois que acertou o leque, por exemplo, usam o *jodōshi* "*keri*", descrevendo-as como acontecimentos do passado. Em relação a essa forma de passado e a forma do presente da descrição que passa de uma concentração do espírito (orações) e de uma rápida situação de julgamento (o serenar do vento) para uma ação decisiva, destaca-se brilhantemente, e faz emergir de forma admirável o espetáculo daquele instante. Nesse momento, o leitor deverá ouvir o uivar da flecha que se solta da corda do arco. O efeito sensorial da onomatopeia "fiuuuu" e o efeito da forma do presente do verbo "solta-a" sobrepõem-se e dão origem à força do estilo do texto do *Heike Monogatari* "que canta as armas e as pessoas".

Entre *Genji Monogatari* (*Narrativas de Genji*, início do século XI) e *Heike Monogatari* (*otocoe*, início do século XIII) há uma distância de mais de duzentos anos. O primeiro é um mundo de relações entre homens e mulheres formalizadas no *mono omoi* (emoção profunda de pesar acerca dos fatos), tomando como palco a corte; e o segundo é um mundo de decisões e ações rápidas que frequentemente tinham como palco o campo de batalha. Quem lia as compilações manuscritas de *Genji Monogatari* eram a nobreza e as damas da corte do período Heian, e não há dúvida de que quem ouvia as narrações *heikyoku*, acompanhadas pela música de *biwa* tocada pelos monges menestréis, era uma quantidade muito maior e variada de pessoas que existiam fora da corte e das camadas dominantes. Dentro da narrativa que recorda os acontecimentos do passado, a técnica que introduz a descrição do presente com um método direto deve ter manifestado um poder muito maior no *Heike Monogatari* do que no *Genji Monogatari*.

Esse estilo engenhoso também foi sucedido pelos romances do período Tokugawa. Por exemplo, uma narrativa curta chamada "Kibitsu no Kama" ("O caldeirão de Kibitsu"), na obra *Ugetsu Monogatari* (*Contos da chuva e da lua*)[71], do mestre das histórias de terror, Ueda Akinari (1734-1809). Trata-se da história de um homem que se casou sem se incomodar nem mesmo com os presságios dos adivinhos feitos no caldeirão de Kibitsu e é morto pela esposa, que se transformou num monstro depois da morte. O homem está em sua casa protegida por um talismã, e o monstro não consegue invadi-la. Porém, ataca-o no momento em que ele abre a porta para ver o que se passa do lado de fora. A narrativa não descreve o instante, mas sim a cena no presente, "tão surpreendente e assustadora", assistida por uma terceira pessoa que foi ao local para saber do estado de saúde do homem.

> [...] あるひは異しみ、或は恐る恐る、ともし火を挑げてここかしこ見廻るに、明けたる戸腋の壁に腥なましき血灌ぎ流て地につたふ。されど屍も骨も見えず。月あかりに見れば、軒の端にものあり。ともし火を捧げて照らし見るに、男の髪の髻ばかりかかりて、外には露ばかりのものもなし。浅ましくもおそろしさは筆につくすべうもあらずなん。[72]

> [...] *Arui wa ayashimi, arui wa osoruosoru, tomoshibi o kakagete koko kashiko mimeguru ni, aketaru towaki no kabe ni namanamashiki chi sosoginagarete chi ni tsutau. Saredo shikabane mo hone mo miezu. Tsukiakari ni mireba, noki no tsuma ni monoari. Tomoshibi o sasagete terashi miru ni, otoko no kami no motodori*

---

71. O autor Ueda Akinari teve a obra *Contos da chuva e da lua* publicado em 1996 pelo Centro de Estudos Japoneses da USP, sob a organização da professora Geny Wakisaka. [N.T.]

72. *Nihon Koten Bungaku*, 56, *Ueda Akinari* (Sinopse da literatura clássica japonesa, 56, coleção Ueda Akinari), Iwanami Shoten, 1959, pp. 96-7. [N.T.]

bakari kakarite, soto ni wa tsuyu bakari no mono mo nashi. Asamashiku mo osoroshisa wa fude ni tsuku subyō mo arazunan.

[...] Ora com receio, ora com medo, olha ao redor, aqui e ali, iluminando com a tocha, e vê na parede, junto à porta aberta, sangue vivo escorrido até o chão. Porém, não conseguiu ver nem o cadáver nem os ossos. Com a claridade da lua, notou que havia algo no beiral do telhado. Ergueu a tocha e viu pendurada apenas a madeixa do rabo de cabelo do homem. Lá fora nada havia além do orvalho. Não há como descrever algo tão surpreendente e assustador.[73]

Depois que o dia amanhece, ele conta que procurou pelos campos, mas não achou nada; informou o fato à família do homem, que repassou o relato à família da esposa falecida, e encerra a história concluindo que a previsão do mestre das artes divinatórias dos Cinco Elementos Ying-Yang[74] estava certa. Não é que o leitor presencia o momento da morte do homem, ele é arrebatado para o presente daquele estranho que testemunhou o acontecido.

Mesmo para o leitor a quem é difícil identificar-se com o protagonista, é mais fácil entrar na emoção daquele estranho, ou seja, do observador da tragédia = testemunha, e essa terceira pessoa, como

---

73. O trecho correspondente no sexto conto, "O caldeirão de Kibitsu", que consta da obra *Contos da chuva e da lua*, publicado em 1996 pelo Centro de Estudos Japoneses da USP, foi traduzido da seguinte maneira: "Sentiu um misto de mistério e medo, e munido de uma tocha, procurou pelos arredores, quando descobriu, ao lado da porta aberta, uma parede manchada de sangue que escorria pelo chão. Não se via, no entanto, nem o cadáver, nem os ossos. Sob a luz do luar, conseguiu entrever algo na extremidade do alpendre. Ao iluminá-lo com a tocha, encontrou somente o cacho do cabelo de um homem. Fato espantoso, cujo horror torna-se impossível descrever, através de palavras." [N.T.]

74. Segundo o dicionário *Kōjien* (6ª ed.), a Teoria dos Cinco Elementos Ying Yang é constituída de uma interpretação da sorte dos fenômenos naturais e dos fatos humanos de acordo com o aumento ou a redução dos cinco elementos — madeira, fogo, metal, água, terra —, sendo que madeira e fogo pertencem à yang, metal e água à ying, e terra situa-se entre os dois. [N.T.]

representante do leitor, aumenta a sensação deste último de estar presente ao acontecimento. Essa técnica é antiga e não é peculiar a Ueda Akinari. O "monge da viagem", a personagem secundária (*waki*) que também presencia a tragédia do protagonista (*shite*), no palco do teatro *nô* representa a plateia e sustenta a sensação de sua presença. É possível remontar-se ao *Colosso* da tragédia grega num passado longínquo. A capacidade notável do escritor Ueda Akinari está em descrever o clímax da obra no espetáculo visto por uma terceira pessoa na forma do presente. Para conseguir esse efeito, ele teve como condição prévia a gramática japonesa, que não exige um tempo verbal preciso. Comparando-se a tradução em outro idioma (por exemplo, em francês, que segue junto de um rigoroso tempo verbal) com o original em japonês da obra *Contos da chuva e da lua*, essas condições prévias parecem se tornar mais claras. Já que a narrativa toda trata de acontecimentos do passado, não se pode transferir a forma do presente tal qual ela está no original para a forma do presente da tradução.[75]

---

75. *Ugetsu Monogatari* (*Contos da chuva e da lua*), de Ueda Akinari, foi traduzida para o francês pelo professor René Sieffert. Ueda Akinari, *Contes de pluie et de la lune*, Connaissances de l'Orient, Collection Unesco d'œuvres représentatives, Gallimard, 1956. O texto traduzido, que corresponde a um parágrafo da citação, é da mesma obra, pp. 108-9.

Se interpretarmos a frase da introdução do texto original 「あるひは異なしみ、或いは恐る恐る、ともし火を挑げてここかしこを見廻るに...」como adjetivo que qualifica o estado mental da pessoa, como 「あるひは異なしみ、或いは恐る恐る」, os dois verbos desta frase, 挑げ e 見廻る estão no presente. No francês, não se pode deixar de colocá-los no pretérito (pretérito simples).

"Interdit et terrifié, il *éleva* sa lampe et *regarda* autour de lui, de-ci, de-là..."

Também a forma presente do texto original, na tradução, não apenas se torna passado, e considerando a relação entre o antes e o depois dos acontecimentos do passado, de acordo com a necessidade, o "mais-que-perfeito" é usado. "O caldeirão de Kibitsu", no final, resume a situação após a morte do herói, e a testemunha comunica a sua morte à casa onde ele nasceu; esta, por sua vez, informa a casa paterna da esposa (demônio), relatando que a premonição do mestre yin-yang sobre a má sorte do matrimônio estava certa. A relação entre o antes e o depois

AS DIVERSAS EXPRESSÕES DO TEMPO

Depois do período Meiji (1868-1912), no Japão moderno, a prosa literária muda do assim chamado estilo clássico para o estilo moderno. Porém, as características do tempo verbal gramatical basicamente não mudam, e a tradição em que os escritores habilmente se aproveitam disso também não mudou. Vejamos dois escritores representativos do período Meiji que contribuíram para a produção de um estilo literário em língua moderna, que são Mori Ōgai (1862-1922) e Natsume Sōseki (1867-1916). Primeiramente, comecemos com a obra *Kanzan Jittoku* (Kanzan e Jittoku), de Ōgai.

> はなはだむさくるしい所で」と言いつつ、道翹は闇を厨の中に連れ込んだ。
> ここは湯げがいっぱいにこもっていて、にわかに入って見ると、しかと物を見定めることもできぬくらいである。その灰色のなかに大きいかまどが三つあって、どれにも残った薪がまっ赤に燃えている。しばらく立ち止まって見ているうちに、石の壁に沿うて造り

---

dos acontecimentos do passado começa com a premonição, segue para o incidente e termina com a comunicação do incidente, mas o texto em japonês usa os auxiliares verbais "*nu*" e "*keri*" como passado. Eles significam a conclusão de cada ação, mas não têm ligação com as ações ou as relações entre o antes e o depois dos acontecimentos.
「此事井沢が家（主人公家）へもいひおくりぬれば、涙ながらに香央（妻の実家）にも告げしらせぬ。されば陰陽師の占のいちるき、御釜の凶祥もはたたがはざりけるぞ、いともたふとかりける...」(livro supracitado, p. 97).
Em francês, não se pode deixar de distinguir o "pretérito perfeito" do "pretérito mais-que-perfeito":
"Il *fit* annoncer ces événements à la famille Izawa, et celle-ci avec des larmes, *informa* à son tour les Kasada. Ainsi l'oracle du magician *avait été* remarquable, et le mauvais présage du chaudron *s'était révélé* exact..."
Mesmo no inglês e no alemão, o "pretérito mais-que-perfeito" é usado. Via de regra, o uso é o mesmo. Na prática, há pequenas diferenças, mas não é um assunto a ser tratado neste momento. Aqui, já é suficiente chamarmos a atenção para o fato de que a tendência em se dividir o tempo que passou é notável na gramática das principais línguas europeias, mas não para a gramática japonesa. [N.A.]

付けてある卓の上でおおぜいの僧が飯や菜や汁を鍋釜から移しているのが<u>見えてきた</u>。[76]

"Hanahada musakurushii tokorode" to iitsutsu, Dōgyō wa Ryō o kuriya no naka ni <u>tsurekonda</u>.
Koko wa yuge ga ippai ni komotteite, niwaka ni haittemiruto, shikato mono o misadameru koto mo <u>dekinukuraidearu</u>. Sono haiiro no naka ni ōkii kamado ga mittsu atte, dore ni mo nokotta maki ga makka ni <u>moeteiru</u>. Shibaraku tachidomatte miteiru uchi ni, ashi no kabe ni soute tsukuritsuketearu tsukue no ue de ōzei no sō ga meshi ya sai ya shiru o nabegama kara utsushiteiru no ga <u>mietekita</u>.

Enquanto continuava a dizer que "é um lugar muito abafado", Dōgyō <u>levou</u> Ryō para o interior da cozinha.
Aqui, o vapor está tão acumulado que, ao entrar, <u>chega a ser impossível</u> distinguir qualquer coisa com precisão. Há três fornos grandes em meio a esse cinza, e a lenha que sobrou <u>está ardendo em chamas</u> muito vermelhas. Enquanto fiquei parado olhando por algum tempo, <u>comecei a enxergar</u> uma multidão de monges à mesa embutida ao longo da parede de pedra, servindo-se das panelas de arroz cozido, verduras, sopa, etc.

Nesse trecho há quatro frases, e os verbos (ou os *jodōshi*) no final delas estão, respectivamente, nas formas do passado (ou conclusão), presente, presente e passado (ou conclusão). As frases no presente inseridas na condição do passado (ou conclusão) dão ao leitor a sensação de presentificação como foi mencionado anteriormente. Porém, não é apenas isso. Em frases da língua japonesa, o verbo ou *jodōshi* vem no final. Se excluirmos a forma do presente desse parágrafo e colocarmos todas as quatro frases na forma do passado, não será

---

76. "Kanzan Jittoku", in *Sanshōdayū e Takasebune, ta yonpen* (*Xerife Sanshō, o Barco de Takase, e outros quatro contos*), Iwanami Bunko, 1967, p. 139. Marcas no texto por Kato. [N.A.]

possível deixar de colocar o *jodōshi* no final, e como a quantidade de *jodōshi* existente é bem mais limitada do que a de verbos, a repetição monótona no final da frase é inevitável. A repetição de *ta* nas frases *tsurekonda*[77], *dekinukuraideatta*, *moeteita*, *mietekita* é monótona demais. Especialmente na língua moderna, que possui um número menor de *jodōshi* do que a língua clássica, também não parece ser tão fácil evitar os danos da repetição no final das frases. Um recurso quase único para a solução desse problema é colocar o verbo das frases dois e três no presente, e o verbo no infinitivo (*shūshikei*) no final da frase para romper a monotonia. A gramática japonesa, felizmente, permite esse recurso. Isso significa que Ōgai não deixou escapar essa possibilidade.

Em seguida, podemos ver que acontece o mesmo na obra *Sonhos de dez noites — Yumejūya*[78], de Sōseki.

こんな夢を見た。
和尚の室を退つて廊下伝ひに自分の部屋へ帰ると行燈がぼんやり点つてゐる。片膝を座蒲団の上に突いて、燈心を掻き立てたとき、花の様な丁字がばたりと朱塗りの台に落ちた。同時に部屋がぱつと明かるくなつた。
襖の画が蕪村の筆である。... 床には海中文珠の軸が懸つてゐる。焚き残した線香が暗い方でいまだに臭つてゐる。

---

77. O morfema continua sendo *ta*, que sofre sonorização por influência fonética da sílaba anterior. [N.T.]

78. Este é o título da tradução para o português feita por Antonio Nojiri, publicada pela Aliança Cultural Brasil-Japão em 1996. Há outra tradução anterior feita por Luís Fábio M. R. Mieto, sob o título *Dez noites de sonho*, publicada em 1993 pelo Centro de Estudos Japoneses da USP, no livro *Contos da Era Meiji*. Uma vez que não há uma ligação por preposição como no português, as três palavras *sonho-dez-noite* poderiam estabelecer uma relação do modificador com o modificado com as duas primeiras ou com as duas últimas palavras. No entanto, a lógica da língua japonesa aponta para a formação semântica "dez noites" e não "dez sonhos". Repare-se que a divergência do título entre os dois tradutores dá-se no nível da interpretação e não da intelecção. [N.T.]

広い寺だから森閑として、人気がない。黒い天井に差す丸
行燈の丸い影が、仰向く途端に生きてる様に見えた。[79]

Konna yume o mita.
Oshō no muro o tatte rōkazutai ni jibun no heya e kaeru to andon ga bon'yari tomotteiru. Katahiza o zabuton no ue ni tsuite, tōshin o kakitateta toki, hana no yō na teiji ga batari to shunuri no dai ni ochita. Dōji ni heya ga patto akarukunatta.
Fusuma no ga ga Buson no fude dearu. [...] toko niwa Kaichū Monju no jiku ga kakatteiru. Takinokoshita senkō ga kurai hō de imada ni niotteiru. Hiroi tera dakara shinkan toshite, hitoke ga nai. Kuroi tenjō ni sasu maruandon no marui kage ga, aomuku totan ni ikiteru yō ni mieta.

Sonhei o seguinte.
Ao chegar a meu quarto pelo corredor, depois que me retirei do gabinete do sacerdote, encontrei a lâmpada andone emitindo uma luz baça. Apoiei um dos joelhos no coxim e aticei a mecha, quando uma fagulha do formato de uma flor caiu, produzindo um baque surdo sobre o suporte pintado de carmesim. Simultaneamente, o quarto clareou à luz refulgente.

A pintura da porta de papel corrediça *fusumá* é da autoria de Buson. [...] No esconso *toko* pende uma pintura retratando o Bodhisattva Monju ao mar. O incenso, não de todo queimado, continua exalando cheiro no canto escuro do quarto. Por se tratar de um templo espaçoso, reina o silêncio, não se percebendo a presença de pessoas. A sombra circular do candeeiro redondo desenhada no teto escuro pareceu respirar quando voltei meu rosto para cima.

Em *konna yume o mita* (Sonhei o seguinte) temos um acontecimento dentro do tempo em que o narrador está acordado. Esse tempo é diferente do tempo no sonho. Assim como o tempo era diferente

---

[79]. *Nihon Bungaku Zenshū*, 13, *Natsume Sōseki* (1) (*Obras completas da literatura japonesa*, 13, *Natsume Sōseki*, 1). Chikuma Shobō, 1970, p. 440. [N.A.]

fora e dentro do sonho em Hándān[80], não é estranho que, no tempo do primeiro, o que se sonhou esteja no passado, e, no segundo, o relato do conteúdo do sonho comece com a frase *tomotteiru* (emitindo) na forma do presente. Porém, não significa que o relato do conteúdo do sonho mantenha-se do começo ao fim na forma do presente; ele continua com uma frase que muda totalmente para a forma do passado *ochita* (caiu), *akarukunatta* (clareou); retorna para a forma do presente *fude de aru* (é o pincel), etc., e termina na forma do passado *mieta* (pareceu). Esse é o parágrafo introdutório da segunda noite de *Sonhos de dez noites*, e obviamente a narração continua. Porém, para se conhecer as características estilísticas dessa obra, apenas este parágrafo deve ser o suficiente. Ou seja, o uso contínuo de frases curtas e os muitos revezamentos entre formas do presente e do passado produz um tipo de "ritmo". Tem-se a impressão de que se buscou as mudanças dos finais de frase, estabelecendo como critério uma ritmicalidade para definir qual delas deixar no presente ou no passado sem uma relação com seus conteúdos — portanto, sem relação alguma com algo que destaque a sensação de se estar presente à cena. Isso é um cuidado totalmente formal. A monotonia que repete os mesmos morfemas no final das frases fatalmente sobressai quando se usa continuamente frases curtas. Parece que Sōseki tirou vantagem disso e dominou completamente a alternância entre as formas do presente e do passado para criar um "ritmo" de estilo, obtido apenas pelo uso contínuo das frases curtas.

Todavia, será apenas isso mesmo? Olhar o conteúdo do sonho visto no passado a partir do presente do falante é fazer despertar a memória, é recordar vagamente fenômenos (acontecimentos ou situações) do passado. Por conseguinte, entre os fenômenos do passado, é possível discernir dois tipos. O primeiro é um fenômeno que continua em

---

80. Do dito popular chinês, com o sentido "o que é bom dura pouco". Na Era Tang, um jovem chamado Lú Shēng dorme sobre um travesseiro que tomou emprestado de um velho na cidade de Hándān e sonha que teve sucesso na vida e viveu longos anos de glória, mas, ao despertar, nem havia passado tempo suficiente para o cozido ficar pronto. [N.A.]

maior ou menor grau, por exemplo, a situação da lâmpada andone, que o narrador, ao voltar da sala do monge para o próprio quarto, encontrou acesa. Não é que ela se acendeu no instante em que ele voltou, trata-se de um fenômeno contínuo, ela brilhava já havia algum tempo. Nem é preciso dizer que o desenho de Buson na porta corrediça é da última troca de revestimento do papel, que dura provavelmente dezenas de anos. O segundo tipo é um acontecimento que ocorreu num momento específico do passado, por exemplo, o incidente de um instante, que não tem uma continuidade como a fagulha que de repente caiu no pedestal laqueado em carmesim. Ao mesmo tempo, a sensação de que o quarto subitamente se tornou claro também não tem continuidade, é uma experiência daquele instante. Ter tido a impressão de que a sombra da lâmpada andone redonda do teto estava viva não significa que ele enxergasse aquilo o tempo todo, mas, com certeza, que o protagonista assim pôde ver apenas no instante em que voltou o rosto para cima. Para registrar esses dois tipos de fenômenos do passado, na gramática da língua francesa usa-se, para o fenômeno do primeiro tipo, a forma "pretérito imperfeito", e, para o segundo tipo, o "passado simples".[81] Uma classificação como essa de fenômenos do passado, em que as formas se diferenciam em dois verbos (ou verbo + *jodōshi*) para dar conta dessa classificação, não existe na gramática japonesa nem na língua inglesa. Porém, nesse parágrafo de Sōseki, em que se recorda o conteúdo de um sonho do passado, é usada a forma do presente do verbo (+ *jodōshi*) para um fenômeno contínuo e, para os acontecimentos instantâneos de um momento específico, a forma do passado. Pelo menos em relação a esse parágrafo, a forma do presente da frase de Sōseki corresponde ao pretérito imperfeito do francês e a forma do passado, ao passado simples, sem exceções. No lugar em que os franceses usam o pretérito imperfeito, Sōseki escreve usando a forma do presente

---

81. Os diferentes usos do pretérito perfeito e imperfeito na língua francesa, na realidade, são mais complexos. Aqui, limitei-me a discorrer sobre a regra de um modo geral. [N.A.]

(*andon ga tomotteiru*, "a lâmpada andone emitindo uma luz"); no lugar em que os franceses usam o passado simples, Sōseki escreve convertendo-o na forma do passado (*batari to shunuri no dai ni ochita*, "caiu, produzindo um baque surdo sobre o suporte pintado de carmesim"). O que isso afinal pode significar? Em primeiro lugar, o critério de julgamento para deixar uma frase na forma do presente ou do passado não foi apenas o "ritmo" simplesmente formal, mas também o aspecto semântico. Em segundo lugar, esse critério de escolha semântica parece significar que se assemelhou com o critério de escolha dos franceses, que usam o pretérito imperfeito ou o passado simples. Assim, nasce a questão sobre por que Sōseki se ateve tanto a uma dicotomia dos fenômenos do passado que não estão dentro da tradição cultural japonesa. Sōseki tinha um conhecimento cultural profundo da língua inglesa e da Inglaterra, mas uma dicotomia como esta não existe na gramática inglesa. A língua clássica chinesa é escassa em recursos gramaticais que distingam claramente o passado, presente e futuro, e menos ainda em termos de classificação e estruturação em relação aos fenômenos do passado. Porém, é difícil pensar que Sōseki tenha recebido influência direta e profunda da língua francesa. Por enquanto, não tenho outra alternativa senão adiar a resposta para essa questão.

Se supusermos que a característica da cultura japonesa é a de não tentar distinguir apuradamente os tempos passado, presente e futuro, nossa tarefa do momento é confirmar que essas características aparecem no tempo verbal da língua japonesa, e que as características do tempo verbal da língua japonesa se refletem no estilo literário japonês que vai de *Genji Monogatari* até Ōgai e Sōseki.

Naturalmente, a relação entre a concepção de tempo e a literatura japonesa aparece em quase todas as faces da literatura. O estilo liga-se diretamente à língua japonesa em si, e é apenas uma face mais acentuada dessa manifestação. Outra face que reflete de modo notável a concepção de tempo é a poesia, especialmente a forma do poema lírico.

A forma do poema lírico

A característica formal do poema lírico da língua japonesa é que se trata de uma forma poética extremamente curta que vem sendo usada por séculos. Primeiro, o *tanka* (poema de 31 sílabas) e, muito mais tarde, o *haiku* (poema de dezessete sílabas). Parece não existir outra cultura que tenha uma história — e que ainda não terminou — de tão longo apreço por forma poética tão curta.

Na poesia moderna chinesa, há o *wǔyán juéjù*, poesia chinesa de vinte sílabas/palavras, em quadras com cinco sílabas/palavras em cada linha. O número de sílabas é menor do que as 31 sílabas do *tanka*, mas, em número de palavras, via de regra, como cada sílaba equivale a uma palavra, não se pode dizer que são em menor quantidade do que no *tanka*, no qual uma palavra é formada por algumas sílabas. (O número de palavras do *tanka* é menor ainda se forem removidos os morfemas gramaticais não flexionáveis *te*, *ni*, *o*, *ha* e que não existem na língua chinesa.) Porém, a diferença é pouca, e não há dúvida de que o *wǔyán juéjù*, juntamente com o *tanka*, é a forma poética curta com uma história de mais de mil e tantas centenas de anos. A diferença determinante é que na China não há somente o *wǔyán juéjù*, também há o *qīyán juéjù*, poesia chinesa de 28 sílabas/palavras em quadras com sete sílabas/palavras, e também há poemas de cinco ou sete palavras com rítmica dividida em oito versos (ou mais), de modo que o *wǔyán juéjù* de vinte sílabas/palavras não era a única forma poética principal. O poema *tanka* é a única forma poética sistematizada, reconhecida e promovida pela corte a partir do período Heian, e que depois continuou sendo o estilo principal de expressão lírica da língua japonesa.

Do ponto de vista histórico, a forma poética principal do *Man'yōshū* compilado em meados do século VIII era, além do *tanka* (o poema curto), o *chōka* (o poema longo) e o *sedōka* (o poema gêmeo). A composição silábica de um *chōka* típico repete as linhas-versos de 5 e 7, terminando em 5-7-7. O número total de linhas-versos não é fixo. O *sedōka* tem duas linhas-versos de 5-7-7. Todavia, os mais de mil poemas do *Kokin Wakashū*

(*Antologia de poemas waka de outrora e de hoje*), a primeira coletânea de poemas compilada por ordem imperial no início do século X, só contemplou cinco poemas *chōka* e quatro *sedōka*. Antigamente, o *tanka* não era o estilo dominante. Foi o *Kokin Wakashū* que descartou as formas poéticas mais longas, limitando-se à forma *tanka*. Esse precedente se manteve com o mesmo método por muito tempo, e o hábito de fazer *tanka* começou a se expandir para fora da sociedade aristocrática.

A mudança do *Man'yōshū* para o *Kokin Wakashū* não foi, desde o começo, apenas a concentração na forma poética curta. O método de transcrição também muda — do "*mana*" (nome verdadeiro, o caractere chinês) para o "*kana*" (o pseudonome, o fonograma japonês) — e, nesse cenário, também ocorre a mudança do sistema de vogais. Mudam também os recursos estilísticos — por exemplo, o uso constante do *kakekotoba* (paronomásia) no *Kokin Wakashū* e a ênfase do "*mono*" (fatos) do "*mono omoi*" (o pensar nos fatos). O cenário social e topográfico dos autores também mudou (a exclusão dos autores que não pertenciam à sociedade da corte). Neste momento, não me deterei pormenorizadamente nesse fato.[82] Por ora, é suficiente chamar a atenção para a grande diferença de extensão temática entre essas duas joias da expressão escrita, cuja compilação está separada por mais ou menos 150 anos. E que, em decorrência disso, é no *Kokin Wakashū* (ou *Kokinshū*, *Antologia de poemas de outrora e de hoje*, início do século X) que ocorre também um contraste notável com a classificação das obras de acordo com o tipo de tema, e o surgimento do costume peculiar em classificar os poemas líricos de acordo com as "quatro estações" — analisarei posteriormente esse costume e essa ideia quase obsessiva. O *Man'yōshū* canta o amor (*sōmon*, "poemas de

---

82. A discussão sobre a comparação das obras *Man'yōshū* e *Shinkokin Wakashū* pode ser vista no meu livro *Nihon Bungakushi Josetsu Jō* (*Introdução à história da literatura japonesa*, v. I), 1975; 1980. E também em *Katō Shūichi Chosakushū*, 4, *Nihon Bungakushi Josetsu Jō* (*Coletânea de escritos de Katō Shūichi*, 4, *Introdução à história da literatura japonesa*, I), Heibonsha, 1979, pp. 160-72; e *Nihon Bungakushi Josetsu Jō* (*Introdução à história da literatura japonesa*, I), Chikuma Gakugei Bunko, 1999. [N.A.]

amor e paixão") e a morte (*banka*, "elegia e canto fúnebre"), e nos demais (*zōka*, "poemas mistos") menciona, por exemplo, celebrações, eventos, viagens, ocorrências militares e, em número menor, até mesmo temas como a miséria, o imposto pesado e o saquê. Como bem se sabe, os temas dominantes da poesia chinesa da mesma época incluíam as ocorrências militares e se ligavam à sociedade política e, também em grande número, ao consumo de bebida alcoólica. Essa influência é clara no *Man'yōshū*. Porém, no *Kokin Wakashū*, em contraposição à poesia do continente, há uma afirmação[83] justamente do "*waka*" (和歌) = "*Yamato uta*" (やまとうた = canção de Wa = canção de Yamato), não sendo estranho afugentar do mundo da recitação a política e o saquê. Isso sim foi uma autoafirmação passiva do *Yamato uta*. Positivamente, o que foi afirmado? Reunindo os poemas de cada uma das quatro estações do ano, juntamente com os de amor, tomou-os como categorias importantes da classificação temática. O "Prefácio" do *Kokin Wakashū* de Kino Yoshimochi (conhecido como *Manajo*, o "Prefácio em chinês") cita o "Grande Prefácio" da obra *Shījīng* (*Escritura da poesia*), e o "Prefácio em japonês" (conhecido como *Kanajo*) de Kino Tsurayuki o reproduz na escrita japonesa (*wabun*), mas, na obra *Shījīng*, não havia essa divisão da poesia em quatro estações. Não só no *Shījīng*, mas posteriormente também na China e na Europa, é raro tomarem-se as quatro estações como critério para classificação de poemas. Todavia, no Japão, mais ou menos um terço dos mais de mil poemas dos vinte rolos do *Kokin Wakashū* é composto de poemas de amor, e outro terço, de poemas das quatro estações. Desde então, muitas antologias seguiram o exemplo.

---

83. "A constituição da chamada poesia *waka* deu-se na época do *Kokin Wakashū*, e o *waka* da época do *Man'yōshū* tem o sentido de 'poesias consonantes' e não o de 'poesia de Yamato'. Se perguntarmos por que o que era apenas poesia tornou-se 'poesia de Yamato' na época do *Kokin Wakashū*, a resposta é que, no círculo literário da nobreza, a poesia passou a competir com a poesia *kara*, ou seja, 'chinesa.'" Saigo Nobutsuna, *Nihon Kodai Bungakushi* (*História da literatura japonesa antiga*), Dōjidai Library, Iwanami Shoten, 1996, p. 128. [N.A.]

AS DIVERSAS EXPRESSÕES DO TEMPO

Prezar o amor como temática da poesia lírica é uma tendência comum em muitas culturas.[84] Estimar a mudança constante das quatro estações no mesmo patamar que o amor é uma tendência que se tornou notória na cultura japonesa. As quatro estações se sucedem. Então, os fenômenos não acontecem uma única vez. "A primavera que vai" (*iku haru*) retorna, e "o nosso verão tão curto" novamente deverá resplandecer. Não é que o tempo das quatro estações avance em linha reta, ele dá voltas em uma circunferência, e nela não há começo ou fim. Num determinado ponto dessa linha, ou seja, num momento do

---

84. Um exemplo é o que ocorre na Grécia e Roma antigas, ou na obra *Rtusam'hāra* (*O ciclo das estações*), de Kālidāsa (poeta e dramaturgo da literatura clássica sânscrita, século III-c. 375 a.C.), que é constituída mais por poesia de amor do que das estações. Os *Rubaiyat* (quadras ou quartetos persas Rubāī'īyāt), de Omar Khayyám (1048-1131), também são uma ode principalmente à bebida e às mulheres. Deixemos um pouco de lado a bebida alcoólica, mas o fato de o *tanka* japonês ter principalmente poemas de amor não é absolutamente uma exceção. A exceção, pelo contrário, é o caso da China. Certamente, não é que não existam poemas com o tema do amor de homens e mulheres na poesia chinesa. Porém, nas obras de grandes poetas das Seis Dinastias, de Tang e Sung, são muito poucas as poesias de amor. Certamente, em Táo Yuānmíng (365-427) há poesia de amor sensual, mas é exceção em suas obras. Entre as obras bem conhecidas no Japão desde o período Heian, há o *Chán hen ge* (*Canção da Mágoa Eterna*, 806) de Bái Jūyì (772-846), que também deve ser uma exceção entre todas as poesias chinesas. A temática da poesia chinesa de Lǐ Bó (701-762) e Dù Fǔ (712-770) é principalmente sobre política, guerra, viagem, natureza, bebida, amizade (entre homens), e também sobre esposas e filhos, prostitutas, mas muito raramente sobre namorados. Essa situação não muda, mesmo em Sū Shì (1037-1101) e Lù Yóu (1125--1209). O japonês compôs não apenas *tanka*, mas *haiku* (especialmente no período Tokugawa) e também poemas chineses. Evidentemente, para os poemas chineses, tomaram-se como padrão os clássicos chineses. Muitos são semelhantes aos poemas chineses desprovidos dos temas sobre política. Os monges-poetas Ikkyū Sōjun (1394-1481) e Ichikawa Kansai (1749-1820) fizeram hinos de amor seguindo a forma dos poemas chineses, mas eles são exceções extremas.

São poucos os versos de amor no *haiku*. Já que, geralmente, a influência da poesia chinesa foi limitada, não se deve buscar na relação com a literatura do continente chinês uma razão para que haja mais poemas de amor nos *waka* e poucos nos *haiku*. Discorrerei a respeito adiante. [N.A.]

presente, uma pessoa lamenta a estação que está por terminar e cria expectativas quanto à estação que está por vir. Por exemplo:

とどむべきものとはなしにはかなくもちる花ごとに
たぐふ心か

Todomubeki mono to wa nashi ni hakanaku mo chiru hanagoto ni tagū kokoro ka.

Seria um sentimento semelhante à flor que cai como algo que não deve ser preservado?
(Ōshikōchino Mitsune, *Kokin Wakashū*, segundo rolo, poema de primavera 2, 132.)

Esse é um poema de final de primavera, no qual se preza o cair das flores. Porém, esse lamento não é trágico. Parece mais próximo de "uma tristeza doce e bela" de um amanhecer de amantes que irão se reencontrar. É porque a primavera virá novamente e as flores também se abrirão. Mesmo com o decorrer dos anos, as flores da terra natal preservam o perfume do passado. O "desconhecimento sobre o sentimento" (Kino Tsurayuki (868?-945?), *Kokin Wakashū*, primeiro rolo, poema de primavera, 42) e o caráter unívoco do acontecimento sobre uma linha reta do tempo podem ser trágicos, mas não a mudança constante das estações.

Por outro lado, para a nobreza, o início da primavera cria a expectativa da estação em que as flores se abrem, e, para os agricultores, da estação em que se faz a semeadura.

袖ひちてむすびひし水のこほれるを春立つけふの風やとくらん

Sode hichite musubishi mizu no kōreru o haru tatsu kyō no kaze ya tokuran.

Manga molhada, água em gelo se fez, o vento, hoje, início primaveril, começa a degelar.
(Kino Tsurayuki, *Kokin Wakashū*, primeiro rolo, canção de primavera, 2.)

Kokin Wakashū não reflete a voz dos agricultores. Certamente eles não iriam buscar água trajando quimono com mangas. Sem dúvida, esse não é um poema de plantio de arroz, é a expressão de um sentimento sazonal dos poetas da corte sem relação com a produção, e que cedo sentia a presença do perfume das ameixeiras, o canto do *uguisu* (ave canora parecida com o pardal e canto parecido com o do rouxinol), as cerejeiras, a neblina de primavera e o agradável dia primaveril. Por meio desse poema, pelo menos, não é possível depreender o quanto eles se deleitaram efetivamente com o perfume da ameixeira (afinal, o perfume da ameixeira é a matéria-prima preferida dos poetas chineses, e Tsurayuki com certeza sabia disso). Porém, provavelmente, mais do que o perfume da ameixeira do futuro como fato em si, parece que eles apreciavam a sua própria atitude mental no momento *presente*, que representava esse pressentimento ou expectativa. Os muitos poetas do *Kokin Wakashū*, ao contrário do que se espera, valorizam, mais do que o perfume da ameixeira e a pessoa amada, o estado de espírito daquele que pensa na pessoa amada, ou seja, o assim chamado "sentir a coisa" que eles possuíam, ao menos com relação à matéria-prima do poema. O "encontro" com a pessoa amada é um fato futuro, e o "sentir a coisa" está no presente.

A corte do período Heian e a sociedade aristocrática ao redor dela sistematizaram o *tanka*. Originariamente, o poema que se desenvolveu como poesia lírica, por um lado, tornou-se uma forma de transmissão social do pensamento, e, por outro, um meio de entretenimento. A partir daí, surgiu a tradição de compilações por ordem imperial, a moda dos *uta awase* (competições poéticas de *tanka*), além do desenvolvimento do *renga* (poemas encadeados). Quanto mais os poetas se entusiasmvam com a seleção para a coletânea e com a disputa dos jogos poéticos[85],

---

85. Kamono Chōmei (1155-1216), na sua obra *Mumyōshō* (*Obra sem nome*), escreveu sobre um homem que orou no santuário desejando que um de seus poemas fosse selecionado para compor a antologia organizada por ordem imperial. Em sonho, um *kami* aparece e ouve a prece do homem, que dizia que, se o seu poema fosse escolhido para a antologia oficial, ele poderia morrer. Bem, quando seu pedido é atendido, o homem fica

mais os selecionadores das antologias e os juízes do *uta awase* precisavam de um motivo persuasivo para avaliar o poema. Essa necessidade, no fim do período Heian, estimulou o desenvolvimento de teorias poéticas, representadas por Fujiwarano Toshinari (ou Shunzei, 1114-1204), Fujiwarano Sadaie (ou Teika, 1162-1241) e outros selecionadores do *Shin Kokin Wakashū* (*Nova antologia de poemas waka de outrora e de hoje*). Devido à grande diferença entre as línguas chinesa e japonesa, o trabalho de converter a teoria poética da China, tal qual ela era, em teoria dos poemas *waka* foi, na realidade, praticamente inútil. A teoria poética do *waka* precisou ser organizada com base nas mudanças históricas do *waka* desde o *Man'yōshū*. Assim, no período da dissolução da corte de Heian, o senso histórico, que se tornou intenso na classe nobiliárquica, surgiu, inicialmente, na teoria poética do *waka*.[86]

---

com medo de morrer, e mais uma vez vai ao santuário para renegociar com o *kami*.

Também no *Mumyōshō* está anotado um conselho extremamente prático que diz quais providências devem ser tomadas quando se é chamado por uma mulher da corte e não se lembrar do verso inferior que deve recitar para dar continuidade ao verso superior de um poema antigo dado por ela. Resumindo, diz que se tem de dar uma resposta vaga e fugir o mais rápido possível do lugar, o que é suficiente para demonstrar como foram muitos os momentos constrangedores como esse. [N.A.]

86. Aqui não vem ao caso qual consciência histórica se formou na classe dominante da nobreza no período de transição dos séculos XII-XIII, entre o fim do período Heian e o começo do período Kamakura. É suficiente atentar para o fato de que, antes da obra *Gukanshō* (*Excertos de uma dominação tola*, cerca de 1220, do monge Jien, 1155-1225), é possível reconhecer, embora num âmbito limitado, uma consciência histórica nas obras *Koraifūteishō* (*Excertos de estilos poéticos antigos e novos*, 1197-1201, de Fujiwarano Shunzei, 1114-1204) e *Kindai Shūka* (*Os mais excelentes poemas modernos*, 1209). A consciência histórica não é simplesmente um conhecimento que torna possível a especificação da realidade de um passado simples, é o desejo de descobrir, entre realidades mútuas do passado, quaisquer conexões além das relações entre o antes e o depois — os fatos frequentemente chamados de "desenvolvimento", "avanço" ou também "degeneração". Fujiwarano Teika não quis narrar sobre "que tipo de canção havia no passado", mas, sim, colocar uma ordem nas mudanças ocorridas nos poemas do passado, a partir de um olhar retrospectivo que ele considera o ideal do poema no presente. [N.A.]

AS DIVERSAS EXPRESSÕES DO TEMPO

O "agora = aqui" do renga

No *Man'yōshū*, são raros os exemplos em que uma pessoa compõe a estrofe superior (5-7-5 sílabas) do poema *tanka* e uma outra continue a sua criação compondo a estrofe inferior (7-7 sílabas); no entanto, podem ser encontrados (rolo VIII, monjas budistas e Ōtomono Yakamochi). Na segunda metade do período Heian, a produção em conjunto também se propagou com o fortalecimento do *tanka* como entretenimento. De fato, o *Kin'yō Wakashū* (*Coletânea de poemas folhas douradas*, 1127), compilado por Minamotono Toshiyori, contempla dezenove poemas *tanka* feitos coletivamente. Parece que essa moda desenvolveu-se no entretenimento e prosperou a ponto de alcançar o consenso público como poesia lírica. Aí estavam latentes dois modos de pensar que parecem ter mudado radicalmente a concepção do *tanka*.

O primeiro é a desmontagem do *tanka*. A forma poética curta de 31 sílabas foi dividida, conseguindo-se produzir uma forma poética ainda mais curta. Logo, as frases 5-7-5 se tornam independentes e provavelmente se difundem como a forma poética mais curta do mundo, chegando a conquistar uma popularidade admirável.

O segundo modo de pensar é a produção coletiva. Aqui, o conteúdo do *tanka* muda. O "Prefácio" em japonês do *Kokin Wakashū* tomou o conteúdo do *tanka* como expressão das "coisas que se pensa no coração". Todavia, como regra, parece que "as coisas que se pensa no coração" de dois autores são diferentes. Um poema de parceria já não pode ser a expressão das "coisas que se pensa no coração". Não sendo mais assim, quando já há a metade do *tanka*, o engenho de criar a metade restante para compor um poema coerente torna-se a expressão do sabor dessa destreza. Não importa o que se tenha no coração, pois a relação que se estabele não é com ele.

Dito isto, o restante é uma questão de técnica, e a técnica "evolui". Se a produção conjunta de duas pessoas é interessante, não é estranho que se cogite a produção em conjunto de alguns colegas. Se for possível acrescentar a estrofe inferior na superior, também parece viável colocar a estrofe superior na inferior. Nesse caso, o segundo autor compõe a estrofe inferior

B1 na estrofe superior A1 do primeiro autor, constituindo um primeiro poema (A1-B1); tomando como base a estrofe inferior B1, o terceiro autor faz a estrofe superior A2, conseguindo-se o segundo poema (B1-A2). Ao se repetir o mesmo procedimento, temos o terceiro poema (A2-B2), e, prosseguindo do mesmo modo, temos o quarto poema (B2-A3), o *renga*.[87]

O *renga* foi criado pela aristocracia, mas continuou se propagando mesmo depois que a nobreza perdeu sua hegemonia, e dentro do quadro estético tradicional, centralizado nas coletâneas organizadas sob ordem imperial, esse estilo foi sendo refinado. A camada superior dos guerreiros que obteve o poder também se submeteu à autoridade cultural de Kyōto, seguindo sua moda. O xogum Minamotono Sanetomo (1192-1210) tornou-se discípulo de Fujiwarano Sadaie, e, no território do *renga*, parece que Nijō Yoshimoto (1320-88) é quem ditou as regras no país inteiro. Porém, nesse âmbito, temos uma história interna à classe dominante. O *renga* não

---

87. Como um exemplo concreto, cito os seis versos iniciais da obra *Minasesangin* (*Três composições minase*) (Cem Estrofes, 1488). O autor chama de "três composições" pelo fato de terem sido feitas por três pessoas: Sōgi (1412-1502), Shōhaku (1443-1527) e Sōchō (1448-1532). As estrofes seguem a ordem autor, verso e estação. O *hokku* (primeira estrofe do *renga*) de Sōgi baseia-se num verso da obra *Shin Kokin Wakashū* (rolo I, canção de primavera I, 36): 見わたせば山本かすむ水無瀬川夕べは秋と何思ひけん, *Miwataseba yamamoto kasumu minasegawa yūbe wa aki to nani omoiken* (Se olhasses ao longe o rio Minase ao sopé da montanha estava enevoado e pensarias que a noite de ontem era de outono), do poeta e imperador aposentado Gotoba.
Sōgi: 雪ながら山本かすむ夕べかな, *Yukinagara yamamoto kasumu yūbe kana* (Mesmo com neve, noite enevoada, ontem, o sopé?) (primavera).
Shōhaku: 行く水とほく梅にほふさと, *Yuku mizu tōku ume niou sato* (Rio, olor da ameixa distante terra natal) (primavera).
Sōchō: 川風に一むら柳春見えて, *Kawakaze ni hitomura yanagi haru miete* (Vários salgueiros, primavera à vista ao vento do rio) (primavera).
Sōgi: 舟さす音もしろきあけがた, *Fune sasu oto mo shiroki akegata* (Som do remo do barco aurora albicante) (miscelânea).
Shōhaku: 月や猶霧わたる夜に残るらん, *Tsuki ya nao kiri wataru yoru ni nokoruran* (A lua inda permanece na noite cheia de névoa) (outono).
Sōchō: 霜おく野はら秋は暮れけり, *Shimo oku nohara aki wa kurekeri* (A geada no campo, o outono a findar) (outono). [N.A.]

permaneceu nela, escoou para além da classe dominante, penetrando entre pessoas de todas as camadas, e se disseminou entre o povo. Segundo a obra *Taiheiki* (*Registros da grande paz*, meados do século XIV), no período de guerras civis do século XIV, a força militar que cercava o castelo e esperava a reação do adversário passou a realizar reuniões de *renga* nos locais de acampamento. Talvez nunca tenha existido um exemplo, além do *renga* e do *nô* de beira do rio, do século XV, que tenha feito com que homens e mulheres de todas as camadas sociais, desde a alta nobreza até os párias e desde o xogum até os escravos, se empolgassem com um mesmo entretenimento. Além disso, o *renga* sobreviveu até o período Tokugawa.

Popularizar frequentemente significa banalizar, e a banalização é sinônimo de vitalização. O *renga* que escoou para fora das camadas dominantes da nobreza e dos samurais, ao mesmo tempo fugiu da estética tradicional delas. A temática saiu dos símbolos requintados e elegantes das quatro estações e do pensar nas coisas, e voltou-se para as experiências concretas e versáteis dos assuntos pessoais do dia a dia; o vocabulário acolheu as gírias e se ampliou, e o método retórico incluiu a sátira e se tornou animado. O *renga* popularizado deu origem ao *haikai-renga*, que logo seria elevado ao nível artístico. Como bem se sabe, foram Matsuo Bashō e seus companheiros que contribuíram para o refinamento artístico do *haikai-renga* na segunda metade do século XVII. Bashō, além de promover a produção conjunta do *haikai-renga*, viajou por todo o país, escreveu muitos diários de viagem, e incrustou a obra-prima do *haiku* dentro da sua prosa esculpida e polida em alta qualidade. O *haiku* é o primeiro verso separado do *renku* (o conjunto de estrofes ligadas), ou seja, "a estrofe inicial" (5-7-5) do *renga*, e tornou-se uma forma poética curta independente. Bashō contribuiu também para a formação do *haiku* como a forma poética curta posterior ao *tanka*. O *haiku* continuou a ser muito praticado mesmo com a decadência do *renga* depois do período Meiji, e é escusado dizer que ainda hoje divide com o *tanka* o mundo da poesia de forma fixa da língua japonesa.

No *renga*, pode-se tanto aumentar quanto diminuir o número de estrofes. Os mais praticados eram o "rolo de cem estrofes" (ou *hyakuin*) e o "rolo de 36 estrofes" (ou *kasen*), por exemplo. À primeira vista, parece um *chōka* com muitos linhas-versos, mas é completamente diferente dele. O autor do *chōka* é único, a temática é coerente e em seu desenvolvimento, até certo ponto, leva em consideração uma das estruturas da poesia chinesa com *ki* (começo), *shō* (continuação), *ten* (transformação) e *ketsu* (conclusão). O *renga* é uma produção conjunta de muitas pessoas, na qual ninguém pensa na estrutura como um todo, apenas concentra a atenção em como compor da melhor forma possível a estrofe a ser acrescida em cada uma das situações. Cada um faz uma estrofe relacionada *exclusivamente* à última estrofe composta, sem nenhuma necessidade de considerar as estrofes anteriores. Se várias estrofes sobre a primavera vieram se sucedendo, pode-se pensar que já seria propício mudar de estação, mas isso é uma questão meramente secundária. Também para se compor a estrofe que se liga à anterior, não há a necessidade de se preocupar com a estrofe que virá depois. Outra pessoa irá compô-la, e não se sabe como ou o que ela fará. O fluir do *renga* não é planejado de antemão, ele segue conforme as ideias que surgem no momento, ora mudando-se o tema, ora o cenário, ora a emotividade. O seu encanto, tanto para o autor quanto para o apreciador[88], é o encontro com o inesperado, a engenhosidade, a retórica, por exemplo, da estrofe ali apresentada. Resumindo, a graça está na relação que se estabelece entre as duas estrofes que está bem diante de nossos olhos. A graça é concluída no presente, e não se liga nem ao passado nem ao futuro. O *renga* é o estilo literário que vive no "agora = aqui", no qual o passado é enterrado, e o amanhã é confiado ao novo dia. Esse estilo literário representou, entre os variados estilos da literatura japonesa, um exemplo raro na história e por centenas de anos foi preservado, de modo dominante, pela maioria dos japoneses.[89]

---

88. O autor usa a palavra *dokusha* (leitor), porque, com certeza, os *renga* foram registrados, mas obviamente, como ele realça em várias outras publicações, o *renga* era para ser apreciado no momento da sua composição oral, dada a sua natureza repentista. [N.T.]
89. Hirosue Tamotsu (1919-93) diz que "as estrofes dos poemas encadeados são concebidas com a expectativa de que respondam ao verso anterior, mas,

AS DIVERSAS EXPRESSÕES DO TEMPO

Acredito que podemos sintetizar que as mudanças da forma poética fixa da língua japonesa partiram da coexistência do *tanka*, *chōka* e *sedōka* para a concentração no *tanka*; da produção em conjunto do *tanka* nasceu o *renga*, e, mediado por este último, o *haiku* se constituiu. Essa é a corrente principal e, sem sombra de dúvidas, a sua tendência imanente é a propensão histórica pela forma poética curta. Porém, a longa história que atravessa mais de mil anos de poesia lírica não deixou de conhecer outras formas poéticas além do *tanka* e do *haiku*.

ao mesmo tempo, sejam arrebatadas por outra pessoa e alteradas no momento seguinte", e compara os poemas à prosa de Saikaku, que, "enquanto se liga ao imprevisto e se ajusta, vai se mutiplicando", com seu "estilo instável que se recusa a querer concluir" (*Saikaku no Shōsetsu — jikū ishiki no tenkan o megutte — Os romances de Saikaku — em relação à transformação da consciência tempo-espaço*, Heibonsha Sensho, 1982, pp. 11-2). E sobre a coletânea de contos *Okimiyage* (*Presente de despedida*), diz que "o estilo dessa coleção não deixa de se parecer com o estilo dos poemas encadeados feitos segundo o método do acréscimo de estrofe" (ibidem, p. 43).

A obra *Kōshoku Ichidai Otoko* (*A vida de um homem que se deu aos prazeres*, 1682) não é uma reunião de contos no sentido de narrar experiências de vida do protagonista em ordem cronológica desde sua infância. Porém, cada capítulo e cada episódio são mutuamente independentes, e quase não há a narração do amadurecimento ou a transformação física ou psicológica do protagonista ao longo de toda a obra. Hirosue Tamotsu destaca a natureza "inconclusiva" do tempo naquela obra (ibidem, p. 241). Ele não a compara com os versos encadeados, mas, se o fizermos, essa natureza "inconclusiva" deve ser reconhecida nos versos encadeados. Sobre essa "inconclusividade", significa que "não há o ponto de vista do fim", e um tempo sem fim não é estruturado, não estabelece conexão mútua porque não é outra coisa senão uma cadeia do presente autoconclusivo: o presente das estrofes a serem acrescidas ou presente dos episódios. O *Kōshoku Ichidai Otoko*, de Saikaku, nesse sentido se parece com as "Recordações" de Casanova.

A obra *Kōshoku Ichidai Onna* (*A vida de uma mulher que se deu aos prazeres*, 1686), diferentemente de *Kōshoku Ichidai Otoko*, narra a passagem do tempo que vai mudando juntamente com a idade de uma mulher, sua glória e sua ruína. O tempo aí não é simplesmente uma cadeia de momentos de um presente, é uma duração provida de natureza conclusiva e estruturada. Porém, *Kōshoku Ichidai Onna*, se considerarmos que é, de fato, uma obra de Saikaku, é a única exceção entre os seus romances. [N.A.]

O *wasan* (tradução japonesa dos hinos budistas de louvor), que se desenvolveu nos templos budistas do período Heian, é formado por uma linha-estrofe de 7-5 sílabas, o número de linhas-estrofes é indefinido, e há as longas e as curtas. Não foram poucos os monges budistas virtuosos que compuseram *wasan* até o período Edo, mas seu objetivo estava no trabalho missionário, e geralmente não constituía um estilo independente da poesia lírica. O poema *imayō* (modinha) que entrou em voga no final do período Heian é um poema de quatro linhas-estrofes, cada qual com 7-5 sílabas. A temática não se liga necessariamente ao budismo, versa sobre os costumes e os sentimentos do povo fora da corte, o vocabulário é diferente do *tanka* sistematizado, e inclui dialetos e gírias. Os intérpretes eram, principalmente, as cortesãs *shirabyōshi*.[90] Porém, ele se propagou até mesmo na sociedade dos nobres — o imperador monge Goshirakawa, em especial, era um entusiasta e editou a compilação de versos de *imayō* na obra *Ryōjin'hishō* (*Excertos secretos que movem a poeira*, 1179). Se considerarmos que o *tanka* se difundiu das camadas mais altas para as mais baixas da sociedade, podemos dizer que o *imayō* irradiou-se das baixas para as altas. Porém, o período em que o *imayō* se propagou a ponto de competir com o *tanka* é comparativamente curto. Parte dos versos do *kouta* (pequenas canção) do teatro *nô* e *kyōgen* e da música folclórica regional do período Muromachi podem ser conhecidas a partir da obra *Kanginshū* (*Coletânea de canções livres*), compilada no começo do século XVI. As formas poéticas são variadas e não se consegue identificar aí um estilo influente e novo. Resumindo, existiram cantigas e formas variadas, mas os domínios, os períodos e as regiões de sua difusão foram restritos, e podemos dizer que nenhum deles

---

90. Dançarinas que faziam apresentação de dança cantada. Originariamente, era a denominação de um ritmo ao qual se adequou uma canção para ser dançada e passou a integrar um evento de entretenimento para os nobres, após o cerimonial nos grandes templos. Posteriormente, passou a ser a denominação das prostitutas que se especializaram nessa arte, que também era conhecida como dança masculina, porque elas se apresentavam vestindo trajes masculinos e empunhando espadas. [N.T.]

chegou a mover a maioria das pessoas, de forma a fazer as formas poéticas fixas convergirem para o *tanka* e o *haiku*, tamanha era a propensão para as formas poéticas curtas.

O tempo do haiku

Qual a diferença entre o *tanka* e o *haiku*? Já não era nada fácil descrever o transcorrer do tempo nos poemas de 31 sílabas. Portanto, a maior parte dos poemas reflete o ambiente do presente do poeta ou relata o seu estado de espírito.

久方のひかりのどけき春の日にしづ心なく花のちるらむ

Hisakata no hikari nodokeki haru no hi ni shizu kokoronaku hana no chiruran

Num dia calmo de raios reluzentes de primavera, por que, oh flores de cerejeiras, caem tão sem sossego?
(Kino Tomonori (845-907), *Kokin Wakashū*, v. I, Poema de primavera, 84.)

Tanto a luz da primavera quanto as flores que caem são um espetáculo diante dos olhos, mas é interessante o contraste entre o lado tranquilo e o agitado. A graça desse fato é concluída no presente, sem nenhuma relação com qualquer acontecimento do passado ou de algum fenômeno do futuro. Nesse poema, o tempo não flui.

Porém, pode haver exceções. Mesmo no *Kokin Wakashū*, a lembrança havia se tornado uma das técnicas do *tanka*. A experiência do presente desperta a experiência do passado, e o passado reavivado dá significado ao presente.

Por exemplo,

さつきまつ花たちばなの香をかげば昔の人の袖の香ぞする

Satsukimatsu hanatachibana no ka o kageba mukashi no hito no sode no ka zo suru

O perfume da flor à espera do quinto mês lembra o olor da manga de alguém de outrora
(autor desconhecido, *Kokin Wakashū*, v. III, Canção de verão, 139.)

Trata-se de um poema sobre uma linda mulher de meia-idade consciente do tempo que ficou para trás.

花の色はうつりにけりないたづらに我が身世にふるながめせしまに

Hana no iro wa utsurinikeri na itazura ni wagami yō ni furu nagameseshima ni

O colorido da flor mudou enquanto olhava em vão a minha vida passar molhando-me na chuva
(Onono Komachi (825-900), *Kokin Wakashū*, v. II, Canção de primavera, 113.)

Esse é um poema famoso sobre a habilidade com os trocadilhos das palavras *furu* de "chover" com "transcorrer", e *nagame* de "chuva longa" com "paisagem", mas, além disso, é admirável o resumo em 31 sílabas sobre a consciência da idade = tempo da mulher.

Também, fazendo uma comparação entre as coisas que mudam e não mudam com o passar do tempo, há casos em que ambos são destacados. Por exemplo, o coração da pessoa muda, mas o perfume da flor é o mesmo do passado.

人はいさ心も知らずふるさとは花ぞ昔の香ににほひける

Hito wa iza kokoro mo shirazu furusato wa hana zo mukashi no kaori ni nioikeru

AS DIVERSAS EXPRESSÕES DO TEMPO

Não se sabe bem o coração de alguém, mas o perfume da flor de minha terra é o mesmo de antes
(Kino Tsurayuki, *Kokin Wakashū*, v. I, Poema de primavera I, 42.)

Também é cabível que uma situação esteja diferente do ano anterior e apenas a própria pessoa não tenha mudado.

月やあらぬ春や昔の春ならぬ我が身ひとつはもとのみにして

Tsuki ya aranu haru ya mukashi no haru naranu waga mi hitotsu wa moto no mi ni shite

A primavera sem lua não é igual à de outrora, somente o meu corpo ainda é o mesmo
(Cortesão Ariwarano Narihira Ason, *Kokin Wakashū*, v. XV, Poema de amor 5, 747.)

Contudo, como é claro a partir dos exemplos aqui mencionados, mesmo que no poema haja lembranças, geralmente não há (ou quase não há) expectativas. Esse tempo, considerando o dia atual como central, pode reavivar o dia anterior, mas não se volta para o dia seguinte. Se definirmos o tempo como o fluir do passado/presente/futuro, o tempo aqui não é o tempo de fato; é a situação do presente. Já que relembrar o passado é uma ação do presente, é possível conceber que a lembrança é a presentificação do passado. Não é que os fenômenos do passado enquanto tais entram na canção, mas eles são expressos apenas quando são presentificados enquanto memória ou lembrança, deságuam no presente e são absorvidos.

Uma rara exceção está no seguinte poema do *Shinkokin Wakashū*.

ながらへば又此ごろやしのばれんうしとみしよぞ今は恋しき

Nagaraeba mata konogoro ya shinobaren ushito mishiyo zo ima wa koishiki

Daqui a um tempo, lembrar-me-ei destes dias como se fossem passados. Já sinto nostalgia
(Fujiwarano Kiyosuke (1104-1177), *Shinkokin Wakashū*, Rolo XVIII, Poemas diversos II, 1843.)

Esse poema é provido de passado, presente e futuro. *Nagaraeba* ("daqui a algum tempo") é futuro, *konogoro* ("dias atuais") é presente, e *ushito mishi yō* ("mundo que considerava perdido") é passado. Tendo o passado como referência e relacionando-o com o futuro, o significado da situação do presente muda. Em outras palavras, o significado dos acontecimentos do presente não se conclui no momento atual, mas *apenas* na relação com o fluir dos tempos passado, presente e futuro. Se os tempos passado, presente e futuro já existissem, também seria possível haver uma relação coerente entre o antes e o depois. Esse poema implica também a dedução de como é o passado visto do presente. Do mesmo modo, como é o presente visto do futuro, o que é uma suposição. Provavelmente há poucos exemplos em que o conteúdo do poema tenha o formato de uma dedução.

Dessa maneira, os poetas parecem ter esgotado todas as possibilidades dentro das convenções do *tanka*. Porém, a convenção do *haiku* é mais restrita. As possibilidades que as duas formas poéticas curtas *tanka* e *haiku* possuem são extremamente diferentes. O que pode ser dito nos poemas *tanka* não pode ser dito no *haiku*, ou é extremamente difícil. Nas 31 sílabas consegue-se expressar o curso do tempo. Pelo menos é possível recordar o passado e sobrepor as experiências do passado na situação presente. Porém, no poema de dezessete sílabas não há lugar para se aceitar lembranças, e nele é extremamente difícil mostrar a duração do tempo. Por exemplo, o *"mono omoi"* não é uma reação psicológica do momento, é uma situação que continua por um período, e implica uma duração do tempo no interior dele mesmo. O motivo de terem sido produzidos muitos poemas com o "*mono omoi*" foi porque o estilo *tanka*, ainda que não inclua as lembranças de modo claro, tem uma extensão suficiente, pelo menos para sugerir os altos e baixos das emoções. Por isso, os poemas de Bashō quase não versam sobre a paixão. Pode ser que para ele fosse natural que a forma poética curta de dezessete fonogramas fosse apropriada para apreender a experiência sensível do momento, mas não para se cantar situações psicologicamente duradouras como o amor.

Algumas estrofes do *renga* continham temas referentes à relação homem e mulher. Por isso, a diferença formal entre as 31 e as dezessete sílabas deve ser o grande motivo para eles quase não aparecerem no *haiku* independente. Mesmo incluindo os *renga* e os *haibun* (prosa poética), são poucos os aspectos amorosos nos escritos remanescentes de Bashō. O motivo disso também é uma questão para ser tratada à parte. E esse não é o cerne desta discussão. No momento, é suficiente chamar a atenção para o fato de que o próprio Bashō distingue o *haiku* do *tanka* (e o *renga* com uma de suas formas), considerando o primeiro como expressão da experiência instantânea. Essa experiência não é emocional, é sensitiva, é um tipo de sintonia entre o alvo da percepção (mundo exterior) e o íntimo; surge num instante e se extingue noutro. Conforme as palavras do próprio Bashō, que Hattori Dohō (1657-1730) menciona em sua teoria do *haiku* intitulada *Sanzōshi* (*Três livros*), de 1702, parece ser algo semelhante a "uma luz que se vê em algo, e deve ser fixada em palavras antes de se apagar do coração". O tempo para nesse momento. Não há espaço para as lembranças se inserirem nele.

No entanto, Bashō não foi o único poeta de *haiku*. A sensação de um instante pode despertar a memória, o tempo pode fluir dentro das dezessete sílabas, e é possível as emoções perdurarem. Dois versos famosos de Buson são o exemplo disso.

いかのぼり昨日の空のありどころ

Ika nobori kinō no sora no aridokoro

Como subir lá, qual o paradeiro do céu de ontem

Nesse poema, o "ontem" e o hoje se sobrepõem no alto do céu de inverno.

うれひつつ丘にのぼれば花茨

Ureitsutsu oka ni noboreba hanaibara

Preocupado, subindo a colina: flor espinhosa

E, nesse segundo, a durabilidade da ação de escalar a colina é considerada um requisito. A duração desse tempo não é uma percepção, e a expressão da emoção não é nada senão a situação em que se realiza o estar "preocupado". A "flor espinhosa" é um termo sazonal de verão e deve ser o mesmo que *nobara*, "roseira brava", ou *heidenröslein* em alemão. Mas, em Buson, remete ao "caminho da terra natal" (*Hanaibara furusato no michi ni nitaru kana*, "Igual à trilha de minha terra serás, roseira brava?"). O encontro com a roseira brava está no presente. O que ela desperta está no passado da terra natal. Esse poema, por exemplo, não explica claramente a delicada correspondência com as emoções do presente e as lembranças do passado que o poema *waka* iniciado com "Não se sabe bem o coração de alguém"[91] cantou, e, apesar disso, podemos dizer que se expressa maravilhosamente.

Contudo, mesmo aqui, a exceção não nega a regra. A regra consiste no fato de que, quanto mais curta é a forma, mais o poema volta-se para o presente imediato. Para "fixar em palavras" esse instante decisivo, Bashō empregou a sensibilidade linguística e mobilizou todos os recursos retóricos eficientes. O *kigo*, o termo sazonal, é um deles. O período Heian consagrou as quatro estações como tema importante do *tanka*, mas o período Edo valorizou a técnica que mostra as estações por meio do termo sazonal. Isso, estruturado, transformou-se no *Saijiki*.[92] No *tanka*, pode-se dizer *Haru sugite natsu kinikerashi...*

---

91. Esse poema *waka* continua com: "mas o perfume da flor de minha terra é o mesmo de antes". [N.T.]
92. Catálogo de palavras específicas para cada estação usada no *haiku*. [N.T.]

("virá o verão, passada a primavera..."). O outono ou o inverno não chegam depois da primavera, por isso pode parecer meticulosidade, mas só aí já são doze sílabas. Mesmo assim, ainda restam dezenove sílabas para completar o poema. No *haiku*, restariam apenas cinco sílabas. É inviável gastar doze sílabas para se dizer o óbvio. Se usarmos o termo sazonal, é possível mostrar o verão sem falar nele. Naturalmente, também se usam as palavras *natsugusa* (ervas de verão), ou *aki no kure* (crepúsculo do outono), mas se usarmos as palavras *semi* (cigarra) e *higurashi* (cigarra esverdeada que canta de madrugada e ao crepúsculo), as palavras "verão" ou "outono" são dispensáveis. O termo sazonal é um instrumento poderoso para a economia da expressão das formas poéticas curtas.

Assim como no *haiku*, evitam-se obviedades ou redundâncias como "virá o verão, passada a primavera", também não se usam recursos estilísticos introdutórios de termos previamente definidos, a exemplo do chamado *makurakotoba* ("palavra travesseiro"), cujo conteúdo semântico não costuma ser levado em consideração, como no famoso poema que se inicia em *Ashihiki no yama dori no o no shidario no naganagashi yo o hitorikamo nen* ("Terei que dormir sozinho nesta noite de outono longuíssima como a cauda do faisão vermelho"). Fica até difícil dizer "o que é longo?!" apenas com as últimas cinco sílabas. Frequentemente, o *makurakotoba*, que no poema acima corresponde a *ashihikino* ("dos pés rastejantes", do qual se deduz que seja pelo cansaço) e introduz a palavra *yama* ("montanha" sempre com caminhos íngremes), mostra-se eficaz no *tanka*, mas, no *haiku*, é inútil. Bashō, também, para reter a sensação de um instante, aproveitou-se das onomatopeias e de *jōgo* (repetição de uma mesma palavra para indicar plural), atingindo até a combinação surrealista das palavras. Por exemplo:

ほろほろと山吹散るか滝の音

Horohoro to yamabuki chiru ka taki no oto

Despetalante som da flor *yamabuki* queda da água

あかあかと日はつれなくも秋の風

Akaaka to hi wa tsurenaku mo aki no kaze

O sol vermelho intenso indiferente ao vento outonal

閑さや岩にしみ入る蝉の声

Nodokasa ya iwa ni shimi iru semi no koe

Que calmaria. O canto da cigarra penetra na rocha.

Nesses poemas, o tempo está parado. Sem passado, sem futuro, o mundo todo se resume ao "agora = aqui".

Bashō chegou até esse ponto. Nem todos os haikaístas conseguiram. Porém, todas as pessoas atentaram para a impressão do "agora = aqui", distanciaram-se dos fatos ocorridos até esse momento, sem se preocuparem com o rumo dos acontecimentos dali em diante, e tentaram avaliar o significado da impressão autoconclusiva no presente. O *haiku* é o último estágio do desenvolvimento histórico da poesia lírica da língua japonesa. Provavelmente, neste exato momento, cerca de centenas de milhares de pessoas devem estar querendo expressar o seu sentimento por meio do *haiku*. É por isso que há colunas de *haiku* dos leitores mesmo nos grandes jornais, com tiragem de cerca de 1 milhão de exemplares. Por trás de um cenário como esse, com certeza, existem pessoas que devem viver o momento presente, pelo menos nessa faceta de seus sentimentos.

Peculiaridades do zuihitsu

A forma literária em prosa que se equipara à forma do poema lírico, especialmente à forma do *renga*, é, na língua japonesa, chamada de *zuihitsu*. Não há um termo equivalente para *zuihitsu* nas línguas ocidentais. De fato, pode haver textos parecidos com ele, mas estes não se encaixam em uma categoria essencial da prosa literária. Porém, no Japão, desde o *Makura no Sōshi* até a obra *Tsurezuregusa* (*Anotações no ócio*, início do século XIV), de Yoshida Kenkō (1283?-1352?), e *Tamakatsuma* (*Cesto de bambu precioso*, final do século XVIII), de Motoori Norinaga (1730-1801), os textos que podem ser englobados até hoje como *zuihitsu*, mais do que fazerem parte de uma das principais formas literárias da literatura em prosa, foram praticamente as mais importantes. É neles que os autores mais registraram a sua fala. Em relação à forma peculiar característica da literatura japonesa, e no que diz respeito à sua longa história e natureza popular predominante, o *renga* e o *zuihitsu* são semelhantes. A diferença entre eles é que, enquanto o primeiro é uma forma fixa em poesia com uma natureza de produção em conjunto, o segundo é uma forma em prosa de um único autor.

A peculiaridade notável do *renga*, ou seja, a sua tendência em ter uma constituição confiada ao rumo dos acontecimentos, sem uma estrutura precisa, e a engenhosidade e a graça independentes das estrofes compostas de improviso para serem acrescidas, é a mesma da do *zuihitsu*. Tanto *Makura no Sōshi* como *Tsurezuregusa* e *Tamakatsuma* são uma reunião de fragmentos que não têm temas comuns entre eles; não há um enredo que dê conta do todo, nem o desenvolvimento de um pensamento específico, o que mostra que não há nenhuma estrutura arquitetada. Também, na disposição dos fragmentos, não há nenhuma ordem, por exemplo, uma sequência cronológica. Sua extensão também não é fixa, se uns têm algumas linhas, outros chegam a ter algumas páginas. O único fato comum, talvez, é a escrita de apenas um autor. O que é interessante nele? Logicamente, não é o todo, mas as partes. Cada parte = fragmento não tem relação com o antes e o depois, é interessante por si mesmo, sozinho, a seu modo. A engenhosidade do autor, sua sensibilidade, seu modo de pensar, a observação perspicaz dos costumes, a apresentação dos fatos históricos e documentais, a crítica de escritos e de personalidades, os boatos, os detalhes mitológicos, as opiniões sobre a política, o sabor das bebidas e dos alimentos, o vocabulário e a semântica... a lista não tem fim. O *zuihitsu* é uma forma literária concentrada no interesse pelas partes e não pelo todo. Cada fragmento do *zuihitsu* é como os versos encadeados do *renga*. Se pensarmos num eixo temporal, o fragmento que se acabou de ler não tem relação com o que deve vir na sequência, e o que importa no momento é se o fragmento diante de nossa vista é interessante. O desejo de concentração no presente que existe na forma da poesia lírica pode ser verificado também na prosa, e de modo muito típico no *zuihitsu*.[93]

A ARTE E O TEMPO

A música do "timbre" e da "pausa"

Diz-se que o ser humano reage à expressão linguística e à música com partes diferentes do cérebro. Mesmo que um indivíduo perca totalmente a habilidade linguística por causa de uma lesão no sistema

---

93. Para o termo *zuihitsu*, não só inexistem termos correspondentes nas línguas europeias como também são poucas as traduções. O que se pode considerar como primeira tradução em língua europeia de uma coletânea de *zuihitsu* atual provavelmente é a de Barbara Yoshida-Kraft (*Blüten im Wind*, Tübingen, Erdman, 1981). Yoshida-Kraft, a organizadora, diz, no começo do livro, que o conceito de *zuihitsu* é completamente diferente do de "ensaios" das línguas europeias, apontando que ele não possui "uma estrutura arquitetônica" (*keine architektonischen Formen*), e que isso sim é "a postura básica imutável dos ensaístas japoneses até hoje" (*bis heute unveränderte Grundhaltung des japanischen Essayisten*). Seu conteúdo, concluindo, reflete a "vida em cada momento" (*das Leben in jedem Augenblick*), e, assim como é um fim, é também um novo começo, que vai passando por uma metamorfose sem parar (*unaufhaltsame Verwandlung*). Explicando o *zuihitsu*, textos como o começo dessa tese, tão sucinto, conciso e claro, são poucos, tanto no Japão quanto no exterior. Certamente, desde a autora de *Makura no Sōshi* (a atitude básica dos ensaístas japoneses que não muda até hoje), deve ligar-se a uma parte essencial da cultura japonesa. Essa essência, exatamente como algo típico no *zuihitsu*, se expressa, por um lado, pela ausência de uma "estrutura arquitetônica" e, por outro, como o desejo da "vida em cada momento". [N.A.]

nervoso central, na região localizada no lado esquerdo do cérebro, é possível que não ocorra nenhum prejuízo à sua habilidade musical. Ao contrário, se houver um dano considerável no córtex no hemisfério direito do cérebro, podem ocorrer distúrbios na avaliação do ritmo e do timbre de uma música.[94] Porém, dentro de uma mesma esfera cultural, tanto a expressão da linguagem quanto da música recebem uma forte influência dessa cultura. Assim como, no Japão, o *renga* concentra a atenção nas partes de cada momento e não no fluir do todo, essa mesma tendência caracterizou a música tradicional japonesa. Se comparada à música moderna ocidental, nota-se que a música japonesa valoriza mais o timbre e a pausa de cada momento do que a estruturação do todo da duração musical. Do mesmo modo que a poesia lírica voltou-se para a forma poética curta, a música dos teatros *nô* e *jōruri*[95] se resumiu à composição de algumas formas comparativamente curtas que se repetem, e cada composição é adequada para a qualidade do som de cada momento dentro dela. O som longo e agudo da flauta de um único sopro é que atrai a alma do morto para o palco, e a nitidez da palheta do *futozao* ("alaúde" japonês de três cordas, de braço grosso) manifesta diretamente o "agora eterno" vivido pelos personagens que estão no percurso da viagem *michiyuki* (a literatura antiga de viagens narrada segundo um ritmo determinado; a encenação com efeitos sonoros cênicos de uma viagem). Isso é "o que é digno de ser ouvido".

Difundindo-se e sendo refinada no período Edo, uma grande parte da música japonesa era voltada para o canto, o acompanhamento musical da narração, a dança, etc., e são poucas as músicas instrumentais genuínas como a música ocidental de período mais

---

94. Peter Nathan, *The Nervous System*, 4ª ed., Londres, Whurr, 1997, pp. 251-2. Nessa obra, Peter Nathan toma como exemplo de *"complete aphasia with no disturbance of musical abilities"* o caso de V. G. Shebalin, um compositor russo que teve apoplexia por duas vezes na faixa dos cinquenta anos e perdeu a capacidade de compreensão da língua. Depois da apoplexia, ele compôs nove peças, entre elas um quarteto e uma sinfonia. [N.A.]
95. Drama em estilo de balada do período Edo. [N.T.]

ou menos equivalente. A composição para um solo instrumental do *shakuhachi* ("pífaro" de bambu com cinco orifícios) é uma exceção.[96] A melodia não é de muitas vozes, é simples. Nem na música vocal ou instrumental se tem uma estrutura arquitetônica como a da *fuga* (composição polifônica em contraponto imitativo). Também o acorde apoia a melodia, e uma composição detalhada como uma *sonata* feita da sua repetição ou um disfarce como apresentação do tema não se desenvolvem. Em vez disso, a atenção se concentra no "timbre" de cada som. O timbre inclui muitos sons harmônicos, torna-se complicado, soma-se um *vibrato* minucioso e carrega todo tipo de emoção. Em casos extremos, é possível ouvir o *diminuendo* (redução progressiva) que prolonga o som de um sino de um templo

---

96. É possível que as origens da música no período Edo remontem a muito antes. Por exemplo, o teatro *nô*. O mesmo ocorre com os instrumentos. Por exemplo, o *shakuhachi* (instrumento de sopro) teve início na dinastia Tang, passou pela península coreana e chegou ao Japão no século VII. Na China, pereceu em meados do século XIII, mas sobrevive no Japão até hoje. Entre os instrumentos de sopro, especialmente a força e a duração do som do *shakuhachi* ligam-se diretamente ao tipo de expiração do instrumentista, e, nesse sentido, dá a sensação de que o instrumento é um prolongamento do corpo humano. Por exemplo, a expressão corporal de um sentimento de raiva é uma voz raivosa, e sua expiração violenta determina o som do *shakuhachi* do mesmo modo. Um instrumento que é exatamente o oposto é o piano. O sentimento do pianista associa-se ao som altamente abstraído sem fazer do corpo seu intermediário. O movimento dos dedos do pianista não é a expressão física dos sentimentos, e não é mais que um meio para produzir um som apropriado através do mecanismo do piano. Ao compor o dueto *Sōgū* (*Encontro inesperado*) com o *shakuhachi* e o piano, é possível que Ishii Maki não tenha pensado num simples encontro de um instrumento oriental com um ocidental, talvez tenha concebido um confronto entre uma expressão mais corporal e uma expressão mais abstrata e não corporal. Às vezes, o *shakuhachi* é usado em concertos, mas ele é principalmente um instrumento para solo, sem o acompanhamento do canto. No caso do *koto*, pode ou não ser acompanhado pelo canto.
    O *shamisen*, importado de Okinawa no século XVI, foi aperfeiçoado e difundiu-se principalmente no teatro (teatro de bonecos e *kabuki*) e na zona de meretrício (gueixas). O *shamisen* quase nunca é utilizado em solos ou concertos, enquanto instrumento genuíno sem o acompanhamento do canto, da narrativa e da dança. [N.A.]

distante como se fosse uma peça musical. De fato, no *shakuhachi*, até se tem composições de um único sopro.[97] No caso de uma música estruturada, é preciso ouvir o seu todo. Porém, consegue-se mudar o instrumento musical. Por exemplo, a fuga de Bach pode ser tocada tanto com um instrumento musical antigo quanto com um piano posterior ao século XIX. Com certeza, os timbres são bem diferentes, mas a beleza estrutural da fuga não muda. Ao contrário, o encanto da música de timbre manifesta-se maravilhosamente mesmo sem ouvir tudo, em cada momento, separado do que vem antes e do que vem depois. Porém, não se consegue mudar o instrumento musical. Por exemplo, os grandes e pequenos *tsuzumi* (tamborim em forma de ampulheta), não servem apenas para produzir o ritmo, possuem uma diferença mínima em seus timbres, e, por isso, sendo um requisito determinante para a música, nunca se pode usá-los trocados.

Os músicos japoneses costumam considerar a "pausa" importante. Como bem se sabe, a "pausa" é o intervalo entre dois sons, a distância temporal, é o comprimento da duração do silêncio. Não é que esse comprimento esteja fixado como o dobro de uma unidade de tempo, ele muda delicadamente de acordo com a situação. Sob uma situação dada, tomar a "pausa" é regular a duração do silêncio, em suma, a sua variação diferencial mínima. Diretamente, isso, no que se refere a uma situação de um momento, é a decisão de um instante de saber quando se toca o som seguinte, na relação com o som tocado antes, e das circunstâncias dessa decisão, a eficácia do som que se toca então é definida. Por exemplo, no teatro *nô*, o ritmo complexo dos tamborins pequenos gera uma atmosfera densa e produz uma situação. Aí entra o acompanhamento dos tamborins

---

[97] O compositor Takemitsu Tōru (1930-96) fala sobre o *shakuhachi* usado em *November Steps*. O som do *shakuhachi* feito com um único sopro consegue se manter por dois minutos. "Porém, é um som realmente belo e cheio de colorações variadas", e pode "ter todas as coisas dentro de um som apenas". "Um som consegue refletir tudo. Um som pode se tornar todo o universo", e isso, claramente, não tem uma estrutura arquitetônica grandiosa, portanto "se não há começo, também não há fim". Takemitsu Tōru, *Tōi yobigoe no kanata e* (*Para além da distante chamada*), Shinchōsha, 1992, pp. 43-4. [N.A.]

grandes. Qual é a "pausa" que se faz depois desse acompanhamento para se continuar a batida do tamborim? Em outras palavras, quanto dura o silêncio antes do som do tamborim? É a pequena diferença dessa duração que se define aos ouvidos do público, soa como algo que ele não sabe quantas vezes ouviu ou que atravessa o âmago com uma energia do "grito penetrante de judô". Nesse momento, a música se resume ao instante do "agora". E já não importa mais se há algo antes disso, ou o que virá depois.

A estrutura liga-se ao fluir do tempo de uma composição musical como um todo, mas tanto o "timbre" como a "pausa" ligam-se a partes do fluir, ou seja, ao presente de cada momento. A estrutura é a relação mútua dos sons, mas o "timbre" tem propriedades de cada som em particular. A relação mútua dos sons pode ser construída concentrando-se apenas na altura, no comprimento e no volume de cada som em particular. A lógica é a mesma de quando se quer fazer um triângulo colocando-se três corpos sólidos no chão; consegue-se prestar atenção apenas na posição de cada um dos corpos e ignorar todas as outras propriedades. Se for exigida uma rica expressividade de cada som em particular, suas propriedades não se transformam em altura, comprimento e volume, só podem tornar-se algo muito diversificado e complexo. Se chamarmos de nota musical um som simples próximo ao diapasão, e de ruído um som distante e complexo, a busca do poder expressivo de cada som individual passa a ser o desejo pelo ruído. No instrumento musical há um timbre peculiar. Se se usar muito o *vibrato*, o *tremolo*, etc., pode-se obter um som mais complexo. Para se acrescentar um som ainda mais complexo, por exemplo, podem-se roçar as cordas do *shamisen* com a palheta ou bater a caixa de ressonância com ela. Esse tipo de técnica parece mostrar o gosto pelo ruído da música do *shamisen*.[98]

---

98. O instrumento musical japonês que Takemitsu Tōru apreciava junto com o *shakuhachi* é o *biwa*. Ele conta sobre o "belo barulho" do *biwa*:
    "Uma das grandes características que diferencia o biwa dos instrumentos musicais ocidentais é que ele usa como expressão musical positiva o ruído abandonado pelos instrumentos ocidentais no processo de sua modernização e funcionalidade." (ibidem, pp. 20-1).
    No caso do *biwa*, o *sawari*, dispositivo que produz esse ruído, consiste

A voz humana, na conversação diária, é mais complexa do que o som de um instrumento musical. Porém, um cantor consegue treinar e mudar a voz para usá-la na música. O treino tem duas direções. Uma é a simplificação e a outra é a complexidade. A simplicidade é a musicalidade, aproximando o aparelho da fala do cantor ao instrumento. O *bel canto* parece um caso típico disso. A complexidade é uma forma radical de conversão em ruído, e consiste em aproximar a voz do cantor a um tipo de voz rouca especialmente complexa, mesmo na voz comum do dia a dia. Na música do *shamisen*, isso é bem semelhante aos casos em que se usa o instrumento como um dispositivo de produção de ruídos. Se, por um lado, há uma tradição musical que trata o ser humano como instrumento, por outro, tem-se o hábito de humanizar os instrumentos musicais. Isto porque há um sistema de respeito pela estrutura da música tanto como um expressionismo do timbre. Esse cenário, provavelmente, é um contraste entre uma cultura que estrutura a duração de uma parte do tempo e uma cultura que vive no presente sem estruturar a outra parte do tempo.

A expressão corporal

Nas características da música tradicional japonesa, especialmente na música artística do período Edo, é tendência notável a importância que se dá mais à natureza minuciosa de cada som do que à relação dos sons entre si, mais ao timbre do que à melodia, e mais ao refinamento das partes do que ao fluir do todo. Se assim for, como essas características teriam refletido na dança, que se liga estreitamente à

---

no seguinte: "prende-se o marfim numa parte do braço do instrumento, e quatro ou cinco cordas atravessam a sua extensão"; "desgasta-se uma parte desse marfim, fazendo-se um sulco, coloca-se as cordas entre esses sulcos, e, dedilhando as cordas, elas tocam no sulco do marfim e emitem um ruído", e isso foi herdado também pelo *shamisen*. O ruído acrescenta, produz "um timbre complexo digno de apreciação". Diferentemente da música ocidental, na música japonesa, o timbre se faz mais importante do que a melodia, "e a música japonesa voltou-se para tal direção", diz Takemitsu. [N.A.]

música? Certa vez, assistindo a um espetáculo de balé em Tóquio com Ashihara Eiryō (1907-81), ele disse: "A característica da dança japonesa é que as duas pernas dos dançarinos nunca se separam ao mesmo tempo do chão." Certamente, os dançarinos japoneses não saltam. Os dançarinos de balé, enquanto pulam alto continuamente, dão várias vezes uma volta completa pelo grande palco. O protagonista (*shite*) de uma peça *nô* dá voltas completas num pequeno palco sem levantar os calcanhares, e, antes de passar para a volta seguinte, frequentemente insere um momento de parada. A máscara, nesse momento, mergulha em ansiedade ou brilha em alegria ou ainda extravasa-se em ressentimento. O vestuário magnífico reúne toda a sua beleza e abre-se como uma flor. Mais do que dizer que é um movimento dentro do silêncio, é o silêncio dentro do movimento, ou seja, é uma expressão pictórica do dramático. Tal expressão pictórica não existe no balé. No balé, o movimento do corpo é a expressão, o movimento do corpo que dá voltas pelo palco, com giros, saltos e movimentos aéreos. Nele não há um único momento de parada. A parada aí não passa de um repouso depois que tudo terminou. Por ser o corpo que se movimenta, o vestuário não passa de uma convenção totalmente secundária e conveniente. Com certeza, o balé e a dança no *nô* representam os extremos opostos da dança artisticamente refinada. De um lado, há o movimento do corpo e a sensação de beleza impactante, e, de outro, a postura da pessoa envolvida pela máscara e pelo vestuário, que muda silenciosamente, e a expressão psicológica com minúcias sem fim. Um volta-se para um movimento permanente; a outra, fragmenta o movimento aproximando-o do estático. O que convida os dançarinos para o palco, de um lado, é a melodia e o ritmo pulsante que fluem da música orquestrada, e, de outro, o timbre da flauta, que vem ressoando do mais profundo silêncio.

A parada, como um dos limites extremos do movimento do ator *nô*, foi herdada pelo *kabuki* e se tornou o *mie*, "postura soberba do *kabuki*". As capturas e outras cenas de luta no palco do *kabuki* foram estilizadas ao máximo. O ator movimenta as mãos e as pernas conforme um modelo padrão, como o da dança *butō*, gira as armas e dá saltos mortais. Isto é o *tate* (luta com espadas), e o ator, no meio do *tate*, também insere o *mie* várias vezes. *Mie* é a postura de parada, e muitas vezes o ator vira-se para a frente, em direção à plateia, e exibe um modelo do *mie*. Nesse instante, o movimento do *tate* é interrompido, e o protagonista olha em direção à plateia e não para o seu oponente na luta. Isso não é uma simples pausa do movimento, é o auge da intensificação dos sentimentos que os movimentos prepararam.

Entretanto, mesmo no processo para se chegar ao *mie*, pequenos *mie*, por assim dizer, são repetidos com uma parada de um instante e o seu efeito visual. A luta transformada em dança não é mais do que uma sucessão de pequenos *mie*, e o ator movimenta o corpo quando vai de uma dessas posturas para a seguinte. Esse intervalo, ou seja, o tempo em que o corpo se movimenta, é curto. O coreógrafo do *tate* do *kabuki*, em conversa com um ator de *jing ju*, teatro da ópera clássica chinesa de Pequim, disse que, geralmente, no *kabuki*, o herói muda de uma postura para um movimento e vigorosamente brande duas vezes o braço que segura uma espada, parando na postura seguinte. No *tate* do *jing ju*, pelo contrário, vai-se muito além dos dois brandimentos; uma vez em movimento, continua-se sem parar. O braço movimenta-se como um moinho de vento; a espada, a lança, etc., descrevem um círculo no espaço e o herói que luta corre pelo palco sem descanso, de um lado para outro em todas as direções. Na peça *Songokū*[99], não há um momento de parada até o *mie* do desfecho. O movimento intenso dele é algo que impressiona pela sensação impactante por si mesma, e não se direciona para o efeito pictórico da postura estática. O *tate* do *jing ju* é mais semelhante ao balé do que ao *kabuki*. Os movimentos do *jing ju*, como do balé, prezam a continuidade do fluir. A dança do *kabuki* preza a postura do momento independente do antes e do depois. O contraste do tempo *rubato* e *staccato* na dança não se limita à sua origem no *tate*, parece uma tendência comum a todas as danças e

---

99. Sūn Wùkōng, Rei Macaco, personagem de Xīyóujì, *Jornada para o Ocidente*, um dos "Quatro Grandes Romances Clássicos" da literatura chinesa. No romance, ele acompanha o monge Xuánzàng (602-664) em sua jornada para recuperar sutras budistas da Índia. [N.A.]

performances. Não é uma característica apenas do *kabuki*. Por exemplo, nos movimentos da dança *kyōmai*, estilo típico de Kyōto, num determinado instante, para-se numa forma graciosa.

O tempo na pintura

Se a dança, uma arte originariamente temporal, possui, na cultura japonesa, uma tendência que se volta para um efeito pictórico, a pintura, criada pela mesma cultura, às vezes, volta-se para a expressão do tempo. Geralmente, a pintura copia a "imagem" de um objeto de um momento dado — por exemplo, pessoas, paisagens, ervas que dão flores, etc. Dentro do quadro, as pessoas não envelhecem, as flores não caem, o tempo não flui. Porém, excepcionalmente, é possível expressar por meio da pintura objetos que mudam juntamente com o processo do tempo. Para isso, há algumas técnicas diferentes.

Primeira, imagens iguais em tempos diferentes. Dentro de uma mesma pintura, desenham-se acontecimentos de momentos diferentes.

Segunda, várias imagens de tempos diferentes. Enfileiram-se em ordem temporal quadros com acontecimentos de momentos diferentes. Cada quadro pode ser pendurado na parede e também pode ser desenhado diretamente (afresco). Nas casas japonesas com poucas paredes usam-se as portas de papel corrediças (*fusumae* = *fusuma* com pinturas) em substituição aos afrescos. Pode-se também desenhar cenas diferentes no rolo de papel (*emaki* = pintura em rolo), seguindo o curso do tempo.

No Japão, há poucos exemplos da primeira técnica. Entre eles está o *Kibi Daijin Nyūtō Emaki* (*Emaki pelos bons auspícios ao ministro da China Tang*, segunda metade do século XII, do Museu de Belas-Artes de Boston), que retrata uma cena em que o demônio de Abeno Nakamaro surge. Os chineses Tang enclausuram, no alto do *rōmon* (pórtico ou arco de dois andares), Kibino Makibi (695-775), que foi à China como *kentōshi*[100] no período Nara (710-94),

---

100. Enviado do Japão à China da dinastia Tang (618-90). [N.T.]

AS DIVERSAS EXPRESSÕES DO TEMPO

onde o testaram na decifração da obra poética *Wénxuăn*[101], nos jogos de *go*, etc.

Nessa ocasião, o demônio de Abeno Nakamaro aparece, ajuda o herói, responde a um problema difícil, vence a partida de *go* e deixa os chineses de Tang surpresos. No *emaki*, no lado direito da gravura, foi desenhado um arvoredo em meio ao vento que sopra violentamente e um demônio vermelho nu com um chifre na cabeça; no lado esquerdo, há uma torre envernizada com charão vermelho; na sala no alto, está Kibino Makibi sentado em posição ereta, prestes a colocar o *ikan* (veste tradicional e formal da corte) e assumir a postura de um oficial do governo, encontrando-se com o demônio que se aproximou pelo corredor da beira da janela. Como o demônio deve ter surgido de uma tempestade e depois subiu ao topo, e mais tarde tomou a forma de um oficial, o tempo flui da direita para a esquerda do quadro. Se reunirmos dentro de uma imagem esse passado (aparição do demônio vermelho) e o presente (o encontro), evidencia-se claramente a relação entre ambas. Vendo-se a partir do presente do lado esquerdo, o lado direito é o passado, e o significado dos acontecimentos do presente, ou seja, o fato de que a pessoa com que o herói encontra-se é o demônio confirma-se observando a cena do passado. Se olharmos a partir do presente do lado direito, o lado esquerdo é o futuro e o significado dos acontecimentos do presente; ou seja, torna-se claro que, em conexão com os acontecimentos do futuro e apenas nessa conexão, o propósito do aparecimento do demônio é o encontro com o herói. Nele, manifesta-se bem a vantagem de desenhar em uma imagem dois acontecimentos que se sucedem temporalmente.

Nas pinturas ocidentais da Idade Média, as mesmas técnicas foram utilizadas com mais frequência. Por exemplo, na obra do século XV, *A criação do mundo e a expulsão do Paraíso*[102], de Giovanni

---

101. *Monzen*, em japonês. Antologia poética de sessenta volumes, compilada por volta do ano 530, que abrange composições de cerca de mil anos feita por 130 pessoas. [N.T.]

102. Giovanni di Paolo, *The Creation of the World and the Expulsion from Paradise*, c. 1445 (Robert Lehmar Collection, Metropolitan Museum, Nova York). [N.A.]

di Paolo (1403-82), do Museu Metropolitano de Nova York, Deus está pintado na parte superior esquerda, e, logo abaixo, o mundo a surgir num mesmo círculo concêntrico; as macieiras estão na parte superior direita, e o anjo que expulsa Adão e Eva na parte inferior. Como no Ocidente o tempo flui da esquerda para a direita, primeiramente há a criação do céu e da terra, e, depois disso, tem-se a narração do mito em que Deus expulsa do paraíso os seres humanos criados por ele mesmo por causa do pecado profano. O pecado (ou seja, "o pecado original") consiste no fato de terem mordido a maçã proibida, após tentados pela serpente. Por que Deus, onisciente e onipotente, cria um ser humano que comete o pecado? Será que Deus fracassou no modo como criou o ser humano? Essas dúvidas parecem surgir naturalmente.

Deus, porém, criou o homem com o livre-arbítrio, e como era uma opção de sua livre vontade comer ou não a maçã, e considerando-se que o ser humano, que não é onisciente e onipotente, escolheu o pecado, a responsabilidade é do ser humano e não de Deus. O significado da expulsão do paraíso não é um simples acidente nem o tormento de um anjo caprichoso, é a consequência do pecado do próprio ser humano, e as condições em que o pecado se realiza, em primeiro lugar, é o livre-arbítrio, e, em segundo, a natureza imperfeita do ser humano. Por mais que se desenhasse detalhadamente o momento da expulsão do paraíso, não se compreenderia que aquelas duas condições são inerentes ao ser humano. Em vez disso, esse fato só pode ser compreendido observando o fato anterior, ou seja, a cena de criação do céu e da terra. É porque Deus cria o céu e a terra, e o homem à sua semelhança, que o ser humano tem o livre-arbítrio. Porém, como os seres humanos não foram criados iguais a Deus, eles são imperfeitos. Portanto, pelo livre-arbítrio, fizeram a opção errada e pecaram.[103]

---

103. A concepção teológica que quer explicar a construção (e o domínio) do mundo por Deus e a existência do mal (ou do pecado) dentro desse mundo, tomando o livre-arbítrio humano como intermediário, é variada e complexa. Pode-se considerar o conteúdo dessa discussão como o processo histórico

AS DIVERSAS EXPRESSÕES DO TEMPO

Uma relação como esta, entre um criador e sua criatura, naturalmente, é mais complicada do que a relação entre embaixadores Tang veteranos e novatos, e tem um significado mais universal.[104] Também o tempo que separa duas cenas, entre a criação do céu e da terra e a expulsão do paraíso, provavelmente deve ser mais longo do que

---

e o determinismo sobre as ações humanas ou como a oposição para com a alegação do livre-arbítrio. Ou seja, vai além da esfera teológica do cristianismo e possui um significado universal mesmo na filosofia moderna. Por exemplo, as leis naturais da física e da química e a sua manutenção, e a sua cadeia sob a teoria de causa e efeito. Portanto, tem-se, de um lado, o determinismo, e, do outro, um sistema de valores que toma como pressuposto o livre-arbítrio e a responsabilidade pelos atos, e tanto um quanto outro são difíceis de serem negados. Porém, aqui, não nos deteremos nem no conteúdo da discussão teológica e tampouco na questão filosófica. [N.A]

104. "Mesma ilustração em tempos diferentes" também são poucas nas imagens do budismo japonês. O exemplo mais antigo existente é a famosa imagem *Shashin shiko zu* (Alimentar o tigre dando o próprio corpo) do *Tamamushi zushi* (Um pequeno oratório em forma de pagode, século VII, acervo do templo Hōryūj). O príncipe Gautama, antes de tornar-se Shaka (Buda), encontra um tigre com um filhote esfomeado no fundo de um precipício entre as montanhas, e, para salvar o tigre, faz de seu próprio corpo a ração. A imagem mostra o príncipe em cima do precipício, tirando a roupa e se pendurando nos galhos de uma árvore. No meio da encosta do precipício, o príncipe mergulha de cabeça. No fundo do precipício, o tigre começa a comer o corpo do príncipe. Essas três cenas não estão da direita para a esquerda, estão posicionadas de acordo com o eixo do tempo que flui de cima para baixo, e esse eixo vertical sobrepõe a direção do movimento do protagonista. Se distribuímos essas três cenas em passado, presente e futuro, o espetáculo do presente (o mergulho) não é resultado de um acaso como o de ter escorregado; a cena do passado (o despir-se) mostra que é uma ação baseada numa decisão consciente; e fica claro com o incidente do futuro (cena em que o tigre se alimenta) que o objetivo dessa ação é ser a ração do tigre. Porém, a distinção desse presente, passado e futuro não passa de uma subdivisão de um tempo bem curto do conteúdo de um incidente chamado *Shashin shiko zu*. Se consideramos o momento em que esse incidente ocorreu como "agora", o fracionamento desse "agora" é útil para explicar a natureza do incidente, e a estruturação temporal da narrativa é completamente diferente, assim como é a demonstração clara da relação entre o todo da história e seu incidente específico. O *Shashin shiko zu* é admirável pela descrição da queda do príncipe, ou seja, pela descrição vívida de um movimento físico, e não porque esclarece a concepção de tempo budista. [N.A]

o instante em que o demônio aparece e sobe ao alto da torre. Porém, é comum a estrutura na qual dois acontecimentos sucessivos são desenhados dentro de uma mesma pintura e um limita o significado do outro. A grande diferença entre as pinturas ocidentais e as japonesas é que as primeiras usam muito essa técnica de tempos diferentes numa mesma pintura, ao passo que, nas segundas, esses exemplos são comparativamente poucos.[105] Por trás disso reside, provavelmente, a forte tendência de as primeiras verem o significado dos acontecimentos do presente numa conexão com os acontecimentos do passado ou do futuro, enquanto nas segundas essa tendência é fraca.

Quando não se trata de dois acontecimentos sucessivos, mas de uma relação, por exemplo, entre o antes e o depois de vários acontecimentos, qual técnica se usa para expressar na pintura o longo tempo que flui através do curso da guerra e da vida do herói? Nas pinturas ocidentais, mesmo nessas ocasiões, usam-se tempos diferentes numa mesma imagem: inserem-se os acontecimentos de tempos diferentes dentro de uma mesma moldura (por exemplo, teto, afresco, etc.), em afrescos e mosaicos, ou se faz com que possa ser visto facilmente, enfileirando-se as molduras das pinturas dentro de uma mesma sala — seja como for, geralmente procura-se um modo para que se possa olhar muitas cenas. Parece que a vida de Cristo é muito típica: o seu "nascimento", o "caminho da cruz", a sua "crucificação" e sua "ressurreição". Observando-as, é possível estabelecer uma relação da imagem que está diante de nossos olhos com as imagens do passado assim como do futuro, e compreender o seu significado. O significado da crucificação de Cristo não é compreensível apenas pela cena do monte Calvário, mas definido ao observar-se o passado desde o "nascimento" e o futuro da "ressurreição".

No Japão, o *emakimono* (ou apenas *emaki*, pintura em rolo) desenvolveu-se a partir da segunda metade do século XII. Num rolo

---

105. Taguchi Eiichi, "*Emaki*", *Nihon Bijutsushi Jiten* (*Dicionário da história da arte japonesa*), Heibonsha, 1987, pp. 96-8. [N.A.]

AS DIVERSAS EXPRESSÕES DO TEMPO

de papel estreito e longo, via de regra da direita para a esquerda, são desenhadas em ordem cronológica as cenas do rumo das narrativas e dos combates; da origem dos santuários xintoístas e templos budistas; os feitos de altos dignitários budistas, etc. Cada cena é independente, sem continuidade (são muitas as que não têm apenas o tempo dos acontecimentos, mas também os lugares e as pessoas diferentes). Pode acontecer também de serem inseridas explicações por escrito entre as cenas. Na técnica e no estilo da pintura consegue-se discernir dois tipos principais. Uma é a pintura típica do *Genji Monogatari Emaki* (*Emaki das Narrativas de Genji*, primeira metade do século XII), em que se aplicam tintas escuras nos esboços do *sumi* (tinta nanquim) e, por cima, desenha-se em linhas tênues os detalhes, por exemplo, do *hikime-kagibana* ("olhos-riscos, nariz-gancho"), motivo pelo qual é chamado de *tsukurie*[106] ou "*onnae*" ("pintura feminina"). A outra toma como principal o *byōsen* ("linhas de contorno") do *sumi*, sendo superior em realismo caricatural de, por exemplo, expressões fisionômicas, posições e movimentos humanos, etc., com a adição de cores suaves, e se chama "*otokoe*" ("pintura masculina"). *Shigisan engi* (*Origem do templo da montanha Shigi*, segunda metade do século XII) é uma obra representativa dessa técnica. Porém, a distinção entre esses dois estilos é apenas didático e são muitos os exemplos aos quais se juntou a coloração do *onnae* e do *sobyō* ("contorno simples") do *otokoe*. Uma obra-prima é o *Ban Dainagon Emaki* (*Emaki do grande conselheiro Tomono Yoshio*, da segunda metade do século XII), como também a já mencionada *Kibi Daijin Nyūtō Emaki* (*Emaki pelos bons auspícios ao ministro da China Tang*). Mais próximo de nossos tempos,

---

106. Um processo de pintura associado ao estilo do *yamatoe*, pintura japonesa. Primeiramente, os esboços da tinta são extraídos; em seguida, a cor opaca é aplicada na pintura inteira; e, por fim, as linhas da tinta são redesenhadas com cuidado sobre os esboços, e os detalhes importantes das faces e das figuras são adicionados. Esse processo foi empregado originalmente para os *handscrolls* coloridos detalhados extraídos pelos pintores da corte que ilustraram a literatura do período de Heian. O famoso *Emaki das Narrativas de Genji* foi produzido por esse processo de pintura. [N.A.]

há também o *Ippen Shōnin Eden* (*Biografia ilustrada do monge Ippen*, do final do século XIII), que, indo além da distinção entre *onnae* e *otokoe*, desenha realisticamente os templos budistas e xintoístas, as paisagens da natureza, os costumes que alcançam as vastas camadas sociais, etc.

O *emakimono* é feito para ser apreciado cena a cena, ou seja, vê-se uma cena estendendo-se uma parte do rolo, enrola-se o desenho que se acabou de ver e desenrola-se a próxima cena. Com a mão direita é enrolada a parte já vista, e com a esquerda vai se desenrolando a parte ainda não vista, e nenhuma delas pode ser apreciada junto com a cena que está diante da visão no momento. O presente está separado tanto do passado quanto do futuro. O tempo flui do passado em direção ao futuro e aqui há algumas lembranças, intuições, o passado e o futuro não existem como base de consulta dos acontecimentos do presente. O tempo do *emakimono* é uma cadeia do presente que se enfileira de forma equivalente. Já que vemos as cenas estendendendo-as sucessivamente, não conseguimos verificar a conexão mútua das cenas percorrendo o todo com os olhos. Cada cena é autoconclusiva, não afeta os acontecimentos anteriores e posteriores, e sua linha, coloração, ações da multidão, ambientes dos panoramas, etc., apresentam-se por si mesmas. Por exemplo, o incêndio de Ōtenmon. Diante dos nossos olhos, o que se estende por sobre todas as cenas é a força terrível das chamas em redemoinho. Certamente, a informação de que o incêndio ocorreu por ordem de Ban Dainagon não é obtida sem que se tenha visto as cenas anteriores e posteriores, mas essa informação não exerce nenhuma influência na força quase fauvista da coloração das chamas. Mais um exemplo, a informação sobre a disposição dos templos budistas nas montanhas de Kumano está concluída em uma cena da obra *Ippen Shōnin Eden* e não tem relação com as outras cenas. O *emakimono* não estrutura o tempo, destaca a natureza autoconclusiva do (mundo no) momento da conscientização. Aqui as pessoas vivem o presente.

Considera-se que o *emakimono* japonês começou sob a influência das pinturas da China. O *emaki* mais antigo que se tem no presente é o *Eingakyō* (*Sutra das causas e efeitos em pinturas*, da segunda metade do século VIII), imitando as pinturas importadas da China e que os pintores oficiais de cópias de sutras fizeram.[107] Na "japonização" que ocorre depois disso no período Heian, a técnica foi refinada e se propagou largamente após o século XII. Foram mais de quatrocentos tipos de registros, e os que existem ainda hoje somam pouco mais de uma centena — no Ocidente, quase não há exemplos que possam ser denominados *emaki*. No entanto, é possível determinar algumas características da cultura japonesa por trás do *emakimono*. No Japão, as importantes técnicas de expressão pictórica do tempo são encontradas no *emakimono*, e este separa o presente do passado e do futuro com a forte tendência a se concluir de forma independente. Ou seja, a notável ênfase no "agora" — em outras palavras, o forte interesse mais pelas "partes" do que pelo todo — é algo que se manifesta não só na poesia e na música, como também na pintura.

---

107. Uma exceção no Ocidente parece ser o que se chama de "Tapisserie de Bayeux" (segunda metade do século XI). É um tecido com cerca de setenta metros de comprimento no qual está bordado o curso da conquista inglesa dos normandos. As muitas cenas, que incluem as das batalhas, estão dispostas sequencialmente em ordem cronológica, da esquerda para a direita. [N.A.]

3

Estilos de ação

Da união xintoísmo-budismo à descrença

Por um lado, há um tempo sem começo e sem fim das comunidades tradicionais (família, *mura* e outras) e daí surge a atitude de "viver o presente" como um hábito natural. As estações do ano se sucedem; assim, as flores da primavera desabrocham novamente, e a colheita de outono também irá se repetir no ano seguinte. Por outro lado, há um começo e um fim na vida de qualquer pessoa. O tempo na vida das pessoas vai da infância para a velhice e flui incessantemente sem se repetir. O tempo da vida não se sucede em ciclos.

Como esses dois tempos podem ser unificados e, mesmo que a unificação seja impossível, como podem coexistir harmoniosamente? Numa sociedade tradicional em que os indivíduos estão fortemente incorporados à comunidade, suas vidas foram absorvidas pela história dessa comunidade e, provavelmente, se tornaram parte dela. Mesmo que uma pessoa morra, o nome de família continua. A preservação do nome de família é um símbolo da manutenção da estrutura familiar e, enquanto a estruturação não mudar, todos os acontecimentos que ocorrem em seu interior resultam num "agora" de cada momento. O fluir do tempo no *mura* é uma cadeia de um "presente" equivalente, e um elo dessa cadeia é a vida individual de um dos componentes. Porém, no Japão moderno, onde a família gradativamente se desfaz e a comunidade chamada *mura* converte-se em empresas e outros grupos organizados da sociedade capitalista, de que maneira esses dois tempos, ou seja, um tempo ilimitado que não é dividido, e um outro, finito, e, portanto, uma sensação de tempo que não pode deixar de ser dividida em maior ou menor grau, influenciaram a ação das pessoas? Podemos ver como os homens vieram usando adequadamente os dois tipos de tempo de acordo com a ocasião. Por um lado, deixam as adversidades do passado "fluir nas águas", esquecem a possibilidade de calamidades do futuro e concentram a atenção em gozar o "agora" do dia a dia pessoal; por outro, importam-se demasiadamente com o passado dos antepassados, investem no ensino pensando no futuro das crianças, preparam-se para a velhice sob as condições imperfeitas do seguro social e conservam um índice elevado de poupança em relação ao ganho. Acredita-se que a dupla face desse partidarismo do presente e da ação programada, no mínimo, psicologicamente, e até certo grau, veio sendo resolvida controlando-se a extensão desse "agora" de acordo com as necessidades.

O "agora" concreto nunca é um instante. É um tempo de extensão curta em relação ao fluir de um tempo mais longo. É curto em relação a um tempo que foi dividido em unidades de mil anos, cem anos. O "atual" do momento em que se fala "século *atual*" tem a extensão de cem anos. A extensão de cada "momento atual" pode ser elástica (esticar-se ou retrair-se) de acordo com a extensão do tempo que se tem por referência — e nele se incluem o passado e o futuro. Em relação a um ano, "mês *atual*", e em relação a um mês, "dia *atual*". Em relação ao tempo histórico ilimitado, todo tempo finito pode ser um "agora" suficientemente curto. Por exemplo, a vida de um indivíduo é "esta vida", é "a vida *atual*". O sentimento de que a "vida é curta" é comum aos poetas de todas as épocas, tanto no Oriente quanto no Ocidente; o que difere são as atitudes, de acordo com as pessoas e as culturas, em relação a esse fato.

A primeira postura é aquela que transpõe o "agora" de uma vida pessoal curta para outra de vida comunitária (família, *mura*, país, por exemplo) de longa duração. Seu futuro, tomando como pressuposto um enquadramento imutável, permite uma extrapolação e não pode deixar de ser algo cuja expectativa tem uma extensão pequena. Porém, um futuro assim — caso se defina o presente segundo a possibilidade de expectativas possíveis dos fenômenos que ocorrem dentro dele — pode ser pensado como um prolongamento do presente. Nesse caso, o futuro, de fato, não é futuro, é o "agora" estendido. Aqui, o projeto para um futuro aparente não é outra coisa senão um projeto dentro da extensão temporal do "agora".

A segunda postura é aquela na qual o projeto realiza-se durante esta vida, considerando-se a extensão do tempo do "agora" como a vida de uma pessoa. Ou seja, é possível preparar-se para a velhice, trabalhando hoje e contando com o desfrute da velhice no amanhã. A vida, nesse caso — ou seja, a vida curta —, é pensada como uma cadeia de "agoras", e, se subdividirmos esses "agoras", temos os períodos como o da adolescência e da velhice. Viver o presente não é contraditório com a natureza programável da vida, e as duas coisas podem muito bem coexistir — desde que esse projeto não se volte para uma meta do futuro que vá além da vida (por exemplo, o Paraíso Budista da Terra Pura) e se conclua em vida.

A terceira postura é um tipo de hedonismo, que diz que, se a vida é curta e não se sabe para onde se vai ao morrer, é melhor viver como manda o coração. Sem se preocupar demasiadamente com o dia anterior, sem se inquietar com o amanhã, aproveitar o dia de hoje, entreter-se nos momentos em que isso lhe é permitido.[108] Aqui, não há margem para a programação. Esse modo de pensar está expresso em obras de poetas e filósofos de todos os tempos, do Ocidente e do Oriente. De Epicuro (341-270 a.C.) até Táo Yuānmíng (cerca de 365-427), de Ikkyū Sōjun[109] (1394-1481) até Pierre de Ronsard (1524-85). Naturalmente, havia diferenças sobre o que eles consideravam como prazer. A ataraxia de Epicuro constitui uma "serenidade"

---

108. "Conhecer o momento e o lugar da morte. É bom consolidar o sentimento de louvor", *Tō Enmei Zenshū* (*Obras completas de Táo Yuānmíng*), tradução e notas de Matsueda Kazuo e Wada Takeshi, Tóquio, Iwanami Bunko, 1990, v. I, p. 218. [N.A.]

109. A poesia de Ikkyū consta na obra *Kyōunshū* (*Nuvens insanas*). Frequentemente, comenta sobre o "cantar a alma" de Táo Yuānmíng e vê a eternidade numa noite de amor. Cito-o aqui, sem ilustrar. [N.A.]

interior, e não um prazer no qual se inclui a diversão, a bebida e as iguarias finas que os chineses da Antiguidade chamavam de "pegar um castiçal para brincadeiras noturnas". Ambos são completamente diferentes do amor cantado por Ikkyū e Ronsard com relação à "vida curta" — independentemente de esse amor se restringir ou não ao prazer. Um fato comum é que eles não explanaram a realidade da vida e o estilo das ações factuais, mas hastearam uma meta, narraram os ideais e cantaram as aspirações. Abandonar todos os projetos, satisfazer-se com o presente, ter a meta, o ideal ou o desejo de desfrutar os momentos que podem ser aproveitados. Provavelmente ninguém, exceto em momentos curtos e especiais, consegue seguir à risca essas regras no dia a dia da vida real. Sem uma ação no presente que siga um mínimo de planejamento, ou seja, sem uma previsão sobre as condições de um futuro próximo, nem a alimentação nem a vida social são concebíveis. Antes de cozinhar é preciso preparar lenha ou carvão, e, para se despedir de um amigo que vai partir de navio para um posto de trabalho distante, é preciso ir ao píer no dia e na hora determinados. Porém, pode-se justificar o prazer do presente desvinculado de planejamentos como expressão consciente da condição mortal do ser humano e transformá-lo em um valor importante.

Na história da cultura japonesa, esse tipo de visão de valores tornou-se notável na sociedade citadina, especialmente a partir de meados da Era Tokugawa, que foi, ao mesmo tempo, um período de secularização da cultura. Antes do século XVII, o budismo do Japão tinha por característica a união do xintoísmo com o budismo. Essa união aboliu o caráter de transcendência religiosa do budismo e penetrou nas camadas populares, enfatizando as graças materiais. No século XIII, o assim chamado "Budismo de Kamakura" rompeu a união xintoísmo-budismo e salientou a transcendência da fé budista. Porém, mais tarde, isso também foi sendo gradativamente absorvido pelo vasto terreno da união entre o xintoísmo e o budismo. O que surgiu no final desse processo foi o Sistema de Registro em Templos Budistas, que o poder político de Tokugawa introduziu como meio de repressão ao cristianismo. Esse sistema consistia na obrigatoriedade de registrar a população nos templos budistas. A organização dos templos tornou-se uma parte do órgão administrativo, e, aparentemente, ocorreu a popularização do budismo, mas, ao mesmo tempo, ele já não era o centro dos valores dominantes do período enquanto forte sistema de crença. As cerimônias (como os funerais), a adoração dos antepassados (Finados, Altar Budista) e os diversos costumes (como os "festivais"), as preces completamente mundanas, por exemplo, que a união do budismo-xintoísmo adotou ligadas em maior ou menor grau ao budismo, continuam desde a Era Tokugawa até hoje. Porém, praticamente toda a literatura e as artes plásticas da Era Tokugawa são laicas. As obras de Matsuo Bashō (1644-94) e de Ihara Saikaku (1642-93) têm muito pouca ligação com o budismo. Yonosuke, protagonista do romance *Kōshoku Ichidai Otoko* (*Um homem que se deu ao amor*, de Ihara Saikaku), que buscou os prazeres sexuais, no fim da história não cai no inferno como Dom Juan (lendário libertino fictício cuja história termina dramaticamente com sua descida ao inferno); ele carrega um barco cheio de afrodisíacos e parte para a lendária ilha feminina Nyōgogashima. Bashō, o poeta viajante, não visitou os templos budistas para rogar pela sua "vida após a morte", mas para apreciar as folhas novas em broto dentro do terreno do templo. O tema das pinturas representativas da Escola Rin são as ervas e as flores, as oito pontes e as íris, e, ainda, a água corrente e as ameixeiras com flores vermelhas e brancas, por exemplo, e, com exceção do *Desenho de Darma*, de Ogata Kōrin (1658-1716), praticamente não se vê nada que pertença à categoria das pinturas budistas. A temática das pinturas da Escola Kanō era bem diversificada, inclui assuntos budistas, mas o que as grandes telas ornamentais dessas "pinturas em portas corrediças e paredes" trazem são, principalmente, pinheiros, tigres, pássaros, flores e paisagens sazonais.

Desde Ikeno Taiga (1723-76) e Yosa Buson (1716-84) até Tomioka Tessai (1837-1924), as assim chamadas *Bunjinga* (pinturas de literatos) ou *Nanga* (pinturas em nanquim japonesas) retrataram sobretudo paisagens visionárias, e são poucas as que fizeram menção aos ensinamentos de Sakyamuni. A partir de meados do século XVIII até meados do século XIX, as xilogravuras *ukiyoe* ("pinturas do mundo flutuante" ou da vida social do período Edo), que atingiram o auge da prosperidade, descreviam beldades, atores, lutadores de sumô, etc., juntamente com os cenários costumeiros da vida diária dos citadinos de Edo. Além disso, havia as pinturas eróticas *shunga* e, posteriormente, as pinturas de paisagens realistas, todas sem relação com o budismo. Resumindo, as artes plásticas da Era Tokugawa, mais do que a literatura do mesmo período, exibiram sua originalidade dentro do mundo pessoal, cotidiano e sensorial. Só resta pensar que a vulgarização do budismo, aqui, parece ter sido radical. A cultura japonesa não se vulgarizou com a industrialização ou a "modernização", estava vulgarizada antes da industrialização, antes da "modernização", a ponto de ser algo incomparável ao Ocidente no mesmo período.

Se agora chamarmos provisoriamente de xintoísmo as crenças populares anteriores à introdução do budismo, os *kami* do xintoísmo, pela união xintoísmo-budismo, continuaram a viver separados do budismo e no seio da população de modo independente. Não se trata de um sistema de crença nacional, mas de uma crença regional. Em cada região, há um grande número de *kami* próprios. Os *kami* não estão relacionados com a salvação dos seres humanos após a morte; eles protegem suas vidas neste mundo, realizam pedidos, trazem a felicidade e também, em determinadas condições e circunstâncias, geram calamidades aos grupos e aos indivíduos. Porém, não exigem critérios que transcendam os hábitos sociais intervindo nas relações humanas mútuas; não legitimam valores éticos específicos e não dão poder. Resumindo, tomando-se o xintoísmo como cenário, não se consegue pregar a salvação da alma após a morte no lugar do nirvana, mas também não se consegue construir a ordem ética deste mundo dos vivos.

Assim, a camada dominante dos guerreiros da Era Tokugawa manteve a ordem da sociedade em classes sociais, na qual os guerreiros estão no topo, e, como "ideologia" que legitimava as regras que restringem as ações de cada pessoa, adotou o confucionismo e, especialmente, o neoconfucionismo de Zhu Xi. Originariamente, o confucionismo é um sistema de embasamento ético-político e, diferente do budismo, tem muito pouca ligação com o mundo após a morte, como ocorre com o xintoísmo. Porém, distinguindo-se do xintoísmo, o neoconfucionismo em especial, dentro de um universo metafísico magnificente que se faz a partir de seu conceito racional e abstrato, continuou a posicionar o sistema de critérios éticos. Esse ensinamento teórico e seu vocabulário penetraram na sociedade guerreira, foram interiorizados e tornaram-se o suporte ético dessa classe. Com o tempo, a "ideologia" da camada social dominante proliferou nas camadas sociais inferiores, e tanto a sociedade citadina quanto a camada dos agricultores receberam sua influência em maior ou menor grau. Contudo, a ética de autodomínio do confucionismo imposto a partir da classe guerreira não se interiorizou na sociedade citadina da mesma maneira que na dos samurais. Os critérios confucionistas eram de fora, ou seja, uma ordem exterior — isto é, enquanto *giri* ("obrigação") opõe-se ao *ninjō* ("sentimento humano") entendido como um valor dentro da sociedade citadina. Essa oposição, como é clara no *jōruri* de Chikamatsu Monzaemon (1653-1725), também existia na consciência sobre a naturalidade do *ninjō* e no cerceamento do *giri*, ou seja, a oposição à sua artificialidade. Todavia, tanto Chikamatsu quanto os autores de *kabuki* e a sociedade citadina afirmaram os valores do *ninjō*, mas não negaram os valores do *giri* a partir desse posicionamento. Eles não chegaram a desafiar a lei e a ordem. Os citadinos da Era Tokugawa não eram revolucionários. Para eles, o *ninjō* incluía, por um lado, a paixão, que se voltava para a sua comprovação e, por outro, o hedonismo, que se voltava para o bairro dos bordéis. Seja como for, o que o confucionismo podia oferecer era uma ordem deste mundo e não a salvação, qualquer que fosse o sentido de "noutro mundo".

A cultura vulgarizou-se. O que existia, com certeza, já não era o outro mundo, apenas o presente. Além disso, se considerarmos que na sociedade citadina não existiu um sistema ético absoluto que reprimisse os prazeres sensoriais no presente, é natural que o hedonismo se tornasse uma grande tendência, enquanto as condições materiais o permitissem. Isso sim é a natureza do *ninjō* e, como tal, ela foi legitimada e não pôde deixar de ser aceita. Como a vida é curta e os prazeres sensoriais são mais curtos ainda, o homem vive no presente.

ESTILOS DE AÇÃO

Em quarto lugar, outra atitude em relação a uma "vida curta" pode estar em *Enri edo gongu jōdo* ("Afastar-se da terra violada e buscar a Terra Pura"). O presente é "a terra violada" e o mundo após a morte é "a Terra Pura"; quanto mais curta for a vida, melhor. Em caso extremo, chega-se a encurtar a vida por si mesmo (Crença "Fudaraku"). Esse é um modo de pensar do Jōdo shū (Escola da Terra Pura), que dominou o período Heian, mas para a camada superior da nobreza (o clã Fujiwara), que monopolizou o poder, o presente não era "a terra violada". Esses nobres não desejavam ir da "terra violada" para a "Terra Pura", mas continuar da Terra Pura deste mundo para a Terra Pura do outro mundo. O símbolo da Terra Pura neste mundo é o Byōdō-in em Uji, a casa de Fujiwarano Michinaga, que Fujiwarano Yorimichi transformou em templo em meados do século XI. "Se o Paraíso é duvidoso, deve-se adorar o Salão de Uji." A não interrupção entre o mundo de cá e o mundo de lá foi enfatizadada, e a transferência da "terra violada" para a Terra Pura passou a ser garantida pela interiorização (invocação budista) da crença em Amida (Buda Amida Nyorai), depois do século XIII, a partir do momento em que o Jōdo Shinshū (Escola Verdadeira da Terra Pura) de Hōnen (1133--1212) e Shinran (1173-1263) começou a ser divulgado entre o povo. Nos séculos XV e XVI, tomando como central a crença em Amida, teve-se a certeza da Terra Pura do Oeste, e os adeptos da religião Ikkō, que não temiam a morte, resistiram tenazmente à opressão do poder dos guerreiros (motins dos Ikkō). Porém, como mencionei anteriormente, a cultura na Era Tokugawa foi vulgarizada. Na primeira metade do século XVII, o que sustentou espiritualmente o levante dos agricultores que resistiram à força militar do xogunato já não era a crença em Amida, mas o crucifixo do cristianismo.[110] No Japão, depois disso, as guerras religiosas não

---

110. O grande número de camponeses de Shimabara e Amakusa que se revoltou contra os impostos injustos do senhor feudal era cristão. Esse número girava em torno de 37 mil e, de 1637 até 1638, durante seis meses, destruiu os soldados dos vários feudos de Kyūshū, liderados por Itakura Shigemasa (1588-1638), que o xogunato mandou ao local, e resistiu ao grande exército de 124 mil homens que o xogunato enviou. Yagyū Munenori (1571-1646), conselheiro de assuntos militares do

ocorreram novamente. E não foi porque as revoltas dos agricultores acabaram, mas porque cessou a crença religiosa em pessoas superiores.

Dessa maneira, a cultura da Era Tokugawa voltou-se não para o mundo do lado de lá, mas para o do lado de cá, não para a outra vida, mas para esta, e assim a limitação da vida e a durabilidade da ordem social consolidou-se na experiência sensível do presente. O entendimento de que o regime feudal do governo militar continuaria eternamente significa que ele representava um presente estendido. O Santuário de Ise, que é reconstruído a cada vinte anos — sistema de substituição da estrutura estabelecido pelo imperador Tenmu (?-686) —, é uma construção moderna que preserva o estilo da antiga construção; não representa o passado histórico e simboliza o centro do xintoísmo no presente. Mais precisamente, a continuação de um estilo que não muda desde um longínquo passado é incorporado ao mundo presente assim como está. Ou seja, é uma atualização do passado, e possui sentido circunscrito a esse caso e a essa ocasião (peregrinação a Ise). Por exemplo, o mesmo se pode dizer do teatro *nô*. Na Era Tokugawa e ainda nos dias de hoje, ele é um teatro atual com o estilo de um passado remoto. Por outro lado, o caráter finito

---

xogum, desde o início sabia que a guerra contra seguidores de seitas sem medo da morte não seria fácil e previu a morte de Itakura Shigemasa em combate. A obra *Han Kanfu* (*Registros dos clãs*), de Arai Hakuseki (1657-1725), cita a palavra de advertência de Munenori. "Geralmente, os homens tolos que acreditam profundamente na lei budista defendem a sua própria lei a qualquer custo e consideram uma alegria entregar suas vidas por ela. Quando se trata de uma multidão de centenas e milhares de pessoas, sem o saberem, transformam-se em heróis prontos para morrer." Portanto, é impossível vencer se "o envio de tropas de contenção" for pequena. "Todo exército que se forma ligado a uma seita religiosa é relevante." *Arai Hakuseki Zenshū* (*Dai ichi*) *Han Kanfu* (*Obras completas de Arai Hakuseki*, v. 1, *Registro dos clãs*), Tóquio, Yoshikawa Hanshichi, 1905, p. 251.

"As seitas religiosas", sejam elas da Ikkō ou cristãs, não mudam sua atitude em relação à morte, como observou Munenori, e chamo a atenção para Hakuseki, que observou essas palavras de Munenori. Munenori e Hakuseki habitualmente chegavam à percepção de uma lei universal partindo da observação de acontecimentos isolados. [N.A.]

da vida individual é absorvido pela durabilidade do grupo ao qual se pertence, e a durabilidade do grupo, juntamente com a atualização desse passado, também atualiza o futuro. Já mencionei a tendência de as representações altamente artísticas irem convergindo para a experiência sensível do "agora" e mais ainda para a do momento. O "retrato instantâneo" do *haiku*, a "pausa" e o timbre instantâneo da música, a "postura espaventosa" (*mie*) do ator do *kabuki*... Na cultura das pessoas da cidade de Edo (atual Tóquio) da Era Tokugawa, especialmente na segunda metade, a tendência do presente estava influenciando até mesmo as ações cotidianas e o gosto alimentar. Dizem que os naturais de Edo não tinham o dinheiro da passagem do dia seguinte. O sabor forte e picante do *wasabi* (raiz forte) que dura um instante caracterizava a peculiaridade da culinária antes de Edo.[111] Até mesmo as "reformas" que o xogunato realizou repetidas vezes era uma reação circunscrita àquela ocasião e não incluía nenhum plano a longo prazo. Se o sistema do xogunato fosse eterno, o futuro não precisaria ser planejado, pois não passaria de uma prorrogação automática do presente. Até mesmo na primeira metade do século XIX, quando os navios do Ocidente começaram a aparecer no litoral, a grande maioria das pessoas continuou a refinar as artes e os ofícios de adorno (por exemplo, o *netsuke*, um pequeno pregador para prender objetos à faixa do quimono) em suas vidas cotidianas; fazia piadas sobre os costumes (*senryū*, o verso humorístico de dezessete sílabas; *kyōka*, o *tanka* cômico, o poema

---

111. Uta Hiroshi (1923-94) diz que foi proprietário das termas de Izu e Yugashima e da pousada Shirakabesō: "A cultura de Edo ou, como se diz, a cultura elegante, luxuosa e momentânea, ou o temperamento das pessoas naturais de Edo. Nessa Edo, o *wasabi* de Amagi, usado no *sushi*, tinha uma qualidade superior ao de outros de produção nacional. Seu cheiro e o sabor picante penetram fundo no nariz, gerando lágrimas. Mesmo assim, 'depois de passar pela garganta, o sabor picante se esvai num instante'. Essa qualidade ganhou popularidade em Edo, elevou o seu preço e o *wasabi* de Amagi alcançou vendas surpreendentes." [*Yumichi* (*Caminho das termas*), 1991, in Kinoshita Junji e Shioda Shōbē, *Shirakabesō no Aruji Uta Hiroshi-san to Watashitachi* (*Chefe da vila Shirakabe, sr. Uta Hiroshi e nós*), publicação Vila Shirakabe, 1999. Novo registro, p. 8.] [N.A.]

satírico); exigia um estímulo mais forte para as sensações no palco do *kabuki* (por exemplo, Tsuruya Nanboku (1755-1829), famoso ator, escritor e dramaturgo do *kabuki* de terror) e uma coloração minuciosa na xilogravura (o céu do entardecer de Hiroshige), e frequentemente se divertia com o caráter narrativo pervertido (Utagawa Kuniyoshi, um dos grandes mestres da xilogravura *ukiyoe*). Edo vivia no presente.

A SUBMISSÃO TOTAL À MAIORIA E SUA INTERIORIZAÇÃO

Os jovens líderes do governo Meiji (1868-1912) tinham como meta claramente definida "um país rico e militarmente forte". Como meios para se alcançar essas metas, estavam conscientes das necessidades de "modernização", que tinha como modelo as técnicas e os sistemas ocidentais. Rapidamente, agiram de modo planejado e, depois de derrubar o xogunato e dominar o poder político, em menos de cinco anos centralizaram o poder político; enviaram grandes delegações e estudantes japoneses a nações avançadas para coletar informações; introduziram o serviço militar para a modernização das forças armadas; planejaram o sistema escolar e educacional nacional sob orientação do Estado; e garantiram o alicerce financeiro[112] pela reforma tributária. Ou seja, ao mesmo tempo que eles desenvolveram

---

112. A condição do poder centralizado era a abolição dos domínios feudais e o estabelecimento das prefeituras (1871). Para a modernização foi urgente obter informações pormenorizadas sobre os países ocidentais, que serviriam de "modelos". Por isso, grande número de líderes políticos foi enviada aos países estrangeiros durante dois anos, com uma grande comitiva. A Embaixada ou Missão Iwakura (1871-1873) foi uma jornada com muitos acompanhantes. A Embaixada ou Missão Iwakura foi uma jornada diplomática ao redor do mundo, composta pelas oligarquias da Era Meiji. Em 1872, foi instituído o "Decreto Imperial de Alistamento Militar" e o Sistema Educacional, mas o ensino obrigatório é estabelecido apenas em 1886, com o decreto das escolas primárias. O alicerce das finanças foi a Reforma Tributária das Propriedades (Anúncio do Projeto de Lei Municipal, 1873).
 Posteriormente, a ideologia do sistema político do Japão Meiji se estruturou com a Constituição do Grande Império Japonês, de 1889, e o Édito Imperial sobre a Educação, de 1890. [N.A.]

o respeito ao imperador — contido no lema "Respeito ao imperador e expulsão dos estrangeiros" e estabelecido para tomar à força o poder do xogunato —, adotaram uma política de "ocidentalização", exatamente oposta à "expulsão dos estrangeiros".

Para os líderes vindos dos maiores domínios feudais antixogunato da Era Tokugawa, o clã Satsuma e o clã Chōshū, o respeito ao imperador (sistema imperial) significava uma reviravolta na (continuidade da) situação que havia à época da Renovação Meiji (1868), ou seja, de uma mudança política de "expulsão dos estrangeiros" para a "ocidentalização" (= modernização). Por que foi uma reviravolta? Porque a situação mudou por volta da Renovação Meiji, ou seja, à época da detenção do poder. Por que a reviravolta foi possível? Porque o nacionalismo de "expulsão dos estrangeiros" não era um objetivo, era um meio; não era um princípio interiorizado, era uma ferramenta prática mascarada. O princípio interiorizado ou o "compromisso" com os valores absolutos não mudam facilmente de acordo com a mudança das condições. As ferramentas, sim, são substituíveis de acordo com a mudança das condições originais. É como ocorre com o vestuário, que muda segundo a temperatura das quatro estações. A reviravolta ideológica e política é um tipo de troca de roupas.

A troca de roupa ideológica, todavia, não necessariamente significa oportunismo. A "expulsão dos estrangeiros" não foi apenas uma medida política, estava associada ao "nacionalismo", e não é que não tenha sido totalmente interiorizada; para muitos dos assim chamados "defensores" da derrubada do xogunato, transformou-se em um tipo de convicção. Se não fosse assim, o lema "expulsão dos estrangeiros" não teria surtido tanto efeito, mesmo como ferramenta de ataque ao xogunato. Em certo momento e situação, eles acreditavam no nacionalismo contido na "expulsão dos estrangeiros", e em momentos e situações distintos passaram a acreditar na "modernização ocidental". Isso não significa que não acreditassem em nada ou que defendessem lemas e "ideologias" convenientes para si de acordo com a ocasião; não se tratava de oportunismo nesse sentido. Ao contrário, com maneiras que não restringiam a adaptação às condições mutáveis, esse comportamento ligava-se ao pensamento político, à "ideologia" e ao sistema de valores. Portanto, não existe uma regra única. Distanciando-se do passado de acordo com a necessidade, os defensores da "expulsão dos estrangeiros" do dia anterior transformavam-se, *sem perturbação*, nos defensores do progresso do dia seguinte, e, em casos extremos, em adoradores do Ocidente. Ou seja, vivem no presente ou se ligam apenas ao presente, ignorando o passado enquanto referência. Os líderes de Meiji ligaram-se ao futuro porque pensavam nele como um prolongamento dos empreendimentos do presente — e, se excluirmos a extrapolação, nenhum plano se realiza — porque o futuro, nesse sentido, estava previamente incluído no presente.

É evidente que, em maior ou menor grau, o nacionalismo da "expulsão dos estrangeiros" estava sendo uma ferramenta para os líderes do governo Meiji, uma vez que, após a Renovação, eles, sem hesitar, o descartaram. No caso do respeito ao imperador, isso não é tão evidente, pois ele foi aceito do começo ao fim, na época da Renovação. Pode-se pensar em duas possibilidades para esse caso. Os líderes da Renovação (ou pelo menos uma parte deles) talvez acreditassem na natureza divina do imperador, independentemente de qualquer situação. Ou não consideravam o sistema centralizado no imperador como meio eficaz de derrubada do xogunato, ou o tratavam como uma ferramenta eficaz também para a construção de uma sociedade japonesa com um poder centralizado após a Renovação. Se considerarmos que o pensamento sobre a "expulsão dos estrangeiros" ou a tendência a instrumentalizar a "ideologia" — e pode-se interpretar isso como uma expressão do sistema centralizado no presente — é uma índole básica do pensamento das pessoas e do modo de agir, passa a existir uma segunda possibilidade, ou seja, também parece enormemente convincente dizer que o sistema centrado no imperador tem a possibilidade de ser considerado um meio prático, além de importante. Sem dúvida, enquanto convicção, é natural pensar que entre os líderes políticos deveria haver pessoas obcecadas por um sistema centrado no imperador, e também as que pensavam que ele não passava de um instrumento para a construção de uma nação unificada. De fato, na classe dos intelectuais que estiveram sob as influências dos estudos clássicos japoneses, seja na região central ou periférica, não eram poucas as pessoas que insistiam no caráter divino do imperador. Porém, Ōkubo Toshimichi (1830-78), por exemplo, um dos articuladores influentes da nação Meiji, a julgar pela sua violenta crítica à corte, não pretendia criar a nação Meiji para um imperador considerado sagrado, e sim criar um sistema imperial que atendesse à necessidade da nação. E a necessidade nacional era "a união da nação com um mesmo espírito", ou seja, o centro da unidade.[113]

Seja como for, os "defensores" da aliança entre os clãs Satsuma e Chōshū derrubaram o xogunato, em 1866, sob o lema do "Respeito ao imperador e expulsão dos estrangeiros", e se transformaram nos administradores públicos do governo Meiji, descartando a "expulsão dos estrangeiros" e conservando o "respeito ao imperador". O que aconteceu com os "suseranos" e "vassalos" do xogum, orgulhosamente nomeados em grande número? Eles sabiam que seria difícil levar a cabo a "expulsão dos estrangeiros" e, portanto, que a "abertura do país" seria inevitável. A grande transformação deles a partir da Renovação não foi a mudança da política de "expulsão dos estrangeiros" para a "ocidentalização", mas a mudança da fidelidade ao xogum Tokugawa para o imperador. A transferência do alvo da fidelidade

---

113. Por exemplo, no *Ōsaka Sento Kenpakushō* [Petição com um Memorial de Transferência da capital para Ōsaka, de janeiro de 1868, in Toyama Shigeki, *Nihon Kindai Shisō Taikei*, 2, *Tennō to Kazoku* (*Sinopse do pensamento moderno do Japão*, 2, *O imperador e a antiga nobreza*), Iwanami Shoten, 1988 incluso, p. 7], Ōkubo Toshimichi (1830-76) diz que, na corte, "há centenas de anos, já deveria ter-se varrido a podridão cíclica conservadora"; que, "como antes, aqueles que reverenciam o imperador continuam no interior dos aposentos"; que vai contra "o dever natural do imperador" ninguém poder encontrá-lo, excetuando-se um pequeno número de nobres da corte; e que é "um velho costume de hoje" pensar que são superiores aos outros e criar uma segregação entre os de cima e os de baixo; e que deveria se reformular isso, fazendo como os soberanos dos países estrangeiros, "que percorrem o país inteiro na companhia de um ou dois subalternos para dar amor e educar os cidadãos". [N.A.]

não foi necessariamente tranquila; também ocorreram resistências armadas em pequena escala em diversas regiões, e não foram poucos os exemplos de "submissão dos rebeldes" depois de "pressionados" pelo exército do governo Meiji. Naquela época (1860-68), Fukuzawa Yukichi (1835-1901) testemunhou pessoalmente a situação da fase final do xogunato dos Tokugawa. Estando fora dele, registrou a ação dos guerreiros seguidores do xogunato, quando o exército rebelde das terras de Satsuma e Chōshū entrou em Edo:

> Havia aqueles que fugiam e se mudavam para regiões do leste; que embarcavam nos navios de guerra e iam para Hakodate; que se transferiam para Shizuoka, idolatrando seus antigos senhores; ou se degradavam como plebeus e permaneciam em Edo, por exemplo. Em plena definição das várias direções a seguir, no começo, não eram poucos os súditos denominados como "a elite do xogunato" que finalmente aproveitaram a oportunidade e se submeteram ao imperador.[114]

Diz-se que as pessoas que fugiam mudavam-se para Shizuoka ou permaneciam em Edo por não acharem correto servir à política dos clãs Satsuma e Chōshū:

> A remuneração em Shizuoka não era suficiente para calar os insatisfeitos, e apesar de os meios de vida em Edo não serem promissores, era melhor manter-se como um súdito que não se esquecia da retribuição e mesmo descontente morre de inanição do que ser um súdito que abandona o dever. Por isso, na região Tōkai, surgiram inúmeros Hakui e Shukusei.[115]

Porém, isso também não continuou por longo tempo. As resistências

---

114. *Teichū Kōron* (*A opinião pública sobre os problemas nacionais do ano Teichū*, 1877), *Fukuzawa Yukichi Senshū Daijūnikan* (*Antologia de Fukuzawa Yukichi*, v. 20), 3ª ed., Iwanami Shoten, 1989, p. 218. [N.A.]

115. Irmãos do final do período Shang e início de Zhou, cerca de 1100 a.C., e que se tornaram exemplo de integridade e lealdade. [N.A.]

armadas foram derrotadas, e, depois da "rendição, submissão e pedido público de desculpas", lutaram sem parar e passaram a buscar trabalho no novo governo. "Se hoje existe um Hakui que se torna funcionário, amanhã haverá um Shukusei que será designado, e não se viu nem sombra de pessoas que quiseram ir para a montanha Shuyō[116]."[117]

Fukuzawa, em 1877, escreveu *Teichū Kōron* (*A opinião pública sobre os problemas nacionais do ano Teichū,* 1877), criticando severamente a mudança da opinião pública que, assim que ocorreu a Guerra do Sudoeste, insultou Saigō Takamori (1828-77), antes admirado como herói da Renovação, e em cuja obra rememorou a opinião da época da Renovação. Por quê? Porque o sistema de submissão da maioria é comum a ambos os casos.

"Tanto os interessados nos anos iniciais de Meiji (1868) quanto no seu primeiro decênio (1868-78) eram igualmente japoneses, e mesmo hoje, se houver algum movimento social, a tendência de seguir a maioria deve ter os seus prós e os seus contras."[118]

A "maioria" submissa é um movimento no qual grande parte dos membros do grupo se volta para uma direção específica. Pode acontecer de essa direção ter uma meta clara ou não. De qualquer modo, a questão não é se essa direção está certa ou errada, se é boa ou má. O simples fato de um grande número trabalhar numa mesma direção, aderindo ao movimento, acompanhando o ritmo e seguindo os demais, consiste no sistema de sujeição à multidão. Esse sistema fortalece a multidão e, quanto mais pessoas aderirem a esse sistema, maior será o número de pessoas envolvidas. Ou seja, o sistema de adaptação da multidão sempre é acompanhado do "efeito bola de neve".

A maioria que as pessoas seguem, naturalmente, é a multidão do presente. A multidão muda a sua direção de acordo com a época. A multidão do país inteiro foi favorável à "expulsão dos estrangeiros"

---

116. Local onde se diz que os irmãos Hakui e Shukusei se esconderam e morreram de inanição. [N.A.]
117. *Fukuzawa Yukichi Senshū Daijūnikan*, op. cit., p. 220. [N.A.]
118. Ibidem, p. 221. [N.A.]

numa época, e, na época seguinte, à "abertura do país". Na sequência, o foco foi "dizimar os Estados Unidos e a Inglaterra", subjugar-se aos Estados Unidos; após o "ataque", a tendência da maioria foi o pacifismo, e, depois do crescimento da economia gerado pelas tarifas protecionistas, o mercado aberto e o "liberalismo". Cada época tem a sua maioria, ou melhor, consegue-se considerar uma época como o período em que a direção da maioria é a mesma. Esse período pode ser longo ou curto. A época de enfrentamento, o presente do momento histórico, o hoje que a direção da multidão determina se expande ou se contrai, mas, se distanciado da posição anterior, a atitude de seguir a multidão do presente, justamente por ela ser a maioria do momento, é a postura do sistema de adaptação à maioria. Essa postura não é obcecada pela coerência entre as posições de ontem e de hoje. Em outras palavras, o sistema de adaptação à maioria é um sistema centrado no presente que expressa o estilo de ação dos membros de um grupo.

O sistema de adaptação à maioria, com certeza, não é uma característica apenas da cultura japonesa. Isso existiu em qualquer sociedade e também hoje é um fenômeno comum.[119] Porém, dentro da cultura tradicional, em uma sociedade que incorpora a relação fortemente tensa entre a "adaptação da maioria" e a

---

119. Por exemplo, na sociedade europeia, a "caça às bruxas", que atingiu seu auge nos séculos XV e XVI, parece ser uma típica representação do sistema de submissão à maioria e da natureza de "ir atrás dos outros". Em meados do século XIX, não há dúvidas de que havia o "efeito bola de neve" do sistema de adaptação da maioria no cenário em que vivia John Stuart Mill (1806-73), que não parava de advertir sobre o "grande número de déspotas". Mais um exemplo, David Riesman (1909-2002) apontava que, juntamente com a formação da sociedade industrial e consumista dos Estados Unidos após a Segunda Guerra, a personalidade de submissão à maioria estava mudando, ou seja, da personalidade orientada pelos outros (*other-oriented personality*) para a tradicional personalidade auto--orientada (*inner-oriented personality*). Estes não são mais do que dois ou três exemplos muitos famosos. Relatos sobre a ocorrência do sistema de adaptação à maioria nas sociedades da Europa e dos Estados Unidos, assim como advertências e críticas, são incontáveis. [N.A.]

"liberdade de credo", o "sistema grupal" e o "sistema individual", e em uma sociedade que não incorpora em seu sistema de valores dominantes uma forte defesa da liberdade de credo e da consciência individuais, naturalmente, o sistema de adaptação do povo aparece de modo diferente. Em uma sociedade em que os alicerces que perpassam as posições políticas do passado e do presente, grosso modo, são os mesmos da crença e da consciência individuais, não há uma resistência em se seguir o que havia no passado e tampouco o que existe no presente, uma vez que as normas do grupo funcionam bem quando se substitui a crença e a consciência individual.

Nesse caso, todos se sacrificam pelo povo a partir de uma posição de "imparcialidade" e respeitam a "paz", alegram-se juntos, conseguindo mudar súbita e radicalmente. Isso não é oportunismo. Se considerarmos que descartar as regras e mudar de posição, tomando como objetivo o "interesse pessoal", é ser oportunista, nesse caso, toma-se como princípio ou política social o "desinteresse" e adota-se a mudança de posição. Como resultado, se isso for bem conveniente aos interesses pessoais, pelo menos na visão do interessado, seria apenas um acaso ou, como se diz, sorte.

Fukuzawa, diante de tal situação, escreveu: "Tanto os interessados nos anos iniciais de Meiji (1868) quanto no seu primeiro decênio (1868-78) eram igualmente japoneses". Seria realmente assim? O sistema de adaptação à maioria na época da Renovação não mudou nada em dez anos. Os "japoneses" de Fukuzawa não mudaram em dez anos. Parece que nada mudou.

Por exemplo, em 1937. A maioria daquela época já não tinha em mente a "ocidentalização" ou a "democracia Taishō", nem mesmo a Liga das Nações ou a redução de armamentos. A política externa estava voltada para a guerra de invasão da China e a política interna para o regime de ditadura militar. Depois da Renovação, a "maioria" mudou três ou quatro vezes. Porém, em cada um desses períodos, "os japoneses", com exceção de uma minoria, seguiram a sua respectiva maioria.

O assim chamado "encanto de seguir a maioria" de Fukuzawa realmente não mudou "em nada". Em 1936, a "facção imperialista" do exército tramou o "golpe militar" e fracassou em tomar o poder, mas a "facção dominante" do mesmo exército aproveitou habilmente esse fracasso e foi bem-sucedida em aumentar, de modo inédito, a influência do exército no interior da estrutura do poder.[120] Assim, em 1937, ignorando os propósitos do governo central de Tóquio, o exército ampliou a guerra com a China da Ponte Marco Polo para Shangai e de Shangai para Nankin. O único que contestou essa maioria em assembleia foi Saitō Takao (1870-1949), que em 1936 fez o discurso contra os militares e em 1940 criticou a política nacional contra a China e foi expulso da Câmara Baixa. Apenas sete pessoas opuseram-se à sua expulsão, e o Partido Social do Povo expulsou dez pessoas que, contrariando a decisão do partido, foram contra a expulsão de Saitō, ausentando-se do Parlamento. Como bem se sabe, na sequência, vieram a formação da Grande Associação Governamental, com um Partido Único, em 1942, liderada pelo primeiro-ministro Tōjō Hideki, e a Guerra do Pacífico, na Segunda Guerra Mundial.

Na ocasião, o poeta Nakahara Chūya (1907-37) publicou o poema "Kasuga Kyōsō" (Obsessão em Kasuga), severamente cruel, na revista *Bungakukai* (*Mundo da Literatura*), editada em maio de 1937. Na primeira linha, dizia:

"Então, pessoal, vamos lá, todos juntos!"

Nessa frase verifica-se a filiação ao grupo ou, como os sociólogos dizem, "a condição de estar junto", ou seja, é a caricatura do pensamento "todos juntos". Resumindo, trata-se de uma sociedade na qual o importante é fazer "juntos", e não o que se faz junto. Trata-se da estética dessa sociedade que considera bela a

---

120. O Congresso Especial (maio), depois do golpe de 26 de fevereiro, restaurou o controle dos militares ativos do ministro das Forças Armadas. A partir de então, os militares conseguiram elevar a posição do ministro das Forças Armadas perante o gabinente do primeiro-ministro, e não se dobrava às suas vontades. Ou seja, o governo se tornou uma ferramenta sistematizada das forças armadas. [N.A.]

dedicação ao grupo, a anulação do "si mesmo". Essa estética não indaga os objetivos do grupo. Consequentemente, o herói, para os "japoneses" do século XX que recordam o fim do xogunato e a renovação no Japão, sendo *ao mesmo tempo* os "defensores" que lutaram para derrubar o xogunato, foi o grupo terrorista Shinsengumi (Grupo dos Novos Escolhidos) contratado pelo xogunato para assassiná-los. O que os defensores proclamaram em alto e bom som era a "devoção verdadeira" (至誠, *shinsei*). O que o Shinsengumi hasteou foi a bandeira com a enorme inscrição: "integridade" (誠, *makoto*). Se fizer algo sincera e devotadamente, pode-se fazer qualquer coisa, ou melhor, o que vai ser feito depende da maioria do momento, do presente.

No entanto, agir de acordo com o idealismo do "todos juntos" é diferente de tornar isso objetivo, estar consciente disso e relativizá-lo. O primeiro segue o estilo de ação da maioria predominante e mergulhada no grupo, e o segundo uma ação de liberdade de espírito independente do grupo. Esse fato não muda nem no Parlamento Imperial nem no "mundo da poesia". Miyoshi Tatsuji (1900-64) disse que Nakahara "é intratável desde o nascimento".[121] Porém, isso não vem ao caso. Não importa se é ou não "intratável". Um fato decisivamente importante é que ele foi mais autônomo do que a maioria e tratou de temas que ninguém haveria de tratar, e esse tema, sim, era uma face da estrutura básica da sociedade japonesa.[122]

Com efeito, no verão de 1945, os "japoneses" renasceram coletivamente no "todos juntos", em praticamente uma noite. Os então aferrados súditos do militarismo japonês tornaram-se pacifistas, surgidos das cinzas do presente. Os ativistas da associação de vizinhos,

---

121. Miyoshi Tatsuji (1900-64), *Shi o yomuhitono tameni* (*Para os leitores de poesia*), Tóquio, Iwanami Shoten (edição de 1952), 1991, p. 226. [N.A.]

122. Outrora, fiz notações para o livro de poemas *Kasuga Kyōsō* (*Obsessão em Kasuga*) e outros de Nakahara Chūya [*Nakahara Chūya Kindai no Shijin*, 10 (*Nakahara Chūya, Poetas modernos*, 10), Tóquio, Shio, 1991]. Os fatos aqui relatados sobre *Obsessão em Kasuga* podem sobrepor-se a uma parte das notas do mesmo livro. [N.A.]

estabelecida no Japão em 1940, que bradavam "americanos e ingleses bárbaros", transformaram-se em veneradores do general MacArthur. Mesmo Sua Majestade, o Imperador da Linhagem Ininterrupta, surpreendentemente transformou-se num imperador humano. A multidão de súditos também mudou rapidamente. O lema conveniente da "Confissão conjunta de todo o povo" foi inventado, e tanto aqueles que lideraram a guerra quanto aqueles que foram liderados, aqueles que mandaram os jovens para o campo de batalha e aqueles que foram enviados e afundaram com os navios e morreram na selva, tanto velhos quanto jovens, tanto homens quanto mulheres, indiscriminadamente, no "todos juntos", deixaram a água levar o passado e começaram a seguir a maioria. Como a maioria do povo, de modo abrupto, mudou para uma direção mais do que oposta, entre os escritores e poetas que até então defendiam bravamente os militares, houve aqueles que entraram em "colapso" por algum tempo, e também outros que se lamuriavam que "não lhes fora informada a situação real". Entre os filósofos que deveriam sobrepujar a modernidade ocidental, alguns se recuperaram imediatamente, trabalharam a dialética do "nada", e até houve aqueles que defenderam a tese de que o futuro japonês está — sem entrar no mérito do que isso significava — numa nação cultural de democracia social de contradição absoluta entre o campo conservador e o campo comunista. É possível que, com as mudanças súbitas, a conexão com a realidade tivesse sido cortada. Porém, salvo raras exceções, ninguém assumiu claramente a responsabilidade e, de modo geral, a sociedade japonesa como um todo mudou de uma submissão para outra sem resistência ou conturbação e com naturalidade. Os "japoneses" que Fukuzawa viu não sentiram grandes dificuldades em mudar o alvo de sua fidelidade, ou seja, do xogum Tokugawa para o imperador. Eu fiquei surpreso ao ver os "japoneses", que até então diziam apostar suas vidas no imperador, receberem silenciosa e imperturbavelmente, como algo lógico, a "declaração de humanidade" dele após a ocupação militar. Será que acreditavam que o "imperador é um *kami*"? Se considerarmos que não, diríamos que eles não seriam capazes de dar suas vidas por ele.

Mas, se acreditavam, não haveria razão para que recebessem sem a menor perturbação a afirmação do próprio imperador: "não sou um *kami*". Eu, depois disso, passei a pensar que, para desfazer essa contradição, não havia outra coisa senão verificar a semântica do conceito *kami* e de *shinjiru* ("crer, acreditar, seguir"). Porém, não vou me deter nesse fato no momento.[123]

---

123. Sobre o significado do "acreditar que o imperador é um *kami*", se eu simplesmente resumir o meu pensamento, é como se segue:

A definição de Motoori Norinaga para *kami* no *Kojikiden* (*Edição crítica do Registro de fatos antigos*, escrito entre 1767 e 1798 e publicado em 1822), inclui desde os espíritos dos ancestrais até as montanhas, rios e plantas. É correta enquanto definição de *kami* anterior ao xintoísmo nacional organizado. Porém, os *kami* do xintoísmo nacional são diferentes dos anteriores quanto a estarem organizados numa ordem hierárquica. Os imperadores não são simplesmente *kami*, e são *kami* enquanto descendentes do mais elevado *kami*. É diferente, contudo, do deus judaico e cristão enquanto uma divindade personificada, única e máxima.

Há também um significado diferente da palavra "acreditar" da língua japonesa quando comparado com as línguas europeias (por exemplo, *believe, croire, glauben*). Geralmente, para a palavra "acreditar" há três níveis. Primeiro, acreditar fortemente; segundo, acreditar fracamente; e terceiro, é um "acreditar" bem fraco, quase sinônimo de "achar" ou "sentir". A distinção de significado entre o primeiro e o terceiro é clara numa frase. Nas línguas europeias, diz-se: "acreditar em Deus" e "acredito que amanhã pode chover", mas, no japonês, esse terceiro modo de usar o "acreditar" não existe. Em vez disso, se diz: "acho que amanhã pode chover". Geralmente, também não se usa nem no primeiro sentido das línguas europeias. O "acreditar" mais usado em japonês está no segundo sentido, fraco. Como se determina a diferença entre o forte ou o fraco do "acreditar", ou seja, do significado entre o primeiro e o segundo? Por enquanto, defino que o acreditar do "acreditar fortemente" significa a convicção de continuar a acreditar, mesmo em condições adversas, e que o "acreditar fracamente" indica a ocasião em que se pode mudar de convicção de acordo com as vantagens e desvantagens das circunstâncias. O "acreditar fracamente" não é o "não acreditar". É acreditar "de verdade", porém, com a conotação de que, se as condições mudam, passa-se a não acreditar. A maioria dominante dos japoneses, anteriormente, "acreditava fracamente" que "o imperador é um *kami*", e hoje acredita fracamente que "o imperador não é um *kami*". [N.A.]

Robert Guillain (1908-98), jornalista da agência de notícias francesa Havas e do jornal *Le Monde,* que viveu no Japão antes, durante e depois da guerra, e experimentou, observou e analisou diretamente as modificações desse país, diz o seguinte a respeito da rápida mudança de atitude dos japoneses com a derrota e a consequente ocupação militar:

> Um novo Japão apareceu no palco e, à primeira vista, carecendo de continuidade com o Japão de ontem. Nessa transformação não há nenhum fragmento de "deslealdade". Esse povo é a "raça do instantâneo", por assim dizer, "move-se como um pêndulo". Parece que os japoneses jamais reconhecem honestamente a culpa, mas o modo de compensar isso é impelir o Japão "ruim" para o passado, e, por meio das próprias ações, fazer surgir um Japão "bom" que se deseja com todo o ardor, a partir do sentimento autêntico de somar boas ações pela técnica do renascimento (*par réincarnation*)[...].[124]

O "instantâneo" é o instante, e "o povo do instantâneo", resumindo, é o imediatista. O imediatista impele o Japão "ruim" para o passado, ou seja, o Japão que a maioria ruim dominava do ponto de vista do presente, e não assume a responsabilidade pelo passado ao qual a maioria se submeteu enquanto algo sem relação com o presente. Em vez disso, segue o Japão "bom", ou seja, segue a maioria "boa" dominante do presente. Isso, à primeira vista, parece oportunismo, mas, de fato, não é assim. A maioria do momento presente "deseja isso com todas as forças", "do fundo do coração". Esta forma de ver, "de desejar com todas as forças", "do fundo do coração", é, mais do que uma expressão do meu apego enquanto autor em relação ao Japão e aos japoneses, da agudeza e da profundidade do discernimento sobre essa realidade. Trata-se de um desejo intenso, do fundo

---

124. Robert Guillain, *Ajia Tokuden, 1937-1985, Kagekinaru Kyokutō* (*Telegrama especial da Ásia, 1937-1985, Extremo Oriente radical*), tradução de Yajima Midori, Tóquio, Heibonsha, 1988, p. 149. Texto original, *Orient Extreme, Une vie em Asie,* Arléat-Le Seuil, 1986, p. 99. [N.A.]

do coração, e não de uma adaptação por conveniência. A essência do sistema de submissão à maioria do povo "japonês" é a interiorização da adaptação; se ontem acreditava-se no caráter divino do imperador, hoje acredita-se na sua natureza humana.

Os depoimentos de Fukuzawa Yukichi, Nakaraha Chūya e Robert Guillain, aqui citados a respeito do Japão moderno, devem ser suficientes para mostrar a coerência de atitude dos "japoneses" que, em resumo, submetem-se à maioria do momento presente. Isso tem como cenário o imediatismo — a atitude do instantâneo, segundo Guillain —, e a interiorização frequentemente toma como valores a própria ação de adaptação. Em outras palavras, o movimento de adaptação é a regra, e, além dessa, não existem outras regras padrão de ação.

Seguir a maioria, no entanto, é uma condição imposta aos indivíduos e o indivíduo não consegue mudar essa situação. Além disso, só no presente se é dada a possibilidade de saber a direção da maioria, e é imprevisível que direção ela tomará no futuro. Por isso, concentra-se a atenção no ambiente do presente e reage-se com perspicácia ao movimento do ambiente = à mudança da maioria. Não apenas o indivíduo assume um modo igual de agir, como também um grupo específico dentro de um bloco social. Por exemplo, uma empresa, geralmente, se não pode manipular o mercado — as que conseguem são as grandes empresas —, reage às mudanças dele. Quando o sujeito da ação é uma nação, a nação geralmente age de modo a extrair o máximo de vantagens (interesses nacionais) da situação do meio internacional ao seu redor. Ou seja, a cadeia de reações em relação à situação presente é a história da política externa dos países pequenos. Porém, os países grandes não somente reagem à situação, como também pressionam o meio para que as condições do futuro se tornem proveitosas para o próprio país e tentam mudar esse meio. A dimensão desse ambiente é pequena para países pequenos e grande para países grandes. Os meios para se mudar o ambiente internacional são políticos, econômicos, militares e culturais, e o poder de influência desses meios é fraco nos países pequenos e forte nos países grandes. A distinção entre países grandes e pequenos é estabelecida pela dinâmica (forte ou fraca) dos recursos para manipular o ambiente, mas também pode ser definida de acordo com o modo de agir que programa o *futuro* do ambiente internacional ou permanece reagindo à *situação do momento*.

Não importa de que maneira definamos uma potência na segunda metade do século XX: os Estados Unidos e a União Soviética eram "superpotências" até o fim dos anos 1980. A nação japonesa tornou-se uma potência devido à influência econômica. Porém, a sua atitude em relação ao exterior era típica de um país pequeno que veio reagindo em cada momento sob as mudanças das circunstâncias dos arredores, e praticamente não tomou a "iniciativa" para forçar mudanças que lhe fossem favoráveis. Trata-se de uma reação frente ao presente que não se faz acompanhar por um programa visando ao *futuro*. Por exemplo, a "aproximação sino-americana" ocorreu por uma "iniciativa" dos Estados Unidos em 1971, e, diante dessa circunstância nova no nordeste asiático, o Japão reagiu e, em 1972, o governo do primeiro-ministro Tanaka Kakuei (1918-1993) estabeleceu relações diplomáticas com a China de Pequim. Até mesmo nas relações sino-japonesas, foi a política americana e não a japonesa que tomou a "iniciativa" de romper, no sentido amplo, os limites políticos da "guerra fria" e, no restrito, a "contenção chinesa". Pelo contrário, o lado japonês nem conseguia imaginar a possibilidade de mudança no comportamento americano, de modo que, não estando minimamente preparado para isso, a mudança política que ignorou o Japão foi um "choque" — e todos rezaram para que os *kami* abençoassem o "destino compartilhado pelo Japão e pelos Estados Unidos".[125]

---

125. Nessa época, no cinema, havia o seriado *Zatōichi*, muito popular no Japão. Zatōichi é um deficiente visual do fim do xogunato, mestre das armas, do tipo que "desembainha a espada para matar sem se levantar do chão". Ele não conseguia enxergar o movimento dos inimigos de longe. Como era impossível prever as mudanças diante das circunstâncias, ele não podia traçar planos que assegurassem a sua tranquilidade. Porém, se o inimigo se aproximava, como a faísca de um relâmpago tirava a espada de sua bengala e derrubava o inimigo num piscar de olhos. Depois da aproximação sino-americana de Richard Nixon e Henry Kissinger, a reação do primeiro-ministro japonês Tanaka Kakuei foi rápida. O seu acordo com a China foi semelhante à habilidade de Zatōichi com a bengala. A diplomacia do Japão após a guerra tinha o jeito de Zatōichi. [N.A.]

Em relação à política diplomática do Japão após a guerra, não se pode deixar de considerar, naturalmente, vários fatores decisivos. Do golpe de Estado de 26 de fevereiro de 1936 pelos ultranacionalistas Kōdōha (uma facção do exército imperial japonês) até a derrota na guerra em 1945, o exército ignorava por completo as relações diplomáticas. De 1945 até 1952, o Japão, sob ocupação americana, não tinha direitos diplomáticos. De 1952 até o fim da Guerra Fria em 1989, o Japão manteve sua posição radical em "seguir os Estados Unidos". Isso significa que praticamente não havia margem para "iniciativas" diplomáticas. Diante desses fatores, a nação japonesa, por mais de meio século, não foi capaz de criar uma política diplomática própria. Limitou-se a continuar com uma reação restrita ao momento das mudanças de circunstâncias, com medidas emergenciais, a viver à mercê dos acontecimentos e a preocupar-se apenas com o presente sem pensar no futuro. Por trás disso, contudo, não se pode deixar de pensar que provavelmente havia uma cultura tradicional de esquecer o passado, sem se incomodar com os erros, e compensar com as urgências, seguindo a maioria do presente. Consequentemente, não é tarefa fácil mudar essa condição.

PARTE II

O ESPAÇO

1

Os tipos de espaço

O ESPAÇO DAS CIVILIZAÇÕES EUROPEIAS

Na Antiguidade, o "mundo" para os gregos estendia-se até o Egito, a Pérsia, a Mesopotâmia, a Palestina, o sul da Rússia, o litoral norte do continente africano e a Itália, tendo por centro a própria Grécia. Heródoto, que viajou por grande parte desse vasto mundo antes do século V, desde a Sicília até o mar Negro, narrou a história e a cultura de cada região (*História*). Havia uma diversidade de etnias, idiomas, sistemas de crença, hábitos e costumes, técnicas de produção e produtos, e havia o comércio e as guerras que se repetiam entre essas regiões. O espaço onde os gregos viviam era um espaço *aberto* em relação às diferentes culturas, suas fronteiras podiam ser transpostas econômica, militar e culturalmente, e, de fato, a transposição das fronteiras ocorria constantemente, tanto de fora para dentro quanto de dentro para fora. Para distinguir os gregos dos não gregos (os bárbaros), eles não se atinham às fronteiras da área habitada, mas sim se a língua falada era ou não o grego, o que parece reflexo desse fato. Em sua "cidade-estado" havia mão de obra introduzida de fora, que era a escrava. Eles próprios estavam espalhados, faziam expedições e colonizavam as regiões litorâneas além do leste do Mediterrâneo. Platão foi para a Sicília e Aristóteles se tornou o preceptor do rei da Macedônia. Sempre bem-aceitos, e mesmo vivendo em outros ambientes e respirando culturas diferentes de sua terra natal, eles não podiam evitar dar suas ideias e opiniões.

O contato entre culturas diferentes exige uma adequação universal dos discursos. Certamente, não significa que qualquer cultura possa corresponder a essas exigências — como fizeram os gregos da Antiguidade. Por exemplo, os fenícios comerciavam com todas as civilizações nos arredores do Mediterrâneo. Construíram Cartago, mas não se deve a eles a geometria euclidiana e a lógica aristotélica. Porém, parece que podemos pensar que o contato cotidiano entre culturas diferentes era uma condição para que a universalização do pensamento grego antigo se realizasse. Os gregos não apenas produziam mercadorias, como vinho e azeite, que podiam exportar para mercados internacionais, como também elaboraram conceitos e sistemas convincentes para os estrangeiros. Os romanos e seu império de vários povos e culturas herdaram isso. Depois que Roma entrou em decadência, como bem se sabe, os filósofos bizantinos sucederam aos pensadores gregos. A Europa da Idade Média redescobriu a Grécia e Aristóteles por meio deles e desenvolveu a escolástica.

No entanto, a elevada universalidade que os gregos da Antiguidade atingiram não se revela apenas na geometria e na lógica, mas também, por exemplo, no estilo das artes plásticas e nos temas da decoração. Desde a Renascença até hoje, as construções de pedra da Europa ocidental não se tornaram totalmente independentes e ainda dialogam com a simetria do Partenon e dos pilares rematados com ornamentos gregos. O mesmo se pode dizer das estátuas humanas de mármore. A influência da técnica da escultura em pedra alcançou o longínquo Afeganistão, dando à luz as estátuas budistas de Gandhara, e, além disso, através da Rota da Seda, deixou os seus vestígios até mesmo nos *magai-butsu* (Budas de pedra esculpidos na face polida de uma rocha) do norte da China. Abriram-se as fronteiras do espaço da cultura helenística.

Os judeus da Antiguidade registraram a história de seu povo, dialogando com o deus único deles, ou enquanto seguiam o "pacto" bilateral com Deus. Max Weber analisa detalhadamente essa história e, segundo sua explanação[1], mais do que um processo que absorveu várias culturas (do Egito até a Assíria através da Babilônia), trata-se de um process que foi estabelecendo firmemente uma identidade própria enquanto

---

1. Vide texto do Capítulo II da Parte I deste livro. [N.A.]

existência periférica em relação a essas culturas centrais da época, e suas leis e cerimoniais estavam sempre intimamente associadas com tal processo histórico. O objetivo não era persuadir o outro, mas a si mesmo, e seus mandamentos e cerimoniais distinguem claramente quem são os outros e eles mesmos, estabelecem as fronteiras das sociedades e dos povos, ressaltando a natureza única e particular da história. Weber diz que o que fez esse espaço cultural e espiritual fechado dirigir-se e abrir-se para o mundo além das fronteiras foi o cristianismo, e principalmente o trabalho missionário de Paulo, que tomou o Velho Testamento como a história do povo judeu, ao mesmo tempo que tentou criar um sistema de valores universais que ultrapassasse a especificidade da comunidade, separando os mandamentos da circuncisão.[2] "O dever do ser humano não deve se pautar pela ação dos mandamentos, mas apenas pela fé em Jesus Cristo" (Gálatas 2, 15). Desde o começo, a Boa Nova não tinha relação com a existência ou não da circuncisão, e não distinguia judeus de estrangeiros. Paulo viajou para a terra estrangeira das costas do mar Egeu, evangelizou, foi preso em Jerusalém e morreu em Roma (Atos dos Apóstolos). Ele almejou doutrinar a península ibérica e não conseguiu, mas tempos depois, no século XVI (época das grandes navegações), os missionários direcionaram-se para a África, a América Central e do Sul, a Ásia, ou seja, alcançaram o mundo todo. Não havia fronteiras para o movimento missionário.

O que sustentou o avanço do sistema imperialista europeu de colonização? Aqui, não podemos entrar em seus pormenores, mas é possível apontar pelo menos duas causas principais: economica-

---

2. "A teoria de salvação do cristianismo vai libertando os judeus do reduto que eles próprios construíram, mas, neste caso, exatamente na parte central dessa teoria da salvação do cristianismo, e não poderia ser em outra parte, a evangelização de Paulo ligou-se a uma explicação teórica do judaísmo que estava até meio esquecida e que começava com as experiências religiosas do povo escravizado." *Kodai Yudayakyō* (*O judaísmo antigo*, Tóquio, Iwanami Shoten, 1996, p. 23). Segue o texto original: "Aber gerade in dem Kern des aus dem selbstgeschäftenen Ghetto befreienden Heilslehre des Christentums knüpfte die paulinischen Mission an eine jüdische, wenn schon halbverschüttete Lehre an, welche aus der religiösen Erfahrung des Exilsvolks stammte." [N.A.]

mente, o capitalismo, e, espiritualmente, o cristianismo. A peculiaridade do capitalismo é ampliar e produzir de modo ilimitado, e sua ação, via de regra, é a de transpor as fronteiras e expandir seu domínio infinitamente. Por outro lado, o cristianismo, em relação a todos os sistemas de crenças regionais que prometem graças materiais, prega um princípio de salvação universal e um conceito de "justiça" racional. Esse movimento missionário que exige a conversão de povos estrangeiros, mesmo sendo tecnicamente restrito, é formalizado sempre em termos de princípios, e parece que deve continuar ilimitadamente. A evangelização tornou-se uma missão. Em palavras comuns, não é nada mais que "a missão da civilização" (*mission civilisatrice*).

Na civilização europeia em expansão também havia meios técnicos para isso. No século XIX, a hegemonia militar da Inglaterra e da França dividiu o continente africano em dois e o dominou. A marinha inglesa imperava nos mares do mundo todo, e os domínios do grande império inglês alcançavam da Índia ao Canadá, da Austrália a Hong-Kong. Por outro lado, depois do século XVII, a Rússia conquistou o controle em terra (que a Inglaterra ampliou no mar); ao leste, direcionou-se para a Sibéria e, ao sudoeste, para a anexação dos territórios do mar do Norte até a Ásia Central através do mar Negro, construindo um grande império que atravessava quase todas as regiões do continente asiático, com exceção da Índia e da China.[3]

---

3. No momento em que as fronteiras dos dois imperialismos, da Inglaterra e da Rússia, se chocaram, ocorreram disputas. Quando a Rússia avançava para o sul em direção à Turquia, a Inglaterra levantou-se ao lado dos turcos junto com a França e enviou uma esquadra para o mar Negro (Guerra da Crimeia, 1853-6). Quando a Rússia, que dominava a Sibéria, ameaçou as fronteiras com a China, a Inglaterra não enviou nem um exército, mas ajudou por todos os meios possíveis o Japão, que resistia ao expansionismo russo (Guerra Russo-Japonesa, 1904-5). Depois da Segunda Guerra Mundial, a Europa foi dividida em oriental e ocidental, e quando a submissão da Grécia foi disputada pela Inglaterra, Estados Unidos e Stálin, o lado Inglaterra-Estados Unidos interveio fortemente na Guerra Civil da Grécia (1946-9).

 Depois da Segunda Guerra Mundial, as fronteiras assim chamadas "oriental" e "ocidental" estabeleceram-se, e a guerra já não era entre a monarquia russa dos

Na América do Norte, os ex-colonizadores, antes de se tornarem independentes da Inglaterra no século XVIII, subjugaram os nativos e começaram sua marcha para o oeste. Além do oeste, poderíamos pensar na existência do Havaí e das Filipinas. No norte, expropriaram da Rússia o imenso Alasca; no sul, apossaram-se de aproximadamente metade do território do México (Texas, Novo México, Califórnia, por exemplo). Os Estados Unidos do século XIX também continuavam a sua expansão imperialista. Uma política de expansão do sistema imperialista da Europa e da América como essa foi possível porque havia a supremacia de um poder militar.

Todavia, não há império que tenha se conservado largamente apenas pelo poder militar. Para dominar diferentes povos e diferentes culturas, juntamente com a coação pela violência física, era necessário um discurso que justificasse o domínio. Tal discurso precisa ser persuasivo, mesmo para os dominadores. Ou, pelo menos, do lado dos dominadores, deve ser pensado como persuasivo, como algo que deve ser defendido. Um discurso assim nasce do interior de um âmbito cultural de abertura de fronteiras, e não do interior de culturas de territórios fechados. No cenário histórico da cultura moderna europeia, temos o helenismo e o cristianismo, e parece que podemos dizer que, desde o começo, ambos estavam abertos para diferentes culturas.

Romanov e a Inglaterra, mas uma guerra fria entre a União Soviética e os Estados Unidos — essa é a história do mundo da segunda metade do século XX —, e nenhum dos lados ultrapassou as fronteiras Oriente/Ocidente para fazer intervenções militares. Não é que a União Soviética tenha herdado o expansionismo da monarquia russa. A política de Moscou, certamente, dentro da "esfera socialista", usou a força armada sem a menor tolerância, e o exército vermelho entrou em Budapeste (1956). Porém, não desafiou as fronteiras da Áustria. A política de Moscou mudou de sua antiga política expansionista para a manutenção da "esfera socialista", especialmente pelas muitas questões econômicas imanentes, ou seja, para uma política defensiva nesse sentido. Isso pode ser bem entendido pelo fato de que, mesmo na corrida armamentista que acompanhou a guerra fria, quem sempre liderava tecnologicamente não eram os russos e sim os americanos.

Ainda não se sabe que rumo a Rússia tomará depois da ruína da União Soviética. [N.A.]

O ESPAÇO DA CIVILIZAÇÃO CHINESA E O MUNDO DO LESTE ASIÁTICO

A China Antiga nas regiões ao longo do rio Amarelo negociava constantemente com os povos nômades das cercanias. A história das dinastias de gerações sucessivas posteriores à unificação pelo primeiro imperador de Qin também é caracterizada pelo revezamento de dois fenômenos: 1) a anexação dos territórios vizinhos pela China, a troca com diferentes povos, a absorção de diferentes culturas (por exemplo, o budismo e a música da Ásia central) e 2) a assimilação da cultura popular da dinastia Han após o ataque à China e sua conquista pelos diferentes povos das cercanias, especialmente do oeste e do norte. Desde cedo, tinha-se uma forte consciência da existência dessa ameaça de diferentes povos e de diferentes culturas fora das fronteiras, e esse fato é claro nos períodos Qin (221-206 a.C.) e Han (206 a.C.-9 d.C.), pela expressão "bárbaros das etnias do leste, oeste, sul e norte" utilizada pelo povo de Han, e a partir do momento em que a construção da gigantesca Muralha da China começou. Tang, através da Rota da Seda, fez prosperar o budismo vindo da Índia — o antibudismo de Huìchāng (845)[4] é uma reação a isso — e teve um intercâmbio muito próximo com a Pérsia da dinastia Sasan — nome do último império iraniano pré-islâmico — e importou os desenhos e as técnicas da decoração artística. Os poetas não apenas escutavam as canções dos estrangeiros em remotas fortalezas, como bebiam vinho que as princesas estrangeiras serviam nas tabernas da antiga capital Cháng'ān. As princesas estrangeiras de olhos azuis eram da Pérsia. Os navios comerciais de Ming transpuseram o oceano Índico nos séculos XIV e XV, e levaram a cerâmica chinesa até Madagascar e o litoral leste do continente africano. Em busca da subordinação dos países vizinhos, o império do povo de Han tentou dominar militarmente

---

4. Huìchāng, da dinastia Tang, corresponde aos anos de 841-6, reinado do imperador Wu, o qual reprimiu o budismo e obrigou muitos monges a voltarem para a vida secular. [N.A.]

OS TIPOS DE ESPAÇO

o Vietnã e a península coreana, mas não foi um expansionismo sem limites, transpondo os territórios vizinhos. Não houve pressão militar nem mesmo em relação ao arquipélago japonês. Isso ocorreu durante a dinastia Yuan (1271-1368), construída pelo povo nômade da Mongólia que conquistou a China. Os mongóis avançaram para o oeste pela Rota da Seda, fundaram Samarkand e, avançando ainda mais, invadiram e ocuparam metade da Europa. Dentro do vasto domínio que ia do Extremo Oriente de seu império até a Europa central, o intercâmbio cultural leste-oeste, como se sabe, foi ampliado.[5]

Em resumo, as fronteiras da China, tanto as de fora quanto as de dentro, foram transpostas constantemente pelas caravanas de comerciantes, pelo exército montado, pelos monges budistas e pelas frotas marítimas estrangeiras. A civilização chinesa, como as civilizações do mar Mediterrâneo, também foi construída dentro de um espaço aberto.

---

5. O povo nômade dos arredores que ocupou militarmente a China e construiu uma corte não era constituído apenas de mongóis. A dinastia Jin (1115--1234) dos povos do nordeste da Manchúria derrotou a dinastia Sung do Norte (960-1127) no século XII e dominou as regiões ao norte do rio Cháng Jiāng (em inglês, chamado de Yangtze), mas não chegou a controlar todo o país. Ao sul do rio Yangtze, restou o imperador de Sung do Sul (1127--1279), e Jin e Sung do Sul se uniram. A reunificação da China foi feita pela dinastia Yuan (1279-1368), que aniquilou Jin e Sung do Sul. Mais tarde, no século XVII, os povos da Manchúria novamente se ergueram, conquistaram todo o país e construíram a última dinastia chinesa, Qing (1636-1912).

Qing, igual a Yuan, é um exemplo típico de assimilação da cultura popular dos dominados pelos seus conquistadores militares. Sob a dinastia Qing, o confucionismo floresceu enormemente. Os confucionistas herdaram intelectualmente a cultura Han e a desenvolveram. Porém, não necessariamente chegaram a herdar o refinamento *sensorial* do povo de Ming. Por exemplo, a sensibilidade à cor, ou a criatividade das formas da pintura à nanquim, e, por fim, os Oito Monstros Amadores da Pintura (Yángzhōu Bā Guài) também não conseguiram superar Shí Tāo (1642-1718) do final de Ming e início de Qing. Nas relações exteriores, enquanto o expansionismo mongol não teve limites, a dinastia Qing, ao invés de expandir seus territórios, direitos e interesses, foi usurpada pelo imperialismo dos países estrangeiros (Guerra do Ópio, 1840-2, até a Guerra Sino (Qing)-Japonesa). [N.A.]

De fato, a civilização chinesa não deu à luz a geometria euclidiana ou o estudo teórico aristotélico. Porém, num período muito grande — provavelmente até antes do século XVII —, se visto num âmbito mundial, em muitos campos técnicos, tanto no que se refere à produtividade quanto à criatividade, continuou exercendo uma influência que transpôs fronteiras. Basta mencionar o sistema ideogramático até o imenso órgão burocrático; a invenção do papel e do pincel até a bússola e a fabricação de pólvora; o processo de fabricação da porcelana até o sistema metafísico do neoconfucionismo. Parece que não podemos dizer que a universalidade de tais técnicas e conhecimentos não tinha nenhuma relação com a abertura do espaço cultural do continente chinês.

O arquipélago japonês da Antiguidade, juntamente com a península coreana, estava na vizinhança nordeste da civilização chinesa. De acordo com um dos volumes do *Han-shu*[6], nessa região não havia um poder unificado, os habitantes do arquipélago (*wajin*, como os chineses começaram a chamar os japoneses) estavam separados em mais de cem pequenos grupos por volta do século I a.C. Entre o século III a.C. até a segunda metade do século III e começo do século IV (ou período Yayoi japonês) — que coincide praticamente com a dinastia chinesa Han —, a influência dominante da civilização chinesa alcançou a parte sul do arquipélago e se ampliou para o norte. Ou seja, era a cultura do metal e do cultivo de arroz.[7] Tem-se assim que, se a capacidade de

---

6. No "Registro Geográfico" do livro *Han-shu* consta o primeiro e mais antigo registro sobre o Japão, conhecido como Wa. Ele é o 28º dessa coleção de 120 volumes da *História oficial de Han*, organizado por Ban Gu (32-92) por volta do ano 82. [N.T.]

7. Como materiais arqueológicos apareceram objetos de bronze no norte de Kyūshū, aproximadamente do século III a.C.; e os *dōtaku*, sinos de bronze, centralizados na região Kinki, são do século I a.C. Do século II, há documentos chineses que dizem que eles importavam ferro da península coreana; e na segunda metade do século III e início do século IV, havia ferramentas agrícolas de ferro e acessórios funerais dos enormes túmulos-colina em forma de buraco de chave (*zenpō-kōenfun*) [Rekishigakukenkyūkai Hen (Grupo de Pesquisa Historiográfica) (org.), *Shinpan Nihonshi Nenpyō* (*Nova edição do*

produção aumenta, surge a tendência de concentração do poder. Na península coreana, ela aconteceu antes, inicialmente com o domínio do Koguryō (Kōkuri)(?-668) e depois com Silla (Shiragi) (356-935) e Paekche (Kudara)(primeira metade do século IV-660), que, unidos, constituíram o período dos Três Poderes Coreanos. No arquipélago japonês foi surgindo, desde o século IV, a tendência de um incontável número de pequenos grupos convergir para pequenos estados que alguns soberanos controlavam. Suas relíquias diretas são os imensos túmulos em "forma de fechadura".[8] Se não fossem os faraós, não existiriam as pirâmides. Se os territórios que o soberano dominava não atingissem certa grandeza, não há dúvida de que eles não conseguiriam construir grandes túmulos. E do século IV até o VI (ou o período Kofun), muitos dominadores haviam legado grandes túmulos. Não que entre eles houvesse uma pessoa influente a ponto de dominar uma grande parte do arquipélago japonês, mas, no continente, ele foi chamado de "Soberano de Wa". As fronteiras dos domínios do Soberano de Wa não eram claras, mas tanto ele quanto os três poderes da península tiveram repetidos confrontos bélicos, ora opondo-se mutuamente, ora aliando-se a um ou outro, como a aliança militar de Koguryō e Wa contra a aliança militar de Silla e Koguryō (ano 400); a aliança Paekche e Silla contra Koguryō (ano 548) e a aliança Paekche e Wa contra Silla (ano 554). As ações de Wa não

---

quadro cronológico da História do Japão, Tóquio, Iwanami Shoten, 1984)]. Se olharmos a história em três níveis, a Idade da Pedra, Idade do Bronze e Idade do Ferro, a Idade do Bronze no arquipélago japonês é muito curta. A causa disso, sem dúvida, é que a sociedade da Idade da Pedra entrou de repente em contato com a cultura dos objetos de ferro, muito avançada, do continente. As técnicas agrícolas do cultivo do arroz, as ferramentas agrícolas de ferro e os animais domésticos se ampliaram do centro da civilização para as regiões fronteiriças a partir do período Yayoi (séculos VIII-VII a.C. aos séculos II-III d.C.). [N.A.]

8. Propriamente, o período Kofun (300-646), conhecido pelos seus imensos túmulos, tanto símbolo do poder e da autoridade centralizada quanto da forte natureza mítica e religiosa do governante. Os túmulos mais famosos são dos imperadores Ojin, c. 269-310, e Nintoku, c. 310-399, ambos em Ōsaka. [N.T.]

se limitavam ao arquipélago japonês, ele participava até mesmo nos combates da península coreana. Na segunda metade do século VII, Silla obteve o apoio de Tang e derrotou Paekche (ano 663), vencendo em Baekchon-kang a aliança militar de Wa e Paekche. Depois disso, Tang destruiu Koguryō, e Silla unificou a península. Wa, depois da grande derrota em Baekchon-kang, também se direcionou mais para o fortalecimento do poder central dentro do arquipélago japonês, e menos para intervenções militares na península coreana.

Resumindo, o espaço onde o Wa do período Kofun agia política, militar e tecnicamente era centralizado na região Kinki[9], em grande parte da ilha principal Honshū, com exceção da parte norte, e abrangia o litoral do mar Interior de Seto, o norte de Kyūshū e o sul da península coreana. A parte interna desse espaço nunca foi homogênea, continha culturas variadas, as fronteiras externas não eram precisas e estavam em contato direto com diferentes etnias e culturas. Ao norte, Wa ampliou os domínios usurpando as terras dos ainus; ao sul estava adjacente aos *hayato* do sul de Kyūshū e aos okinawanos; a oeste pagava "tributos" à dinastia do continente chinês. Depois dos "tributos", continuou enviando os emissários a Sui e Tang[10] até o século IX. O espaço da vida dos antigos se

---

9. Região ao redor de Kyōto, Ōsaka e Nara, ou sete províncias: Shiga, Hyōgo, Nara, Wakayama, Mie, Tóquio e Ōsaka. [N.T.]

10. "Pagar tributo à Corte Imperial" era uma característica das relações entre as dinastias chinesas e os países vizinhos, e era um sistema cortês de subordinação. Não foi exclusivo do governo dos de Wa. Os emissários enviados a Sui e Tang eram delegações diplomáticas da corte de Yamato que estava em vias de consolidação no século VII, e, olhando pelo lado japonês, implicava uma insistência da relação de igualdade (uma amostra disso é o famoso documento nacional enviado no ano 607 pelo príncipe Shōtoku ao imperador Yang de Sui (581-619) e que iniciava com a frase "o príncipe do país onde o sol nasce [...]"). Os primeiros emissários a Tang são do ano 630, e os últimos do ano 834. Nesse período, foram mais de dez expedições. O número de pessoas da comitiva era de aproximadamente 250 a 500 ou mais, dividido em quatro navios. Havia a rota marítima que seguia para o norte, pela costa oeste da Coreia, em direção a Yángzhōu, e aportava na península Shandong, ou a rota sul, que atravessava

direcionava para fora. Porém, essa experiência e o conceito de espaço aberto não foram transmitidos do mesmo modo para os períodos posteriores.

No século VII, a dinastia japonesa que se retirou da península coreana aumentou os territórios dominados no interior do arquipélago japonês, e, desejando concentrar o poder, passou a traçar fronteiras precisas com Silla, que unificara a Coreia. Os dois países já não são mais os atores que representavam o mesmo teatro político e militar no mesmo espaço constituído pelo sul da península e o oeste do arquipélago. A cultura fluiu de uma direção para outra, mas não houve um refluxo. A informação unilateral e não o intercâmbio de informações virou a tendência principal, e um caso muito típico que apareceu na política com essa tendência foi nada mais nada menos que os *kentōshi*, emissários oficiais do governo japonês enviados ao continente chinês na dinastia Tang. O que ocorreu no processo de unificação do Japão e centralização de poder foi a consciência aguçada em relação às fronteiras internas e externas e as fronteiras entreabertas, e não o fechamento delas

---

o mar leste da China a partir da ilha Amami Ōshima, sendo que a rota norte era influenciada pelas contingências coreanas e a rota sul·ameaçada pelos ventos sazonais. [É bem conhecida a história de Abeno Nakamaro (698-770), que naufragou no caminho de volta e foi parar em Annam (no Vietnã); depois de voltar uma vez para Cháng'ān, foi enviado a Annam como moderador.]

A comitiva de emissários a Tang não era composta apenas por altos funcionários do governo e seus acompanhantes e pela tripulação do navio (marinheiros); incluía estudiosos, monges budistas e jovens estudantes. Seus objetivos, além de diplomáticos, claramente deviam ser a coleta de informações e a capacitação de mão de obra. Eles traziam consigo artigos culturais, livros e documentos de Tang, e frequentemente voltavam para o Japão acompanhados por técnicos naturalizados japoneses.

O que o governo do Japão antigo fez em prol da reforma do sistema tendo por modelo o sistema *ritsuryō*, código civil e penal de um país desenvolvido e a importação de tecnologia (por exemplo, o planejamento urbano da capital Heiankyō), enviando enormes delegações e estudantes selecionados, não foi muito diferente da política inicial do período Meiji para a "modernização" japonesa. [N.A.]

(ou seja, o isolacionismo). A porta entreaberta permitiu que as informações penetrassem de fora para dentro, mas não permitiu a saída das informações que havia dentro. A porta foi completamente fechada e as informações, tanto as de dentro para fora como as de fora para dentro, passaram a não transpor as fronteiras — ou seja, o espaço japonês se fechou para o mundo exterior —, quando a cultura e a técnica vindas do continente já tinham sido digeridas o bastante e a sociedade japonesa acreditava que "era desnecessário aprender com os países estrangeiros". E é exatamente no século IX que o envio dos emissários a Tang foi suspenso. No século VII, tomando como cenário o processo de unificação que avançou rapidamente no começo do século VIII, surgem as obras *Kojiki* (*Registro de fatos antigos*) e *Nihon Shoki* (*Crônicas do Japão*, 710). Seu objetivo era a comprovação da legitimidade da dinastia, e não havia dúvidas de que isso foi considerado necessário tanto interna quanto externamente. Seu conteúdo relata a linhagem dos *kami* na "Era dos *Kami*" e liga-se ao registro da "Era dos Homens", que narra a linhagem dos imperadores lendários ou históricos como seus descendentes e os trabalhos realizados por eles. Ou seja, a mitologia e a história são uma continuidade e não há uma ruptura entre os *kami* e os imperadores = *kami* encarnados.[11] A história da unificação nacional da dinastia de Yamato se reflete na narrativa mitológica em que, já na "Era dos *Kami*" do *Kojiki* e do *Nihon Shoki*, os *kami* periféricos submeteram-se ao *kami* central (a concessão do "país" de Ōkuninushi, "o Senhor da Grande Terra"); essa narrativa e foi herdada pela história da conquista dos

---

11. Quem enfatizou a continuidade entre o *kami* e o imperador tomando como base o *Kojiki* foi Motoori Norinaga (1730-1801), na segunda metade do século XVIII. Os "estudiosos do vernáculo" posteriores seguem Norinaga. Em meados do século XIX, os confucionistas da Escola Mito se juntaram a eles. O centro da "ideologia" da nação burocrática de sistema imperial, realizado pelo governo Meiji, também era o imperador de "linhagem única pelas infinitas gerações" e, "por ser sagrado, não deve ser violado". Como bem se sabe, o militarismo da década de 1930 exacerbou essa "ideologia" e a fez deteriorar-se até o fanatismo. [N.A.]

"países" do leste pelo primeiro soberano lendário (a conquista oriental de Yamato Takeru).[12]

A PERCEPÇÃO DE ESPAÇO NA MITOLOGIA DO COMEÇO DOS TEMPOS

A mitologia da gênese encontra-se nas obras *Kojiki* e *Nihon Shoki*. Entre ambas há grandes semelhanças e pequenas diferenças. No *Kojiki*, enumeram-se os nomes de três *kami*: "Quando o céu e a terra tiveram início pela primeira vez, os nomes dos *kami* se constituíram nos Campos Elevados do Céu", e em seguida relacionam-se os nomes dos *kami* constituídos na terra.[13] Já que os *kami* apareceram quando o céu e a terra separaram-se pela primeira vez, não foi um *kami* que criou o céu e a terra. Também não é o primeiro *kami* constituído que deu à luz os *kami* que deveriam vir em seguida. Os *kami* não têm nenhuma relação com os acontecimentos anteriores ao momento em que cada qual foi concebido, e eles "se constituíram" de modo independente no céu ou na terra. Os *kami* dos tempos iniciais não são criadores de algo e muito menos criaturas feitas a partir de algo. Eles começaram a criar as coisas, ou seja, tomaram a iniciativa de atuar em seu ambiente e participar do processo de engendramento na geração dos *kami* masculino e feminino, Izanagi e Izanami. Como bem se sabe, a terra também não estava firme, e dentro de algo "como uma gordura flutuante" os *kami* fizeram uma ilha, desceram do céu com

---

12. Herói lendário japonês. Há diversas versões, como a de que teria sido filho do imperador Keigyō e, portanto, tornou-se o 12º imperador. Dotado de valentia desde a infância, teria derrotado vários oponentes. Considera-se que Yamato Takeru seria uma denominação genérica para os vários heróis japoneses que atuaram na história japonesa. [N.T.]
13. Todas as citações do *Kojiki* foram extraídas do "Kojiki/Norito" (Kojiki e orações xintoístas), in Kurano Kenji, *Nihon Bungaku Taikei* (*Compêndio da literatura clássica japonesa*, I), revisão e notas de Takeda Yūkichi, Tóquio, Iwanami Shoten, 1958. [N.A.]

destino a ela e ali se casaram, dando à luz "O País das Oito Grandes Ilhas". Em termos de extensão, essas ilhas incluíam o que hoje em dia corresponde à região de Kinki, Chūgoku, Shikoku, parte norte de Kyūshū, as ilhas de Awaji e Tsushima, e parece que coincide com o território que a corte imperial de Yamato dominou. A mitologia da criação do país por Izanagi e Izanami não alcançava os territórios que estavam fora do domínio da autoridade real naquela época. Parece que o conhecimento sobre o território do assim dito arquipélago japonês era limitado, mas podemos perceber que os compiladores do *Kojiki*, basicamente, não tinham interesse em outros mundos. Com certeza, eles sabiam da existência da China e da península coreana, pois, de fato, em narrações posteriores ao *Kojiki*, surgiram também outras lendas, como a conquista de Silla pela imperatriz Jingū. Porém, se considerarmos que a China e a península coreana não nasceram de Izanagi e Izanami, observamos que não há nenhuma referência sobre quando e como foram constituídas. A separação do céu e da terra deve ter mesmo ocorrido fora das "oito grandes ilhas", mas os acontecimentos que ocorreram nessa época limitaram-se à formação delas, ou seja, parece que as fronteiras do espaço no qual os interesses se concentravam estavam fechadas.

O *Kojiki* não fala sobre as origens do povo que vivia nesse espaço. Tampouco toca na origem da fauna e da flora. Do alto do céu, Amaterasu[14] desejou que seu descendente se tornasse o dominador, e, depois de superar vários obstáculos — originado de *kami* maus —, envia Ninigino Mikoto (descendente terrestre do grande *kami* do Sol, Amaterasu). E Jinmu, o primeiro imperador japonês, é seu

---

14. Também denominada Ōhirumemuchi, provavelmente uma entidade do Sol ligada à tradição do povo japonês. Na obra *Nihon Shoki*, nasce de Izanagi e Izanami, os dois *kami* criadores, como soberana da terra, depois que eles terminaram de dar à luz a todos os demais *kami*. Segundo o *Kojiki*, nasceu quando Izanagi lavou o olho esquerdo enquanto se purificava nos campos de Awagi. Além de ser o *kami* supremo de Takamagahara, deu ao seu descendente Ninigino Mikoto os três objetos sagrados e delegou a regência do país do centro. É adorada como *kami* do Sol, está assentada no Santuário de Ise, e também é o *kami* ancestral da família imperial. [N.T.]

descendente. Nessa época, Amaterasu também chamava as oito grandes ilhas de *toyoashiharano chiakinonagai hoakino mizuhonokuni* (país das espigas de arroz da água dos quinhentos outonos dos longos mil outonos dos campos férteis de juncos) ou *toyoashiharano mizuhonokuni* (país das espigas de arroz da água dos campos férteis de juncos). *Mizuho* "são as espigas de arroz que surgem no campo irrigado" e tem o sentido de "país eternamente fecundo em espigas de arroz".[15] Embora Amaterasu não tenha começado o cultivo de arroz, o destaque ao "país das espigas de arroz da água", sem dúvida, decorre do fato de que no início do século VIII, época em que o *Kojiki* foi compilado, difundiu-se o cultivo de arroz em campo alagado e as condições da sociedade em que os *mura* de agricultores não nômades cumpriam uma função central. O cultivo de arroz em campos irrigados é um trabalho que concentra a força de trabalho e necessita do labor cooperativo dos habitantes dos *mura*. Portanto, era alto o grau de incorporação de unidades familiares de agricultores à comunidade *mura*, e as fronteiras internas e externas da comunidade eram precisas tanto física quanto socialmente, e isso logo iria se desenvolver até mesmo na dupla característica do modo de agir dos habitantes do *mura*. O "país de *mizuho*" conota a comunidade *mura*, típica de um espaço de vida fechado. De um lado, há o espaço de um país insular que se retirou da península coreana, e, de outro, um espaço de muitos *mura* onde ocorre o cultivo de arroz em campo irrigado, e parece possível afirmar que a experiência de espaço fechado, em maior ou menor grau lá vivido projetou-se no conceito de espaço das obras *Kojiki* e *Nihon Shoki* compiladas no início do século VIII.

Também há uma mitologia da criação em Okinawa. De acordo com as obras *Nakayama Yokagami* (*Retrato do mundo Nakayama*, 1650) e *Nakayama Yofu* (*Diagrama do mundo Nakayama*, complementado após 1701), citadas por Iha Fuyū (1876-1947), seu conteúdo é muito semelhante à mitologia do *Kojiki* e do *Nihon Shoki*.

---

15. *Nihon Bungaku Taikei* (*Compêndio da literatura clássica japonesa*, I), op. cit., nota 33 ao cimo da p. 111. [N.A.]

Primeiro, o Senhor dos Céus faz descer um *kami* chamado Amamiku, ordenando-lhe a construção de muitas ilhas no mar. Amamiku obtém do céu os minerais e os vegetais como material. Segundo, já que não havia pessoas vivendo na ilha, Amamiku solicita sementes de humanos ao Senhor dos Céus. Este faz descer um homem e uma mulher. A mulher dá à luz três homens e duas mulheres. O primogênito é Kunigimi no Hajime; o segundo, Aji no Hajime; o terceiro, Hyakusho no Hajime; a primogênita, Kimigimi no Hajime, e a segunda filha, Noronoro no Hajime. Kunigimi e Aji são os dominantes políticos; Hyakusho é o povo; Kimigimi e Noronoro são as *kami* femininas que repartem as funções públicas e privadas religiosas (são as duas linhagens *Tsukasa* e *Noro*). Terceiro, por fim, o Senhor dos Céus atende ao pedido de Amamiku, fazendo descer as sementes dos cinco cereais (trigo, painço, sementes de arroz e mudas de arroz, por exemplo). Essa é a mitologia da criação no livro *Nakayama Yokagami*. Em *Nakayama Yofu* toma-se um casal de *kami* como criadores do país, e na tradição oral considera-se Āmanchū, único ser celestial, como ocorre em *Nakayama Yokagami*.[16]

O primeiro desses três níveis corresponde ao nascimento do país do *Kojiki* e o terceiro ao país de *mizuho*. Sobre a origem dos habitantes constante no segundo, não há um registro claro no *Kojiki*. O enredo da mitologia de *Nakayama Yokagami* é organizado de modo bem mais lógico. Essa diferença entre o *Kojiki* (compilado no início do século VIII) e o *Nakayama Yokagami* (constituído em meados do século XVII) talvez seja explicada pela distância de aproximadamente mil anos entre os dois. Porém, mesmo que cada mitologia existisse na forma oral, contada de geração a geração antes de seu registro escrito, é impossível verificar de quando é a história. Não se sabe precisamente qual das duas mitologias influenciou a outra e quais influências ocorreram em épocas e direções diferentes. Contudo, muitos estudiosos — incluindo também Iha Fuyū —

---

16. Iha Fuyū, *Ko Ryūkyū* (*Antiga Ryūkyū*), revisão de Hokama Shuzen, Tóquio, Iwanami Bunko, 2000. "Mitologia de Ryūkyū", p. 388. [N.A.]

OS TIPOS DE ESPAÇO

acreditam que os hábitos e costumes do Japão antigo desceram para o sul, para o arquipélago de Ryūkyū, e foram preservados assim até recentemente, sendo poucas as modificações posteriores provenientes do próprio país de Yamato. Se considerarmos correto esse modo de pensar, é possível imaginar, até certo ponto, os costumes do Japão antigo a partir dos costumes recentes de Okinawa — e examiná-los e registrá-los, juntamente com os documentos arqueológicos. Mesmo na mitologia da criação de Okinawa, foram criadas as ilhas ao redor de Okinawa (= o território sob domínio do soberano), mas não outros lugares, como Yamato ou a península coreana ou o continente chinês. O além-mar era um outro mundo, conhecido pelos nomes de Niraikanai ou Niirasuku, e desses lugares só os deuses vinham visitar seu país.[17] As fronteiras do país eram claras e o trânsito com outros países estrangeiros estava limitado.

---

17. As crenças e as festas populares das ilhas ao redor de Okinawa possuem diferenças de acordo com a ilha, e são complexas. De modo geral, o poder político é dos homens e o poder religioso das mulheres. Essa distinção de sexo é própria do Reino de Ryūkyū e notavelmente diferente de Yamato (em Yamato, como regra, os sacerdotes xintoístas eram homens e é assim até hoje). Para *kami* femininas há dois sistemas: um deles é o de *tsukasa* (líder), que toma como chefe a rainha e promove as festas públicas. O outro é o de *noro* (sacerdotisa) do povo, um tipo de virgem ou médium dos santuários xintoístas, como uma xamã, que se introduz na vida do povo e cumpre várias funções, além de previsões e intercâmbio com os mortos. Entre os *kami* importantes há os *kami* visitantes e os *kami* ancestrais. Um típico *kami* visitante é Akamata Kuromata do monte Yae, que vive no Niirasuku do além mar, visita as ilhas e proporciona a fartura dos cereais. O caminho do mar passa pelo subsolo, e, saindo da cavidade de Utaki, o *kami* aparece com uma máscara estranha, vestindo folhas de ervas e árvores; depois de executar uma dança, visita os habitantes de porta em porta. No Uyagan (Festival aos *kami* ancestrais) da ilha Miyakojima, os *kami* ancestrais, que usam máscaras e aplicam lama sobre seus corpos, aparecem do outro mundo, para onde os mortos vão = o escuro Niiriya (Nijja). Os *kami* ancestrais podem vir de Niraikanai, situado além--mar, e as pessoas os acolhem na praia, conduzindo-os ao Utaki. Parece que a vida espiritual das ilhas que formam o arco de Ryūkyū foi empreendida tendo como centro o xamanismo, o culto aos antepassados e o *kami* dos cereais. Isso também pode se tornar um material para se imaginar a vida espiritual de Yamato antes da chegada do budismo. [N.A.]

O ESPAÇO FECHADO

O Japão da corte Heian do final do século IX aboliu os emissários para Tang. Sugawarano Michizane (845-903), que estava entre os últimos emissários, apontou a decadência da dinastia Tang, alegando que o Japão, tendo aprendido o suficiente, não tinha mais necessidade de enviar grandes grupos de emissários, arriscando-os na travessia marítima e investindo grandes somas. O governo acatou sua opinião e aboliu o próprio sistema de envio. Certamente, decorridos mil anos do início da dinastia Heian, os templos budistas prosperavam nas montanhas Hiei de Saichō (ou Dengyō Daishi, 767-822) e Kōya de Kūkai (ou Kōbō Daishi, 774-835), e o governo central dominava grande parte de Honshū, Shikoku e Kyūshū. A produção agrícola aumentou (há a versão de que, durante a dinastia Heian, a quantidade da safra por unidade de área dobrou), desenvolveram-se técnicas como a metalurgia, a fundição do ferro, a construção, a tecelagem, a tintura e a cerâmica (exceto a porcelana), por exemplo, e juntamente com a invenção e a difusão dos fonogramas japoneses *kana*[18], a arte e a literatura peculiares estavam para florescer (grande parte da poesia *waka*, de 31 sílabas, reunida na obra *Kokin Wakashū* — uma antologia oficial de poemas *waka* organizada no início do século X —, é de composições do século IX). Depois disso, durante cerca de trezentos anos, a cultura da dinastia Heian voltou-se para dentro e não para fora. As negociações políticas com o continente ficaram muito limitadas, as pessoas quase não transitavam (certamente havia algumas exceções, como aqueles que comerciavam com Silla e os monges que iam estudar fora) e quase não houve a influência de novos estudos e artes. Depois da abolição dos emissários para Tang, ocorreu um período de isolamento, com a fixação das fronteiras externas da sociedade japonesa. O fim do período Heian (fim do século X) foi o primeiro período de isolamento.

---

18. Refere-se ao silabário *katakana*, que era usado mais pelos monges e hoje é utilizado para grafar estrangeirismos e dar efeitos de ênfase. [N.T.]

OS TIPOS DE ESPAÇO

Entre o período de trezentos anos do primeiro isolamento e de 250 anos do segundo (período Tokugawa, início do século XVII a meados do XIX), as fronteiras fechadas tiveram um período de abertura até certo grau. No início, houve a vinda de monges zen da China, e, no final, as atividades dos missionários cristãos vindos da península ibérica. Nesse intervalo, houve o vasto comércio que incluía o comércio externo com a China Ming controlado pelo xogunato de Muromachi; o comércio externo da península coreana com a ilha de Tsushima, e o comércio com o sudeste asiático, centralizado em Okinawa; havia também o contrabando ativo (considerando-se que havia uma vila japonesa em Sião, antiga Tailândia) e a pilhagem dos litorais chineses e coreanos pelos famosos *wako*, "piratas japoneses". Porém, do século XIV ao XVI, o Japão, internamente, não estava num processo de concentração do poder, mas sim num processo de disseminação, e esse fato gerou uma repetição de ambiciosas guerras civis (1467-1568) — as batalhas entre as cortes do Norte e do Sul (1333-92), a Rebelião de Ōnin (1467-77). O contato com diferentes culturas nas relações externas, tanto na sua extensão quanto na sua profundidade, de modo algum chegava à altura do que ocorreu com Ming, e não se comparava com o ocorrido em vários países sob a esfera de ação do islamismo e do cristianismo.[19] A cultura que se fez no primeiro período de isolamento

---

19. No âmbito do islamismo, já no final do século XIV, Ibn Khaldūn (1332--1406), na introdução de sua grande obra *Rekishi* (*A história*), narrou em resumo, por exemplo, o clima, a história, as raças, as autoridades de cada região do mundo, e escreveu: "deste modo, o presente livro inclui a história de todos os lugares sem exceção" [tradução de Morimoto Kōsei, *Rekishi Josetsu*, I (*Introdução à história*, I), Iwanami Bunko, 2001, p. 30]. O autor viveu no norte da África, mas também esteve em Granada, e tentou escrever a história do mundo todo e não apenas a história do norte da África. Esse "mundo" tem uma forma redonda, um mar em forma de cinturão cerca as partes ao redor, e seu lado interno é a terra firme. Na terra, o mar Mediterrâneo penetra pelo noroeste, e o oceano Índico pelo sudeste. A parte sul, com cerca de um terço da terra, "é uma zona desabitada de calor intenso", e o extremo norte "é uma zona desabitada de frio intenso". Indo para o leste a partir da Síria, que se situa aproximadamente no centro das terras, passa-se pela Índia e chega--se à China. Se for para o oeste, chega-se a Veneza, e, mais adiante, chega-se a Marrocos e ao oeste da França atual (Germânia e Bretanha, noroeste da

— as suas principais peculiaridades no sentido de valor, refinamento da sensibilidade e estilo de ação com certeza foram um tanto influenciadas e modificadas pela natureza aberta desse período, mas sem ser drasticamente desarraigada — sobreviveu como era, fortaleceu-se e fixou-se com o segundo isolamento que estava por vir.

Quando as fronteiras externas e internas eram evidentes e estavam fechadas, havia uma forte distinção entre os que viviam dentro e fora. Em todas as ocasiões, essa distinção se destacou, e todos os habitantes de dentro, igualmente, tomavam duas atitudes distintas, uma em relação aos que compartilhavam do espaço interior e outra em relação aos vindos de fora, aplicando duas normas distintas. Nesse sentido, o espaço no qual as fronteiras estão cerradas, com certeza, não existia apenas na chamada sociedade japonesa. Dentro da sociedade japonesa havia incontáveis comunidades *mura*, e dentro delas havia o *ie* ("casa"). Considerando-se que as pessoas de dentro e de fora da sociedade japonesa eram japoneses e estrangeiros, as pessoas de dentro e de fora do

---

França). O mapa do mundo do islamismo do século XIV certamente incluía o mundo todo, exceto o território americano.

Já em outros lugares, a grande esquadra da China Ming no início do século XV foi para uma expedição, sete vezes desde a primeira, nos Mares do Sul conduzida por Zhèng Hé no ano 3 de Yǒnglè (1405), passou pelo estreito de Málaca, atravessou o oceano Índico e alcançou o Golfo Pérsico, o mar Vermelho e a costa leste da África.

Trata-se do assim chamado "Período das Grandes Navegações" dos europeus do final do século XV até o XVI. Na direção oeste, descobriram a América, e na direção leste chegaram ao Japão. Como se sabe, a reação japonesa contra o plano de catequisação japonesa do cristianismo, no fim das contas, foi a repressão ao cristianismo na primeira metade do século XVII e o segundo isolamento. O espaço da vida dos japoneses do século XV, exceto os "piratas japoneses" que arrasaram a costa do continente, estava limitado à parte interna das fronteiras do arquipélago japonês. Depois do século XVII, essa tendência foi mais radical. Até mesmo na segunda metade do século XVIII, um pesquisador representativo, Motoori Norinaga, insistiu no devaneio de que o Japão seria o centro do mundo, e Ueda Akinari, que debateu com Norinaga, disse zombando que, se olharmos o "mapa da terra" dos holandeses, o Japão não passa de "uma pequena ilha, como uma pequenina folha caída na superfície de um vasto lago" (*Kagaika*, "Diálogos epistolares", 1787-8). [N.A.]

OS TIPOS DE ESPAÇO

mura eram *murabito* ("aldeões") e *sotobito* (estrangeiros); dentro e fora do *ie*, por exemplo, pode ser a família e a não família. Aqui, por conveniência, se chamarmos de *uchibito* (*insider*) os membros de um dado grupo, e *sotobito* (*outsider*) as pessoas de todos os grupos externos, um dos "modelos" muito práticos para se analisar a relação das pessoas internas e externas dos grupos do Japão é a comunidade *mura* tradicional.

Dentro e fora dos *mura*

Em geral, os *mura* do Japão tradicional localizam-se em desfiladeiros e planícies cercadas por montanhas, em três ou nas quatro direções. Para seus habitantes, a parte que vai até a montanha é o território do *mura*, o lado de dentro é o lado de cá, o "aqui". O outro lado da montanha, o lado externo, é o acolá, "o fora", ou seja, é um mundo externo onde vivem os estrangeiros. Essa fronteira é clara. A fronteira das comunidades rurais de terrenos planos não tem marcas distintas como montanhas e rios, mas nem por isso as fronteiras são imprecisas — elas são óbvias para as pessoas do *mura*, e não é necessário levantar grandes marcas. As pessoas da região conhecem bem as fronteiras do espaço do *mura* constituído pelas suas terras, pelas terras dos proprietários rurais ou pelas terras arrendadas, pelas florestas dos proprietários e dos santuários. Na década de 1930, visitei várias vezes uma das prováveis comunidades rurais da planície de Kantō (região de Tóquio), e as fronteiras dos *mura*, que eu não conseguia perceber, eram claras aos olhos das pessoas daquele *mura*. Os habitantes do *mura* que transpunham essas fronteiras e saíam para o mundo externo eram poucos. Uma canção dos jovens de Tóquio diz: "mesmo querendo ir para a França, ela é muito longe"; para os jovens do *mura*, "mesmo querendo ir para Tóquio, ela era muito longe". Transpor as fronteiras nacionais, saindo de Tóquio para estudar no exterior, era coisa para poucos estudantes privilegiados, e transpor as fronteiras do *mura* para ir à escola ginasial da cidade e ir além, para as faculdades de Tóquio, era coisa apenas para os filhos dos proprietários. No caráter fechado das fronteiras, os *mura* não foram mais do que cópias reduzidas dos *kuni* (nome que se dava às antigas províncias, utilizado também com o sentido de país, mundo). Ao contrário, podemos interpretar que a manutenção da estrutura do *mura* sustentava a mentalidade isolacionista do país.

Na vida dos habitantes do *mura* dentro das fronteiras não havia a distinção entre o "público", como é representado pelas reuniões e festividades religiosas, e o "privado", como os casamentos e funerais dos indivíduos. Estes, como a agricultura e os festivais dos santuários, eram acontecimentos da comunidade do *mura*. As casas dos proprietários faziam ofícios budistas para os antepassados falecidos, mas todos do *mura* participavam desses ofícios. Todos os indivíduos pertenciam à comunidade e nela pereciam. Quanto mais nos afastamos no tempo, mais aumenta o grau de inserção. Os modos antigos sobrevivem nas vilas rurais ou em ilhas isoladas, e Fukui Katsuyoshi, que pesquisou a vila de Tsubakiyama nas montanhas de Shikoku, diz que o trânsito entre essa e as demais vilas continuava interrompido mesmo no período Meiji, de modo que os casamentos também aconteciam somente entre os integrantes da vila.[20]

---

20. Fukui Katsuyoshi, *Yakihata no Mura* (*Vila da Queimada*), jornal *Asahi*, 1974, p. 282. De acordo com Fukui, nessa vila eram muitos os casamentos entre "primos", e também era frequente o casamento entre cunhados e cunhadas.

Lévi-Strauss disse que o tabu do casamento dentro do grupo (endogamia) é comum em todas as sociedades. Porém, a dimensão desse grupo (a extensão da endogamia) é notavelmente diferente. Quando um grupo é extremamente grande, é proibido o casamento interno da metade do povo. Divide-se a população em dois, e os homens que pertencem a um lado (e também as mulheres) podem se casar somente com as mulheres (ou os homens) do outro lado. Quando os grupos que proíbem o casamento interno são extremamente pequenos, consideram os "parentes próximos". Por exemplo, a sociedade cristã moderna toma como tabu o casamento entre familiares próximos. No Japão antigo, a extensão desse "parentesco próximo" devia ser muito pequena. Supondo a partir da bibliografia de "antigas canções", o casamento entre pais e filhos, e entre meios-irmãos e irmãs por parte de mãe, era rigorosamente proibido, e tolerava-se até, em certo nível, pelo menos os casamentos entre meios-irmãos e irmãs por parte de pai. Os grupos que praticavam a endogamia só acrescentavam os pais e os meios-irmãos e irmãs por parte de mãe. Não sabemos bem a relação desse fato com as vilas isoladas,

OS TIPOS DE ESPAÇO

As pessoas desse *mura*, membros dessa comunidade, controlavam as relações sociais entre os companheiros do *mura* e os estrangeiros por duas normas diferentes. De 1945 a 1946, Ōtsuka Hisao, que se refugiou numa vila durante a evacuação das grandes cidades, escreveu sobre seus aldeões: "Mesmo lhes pedindo: 'vendam-me' coisas, como trigo ou farinha para o macarrão *udon*, custavam a me atender. Eles alegavam que uma transação de compra e venda entre colegas aldeões 'é um ato cerimonioso demais.'"[21] Então, o que se fazia "entre os colegas aldeões"? Lá, "dizem que tudo são regras da comunidade da vila ou está enredado numa regra habitual característica da vila [...]", "e, como um todo, a economia de permuta é dominante".[22] Dentro da vila não há uma economia de mercado mediado pela moeda. Mas é claro que com as vilas externas isso acontece. O que ocorre se ambas entrarem em contato? A atitude dos aldeões que evitam a transação dentro da vila é a seguinte: "ela muda completamente quando se trata de pessoas estranhas de vilas externas — nas palavras deles, 'pessoas de fora', 'pessoas vindas', 'viajantes'. O modo de agir dentro e fora fica completamente diferente". "Na transação que ocorre com pessoas da vila externa [...] não há algo como o equilíbrio dos preços. Deixam à

---

mas, nas pequenas sociedades com fronteiras fechadas, não havia outro jeito senão estreitar a extensão do tabu do casamento. Passa a ser difícil encontrar um companheiro para casamento se não for assim e, portanto, a continuidade dessas pequenas sociedades é ameaçada. As pequenas sociedades nem sempre eram as aldeias das montanhas, e podiam ser a sociedade dos nobres. [N.A.]

21. Ōtsuka Hisao (1907-96), "Keizai to sono Bunkateki Genkai" (A economia e seus limites culturais), in *Kokusai Kirisutokyō Daigaku Gakuhō*, IIIA, *Ajia Bunka Kenkyū, Ajia Shakai no Kindaika Kōsatsu*, 14 (*Boletim Acadêmico da Faculdade Cristã Internacional*, IIIA, Pesquisa da cultura asiática, Discussão do modernismo da sociedade asiática, 14, Faculdade Cristã Internacional), Tóquio, 1984 (fevereiro), pp. 7-24 (tese de Ōtsuka, publicada em 25 de junho de 1982). [N.A.]

22. Também Kida Minoru (nome verdadeiro: Yamada Yoshihiko, 1895-1975), que viveu nas aldeias das montanhas de Kantō depois da Segunda Guerra Mundial, observou esse ponto, e disse que não havia transações comerciais entre os aldeões dentro da vila; eles faziam trocas, e essas trocas eram feitas de acordo com a regra de devolver um objeto equivalente ao recebido. [N.A.]

sorte de cada momento, tudo depende da capacidade de negociação", "quanto mais caro, melhor".[23]

O caráter de isolamento do *mura* é o mesmo do Japão. Os chineses imigraram (conhecidos como *kakyō*, "chineses radicados no exterior"), mas os japoneses não conseguiram sair de um território estreito e se fixar em terras estrangeiras. Em grande parte, isso se deve à política de isolamento que se repetiu nos períodos Heian e Tokugawa. Porém, pode-se pensar que a eficácia do isolamento deu-se porque não havia um motivo suficientemente forte para se voltar para fora, transpondo a fronteira nacional. A tendência psicossocial em desejar fixar-se no interior de um território dado — e essa tendência significa ao mesmo tempo a capacidade de adaptação a condições internas — deu origem a uma política de isolamento nacional (proibição da travessia além-mar), e, sem dúvida, a realidade do isolamento fortaleceu a tendência psicológica. Augustin Berque cita um exemplo bem interessante de Hokkaidō, província do extremo norte japonês. A partir da metade do século IX, quando o governo central dominou toda a ilha principal de Honshū, até a metade do século XIX, quando começou a política de colonização, "Hokkaidō foi uma ilha quase desabitada por um período de mil anos". Por quê? A resistência dos ainu, o povo nativo do norte japonês, acabou no fim do século XV. Técnicas agrícolas em temperaturas muito baixas não eram obstáculos. O clã Matsumae, que monopolizava o comércio no norte, proibia o ingresso de colonos, mas se o movimento de

---

23. Sobre a atitude dos habitantes dos *mura* em relação aos "forasteiros", a observação de Kida Minoru é também muito semelhante.

Na Cidade do México, eu me admirei com a coexistência de três sistemas de valores. Os produtos do centro comercial tinham os preços do mercado. A passagem do metrô tinha um valor socialista, muito barato. O preço do táxi era uma questão de negociar. Estive lá no ano em que houve a Copa do Mundo de futebol. Sendo identificado como um "estrangeiro" pelo motorista, o frete seria caro. Porém, conversamos sobre o time mexicano de futebol, e isso fez nascer um sentimento de solidariedade e um senso de coleguismo, e o preço caiu pela metade. Isso é uma mudança psicológica de fora para dentro. [N.A.]

OS TIPOS DE ESPAÇO

colonização se tornasse mais forte, parece que não havia forças para evitá-lo. "Devemos buscar a sua causa fundamental num fato semelhante que ocorreu com o direcionamento para outros territórios do mundo, ou seja, os japoneses não tinham vontade de se estabelecer em Hokkaidō."[24] Esse "sentimento" era comum ao dos habitantes do *mura*.

Não se pode deixar de distinguir a distância entre o *mura* e as regiões externas, donde os estrangeiros vieram para examinar de modo adequado a atitude dos habitantes do *mura* em relação aos estranhos. Há o exterior próximo e o distante, e se classificarmos cada um em grandes partes, encontramos dois tipos de estrangeiros. A definição da distância não está necessariamente ligada à distância geográfica, mas à distância cultural. O exterior próximo, como uma vila vizinha, possui algo em comum com a própria etnia, a língua, os hábitos e costumes, e possui uma estrutura social semelhante. Se um deles possui diferenças notáveis, mesmo vivendo em montanhas e florestas adjacentes, será uma sociedade exterior distante, como um grupo no meio das montanhas. Geralmente, é difícil especificar a região do exterior distante, de onde provêm visitas periódicas ou não. Ele é um lugar ambiguamente distante, além-mar e montanhoso. Por exemplo, os *kami* vêm de lá, e também os mendigos, que vêm de um exterior não identificável. Mesmo quando se pode especificar a região, os usos e costumes de lá são completamente diferentes dos do *mura*, e é difícil imaginar como são. Por exemplo, há outro mundo para onde vão os mortos. O outro mundo nem sempre é um lugar fisicamente distante, mas as pessoas vivas (os habitantes do *mura*) não vão para lá, e geralmente não se sabe bem o que ocorre nesses lugares.[25] Podem

---

24. *Kūkan no Nihon Bunka* (*A cultura japonesa do espaço*), tradução de Miyahara Makoto, Tóquio, Chikuma Shobō, 1985, pp. 165-6. O original é de Augustin Berque, *Vivre l'espace au Japon*, Paris, Presses Universitaires de France, 1982. [N.A.]

25. O mundo externo do budismo que foi largamente aceito no Japão é de céu e inferno. Para onde se vai após a morte, depende da crença e das ações da pessoa durante a vida. Há teorias que defendem que ocorre um tipo de

ser também grandes cidades, do ponto de vista das vilas nas montanhas. Por exemplo, as pessoas que chegaram para as compras na vila em que Ōtsuka Hisao refugiou-se, como citado antes, não vieram das vilas vizinhas — que são um exterior próximo cujos costumes e hábitos são conhecidos e poderiam ser visitadas —, mas da cidade grande,

---

julgamento, e nesse aspecto é semelhante ao cristianismo. Porém, não há purgatório. De acordo com Yanagita Kunio, os outros mundos do Japão antes da vinda do budismo ficavam no alto das montanhas, das quais se podia avistar o *mura* habitado em vida. De lá, as almas dos antepassados contemplavam a vida dos descendentes e, se fosse necessário, também nos protegiam. Uma vez ao ano, desciam da montanha, retornando para a casa onde nasceram (o formato assumido com o sincretismo budista é o *obon*, ritual aos antepassados). Porém, em Okinawa, os outros mundos onde vivem os antepassados estão além do mar (sobre ou sob o mar), e há também a crença de que eles visitam o *mura* vindo desses lugares. De qualquer forma, as almas dos antepassados vêm ao *mura* de outros mundos, mas os habitantes vivos do *mura* não podem visitar os outros mundos. Na mitologia do *Kojiki*, Izanagi, vivo, persegue Izanami morta, e há a famosa lenda em que ele visita o Yominokuni ("o país das trevas após a morte"). Yominokuni = outro mundo é um lugar escuro e terrível do subsolo. Izanagi foi perseguido por romper a promessa de não olhar para trás, fugiu por pouco e voltou para o mundo dos vivos. É semelhante à lenda de Orfeu da mitologia grega, que vai para o outro mundo para trazer de volta Eurídice morta, e que, por ter rompido a promessa de não olhar para trás, perde a mulher novamente. No *Man'yōshū*, há uma canção de Kakinomotono Hitomaro que lamenta a esposa morta, e ao ouvir de uma pessoa que o lugar para onde os mortos vão fica além das montanhas, segue para lá, fica numa encruzilhada e contempla as pessoas que passam, mas não vê a esposa. O outro mundo de que Hitomaro ouviu falar não parece ser mais escuro nem mais terrível do que o mundo que Izanagi visitou, e o vaivém dos vivos é muito mais fácil e não muito longe. Os outros mundos do Japão antes do budismo apresentavam uma diferença muito grande de testemunha para testemunha. Provavelmente, cada pessoa deveria ter diferentes "imagens" e pensamentos, especialmente de acordo com o lugar e a época. Porém, aqui, consideramos o outro mundo como uma forma de espaço exterior distante. Mesmo dizendo "distante", não é distante no nível da "Terra Pura do Oeste". O fato de a "Terra Pura do Oeste" ser extremamente distante é porque não se trata de algo originalmente japonês, mas imaginado pela China Tang e pela Índia, que prefeririam o exagero, e assim a imaginaram. No Japão, o espaço do mundo presente é estreito, mas o espaço que inclui os outros mundos também não é grande. [N.A.]

para onde nunca foram, de uma parte externa distante, cujos hábitos e costumes não entendem. Nas transações com as pessoas que vieram de regiões externas distantes, as regras locais não se aplicam, e, por não se entender as regras dos companheiros, não há regras, vence o mais forte.

Entre os companheiros das vilas vizinhas há principalmente três tipos de relações. Uma das ações importantes na relação fraterna é o casamento. Para uma das partes envolvidas, significa entregar a filha para a família do noivo, e, para a outra, receber uma esposa para o filho, e essa troca amplia a esfera dos casamentos fora do grupo (exogamia). É raro, porém, que as pessoas da vila se casem com homens e mulheres de outras sociedades mais distantes.

Pode ocorrer, ainda, que não se estabeleça uma relação fraterna entre dois ou mais *mura*, mas uma relação solidária na qual os habitantes do *mura* lutam em conjunto resistindo ao poder. É o caso das costumeiras insurreições, petições diretas e destruições ocorridas entre o período Muromachi até o fim do período Tokugawa. Um exemplo famoso após Meiji foi o incidente da poluição causada pela mina de cobre de Ashio. O povo vitimado, unido, tentou ir à capital para uma petição e chocou-se de frente com a força policial (ano de 1900). Nesse caso, os prejuízos alcançaram uma área bem vasta na bacia do rio Tone e, por isso, muitos *mura* participaram do protesto. Porém, poucas vezes os camponeses das regiões remotas antes de Meiji se solidarizaram, e mesmo que grandes levantes ocorressem frequentemente, não se chegou a organizar um movimento unificado de forma solidária. Esse é o grande motivo que facilitou a opressão da força guerreira. A única exceção foram os levantes Ikkō ocorridos no final do período Muromachi. Quando a organização dos camponeses de grandes áreas se concretizou mediada pela seita Ikkō, a partir da metade do século XV até o século XVI, baniu-se o poder dos guerreiros e formou-se um tipo de "zona livre", como a das antigas províncias de Kaga e Etchū.

Certamente, houve conflitos entre os *mura* adjacentes. Os pontos mais polêmicos diziam respeito à utilização da água, fundamental para o cultivo dos campos de arroz, e do combustível enquanto artigo de primeira necessidade. No Japão, em muitas ocasiões, a administração dos rios pequenos em regiões pequenas eram atividades do *mura*, de modo que não é estranho serem motivo para o mesmo tipo de disputa entre eles. Eram muito diferentes dos casos dos rios Amarelo e Nilo, que necessitaram da força gigantesca de um "déspota oriental" para controlá-los. O combustível do dia a dia era a lenha, e esta se colhe na floresta. Quando as florestas estavam próximas aos *mura*, o direito de entrar na floresta, ou seja, a qual *mura* pertencia "o direito de ingresso" e em que medida, era um grande problema, frequentemente tornando-se motivo de disputas. Entre um *mura* e outro, havia lutas como essas, envolvendo os suprimentos de água e combustível. Porém, não havia concorrência. O desejo consciente de querer se tornar mais rico do que as vilas vizinhas ou de querer ampliar o território não era forte entre os seus habitantes. Foram o capitalismo e as leis de mercado que introduziram uma violenta concorrência explícita de ganhos e perdas.

As regiões distantes e os *mura*

A relação do *mura* com as regiões distantes é de mão única. Os habitantes do *mura* não saem para regiões externas distantes, mas recebem visitantes de regiões externas distantes. Como disse Orikuchi Shinobu (1887-1953)[26], o *kami*, enquanto *marebito*[27], é um caso típico. Segundo Tanigawa Ken'ichi, os *kami*, em Amami Ōshima (ilha maior, localizada no arquipélago Amami, ao sul da província de Kagoshima), podem descer verticalmente das montanhas (ou descer do céu para essas montanhas), mas, em Okinawa, movimentam-se

---

26. Poeta, literato e antropólogo, discípulo de Yanagita Kunio. [N.T.]
27. Palavra japonesa antiga que se refere a um ser divino que vem de lugares distantes em determinada época do ano trazendo presentes da sabedoria, do conhecimento espiritual e da felicidade. [N.T.]

principalmente na horizontal, e vêm do além-mar.[28] Em Amami, o além-mar, de onde os *kami* vêm e para onde retornam, chama-se Neriya; na ilha principal de Okinawa, chama-se Niraikanai; em Miyakojima (ilha principal do arquipélago Miyato, em Okinawa), chama-se Niiriya ou Nijja; e no arquipélago de Yaeyama (a oeste de Okinawa), chama-se Niirasuku. Akamata e Kuromata, os *kami* da colheita que aparecem em Yaeyama, surgem do subsolo, o qual se diz estar ligado a Niirasuku, localizado no fundo do oceano.

O *kami* é uma divindade da lavoura que garante, principalmente, a boa colheita do arroz e do painço, ou é um espírito ancestral idolatrado entre os antepassados. Seja como for, possui poderes que os habitantes do *mura* não têm, produzindo um ano de fartura e grandes pescarias, afugentando as pestes, além de ajudá-los, ameaçá-los e puni-los. Os *kami* do arquipélago japonês que constam na obra *Fudoki* (*Registro geográfico, cultural e histórico das regiões*, 713) não podem ser vistos. Não visitam o *mura* como os viandantes, vêm de algum lugar — frequentemente, descem do céu —, incorporam-se em grandes árvores da natureza ou permanecem num espaço especial purificado. Se o *kami* estiver presente ali, a sua força sobrenatural atinge os arredores.

O poder que chega ao *mura* ou as personalidades de posição superior aos habitantes do *mura*, obviamente, não são apenas *kami*. Entre os monges budistas que viajaram por todo o país e não fixaram moradia em nenhum templo específico, havia exemplos daqueles conhecidos como monges iluminados ou de grande virtude, como o venerável mestre Kūya (903-972)[29], de meados do período Heian. O campo de ação de grandes monges viajantes como esses se amplia à medida que o tempo se aproxima do presente. O venerável

---

28. Yasuo Higa (foto) e Tanigawa Ken'ichi (texto), "Ryūkyūko, Onna tachi no Matsuri" (O arco Ryūkyū e a Festa das Mulheres), jornal *Asahi*, 1980, pp. 130-3. [N.A.]

29. Divulgou a meditação entre o povo de modo acessível, por meio de obras de assistência social. [N.T.]

mestre Ippen (1239-89)[30] do período Kamakura partiu de Shikoku e caminhou até Ōshū[31], e do norte de Honshū até Kyūshū, ao sul. Enkū (1632-95)[32], no início do período Edo, partiu pela primeira vez de Mino (sul da atual província de Gifu) para o leste japonês e chegou até Hokkaidō. Em meados do período Edo, Mokujiki Gogyō (1718-1810)[33] partiu de Kai (atual província de Yamanashi) e percorreu todo o país, do extremo sul de Kyūshū até a região central de Hokkaidō. Sem dúvida, para os camponeses de cada região, ou para os pescadores, artesãos e comerciantes, eles eram autoridades espirituais vindas de regiões distantes.

Nos *mura*, também chegaram os cobradores de impostos, instrumentos do poder material. E no sentido de que eles eram pessoas que os aldeões não podiam desafiar, eram iguais tanto aos *kami* quanto aos grandes mestres peregrinos que representavam o poder espiritual. À benevolência dos *kami* e dos grandes mestres não havia nada mais a fazer do que orar, e o valor dos impostos ficava na dependência do que o poder político decidia arbitrariamente, por motivos e formalidades que estavam além do conhecimento do pagante. Tanto os *kami* quanto os fiscais, enquanto corrente de informação ou ação que tem mão única, vinham de regiões externas distantes. A repartição pública onde estavam os fiscais seria um Niraikanai político.[34]

---

30. Em 1274, iniciou a seita Jishū, uma ramificação da religião Jōdo do Japão. [N.T.]
31. Região que abrange as atuais províncias de Fukushima, Miyagi, Iwate, Aomori e parte de Akita. [N.T.]
32. Monge da religião Tendai, famoso pelas suas esculturas. [N.T.]
33. Juntamente com o monge Enkū, deixou muitas esculturas de estilos inovadores. [N.T.]
34. No que se refere à nação, há uma relação íntima entre o poder nacional (rei) e a autoridade espiritual (religiosa). Um desses casos é o céu, os *kami* ou a igreja, como meio de garantir a legitimidade do imperador (o direito divino dos reis). Nesse caso, o rei (ou imperador) não é o próprio *kami*. O fato de o Japão moderno ter alegado que o imperador era um *kami* foi um exemplo excepcional. E mais ainda ter hasteado a bandeira da "teocracia" [no caso do Japão, a adoção do xintoísmo pelo Estado], na primeira metade do século XX,

OS TIPOS DE ESPAÇO

Por outro lado, os visitantes dos *mura* vindos de regiões externas distantes ocupavam uma posição inferior aos habitantes do *mura* e, portanto, não eram considerados seus pares. Por exemplo, os *hinin* (a classe mais baixa do período Edo), os mendigos, os artistas ambulantes, as prostitutas ou as prostitutas que haviam sido *miko* (solteiras virgens que serviam como oráculos dos santuários xintoístas e que eram dispensadas após o casamento), e outras discriminadas como "párias" também eram provenientes de regiões externas indefinidas.

Desse modo, visitantes de regiões distantes tinham uma posição superior ou inferior às pessoas do interior dos *mura*, não havendo relações horizontais e de igualdade. Esse tipo de relação só existia com as pessoas de regiões próximas ou de *mura* vizinhos. Em outras palavras, parece que, com exceção dos habitantes dos arredores, a relação com todos os que chegavam de fora não era de igualdade. Essa relação com as pessoas de fora determinava, em geral, a "imagem" que se tinha delas. Esse fato, todavia, não significava que, para as pessoas do *mura*, todas as pessoas de fora, portanto estranhas, fossem classificadas em duas grandes categorias: superior e inferior. Mais do que dizer que havia casos em que uma mesma pessoa que vinha de fora era, ao mesmo tempo, superior e inferior, seria mais adequado dizer que um grande número de visitantes de regiões distantes talvez fosse considerada assim. Por exemplo, do final do período Heian até o período Kamakura, as mulheres conhecidas como *shirabyōshi* eram um tipo de artista ambulante, e, discriminadas como tais, certamente ninguém dos *mura* as via como possíveis esposas. Porém, entre os artistas havia aqueles que visitavam mansões de altos

---

enquanto nação moderna progressista. O que vigorava era o imperador como um "*kami* encarnado" que dizia: "pense que uma ordem de um oficial superior é uma ordem minha" (Édito Imperial Militar), de modo que não havia espaço para criticar a vontade do poder nacional centralizado no imperador; e o povo japonês, que não era nada mais que "súdito"(*Dainihonteikoku Kenpō — Constituição do Grande Japão Imperial*), deveria apenas seguir as ordens. A separação entre o xintoísmo e o Estado só se concretizou com a derrota na Segunda Guerra Mundial, quando o sistema "teocrático" caiu por terra. [N.A.]

dignitários, inimagináveis para os camponeses. De acordo com a obra *Heike Monogatari*, eles, em casos extremos, acompanhavam o banquete de Kiyomori (guerreiro mais representativo do clã Taira), e, embora se tratasse de um fenômeno excepcional, alguns chegaram a morar na corte do imperador-monge Goshirakawa (1127-92). Os artistas ambulantes, inferiores em seu *status* social, podiam, ao mesmo tempo, obter privilégios extraordinários de posição elevada. No período Muromachi, parece que muitos grupos de *yamabushi* (ou *shugenja*, ascetas das montanhas) moravam nas montanhas altas conhecidas e desconhecidas. Eles, por um lado, eram considerados como aqueles que tinham a capacidade que os habitantes do *mura* não tinham de erradicar doenças e outras calamidades, e, frequentemente, os habitantes do *mura* buscavam sua ajuda. Mas, por outro lado, como havia também muitos falsários, eram desprezados como incapazes e inúteis e alvo de cuidados, como bem retratam as peças de *kyōgen*[35], que tomavam os *yamabushi* como protagonistas. Na mesma época, os artistas do teatro *nô* que percorriam as províncias, como artistas ambulantes, não devem ter recebido um tratamento de igualdade dos habitantes do *mura*, mas, em Kyōto, os mesmos artistas apresentavam-se até para o xogum. A posição social deles era mais baixa do que a dos camponeses, e ao mesmo tempo era infinitamente alta. Isso pode ser observado a partir das palavras registradas pelo próprio Zeami (1363?-1443), autor e artista de *nô* que, favorecido pelo xogum Ashikaga Yoshimitsu, refinou essa forma para atender ao gosto requintado de seu mecenas e criou as bases para a sua teorização, escrevendo obras importantes como *Fūshikaden* (*Da transmissão da flor e da postura*). O poeta de *renga* Bashō (1644-94) viajou no final do século XVII e, nessas viagens, foi acolhido por apreciadores de *haikai-renga*, como as famílias ricas e poderosas de cada região, mas, nas raras vezes em que se aproximou de famílias de samurais, não foi recebido com muita cortesia. Entre os colegas apreciadores

---

35. Teatro cômico que se desenvolveu como entretenimento para o público durante os intervalos do teatro *nô*. [N.T.]

de *haikai*, Bashō era altamente avaliado como o primeiro, mas, na sociedade dos samurais, sua posição social era baixa, e provavelmente não teve muito contato com os camponeses. Resumindo, acumulava, em uma única pessoa, o renome nacional entre a comunidade *haikai* e o *status* de artista ambulante na sociedade em geral. Os discípulos o reverenciavam, os samurais o desprezavam. Não havia relações de igualdade em nenhum lugar.

Se a relação típica dos membros de dentro com os de fora, numa sociedade *mura* como essa — uma relação desigual, exceto para com as vizinhas —, continuou por um longo período, pelo menos por mais de mil anos, é possível que, por isso, não apenas no nível do *mura*, mas em todos os níveis da sociedade japonesa tenha sido gerada uma tendência psicologicamente forte em querer reduzir todas as relações humanas em superior e inferior.

No que se refere às relações internacionais, o Japão, até o final do período Tokugawa no século XVIII, tomava como exemplo a cultura da China. Por exemplo, a camada dos intelectuais escrevia suas obras mais importantes em língua clássica chinesa. Essa relação cultural hierárquica não mudou mesmo durante o período de isolamento. Apesar disso, no século XIX, a China foi derrotada pela Grã-Bretanha na Guerra do Ópio (1839-42), e pouco mais de dez anos depois, o Japão isolado também não soube como proceder com a esquadra americana que entrou na baía de Edo, e aceitou a abertura dos portos e os tratados desiguais. A China já não era mais um exemplo a ser reverenciado. A força militar anglo-americana era esmagadora, e por trás dessa hegemonia militar deveria haver um poder tecnológico e industrial que, por sua vez, era produto de um sistema social. A Renovação Meiji foi a transferência do modelo chinês para o modelo europeu e americano ("Despojar-se da Ásia e ingressar na Europa"). O olhar da comunidade japonesa é de reverência ou de desprezo, e por não ter o hábito de se voltar horizontalmente para as pessoas, só restava desprezar, em maior ou menor grau, a China, que já não podia mais ser reverenciada. Ogyū (Sorai, que costuma aparecer na sequência, é um título normalmente usado por cientistas, literatos e pintores juntamente com seu nome próprio) é o nome chinês adotado pelo confucionista japonês Mono Nabematsu (1666--1728), mostrando que houve confucionistas que não se esqueceram de homenagear o país dos grandes mestres de quem eram tributários. Comparando Kyōto à capital chinesa Luoyang, não foi em passado tão distante que os japoneses usaram a expressão "dentro e fora de Luo" para referir-se ao espaço interior e exterior da capital japonesa. Com certeza, o preconceito e a discriminação em relação aos chineses não ocorreram apenas em função da vitória do Japão na Guerra Sino-Japonesa (1894-5). Afinal, as pessoas de regiões externas distantes, se não fossem *kami*, só poderiam ser *hinin*.

A relação entre o Japão e a Coreia do Sul também era assim. Se considerarmos que a cultura provém da China, o *status* cultural dos países ao redor definia-se de acordo com a distância geográfica deles em relação ao território chinês. Se um poeta confucionista do período Tokugawa apresentasse os poemas de sua própria autoria aos estudiosos que acompanhavam as delegações coreanas e estes comentassem que "não demonstrava ter ares japoneses", isso era como receber uma "aprovação oficial", o máximo da honra, e ao invés de reclamarem, alegando, por exemplo, "interferência nos assuntos internos do país", esses estudiosos, de tanta emoção, desejariam comemorar, esculpindo esse episódio no epitáfio do elogiado. Se se venera a China, venera-se a Coreia. Se se despreza a China, despreza-se a Coreia. O grande império japonês que se orgulhava das guerras Sino-Japonesa e Russo-Japonesa (1904-5), como bem se sabe, anexou a Coreia, aproveitou-se da Primeira Guerra Mundial e avançou nos seus planos de invasão do território chinês (o envio de tropas para Shandong; ocupação militar; exigência dos 21 Artigos; "Manchúria", governo títere japonês pré-guerra, a Guerra Total). Depois da anexação, por ocasião do caos do grande terremoto de 1923 na região Kantō, que abrange as províncias circunvizinhas a Tóquio, o "corpo de vigilância autônoma" dos cidadãos disfarçados de policiais massacrou incontável número de coreanos que moravam no Japão, baseado em falsos boatos — aqui, não estou considerando se foi a polícia ou qualquer outro que criou esses boatos. A explosão de histeria de um grupo monstruoso como este não foi apenas devido ao caos do terremoto; não teria ocorrido se não fosse a existência de uma mentalidade extremamente discriminatória que desprezava os coreanos.

O modo japonês de ver os Estados Unidos mudou várias vezes: como ameaça no final do xogunato; como parte do Ocidente enquanto modelo no processo de industrialização após a Renovação; como brutal na propaganda durante a Grande Guerra do Pacífico; e como modelo após a derrota. A relação nipo-americana nunca foi de igualdade. Separados pelo oceano Pacífico, os Estados Unidos sempre foram mais desenvolvidos e mais fortes que o Japão. Essa realidade não muda. Porém, a reação do Japão em relação à realidade dessa diferença muda de acordo com a época, a pessoa e a organização. Quanto ao governo, como não lhe era permitido seguir os Estados Unidos durante a Segunda Guerra, os americanos eram taxados por ele de "materialmente" superiores — algo passível de uma comparação objetiva — e os japoneses de mais dotados no "aspecto psicológico" — algo sem termos de comparação. O "poder da mente" indica a junção arbitrária, por exemplo, do espírito combativo, a coragem, a perseverança e a proteção dos *kami*. Depois disso, surgiram vários "lemas" usados em propaganda de guerra, como "Terras dos deuses indestrutíveis" ou "morrer e se tornar um demônio protetor do país" ou "100 milhões de bolas de fogo unidas por um mesmo sentimento". Grande parte da população deveria ter dúvidas, porque não podia conferir tantos "lemas" como esses. Porém, entre eles também havia proposições verificáveis. A falsidade ou veracidade de uma afirmação como "Se um bombardeiro americano voar sobre o palácio imperial, o vento divino o soprará e o derrubará" tornava-se naturalmente evidente quando os aviões militares americanos sobrevoavam o palácio imperial. As afirmações exacerbadas dos japoneses sobre a capacidade dos *kami* do Japão não se limitaram ao período da guerra e, provavelmente, não eram mais do que um sentimento de grandeza que virou do avesso o complexo de inferioridade. O mesmo fenômeno ocorria não apenas no governo, mas também na mídia, e na época da "bolha de prosperidade econômica repentina" da década de 1980, nos jornais e nas revistas, os especialistas dessas áreas (as pessoas consideradas como tais) dançavam alegremente a coreografia "O Japão como número um".

A atitude que os fracos podiam tomar em relação aos fortes não era apenas uma teimosia que virou do avesso o complexo de inferioridade, tanto dos indivíduos quanto da nação, e pode ter sido até mesmo uma estratégia do provérbio que diz: "quem à grande árvore chega, boa sombra terá". De fato, o governo japonês, no início do século XX, na época em que a tensão entre o Japão e a Rússia aumentou, formou a aliança com a Inglaterra, e, na segunda metade do mesmo século, aceitou o Tratado de Segurança com os Estados Unidos (1951), reagindo à guerra fria, e, na linha da diplomacia externa, seguiu os Estados Unidos por mais de meio século, chegando aos dias de hoje. Nisso havia, de certo modo, um lado racional, mas havia também outro que feria a independência e a dignidade do país. Seja um "blefe" inútil ou um sistema de "ficar à sombra da grande árvore", não há relações igualitárias entre o Japão e os Estados Unidos.[36]

---

36. A inclinação total do Japão para os Estados Unidos após a guerra não era apenas uma política governamental e diplomática. Por exemplo, grande parte do povo não falava inglês, mas preferia improvisar o inglês usando o *katakanaguês*. [O autor, neste caso, usa a palavra *katakanago*, a escrita fonogramática *katakana* destinada aos estrangeirismos, acrescida do sufixo *go*, que a transforma em um tipo de linguagem. No Japão existem até dicionários de *katakanago*.] Quando deviam identificar uma "ponte" como "*hashi*" (橋), escreviam "*burijji*" (*bridge*), e uma "estrada" como "*ro*" (路), escreviam "*rodo*" (*road*). Por quê? Não era pensando nos estrangeiros que não sabiam japonês. Primeiro, porque os estrangeiros quase nunca atravessavam as pontes, nem passavam pelas estradas; segundo, porque, caso algum estrangeiro chegasse ali, não significava que seria americano. Os chineses compreendiam "*hashi*" e "*ro*", mas não compreendiam "*burijji*" e "*rodo*"; terceiro, não teria serventia para um não falante de inglês que chegasse ao local e que não conhecesse o japonês. Sendo assim, o inglês improvisado só poderia ser para os japoneses. Mesmo assim, por que preferiram o *katakana* ao japonês comum? Não consigo imaginar outro motivo que não seja o de um complexo de inferioridade em relação aos americanos no domínio do idioma. Justamente por ser assim, a relação nipo-americana é fundamentalmente diferente das relações sino-americanas e franco-americanas. [N.A.]

A relação tradicional entre os habitantes do *mura* e os "estrangeiros" que chegavam de longe é vivida ainda hoje.

As três características do espaço

Como é estruturado o espaço cotidiano da comunidade cercada por fronteiras claramente fechadas? Como o interior dos *mura* tradicionais do Japão é dividido e foi se organizando? Os *mura* típicos da região Kantō, desde o período Edo, apresentam duas formas. Na primeira, estão os templos budistas, os santuários xintoístas e as casas dos proprietários de terras que cuidam das florestas, com pequenas comunidades ao redor deles, e, ao redor destas últimas, expandem-se as terras aradas. Na segunda forma, conjuntos de *mura* (e cidades) seguem esguiamente à beira das estradas. Essas duas formas não se limitam à planície de Kantō, e basicamente são encontradas em todo o território da ilha principal Honshū. No espaço interno das construções, grandes e pequenas, das casas dos agricultores, dos templos budistas e santuários xintoístas dessas comunidades, há muitas características que chamam a atenção, e elas refletem em maior ou menor grau a ordem de todo o espaço dos *mura*.

Vejamos, primeiramente, o conceito de "*oku*". De acordo com o *Iwanami Kogo Jiten* (*Dicionário Iwanami de arcaísmos*), *oku* (奥) é o oposto de fora (外, *to*), beira ou borda (端, *hashi*) e boca (口, *kuchi*). Tem a mesma raiz de alto-mar (沖, *oki*). Espacialmente, é um lugar mais ao fundo a partir da entrada, e seu sentido original e primitivo é um lugar valorizado e não revelado para as pessoas. Em Okinawa, ainda hoje, há um ritual para receber os deuses que vêm do alto-mar, realizado num local chamado *utaki* (lugar sagrado em que se cultua o *kami*), o qual fica nas profundezas da floresta. A partir da entrada da floresta — onde pode ou não haver uma marcação simples feita por um portal —, ninguém, exceto as mulheres (conhecidas como *tsukasa* e *noro*) que participam do ritual, tem acesso ao "lugar mais ao fundo", secreto, que não é mostrado às pessoas, o lugar onde os *kami* ficam. Esse lugar é bem cuidado porque é sagrado. O "entrar no fundo" é um deslocamento e, em geral, significa a natureza direcional do movimento, mais do que a indicação de um ponto no qual o *oku* foi fixado. Há um movimento em direção ao *oku* e, quanto mais se avança, mais aumenta a natureza sagrada do espaço. Não apenas o *utaki* de Okinawa, mas o espaço arquitetônico dos santuários xintoístas também é estruturado tomando a direção voltada para o *oku* como eixo. Assim, tem-se: *sandō*, o caminho de acesso ao santuário; *haiden*, o espaço, em geral nos templos xintoístas, para oração das pessoas; *naiden*, o interior do santuário, permitido apenas aos sacerdotes xintoístas; *kami no za*, o assento dos *kami*, em local onde ninguém pode entrar. Avançando nesse eixo, a natureza secreta e sagrada desses locais aumenta na mesma proporção que se passa por eles. Isso é aproximar-se do *oku*, é a natureza direcional do deslocamento.

Quanto mais nos direcionarmos ao *oku* num espaço secular, mais o caráter privado aumentará: do vestíbulo da casa até a sala de visita; da sala de visita até a sala de estar, ao dormitório e à sala de tatame dos fundos. Desnecessário dizer que "se valoriza e não se mostra às pessoas" esse *oku*. O nível do "não mostrar às pessoas" não é tão rigoroso no espaço das construções mundanas quanto no espaço religioso. Porém, mesmo nos dias de hoje, se compararmos aos hábitos da atual classe média americana, veremos que nos lares japoneses não existe o hábito de mostrar às pessoas o espaço de vida privado da família. *Oku* é deixar em segredo. Por quê? Provavelmente, a natureza secreta do espaço de vida privado não é outra coisa senão o caráter fechado das fronteiras desse espaço, e a mesma tendência psicossocial que originou o isolamento das fronteiras dos *mura* e do país sem dúvida deu origem a essa natureza. Ela separou a vida cotidiana das famílias do mundo exterior, desejando destacar a distinção entre as partes externa e interna, e isso não significa que, dentro da família, se respeita a vontade privada e a ação dos indivíduos. No *oku*, pelo menos até antes da Guerra do Pacífico, moravam as grandes famílias regidas pelo sistema patriarcal tradicional, que incorporava todos os seus membros, absorvendo-os sob forte pressão.

OS TIPOS DE ESPAÇO

Vejamos, agora, o destaque ao plano horizontal.
Nas construções religiosas do mundo, há algo que destaca a linha vertical, elevando-se bem alto em direção ao céu. Há santuários no topo das altas pirâmides de pedra (por exemplo, as da civilização maia) e também templos cujas construções em si são feitas de grossas camadas de pedra (por exemplo, os templos do sul da Índia), com numerosas estátuas esculpidas em alto-relevo, preenchendo todo o muro externo. Nas mesquitas islâmicas, há algumas torres altas e delgadas, do alto das quais se informa aos devotos a hora do culto. As grandes capelas da Europa de estilo gótico (após o século XII) geralmente possuem um alto campanário em ambos os lados da entrada principal, e, na parte interna, os pilares alinhados direcionam-se para o céu do pináculo em abóbada (da ogiva) e todas as linhas estão construídas de modo ascendente, como se para apontar o céu. As igrejas das vilas do norte da Europa são de pedra, madeira ou tijolos e possuem campanários baixos, mas o pináculo central do telhado aponta para o céu. Por exemplo, a paisagem bucólica da Inglaterra, como John Constable (1776-1837) desenhou, é constituída pelos pastos entre as colinas que ondulam levemente, os rebanhos de bois, os córregos e a floresta, com o pináculo da igreja de uma pequena diocese elevando-se em direção ao céu. Na Île-de-France, além dos campos de cereais que ondulam ao vento, e das alamedas de álamos altos que crescem em direção ao céu, podem-se ver os pináculos das igrejas à sombra das florestas distantes. Porém, não se pode vê-los nos campos do Japão. Neles não há linhas verticais bem claras, como as fileiras de altos álamos ou os afilados pináculos das igrejas.

No Japão, até mesmo as construções religiosas são ao rés do chão ou assobradadas, e estendem-se acompanhando a superfície da terra, nunca erigidas voltadas para o céu. Não há torres nos santuários xintoístas. Considera-se que uma parte dos *kami* desceu de Takamagahara ("campo dos altos céus"), mas parece que Takamagahara estava no cume de uma montanha e não nos céus. A história de que desceram e, após terem feito o trabalho necessário, subiram ao céu também não consta no *Kojiki*. Não foram os 8 milhões de *kami* que, depois de viverem na terra por algum tempo, voltaram para o céu, mas sim Kaguyahime (a princesa da Lua), a mulher celestial que recuperou suas vestes e o grou de uma lenda. Parece fraca a alegação de que os santuários xintoístas deviam se relacionar atrevidamente com o céu.

Uma exceção é o pagode de cinco andares dos templos budistas. Porém, o budismo era uma religião estrangeira, e os pagodes de cinco andares foram a "japonização" dos pagodes budistas, que é uma das expressões plásticas da religião estrangeira. E, na China, há também pagodes budistas altos, como o Dàyàn Tǎ (O Pagode do Grande Ganso Selvagem), mas, no Japão, limitaram-se a três ou cinco andares, com largos beirais, estendendo-se horizontalmente e nas quatro direções, e escondendo as linhas em ângulo reto. A japonização foi "despagodizar". Os pagodes de cinco andares que foram construídos em grande quantidade não atestam que as edificações japonesas também eram providas de um desejo de altura, mas, sim, que no Japão nem mesmo as edificações religiosas tinham a tendência de apontar para o céu ou se elevar — e se tinham, era muito fraca. O que se observa é a forte tendência para construir o espaço arquitetônico seguindo o plano horizontal.

Se assim era na arquitetura religiosa, menos ainda se observa nas construções mundanas. No caso das moradias, desde as casas de campo dos imperadores às mansões dos daimiôs, das residências dos ricos comerciantes da cidade às casas dos pequenos agricultores, em qualquer lugar, quase sempre, as edificações eram ao rés do chão ou de dois pavimentos. O aparecimento de grandes edifícios com vários pavimentos é posterior à introdução das técnicas ocidentais, após o período Meiji. Por exemplo, o *marubiru* (prédio comercial representativo de Marunouchi, no distrito de Chiyoda em Tóquio), do início do século XX, era um prédio de concreto de oito andares. Mas a sua forma não mudou o destaque do horizontal para o vertical. O aparecimento de prédios altos que destacavam as linhas *verticais* é do período pós-Segunda Guerra. Porém, existiam exceções mesmo entre as tradicionais construções de madeira não religiosas. No início do período Tokugawa, teriam sido, principalmente, os castelos com torres que os senhores feudais construíram como suas residências — provavelmente, seu objetivo principal era coagir os habitantes de seus territórios. Seu valor militar, no entanto, é duvidoso, pois eles já não contavam mais com as guerras, e, de fato, elas não aconteceram.

As construções japonesas acompanhavam a superfície horizontal, estendendo-se pelo solo. Os telhados com cobertura de colmo pareciam ter brotado dos campos irrigados, que estavam logo ao pé da construção. As paredes brancas, que brilhavam ao pôr do sol na encosta das montanhas longínquas, diluíam-se na superfície da montanha outonal e sustentavam sua harmonia colorida. Por que seria necessário afastar-se desta paisagem, deste momento? Enquanto não se passa para qualquer que seja o *higan* ("o outro mundo"), o presente do *shigan* ("este mundo"), do "agora = aqui", o espaço arquitetônico dentro do cenário vai se refinando minuciosa e sensivelmente, sem limites.

O gosto pela horizontalidade não é uma característica peculiar apenas do espaço arquitetônico. Os pés dos dançarinos nas danças japonesas seguem o piso, e os dois pés nunca se erguem do chão ao mesmo tempo. O mesmo acontece com os movimentos dos atores no palco. No teatro *nô*, os atores se movimentam na *vertical* e na *horizontal*, mas não se movimentam para cima e para baixo. O palco do *kabuki* usa grandes objetos e fez desenvolver diversos tipos de instalações, mas no sentido latitudinal, e o movimento dos atores concentra-se mais no *horizontal* do que no *vertical*. Tem-se, por exemplo, o *seriagari* (acessório que eleva o ator ao palco ou o faz descer), mas raramente os *kami* e budas descem do teto do palco. Mesmo as entidades celestiais vestidas com trajes voadores dançam num campo de pinheiros e não no ar. O Dom Juan japonês não recita o madrigal (composição poética delicada, elegante, pastoril) sob a varanda de uma donzela no andar superior, e o Romeu japonês também não escala uma corda ou escada até a janela de sua Julieta no andar de cima. Resumindo, os atores não se movimentam para cima e para baixo. Estruturam-se dividindo o espaço da imaginação sobre a superfície horizontal do palco. Geralmente, o espaço na cultura japonesa apresenta a forte tendência em se desenvolver tomando como central o eixo horizontal mais do que o vertical.

Vejamos a terceira característica, o pensamento do *tatemashi* ("construção ampliada").

O protótipo da moradia é a casa de um ambiente. Se um espaço a mais se torna necessário aos moradores, constrói-se, dentro do mesmo lote de terreno, ou no vizinho, mais uma casa de um cômodo. Não se considera o segundo cômodo como anexo, e, construindo uma parede que se liga ao primeiro cômodo por um corredor, obtém-se o *tatemashi* de uma casa. O *tatemashi*, via de regra, pode continuar infinitamente. Apesar da vantagem de esse tipo de moradia se adequar às necessidades que mudam com o tempo, há questões que ninguém pode prever: desde o início, a forma do edifício como um todo, constituído de vários cômodos feitos desse modo. Por outro lado, prevendo-se as necessidades de longo prazo desde o início, pode-se começar o trabalho pela definição do tamanho e do formato do todo, e não a partir de um cômodo. Primeiramente, faz-se um enquadramento, divide-se o espaço dentro dele e constroem-se alguns cômodos, que são ou poderão vir a ser necessários. A vantagem desse estilo é conseguir a harmonia do todo, mas a desvantagem é a dificuldade de conseguir algum recurso quando surgir a necessidade de espaços não previstos. Resumindo, o primeiro estilo *tatemashi* vai da parte para o todo, e o segundo estilo, que a partir de agora será chamado de estilo planejado, parte do todo para se chegar às partes.

As construções monumentais como os palácios, grandes templos e mausoléus aos mortos são provenientes, de modo geral, do estilo planejado, e a maioria das moradias, lojas e fábricas, em maior ou menor grau, incluem elementos do estilo *tatemashi*. Em qualquer época e em qualquer cultura, os dois estilos estão misturados. Porém, a importância ou a ênfase que se dá a um ou outro estilo depende muito das diferenças culturais. As partes centrais do Palácio Proibido de Pequim estão organizadas dentro de uma armação simétrica esquerda/direita totalmente planejada. Não é o que ocorre no território chinês como um todo, mas, em Pequim, até mesmo nos lares tradicionais, não há espaço livre para o *tatemashi*, uma vez que foram planejados seguindo a simetria esquerda/direita (*sìhéyuàn*).[37]

Na França, o Palácio de Versalhes foi totalmente planejado, inclusive o jardim. As grandes igrejas em estilo gótico também seguem o mesmo estilo, mas as casas rurais costumam seguir o estilo *tatemashi*. O Palácio Topkapi de Istambul é um tipo de *tatemashi* ("complexo"), com as não muito grandes construções distribuídas dentro de um largo terreno, e como um todo não tem um caráter intencional claro. Não há um forte interesse nas dimensões de cada edifício e na totalidade das posições do grupo de edifícios, e, nos pontos em que se concentra a atenção em detalhes do lado interno dos edifícios, o Palácio Topkapi é contrastante com o Palácio Proibido e o Palácio de Versalhes. No Japão, não há razão em não haver um caráter intencional nos grandes templos budistas. Porém, a influência da China é forte nas construções dos templos. Há palácios que se distanciam dos exemplos da China, por exemplo, a Vila Imperial de Katsura.[38] A sensibilidade do arquiteto japonês adotou o estilo *tatemashi*, aproximando-se da sensibilidade dos turcos que fizeram o Palácio Topkapi, e foi além, apurando-o um pouco mais. Depois de adquirir a destreza no estilo *tatemashi*, houve um cuidado que elevou essas vantagens práticas a vantagens estéticas. As joias de Topkapi, reunidas do mundo todo, já não estão mais lá, mas, em seu lugar, há uma harmonia fantástica do espaço geométrico.

O estilo *tatemashi*, porém, está mais presente nas estruturas das comunidades e das cidades do que nas edificações individuais. Na grande Cháng'ān (antiga capital da China), que serviu de modelo para Kyōto, havia uma ordem sistemática do plano de urbanização. A construção planejada da cidade, mesmo na Europa e nos Esta-

---

37. Estilo de construção chinesa composto por quatro prédios dispostos nas quatro direções dos pontos cardeais, deixando a parte central como um pátio interno. [N.T.]

38. Construída como segunda residência do príncipe Toshihito, no século XVII. [N.T.]

dos Unidos, só prosperou depois que começou a modernidade. São exemplos do final do século XVIII Washington D.C. e a Paris do barão Haussmann, que têm uma estrutura em forma de linhas radiais, e Manhattan em Nova York, que está organizada em forma de tabuleiro de *go* (quadriculado como o de xadrez e do jogo de damas). Porém, muitas cidades, tanto antigamente quanto hoje, formaram-se espontaneamente, não se expandiram seguindo um plano abrangente. São cidades em estilo *tatemashi* que vieram acrescentando construções novas seguidamente de acordo com as necessidades de cada ocasião. Em se tratando do Japão, podemos dizer que Kyōto seria a única exceção, em meio às cidades em estilo *tatemashi* deixadas à mercê dos acontecimentos. Certamente, em algumas partes da cidade há um planejamento no interior dos pequenos distritos e uma reorganização dos bairros objetivando a prevenção contra acidentes. Contudo, não são planejamentos globais que incluem o complexo funcionamento de cada uma dessas cidades. Tóquio se converteu duas vezes numa terra em chamas, com o grande terremoto de 1923 e o bombardeio incendiário de 1945. Como a fênix renascida das chamas, passando por um processo de *tatemashi*, reviveu como um "caos" gigante.

 O que simboliza muito bem a concepção do *tatemashi* dos lares e das cidades talvez seja a obra do metrô da capital. No final do século XIX, os franceses fizeram de uma vez só a rede de metrô que se estende por toda a parte velha da cidade de Paris. O planejamento foi minucioso, e mesmo hoje, passado mais de um século, pelo menos no que diz respeito ao trânsito da parte antiga, não é necessário acrescentar uma única linha nova. Nós, os japoneses, construímos uma linha antes da guerra, e depois da guerra foram acrescidas uma linha nova a cada cinco anos. Hoje, de metrô, consegue-se percorrer a maior parte de Tóquio, mas, como pode ser ainda mais funcional se houver mais linhas (ou pode-se lucrar muito mais), as obras do metrô continuam. O *tatemashi*, enquanto regra, pode continuar sem limites. No passado, quando Ōgai escreveu o pequeno e famoso romance *Fushinchū* (*Em construção*), criticando a "modernização" da sociedade japonesa, talvez estivesse pensando que a construção era algo da fase de transição e que um dia iria terminar. Porém, a construção, de fato, é um *tatemashi*, e não se sabe até quando continuará, como acontece com a obra do metrô. A concepção de *tatemashi* já penetrou até nas profundezas da cultura japonesa.

A partir do sistema *tatemashi* podem-se prever duas características sobre a percepção tradicional do espaço. A primeira, a preferência por "espaços pequenos", é a recusa da "simetria" esquerda/direita e em cima/embaixo. E pode-se dizer, em outras palavras, que a segunda é o gosto pela "assimetria". No cenário do sistema *tatemashi* há a tendência de pensamento que vai dos detalhes para o todo, e não do todo para os detalhes. Essa tendência, naturalmente, pode gerar uma propensão psicológica de concentrar a atenção nos detalhes, ou seja, em "espaços pequenos". Assim, se os "espaços pequenos" se tornam independentes, a "paisagem" de uma tigela *raku*[39], por exemplo, pode ser refinada e o entalhe de um adorno *netsuke* receberá uma elaboração surpreendente.

Dispor as mesmas formas nas mesmas dimensões, de modo que se ajustem perfeitamente em ambos os lados de um eixo ou de uma superfície, é "simetria", e uma construção simétrica nunca resulta do *tatemashi*. A característica do espaço dentro da cultura japonesa não é apenas a ausência da "simetria", é a tendência em se esquivar, consciente, e quase sistematicamente, da "simetria" propositada. Por exemplo, a disposição das lajotas que conduz à entrada da Vila Imperial de Katsura esquiva-se da simetria esquerda/direita de uma reta com uma largura definida com racionalidade objetiva, e é irregular.

Essas duas peculiaridades, que se realizaram como uma formação de, por assim dizer, um ideal estético, dos séculos XV ao XVI — e do que se sucedeu depois disso até hoje —, estão na cultura da sala para a cerimônia do chá. Analisarei minuciosamente essa questão no

---

39. Tipo de cerâmica frágil moldada à mão e queimada a baixa temperatura; usada como utensílios da cerimônia do chá, em geral, tigelas. [N.T.]

capítulo seguinte, no qual, seguindo obras concretas, discuto o modo de tratamento do espaço nas artes plásticas.

O protótipo de espaço social não é apenas o *mura*, é também o *ie*. Esse será um dos temas do terceiro capítulo. A questão é o quase desaparecimento dos *mura* como referência de comunidades agrícolas a partir de então, e o seu reflexo nas condições posteriores ao desmoronamento do *ie* enquanto sistema de família patriarcal.

2

As diversas manifestações do espaço

O ESPAÇO ARQUITETÔNICO

O espaço da sala de chá

Já comentei que as fronteiras do território que a comunidade *mura* ocupa são precisas; que a distinção entre as pessoas que vivem dentro e fora do *mura* mesmo socialmente é forte; e que, nesse sentido, o espaço do *mura* é fechado em relação ao exterior. Nas circunvizinhanças das casas rurais de um *mura*, existem propriedades grandes e pequenas que não são usadas para cultivo, propriedades particulares que fazem parte do *mura* e que por ora serão chamadas de "jardins". Esse jardim, certamente, não é destinado para a apreciação, está no espaço usado para o cultivo, para ser depósito de instrumentos agrícolas, cocheira para cavalos e bois, armazenamento de ração, celeiro para processamento e conservação da colheita, etc. A parte externa — como o terreno e as ruas das casas vizinhas — frequentemente é separada por cercas. A residência é aberta em relação a esse jardim. Nas típicas casas rurais, os cômodos têm chão de terra batida, uma continuidade do jardim, e, pelo menos durante o dia, a entrada fica com a porta aberta. A sala de estar localiza-se num plano mais elevado, em assoalho, um degrau acima do chão de terra batida. Provavelmente, depois do período Tokugawa, o assoalho de muitas casas era forrado com tatames. O lado voltado para o jardim quase não tem paredes, e, no lado de fora dos quartos, as tábuas do assoalho da varanda se estendem para fora, para o jardim, e apenas a porta corrediça externa, *shōji*[40], separa o terraço do quarto. Abrindo-se o *shōji*, forma-se um espaço contíguo entre o interior da casa e o jardim, e a família vive e trabalha nele, unindo-o à agricultura realizada na terra arada.

O caráter aberto da casa em relação ao jardim não significa uma vida aberta em relação à parte externa do espaço, pois o jardim não é mais do que o prolongamento da parte interna da casa. Em outras palavras, o jardim invade a parte interna da casa porque nela não havia uma parte interna no sentido exato. O espaço onde grande parte da população rural do Japão vive é um espaço fechado de duas camadas, ou seja, o território da comunidade *mura* não é outra coisa senão o complexo casa-jardim = pequeno espaço particular dentro dele. A distinção dentro dos pequenos espaços internos privados não é precisa, a parte interna da casa e o jardim ligam-se intermediados pela varanda, e os quartos são separados apenas pelo *shōji* ou *fusuma*.[41]

A estrutura da residência com uma parte aberta maior, sem dúvida, deve-se às condições naturais. Em grande parte do território do arquipélago japonês, comparado com a China do nordeste do continente asiático e a península coreana, o inverno não é muito rigoroso, e o verão, com temperatura elevada e alto grau de umidade, é desconfortável. O sistema de calefação não se desenvolveu, e moradias com boa ventilação deviam se ater a um mínimo de racionalidade para sua construção. Mas também havia as possibilidades técnicas. Como se sabe, as casas tradicionais do Japão, de qualquer época e lugar, são quase todas de madeira. São constituídas por estruturas de colunas e telhados sem o apoio de muros; dessa forma, as laterais podem ser ampliadas o quanto se queira. As mesmas condições não existiam no sul da Europa, onde as moradias eram construídas principalmente com pedra ou tijolos.

---

40. Feita com esquadria de madeira quadriculada, é forrada com papel para deixar passar a claridade. [N.A.]
41. Porta corrediça interna, feita de esquadria de madeira e coberta por papel mais espesso, liso ou decorado. [N.T.]

AS DIVERSAS MANIFESTAÇÕES DO ESPAÇO

As construções das casas rurais japonesas fixaram-se enquanto estilo, difundiram-se e alcançaram todo o país. Além disso, a que novo estilo se poderia chegar caso se tentasse extrair algo com um objetivo totalmente diferente, ou seja, com um objetivo estético, aproveitando aquele estilo e transformando-o? Ao da casa de cerimônia do chá. Com mais exatidão, à sala de chá dentro do sistema de chá de Senno Rikyū (1522-91), que é considerada a síntese da expressão "do que é japonês". A sala de chá não é um espaço em oposição ao jardim, é uma parte dele, e o prolongamento do espaço do chá é o jardim ao seu redor. O conceito de um espaço que toma como elemento da composição a vizinhança com o edifício poderia aproximar a casa rural da sala de chá. A diferença é que o trabalho domina o primeiro espaço, e o que compõe o segundo é apenas o chamado interesse estético. Porém, o interesse estético, nesse caso, não é aquele que busca o valor estético conservador, tradicional. É um interesse que toma como central o "compromisso" com uma visão de valor destrutivo das tradições, completamente revolucionária. A obra *Nanpōroku* (*Registros do Sul*) cita uma canção de Fujiwarano Sadaie (1162-1241) que diz: "se olharmos em volta, não há flores nem bordos". A magnificência luxuosa de "flores e bordos" é a tradição. Em oposição, a beleza da "melancolia" sem a afetação e a pobreza da "choupana com telha de junco da baía" é revolucionária. A avaliação das obras-primas de arte das cerâmicas das dinastias Sung e Ri é conservadora, e a descoberta das tigelas de cerâmica Ido[42] e do ceramista Chōjirō é progressista. Rikyū reduziu o tamanho da sala de chá até chegar, por fim, aos dois tatames da sala *taian*.[43] Enquanto espaço de recepção, esse deve ser o limite mínimo. Considerando-se que o Salão do Grande Buda do templo Tōdai é a maior construção de madeira produzida pela cultura e tecnologia japonesas, a menor construção

---

42. Um tipo de tigela produzida na Coreia e usada para a cerimônia do chá; muito apreciada pelos antigos, que a consideravam a mais valiosa de todas. [N.T.]
43. "Sala do eremita", nome da única sala de chá de Rikyū que restou até os dias de hoje. Considerada Tesouro Nacional, localiza-se no templo Myōkian em Kyōto. [N.T.]

é a sala de chá concebida por Rikyū. Sem pintar a madeira, ele usou troncos com casca para as colunas e paredes de barro, sem nenhum tratamento para a sua superfície. Os adornos do interior da sala são, além dos utensílios de chá, somente uma flor e um quadro, sendo que os preferidos eram os *bokuseki* (caligrafia com pincel, desenvolvida por monges zen). Essa edificação pequena e leve, e que não é vistosa, sem dúvida harmoniza-se serenamente com o ambiente de um jardim de sebe de arbustos. Mais apropriadamente, Rikyū deve ter projetado esse espaço tomando a construção e o ambiente como um único espaço. Aqui, a construção não se opõe ao ambiente e não resiste ao tempo. A construção tem uma estrutura que nega a si mesma, muda junto com as estações do ano — da vida humana que vai se apagando com os anos —, e se colocarmos isso em palavras, temos a expressão do *mujōkan* ("a sensação de efemeridade"). Para alcançá-la, o planejador do espaço de "chá do *wabi*" ("a beleza a ser encontrada na pobreza e na simplicidade, refinamento sereno, sóbrio e suave") limitou os recursos aproveitáveis — materiais, cores e formas — e desenvolveu técnicas que alcançaram um alto nível, em resumo, restringiu ao extremo a variedade dos meios de expressão. Seu motivo não foi o econômico, como era o caso das muitas casas particulares — diz-se que Rikyū, que tinha a confiança do poderoso Hideyoshi, apreciador do chá, recebia uma remuneração de 3 mil sacas de arroz. Também não foi por um motivo radical de ascese religiosa ou ideológica, como a dos mosteiros da Escola Ordo Cisterciensis do século XII do Ocidente. Diferentemente de são Bernardo, que impunha aos monges uma disciplina severa, os monges zen, que tinham amizade com Rikyū, não inspecionavam seu trabalho. Ele fez uma sala de chá simples porque, em termos de expressão estética, sem dúvida, entendia a riqueza de recursos e da expressão como duas coisas distintas. A abundância de sons não necessariamente eleva a qualidade da música. A variedade de tintas não necessariamente garante o desenvolvimento da expressão pictórica. Pode ser que o grande ramo de flores de Salomão também não supere um lírio novo do campo. No Japão dos séculos XV e XVI, a compreensão desse fato não era apenas de Rikyū. Os atores do *nô* também o compreendiam. Zeami (Zeami Motokiyo, c. 1363-1443), por exemplo, dizia para não exagerarem na fala e na encenação em busca da eficácia. Ele destacou a poesia cheia de lirismo do espaço estático e apontou quão rico em expressão poderia ser o intervalo do silêncio e sem movimento. Essa é uma questão geral da expressão artística, e é desnecessário dizer que não se trata de uma peculiaridade "japonesa". Os entalhes do topo das colunas, os vitrais das janelas, os afrescos, quando todos esses adornos foram proibidos, os monges da Escola Ordo Cisterciensis embelezaram suas capelas somente com a harmonia da estrutura arquitetônica. Nela, a construção geométrica por si recita uma bela canção. Os muçulmanos que construíram, em Córdoba, o Grande Templo Islâmico que abole todos os ícones, produziram um espaço encantador, com a disposição dos inúmeros pilares que sustentam o enorme domo. Se caminharmos em zigue-zague pelos pilares, sentiremos a distância entre eles diminuir aqui, estender-se acolá, e nos arrebatar para um mundo de sensações estranhas, onde não sabemos se nós mesmos nos movemos ou é a floresta de pilares que se move. Os monges da Escola Ordo Cisterciensis, que se expandiram pela Europa ocidental, e também os muçulmanos, que se expandiram pelos territórios que alcançam a península ibérica, passando por Istambul desde o platô Deccan da Índia, todos eles conheciam os métodos para vitalizar o espaço arquitetônico com recursos limitados.

As peculiaridades da sala de chá "ao gosto Rikyū", que não se impõem em relação ao ambiente, não estruturam a totalidade do espaço interno usando matérias-primas bem comuns, mas refinando ilimitadamente os detalhes. Por exemplo, as paredes de barro. Os cômodos já são pequenos. E a superfície das paredes, que são uma parte deles, é menor ainda. Isolando-as das cercanias, e observando apenas essas suas superfícies planas, veremos que elas, sem terem recebido um último tratamento, atingem uma minuciosidade complexa na textura de seu material, na claridade e na tonalidade. Isso provoca uma sensação semelhante à que se tem ao se contemplar uma pintura abstrata. Elas nos fazem lembrar, por exemplo, as minúcias de sombra e luz da superfície pintada de cinza misturada à areia de Georges Braque (1882-1963). Porém, a intenção de que a sala de chá continue com o refinamento dos detalhes não para por aqui. Na sala de chá, há a tigela. Se a colocarmos sobre uma das palmas das mãos e a girarmos com a outra mão, ela nos transferirá um "cenário". Esse "cenário" diz respeito à coloração do esmalte que fica do lado de fora da tigela e à sua figura complexa, que muda conforme a giramos. Do jardim para a sala de chá, desta para a tigela, e dela para a transposição da paisagem que, no final, atinge um contraste de cores, do verde do chá rodeado pelo vermelho, cinza e preto do lado de dentro da tigela. Provavelmente são muito poucos os exemplos além deste, que persigam a tal ponto esse refinamento do senso estético presente nos detalhes do espaço. Essa é a revolução estética que ocorreu no Japão no século XVI. Essa influência continua até hoje.

Propensão à horizontalidade

Uma das peculiaridades do espaço arquitetônico japonês é a forte tendência ao horizontal, e são poucas as construções que destacam a altura. Quando a inclinação do telhado dos templos budistas do continente foi importada, aproximou-se do horizontal. A curva sob o beiral deixa vestígios mínimos e se aproxima da linha reta, quase apagando também as pequenas imagens dos amuletos enfileirados sobre a linha do cume. Por exemplo, o belo telhado do templo Tōshōdai. O monge Jiàn Zhēn (688-763) veio da China, mas o declive íngreme do telhado e a sua curva forte não o acompanharam. Nem mesmo no templo que o monge começou a construir... (século VIII). São poucos os templos xinto-budistas e as moradias que ultrapassam o segundo piso, e o espaço interno desenvolveu-se de acordo com a necessidade, acompanhando o plano horizontal. Nos santuários xintoístas, tanto de Ise quanto de Izumo, não há pagodes anexos. O conjunto de construções do templo inclui o pagode budista. Na China, ele atinge uma altura de treze camadas, mas, no Japão, quase todos os pagodes têm cinco ou três camadas, e não há exemplos de construções com altura acima disso. Não apenas na China, mas também no Ocidente, na Idade Média, houve a tendência em construir torres altas nas igrejas. Por exemplo, em Veneza, a altura da Basílica de São Marcos (século XII) atinge quase cem metros. Os templos islâmicos (minaretes) também são altos. Mas por que os japoneses não tentaram construir edifícios altos, com mais de cinco andares, mesmo depois que dominaram as técnicas de alto nível de construção em madeira?

Como se sabe, não são poucos os exemplos de pagodes de cinco andares que foram construídos para se olhar o seu interior de baixo para cima. Um pagode de cinco ou três andares é construído no aclive de montanhas um pouco mais altas, não com a mesma superfície do *hall* principal de um templo budista. Por exemplo, o pagode de cinco andares do templo Hōshō (século IX), se o contemplarmos de baixo de uma alta escada de pedra, enxergamo-lo como uma estrutura produzida pelo somatório da escada e a altura da estupa com cinco andares. Também o pequeno pagode de três andares do templo Jōruri, se observado do *hall* principal separado pelo outro lado do lago, dá a impressão de uma vista de longe de um pagode alto, por estar no meio da colina da margem oposta. Nas cidades de muitas regiões restam, das edificações seculares, as ruínas das torres de castelos que foram prosperamente construídas no final do século XVI e início do XVII. Existem aquelas que foram construídas no mesmo nível que a cidade (castelo de Edo), mas também aquelas que cercaram as pequenas colinas das cidades ou dos subúrbios com um fosso, e reforçaram os muros de pedras, fortificando-os em maior ou menor grau e aumentando um pouco mais a altura das torres (castelo de Kumamoto). Os projetistas das torres, do mesmo modo que nos pagodes de cinco andares, também não eram desinteressados pela eficácia proporcionada pela altura das construções.

Todavia, o que há de comum tanto nos pagodes de cinco andares como nas torres de castelos é que, na sua aparência, não há uma ênfase na verticalidade, ou seja, na construção que sobe apontando para o céu. O beiral que aponta para fora nas quatro direções do pagode de cinco andares corta todas as linhas verticais. Aqui, não sobe nenhuma linha. Nem é preciso dizer que tampouco há linhas que convergem para o topo. Nas torres, o beiral é pequeno; geralmente sobressaem paredes pintadas de branco, mas não se podem ver nem janelas pontudas e esguias nem linhas de colunas que trespassam de baixo para cima. Tanto o pagode de cinco andares quanto as torres dos castelos, cada qual chama a atenção para a altura, mas não têm o estilo perpendicular como o do gótico.

O espaço interno do pagode de cinco andares normalmente destina apenas o andar térreo para uso. Nesse local, originariamente, depositam-se as cinzas dos budas. Às vezes, colocam-se imagens budistas, os rolos de sutras e os ossos de monges dignitários. A altura está limitada pela vista exterior, e, se abrirmos a porta e entrarmos, há apenas um espaço estreito e pequeno cercado por paredes nos quatro lados, entre o teto e o assoalho. Nas torres dos castelos, pode-se subir por escadas do nível mais baixo para o mais alto. Porém, os cômodos de cada piso têm o seu teto, ou seja, o assoalho do piso superior, e não há um espaço aberto de ventilação. Portanto, só se tem a sensação de altura quando se contempla um cenário externo do corredor que rodeia os cômodos ou a parte externa deles. A torre do castelo não é um dispositivo para olhar o céu, é um piso de onde se olha a terra, de cima para baixo.

Pela vista favorecida, também pode ter tido um sentido militar. Os fortes nas montanhas no período das guerras civis — do século XIV até o fim do século XVI — são um exemplo disso. Porém, as torres construídas no período Tokugawa quase não tinham um sentido militar. A altura das torres era símbolo da relação hierárquica do *status* social entre os dominadores (senhores feudais) e os dominados (súditos), e não há dúvida de que objetivavam a eficácia autoritária. Ou seja, são prolongamentos do aposento superior da sala interna. Exceto pelos pagodes de cinco andares dos templos budistas e pelas torres dos dominadores políticos, não havia construções altas nos povoados japoneses. Nas cidades e vilas havia torres para detectar incêndios, mas a altura dessas torres não era superior à que a verdureira Oshichi (1668?-83), protagonista de teatro, subia por uma escada.[44]

Sem voltar-se para o alto, as cidades e moradias japonesas que não se ampliaram no sentido vertical cresceram espontaneamente no sentido horizontal. Em quais princípios o lado interno desse espaço plano se estrutura? Nas cidades, foi espontâneo, acompanhando a topografia, e não há um princípio preciso que defina tudo. Ou não há um princípio formal, e pode dizer-se que apenas um princípio funcional age. Por exemplo, falando sobre a gigantesca cidade de Tóquio, o arquiteto Ashihara Yoshinobu (1918-2003), em sua obra *Tōkyō no Bigaku — Konton to Chitsujo* (*A estética de Tóquio — caos e ordem*, Iwanami Shoten, 1994), usou a palavra "caos" (e não foi apenas Ashihara). Porém, ele não disse apenas isso. Destacando o rendimento funcional de Tóquio (segurança, saúde pública, correio, telefonia, etc.), chamou-o de "ordem oculta". Concordo com a sua visão. No entanto, creio ser impossível falar sobre a "estética" a partir desse fato. É excelente o fato de tomar água direto da torneira e não ter diarreia. Porém, a ordem que sustenta um alto nível de saúde pública não é uma ordem estética. Resumindo, as indicações de Ashihara dizem que o caos estético da metrópole não necessariamente significa o baixo nível dessas funções.

As construções individuais não estão em "caos", desenvolvem-se sobre a superfície da terra, seguindo duas regras. A primeira é a do espaço que se direciona para o *oku* (os fundos), contrastando com o espaço que sobe para o céu — o espaço típico dos templos góticos da Idade Média ocidental. Podemos dizer que um movimento iniciado pela entrada em direção aos fundos é aquele movimento do olhar que se ergue em direção ao "arco do pináculo" deitado para o lado. A outra regra é o *tatemashi* (ampliação). Parte-se do pressuposto de fazer primeiramente um cômodo de acordo com a

---

44. Seria a altura de um prédio assobradado. Conta a história que ela ateou fogo para ver se conseguia encontrar-se com o amado e acabou sendo condenada à morte na fogueira. [N.T.]

função desejada, e ampliar se necessário, acrescentando um segundo. Quando o processo de *tatemashi* satisfizer todas as necessidades funcionais, a obra está encerrada. Se o orçamento se esgotar na fase do projeto, suspende-se o desenho da planta baixa, e, caso isso ocorra na fase de construção, ela é abandonada. Em termos conclusivos, não se sabe como ficará o todo, pelo menos no momento em que se começou o serviço. Esse é, sem dúvida, um ponto fundamentalmente diferente dos templos góticos. A construção dos grandes templos ocidentais pode demorar muitos séculos — e provavelmente não há nenhum exemplo como esse nos templos e santuários do Japão —, mas desde o início se sabia qual forma o templo teria, mesmo depois de alguns séculos. A planta baixa da construção é em forma de cruz, e a entrada principal está voltada para o oeste. No Ocidente, primeiro pensa-se na forma do todo, para dividi-la e então construir espaços menores, cada um com seu objetivo próprio. No Japão, enquanto regra, alcança-se o todo iniciando-se pelas partes.

Essas duas peculiaridades relacionadas ao tratamento do espaço que podemos chamar de "japonês", ou seja, a regra do *oku* e a do *tatemashi*, aparecem de modo exemplar nos santuários xintoístas, no caso de construções religiosas, e nas mansões dos samurais do período Tokugawa, em construções seculares. Os exemplos de santuários são inumeráveis, começando pelos de Izumo e Ise. As mansões dos samurais estão espalhadas por todo o país, e não apenas elas, mas muitas outras foram deixadas em planta baixa. Além disso, a maior parte delas é do período Tokugawa e, provavelmente, não receberam uma influência direta do continente. São dados práticos para se pensar a atitude "japonesa" em relação ao espaço arquitetônico.

A estética da assimetria

O que vem sendo desde cedo apontado como peculiaridade das artes plásticas japonesas é a ausência da simetria (esquerda/direita) ou a ênfase na assimetria.[45] Certamente, é nos jardins e nas edificações onde isso aparece muito vividamente.

A pintura descreve. A maioria dos objetos que a natureza fornece para a pintura não são bilateralmente simétricos. Ora reduzindo-os e mais raramente ampliando-os, a pintura projeta-os de forma abstrata num espaço bidimensional, e provavelmente para ajudar a compreender o ambiente ou retê-lo na memória. Remontando a qualquer lugar na história da pintura, parece difícil encontrar, até mesmo nas pinturas das cavernas da era paleolítica, uma composição simétrica bilateral nos desenhos.

A arquitetura não descreve. Não registra nenhum objeto que esteja fora dela mesma e também não reflete nenhum elemento do ambiente. Uma janela não reflete a parte externa, ela é um dispositivo que reage à parte externa. As construções e os jardins são espaços que o arquiteto estrutura segundo o seu próprio gosto, pensando num espaço específico que atenda a um determinado objetivo, como orar, realizar rituais ou bruxaria, praticar o comércio ou abrigar uma família. Uma construção pode tanto ter uma simetria bilateral rigorosa quanto ser completamente assimétrica. Há todos os níveis de simetria entre elas, e é desnecessário dizer que eles são condicionados pelos arquitetos e sua cultura. Ou seja, por um lado, há uma simetria que chega até Andrea Palladio (1520-80) desde os santuários da Grécia Antiga, e, por outro, há a assimetria radical da Vila Imperial de Katsura e das salas de chá. O mesmo se pode dizer dos jardins. André Le Nôtre (1613-1700, que orientou a construção do jardim do Palácio de Versalhes)

---

45. Por exemplo, Ishii Motoaki [*Benechia to Nihon* (*Veneza e Japão*), Die Brücke, Tóquio, 1999], menciona as conferências "L'Art japonais", que Ernest Chesneau publicou em Paris em 1869, e "L'Arte dell'estremo Oriente", que Vittorio Pica publicou em 1894. Chesneau indica "a ausência da simetria, o estilo e a coloração" como peculiaridades da arte japonesa. Pica enumerou, "primeiro, o excelente senso cromático; segundo, a integração visual aperfeiçoada; terceiro, a tendência assimétrica". Os três pontos são quase os mesmos, e ambos os autores apontam a "tendência assimétrica". [N.A.]

dispôs de modo ordenado, como se fossem figuras geométricas de simetria bilateral, todos os elementos da construção do jardim num imenso lote, tais como as sebes de arbustos, os canteiros de flores, a água e o gramado, esculturas de mármore e corrimãos. Mais ou menos na mesma época, os paisagistas da Vila Imperial de Katsura reproduziram as paisagens de lugares famosos de todo o Japão, reduzindo-as num pequeno espaço cercado. Se seguirmos pelas vielas dentro desse jardim, o panorama está sempre mudando. Aqui não há simetria e não há uma disposição geométrica. A divisão e a estruturação do espaço centralizadas na assimetria aparecem muito tipicamente nas construções e nos jardins.

Se observarmos atentamente a simetria dos modelos arquitetônicos, poderemos dizer que as culturas chinesa, ocidental e japonesa representam três modelos distintos. A China é um país de cultura simétrica radical, e a cultura japonesa é exata e radicalmente ao contrário. O Ocidente posiciona-se entre os dois. Ou seja, na tradição ocidental, quase todas as construções de monumentos destacam a simetria bilateral das fachadas. Isso não muda nas construções religiosas (igrejas e cemitérios) nem nas construções seculares (palácio real e edifícios governamentais). Todavia, encontrar construções simétricas nos lares individuais privados, exceto nas grandes mansões de pessoas excepcionalmente influentes, é muito raro (por exemplo, Carcassonne, cidade medieval do sul da França). Na China, na edificação de monumentos, obviamente, mas até mesmo de lares privados, o princípio da simetria bilateral é radical. Um exemplo do primeiro caso é o Palácio Proibido de Pequim. A simetria está presente na disposição dos edifícios dentro do terreno, na própria estrutura desses edifícios, e até nos detalhes da parte interna, não deixando escapar nada. Se adentrarmos os altos muros desse castelo, somos imediatamente envolvidos pelo espaço organizado simetricamente. Nele há uma ordem racional do espaço, juntamente com o poder e a suntuosidade do imperador Ming, e está claramente em consonância com o espaço geométrico do Palácio de Versalhes da corte do rei Luís. A simetria bilateral das tradicionais residências particulares da China pode ser observada em um exemplo típico, que é o *sìheyuàn*, em Pequim. Há uma abertura na entrada voltada para a rua, bem no centro dos muros. As edificações cercam o jardim interno nos quatro lados — no seu centro, frequentemente há uma árvore ou um poço — e cada cômodo abre-se voltado para o jardim interno. O *sìheyuàn* desenvolveu-se na região norte da China (Pequim; Jiānjīn), mas sua influência alcançou até a distante província Gānsù.[46]

A ênfase da simetria na cultura chinesa não se restringe ao estilo arquitetônico. Suas características já estavam presentes nos chamados utensílios de cobre do Período Yīn (1766-1050 a.C.) e Zhōu (1045-256 a.C.), e tornam-se mais radicais nos objetos de cerâmica após as Seis Dinastias.[47] Como bem se sabe, as regras poéticas de *jìntǐshī* (uma nova forma dos poemas clássicos e que se opõe ao *gǔshī*, os poemas antigos), após o período Tang, sistematizaram as regras do dístico em antítese. O dístico é uma disposição simétrica conceitual. O método retórico semelhante ao dístico existe na literatura japonesa ou europeia, mas, se compararmos com o caso da China, ele é quase uma exceção. Na China, o dístico é um dos principais métodos de versificação (principalmente o *lǜshī*, formado com cinco ou oito caracteres. É constituído de oito versos, sendo que o terceiro, o quarto, o quinto e o sexto, via de regra, devem ser dísticos),

---

46. Aproximadamente a 110 quilômetros de Lánzhōu, em Qīngchéng, existem mais de cinquenta lares comuns no estilo *sìheyuàn* construídos durante a dinastia Qing. Não vi, mas há a apresentação de Feng Jin (Visitando o patrimônio cultural do povo), antiga Zhen (Yú zhong Qian, província Gānsù) — Qīngchéng. (Em *Rénmín Zhōngguó* (*China Popular*), fevereiro de 2006, p. 34.) Segundo ele, é porque, no período Qing, Qīngchéng atraía comerciantes vindos de todas as regiões pela facilidade do transporte fluvial. [N.A.]

47. Liu Chao (212-606), Wu (222-80), Jin oriental (317-420), Song (420-79), Qí (11-379 a. C.), Liang (502-57), Chen (557-89). O nome das Seis Dinastias passou a ser utilizado a partir da Era Tang para indicar, principalmente, os estilos literários. [N.T.]

e chegou a ser largamente usado até mesmo na prosa (*Piánwén*[48], desde o período Liu Chao). O gosto pela simetria vai desde o projeto urbano, o visual externo e o revestimento interno das construções, os móveis e utensílios até a construção conceitual de poemas com formas fixas. Se algo assim perdurou por mais de mil anos, as regras e os hábitos devem ter sido interiorizados e arraigados até no dia a dia.[49] Por que ocorreu a preferência pela simetria? Isso não sabemos. Nesse cenário, talvez a teoria *yin-yang* (polos positivo e negativo; masculino e feminino; sol e lua; luz e sombra) seja um instrumento para compreender o meio. Se dermos um valor positivo e negativo ao *yin-yang* e colocarmos o ponto zero no centro de um esboço, obtém-se facilmente uma simetria bilateral. Porém, aqui, não entro nessa questão.

Por longo tempo, a China foi um continente desconhecido do Ocidente... Embora o Japão tivesse recebido forte influência da cultura

---

48. Estilo chinês de composição que data das dinastias do Norte e do Sul, séculos V e VI, com linhas alternadas de quatro ou seis caracteres. Em japonês, também é conhecido como *shiroku benreitai*. Foi usado por mestres zen na China e no Japão. [N.T.]

49. A preferência pela simetria bilateral dos chineses está viva até hoje. Por exemplo, quando compram objetos de adorno, como um vaso de flores ou grandes pratos, os chineses frequentemente pegam dois e os colocam um na esquerda e o outro na direita da prateleira da sala de estar. Na mesma loja, dizem que é comum os turistas japoneses comprarem, em separado, um objeto de que gostam como lembrança. Incrédulo, verifiquei o fato com três estudantes chineses conhecidos e dois japoneses que conhecem bem os chineses. As cinco pessoas confirmaram imediatamente. A atual Pequim destruiu os *sìheyuàn* e está construindo prédios de concreto esteticamente sem graça, mas não significa que o senso estético que construiu os *sìheyuàn* se perdeu totalmente.

Até onde remonta a história dos *sìheyuàn*? Mogi Kēichiro, colecionador de utensílios Ming das construções da China, acha que os mais velhos utensílios Ming do *sìheyuàn* que se viu até hoje parecem ser do período Han posterior (Utensílios Ming das construções chinesas, *Me no Me* (*A Visão do Olho*), nº 349, outubro de 2005). Naturalmente, não existem mais *sìheyuàn* do período Han posterior. Porém, a história do estilo, provavelmente, ultrapassa os 2 mil anos. [N.A.]

chinesa, não incorporou a tendência pela simetria bilateral. Mas certamente, quando Kyōto foi construída, a simetria bilateral foi-lhe transposta. Isso está expresso também na expressão *rakuchūrakugai* ("dentro da capital-fora da capital"), que remete à então capital chinesa Luoyang. Provavelmente, nessa época, nenhuma cidade (Ōsaka, Edo) do Japão seguiu o modelo do continente (China), com suas ruas quadriculadas como o tabuleiro de *go*. Tomando como exceção o templo Hōryū, a disposição do *samghārāma* (originariamente, lugar puro e sereno para o aprimoramento dos que seguiam o caminho de Buda; posteriormente, passou a designar as edificações do templo) de um grande templo budista também segue o mesmo modelo do continente. Para dar um exemplo, no templo Shitennō (que se diz ter sido construído pelo príncipe Shōtoku, entre o final do século VI e o século VII), enfileiram-se, sobre um eixo central, o portão interno, o pagode, o pavilhão principal e o salão, e o corredor que liga o portão interno ao salão contorna o pagode e o pavilhão principal. Há muitas formas na disposição dos *samghārāma* japoneses, mas o fato de todos serem simétricos deve-se à imitação de exemplos dos templos do continente. A arquitetura dos santuários xintoístas foi constituída com influências dos templos budistas. Porém, eles não são uma imitação fiel, mas um tipo de "japonização". Nela, a disposição das edificações no terreno não apresenta uma simetria bilateral precisa como a dos templos budistas. Isso porque a "japonização" sempre avança na direção de excluir a simetria.

Se considerarmos que por trás do forte desejo simétrico da cultura chinesa havia o método bipartido *yin-yang*, qual seria a explicação para a contrastante ênfase na assimetria da cultura japonesa? As cidades que se desenvolveram ao longo das estradas, as construções das casas rurais até as mansões dos samurais, a construção da Vila Imperial de Katsura e de seu jardim, a sala de chá e a estética ao redor dela — essa ordem do espaço, que não inclui a simetria em nenhum lugar, constituiu-se tomando qual característica cultural por condição?

O uso do dístico na poesia de forma fixa da língua japonesa é uma raridade. As teorias poéticas, ou melhor, depois do período Heian, especialmente no seu fim, a teoria poética do poema *waka*, estabelecida em torno de Fujiwarano Toshinari (ou Fujiwara Shunzei, 1114-1204) e Fujiwarano Sadaie (ou Fujiwara Teika, 1162-1241), não menciona o dístico. Seu motivo é comparativamente simples. Em resumo, no Japão, desde o *Kokin Wakashū*, a forma poética curta ao extremo (como se diz, "*waka*") difundiu-se de forma predominante. Pelo número de sílabas, as 31 do *waka* são muitas, mais do que as vinte do *wu-yan-shi* (uma das formas poéticas clássicas, constituída de quatro versos com cinco caracteres cada), mas, pelo número de palavras, as do *waka* são em número menor, e é quase fisicamente impossível inserir um dístico. Depois, o "*haiku*" se tornou independente do *renga*, transformando-se em outra forma poética, além do *waka* (ou o *tanka*). O *haiku* talvez seja uma das formas poéticas mais curtas do mundo. Como o *haiku* por si mesmo é uma estrofe, o dístico fica fora de cogitação. Na época do *Man'yōshū* também havia o *chōka*, e na época do *Ryōjin'hishō* existia o *imayō* (cantiga que virou "moda" no final do período Heian e que se baseava no ritmo de sete e cinco sílabas, mas era mais livre e popular). Porém, em nenhum deles se vê o uso constante de dísticos, tratando-os como um par. Nas técnicas retóricas do *chōka* do *Man'yōshū*, encontram-se frases adjetivas simétricas em pares, mas, mesmo nesse caso, a expressão simétrica não desempenha uma função decisiva na estrutura da obra como um todo.[50] O *imayō* é um poema de quatro versos. Quase não há

---

50. Kakinomotono Hitomaro, sendo um poeta da corte, fazia poemas em caráter oficial (cerimonial ou formal) e também pessoais. Por ocasião da morte de sua esposa, compôs dois poemas longos *chōka* e em cada um deles dois poemas curtos *tanka*. *Nihon Koten Bungaku Taikei* (*Sinopse da literatura clássica japonesa*, 4) *Man'yōshū* (1), Tóquio, Iwanami Shoten, 1957, pp. 114-9. Para mostrar uma expressão que se assemelha ao dístico (parelha de versos) em antítese, cito o seguinte conjunto de dois versos:

渡る日の暮れ行くが如 *wataru hi no kure iku ga gotoshi*
(como o crepúsculo do sol que passa)
照る月の雲隠る如 *teru tsuki no kumo kakuru gotoshi*
(como a nuvem esconde a lua que brilha)

exemplos em que dois versos componham um dístico ao estilo chinês, pelo menos considerando os textos existentes até hoje. Resumindo, presume-se que o domínio da forma poética extremamente curta excluiu a expressão linguística de simetria bilateral.

Esse fato, no entanto, não explica a resistência à simetria na expressão plástica. Talvez o cenário de resistência não seja a divisão do todo num processo de divisão e estruturação do espaço dado, mas um hábito forte acumulado que começa das partes e alcança o todo. Em outras palavras, é o sistema *tatemashi*. O *tatemashi* une um cômodo a outro de acordo com a necessidade. O interesse primordial do autor não é saber que forma essa construção vai tomar como um todo, enquanto resultado disso. Na primeira metade do século XVII, as mansões dos samurais, como anteriormente mencionado, tomam uma forma absurdamente rebuscada. A planta é tão complexa que é inconcebível ter sido planejada. O resultado do *tatemashi* não é apenas complexo e pode até mesmo resultar num todo elegante e harmonioso, como é o caso da Vila Imperial de Katsura. A simetria bilateral, contudo, exige que partamos do todo. Um triângulo equilátero se define de acordo com as posições entre os três vértices como

---

ou ainda,

> 昼はもうらさび暮し *hiru wa mo ura sabi kurashi*
> (a tarde já vivo um tanto solitário)
> 夜はも息づき明し *yoru wa mo ikizuki akashi*
> (a noite já passo em claro suspirando)
> 嘆けどもせむすべ知らに *nagekedomo sen sube shira ni*
> (lamento-me mesmo sem saber o que fazer)
> 恋ふれども逢ふ因を無み *kouredomo au yoshi o nami*
> (mesmo nos amando, não há meios para nos encontrarmos).

Aqui, como o Sol e a Lua, a tarde e a noite, os dois vocábulos se correspondem nos dois versos, e também a disposição de sua ordem gramatical. A influência do dístico chinês parece clara. Porém, esse método retórico limitou-se a pequenas partes do *chōka*, e não foi organizado enquanto regra poética; depois do *Man'yōshū*, o *chōka* foi desaparecendo do mundo da poesia japonesa à medida que o *tanka* foi se tornando a corrente principal. [N.A.]

um todo, de modo que colocar pedras nesses três pontos ou dispor três pessoas não tem relação com a natureza de cada ponto (parte) — do todo para as partes. O sistema *tatemashi*, que vai das partes para o todo, parece não poder chegar casualmente à simetria bilateral. Isso não tem relação com o tamanho do espaço a ser organizado. A maçaneta é parte do *fusuma*; o *fusuma* e a estante são partes do gabinete de estudo, *shoin*; o gabinete de estudo é parte do edifício; e o edifício é parte do jardim. A relação entre as partes e o todo é onipresente, e as partes são prioritárias ao todo — os detalhes independem do todo e mostram as suas próprias formas e funções. Essa parece ser a visão de mundo que está por trás da estética assimétrica. Se considerarmos essa visão de mundo de acordo com o eixo do tempo, teremos uma ênfase do "agora", e se observarmos a partir da face do espaço, há uma ênfase do "aqui", ou seja, é uma convergência para o que está diante dos meus olhos, do lugar em que estou agora. Se tivermos consciência da totalidade do tempo e do espaço, e nos colocarmos numa posição de estruturar as coisas, a estética simétrica se realiza... pois a simetria é uma forma do todo. Se tomarmos como pressuposição o sistema "agora = aqui" do tempo/espaço, parece que nos dirigimos para o refinamento das partes já completas por si mesmas.

Talvez, até a "natureza" desse país montanhoso tenha um papel indireto. No Japão, não há as savanas e os desertos imensos do continente asiático. As pessoas vivem em terrenos planos e estreitos dos vales e das faixas litorâneas, e as grandes cidades desenvolvem-se em depressões rodeadas por cordilheiras nas três ou quatro direções. As paisagens diferem de acordo com a direção que se contempla, e o espaço da vida diária não se expande de forma homogênea em todas as direções. Há diferenças entre as formas das montanhas do leste de Kyōto e as do oeste. A topografia difere entre a planície aberta no sul e as montanhas do norte, como também os profundos declives dos bosques de cedro e os deltas com rios grandes e pequenos que deságuam no mar. Aqui, absolutamente, não há uma simetria da "natureza". O ambiente natural parece estimular o desenvolvimento da estética da assimetria mais do que a da simetria bilateral.

AS DIVERSAS MANIFESTAÇÕES DO ESPAÇO

O modelo típico de ambiente social é o *mura* de campos irrigados. A lavoura de trabalho compactado necessita da cooperação estreita dos habitantes do *mura*, e a cooperação toma como premissa os hábitos que restringem a relação mútua dos habitantes do *mura* e a crença em *kami* de regiões comuns e a sua sistematização. Essa premissa, ou o âmbito do modo de ação dos habitantes do *mura*, não se abala facilmente. Caso surjam no interior do *mura* indivíduos ou um grupo pequeno que abale isso, o grupo majoritário do *mura* tenta resolvê-lo com uma persuasão compulsória, e se mesmo assim não obtiver uma unidade de opinião, adota o ostracismo. De qualquer forma, o resultado é a opinião e a ação unânimes, é a estabilidade de todo o *mura*.

Se analisarmos isso a partir de exemplos dos membros do *mura*, veremos que o geral é um fator imutável. A atenção do indivíduo parece não fazer outra coisa senão convergir para a melhoria das partes. Qualquer pessoa lavra o campo da própria casa. Esse sistema de autocentralização, na transação mútua dos habitantes do *mura*, é controlado segundo as regras da troca equivalente. Em relação às pessoas de fora do *mura*, não há outra regra além das relações de força numa dada situação, e o sistema autocentralizador aparece claramente. Se o interesse direcionado para seus detalhes mais do que para o todo são interiorizados durante um longo período, o costume se torna uma natureza, e o sistema que estima os detalhes parece se desenvolver em todas as esferas culturais. A estruturação do espaço não atinge as partes dividindo o todo; soma as partes, para fazer emergir o todo. Em cada fase do processo *tatemashi*, há uma imagem total correspondente. A totalidade do *tatemashi* não dá sentido às partes, e os detalhes sem ligação com o todo têm um sentido completo por si mesmos. Daí, a distância até a estética do espaço assimétrico não é grande. O fato determinante no jardim de Versalhes é a percepção que o todo ordena, e o importante nessa construção é o equilíbrio de ambos os lados com a parte central. No jardim para entretenimento ao redor da Vila Imperial de Katsura, o que é determinante é a diversidade da paisagem de cada parte, e o encanto das edificações é a variedade dos detalhes do acabamento interno e da vista das janelas. Esses cenários de contrastante diferença são formas diferentes de pensamento e sensibilidade, e essa diferença parece vir, até certo ponto, da diferença do ambiente natural e social. Porém, não é só isso.

A estética da assimetria chega ao máximo de refinamento com o espaço interno e externo da sala de chá. Essa época coincidiu com o período das guerras civis (período das guerras), aproximadamente nos séculos XV e XVI. E qual teria sido o motivo? As guerras civis destruíram não só fisicamente muitas cidades (a rebelião de Ōnin, em meados do século XV, incendiou Kyōto, que foi o centro da cultura por um longo período), mas também a ordem social, e dispersaram o poder. Em todas as regiões, desde Kyūshū até a região nordeste, os grupos de samurais opuseram-se defendendo os próprios domínios, e a força econômica e militar que controlava o todo já não era mais nem a nobreza de Kyōto nem o poder dos samurais (o xogunato). Se a extrema *estabilidade* de toda a sociedade dos *mura* voltava a atenção das pessoas para os detalhes, em âmbito nacional, a fluidez da sociedade militar (*gekokujō*, "os servos dominando seus senhores", e a guerra civil), a extrema *instabilidade* dessa ordem geral também parece suscitar um desejo de fuga do ambiente social como um todo. A tendência psicológica (mentalidade) que a estabilidade do *mura* preparou é reforçada pela instabilidade das guerras civis em todo o país. Isso não tem necessariamente uma relação de causa e efeito, mas sem dúvida levou os líderes samurais à tendência de fugir do mundo maquiavélico e se dirigir ao espaço sereno das salas de chá. Esse espaço não defende uma estrutura de equilíbrio bilateral resistindo à natureza e à história, e, enquanto segue as constantes mudanças do tempo dentro da natureza, refina os detalhes infinitamente. O jardim, enquanto uma pequena parte da natureza, que é maior; a casa de chá, com sua atmosfera leve e discreta, como se fosse absorvida por ela; a claraboia que capta a luz para o seu interior; o arco-íris que a luz do sol forma incidindo na esquadria da janela; o material e as cores da superfície da parede crua; os utensílios do chá, especialmente as porcelanas utilizadas para a cerimônia, e a mudança

AS DIVERSAS MANIFESTAÇÕES DO ESPAÇO

de "paisagem" que seu esmalte cria...[51] Nesse lugar, não há margem alguma para se inserir a estrutura simétrica. O que há nele é o espaço assimétrico, é a estética das simetrias opostas enquanto sua conscientização. A conscientização (*prise de conscience*) começou com Murata Juko (ou Shuko, 1423--1502), no século XV, chegando ao auge com Senno Rikyū (1522--1591), no século XVI, concluindo o sistema do chamado "chá do *wabi*". Isso é um tipo de revolução estética (o cenário dessa ideologia está no zen.)[52] As influências sobre a estética japonesa depois disso são vastas.

---

51. Isso é uma característica do assim chamado "chá do *wabi*". Diz-se que o "chá do *wabi*" começou com Murata Juko, mediado por Takeno Jōō (1502-55), realizado por Senno Rikyū, e transmitido ao seu discípulo Furuta Oribe (século XVII). A palavra *wabi* aparece pela primeira vez relacionada à cerimônia do chá com Jōō, em *Nihon Bijutsushi Jiten* (*Dicionário da história da arte japonesa*, Tóquio, Heibonsha, 1987). Também escrevi algumas vezes sobre a estética do chá, sendo que o livro mais atual é *Nihon sono Kokoro to Katachi* (*Japão, seu espírito e sua forma*, Ghibli Gakujutsu Raiburari, 2005), livro no qual falo sobre a porcelana do chá no capítulo "O universo na palma da mão". Aqui, não entrarei nos pormenores da estética do chá. [N.A.]

52. O zen, do século XII ao começo do século XIII, foi transmitido pelo monge Eisai (1141-1215, fundador da seita Rinzai) e pelo monge Dōgen (1200-53, fundador da seita Soto). O zen da China centraliza-se num tipo de misticismo religioso (*satori*, "iluminação"), mas, ao penetrar nas altas camadas da sociedade militar do Japão, tornou-se responsável por uma cultura popular peculiar. De modo geral, a cultura zen compreende três faces. Primeira, uma ética para os militares nos campos de batalha, ou seja, um desejo forte, decisão rápida, controle das emoções e, provavelmente, a superação do medo da morte. Desde o século XVII, já o *bushidō*, "o código de conduta" dos samurais burocratas que não guerreavam, passou a enfatizar a fidelidade ao senhor, mas nos séculos XV e XVI foi o zen que oferecia meios de autotreinamento necessários aos samurais que precisavam ir para as batalhas e que lhes serviu de apoio espiritual. Nessa época, o zen não "influenciou" em termos éticos, mas serviu de modelo para os padrões populares. Segunda, as obras literárias e as atividades de publicação da chamada "Literatura Gozan" [designa a literatura na qual houve uma profusão dos poemas chineses de monges zen e que deu origem a vários círculos poéticos chineses centralizados nos cinco templos de maior destaque da Seita Rinzai e que variaram de período para período]. Se considerarmos, aqui, a rebelião de Ōnin (1467-77, grande revolta ocorrida em Kyōto por motivos sucessórios) como divisor de águas entre um período anterior e outro posterior, há muitas obras literárias no período anterior, sendo numerosas as que têm ligação direta

O ESPAÇO NA PINTURA

O espaço aberto e fechado e a pintura

Há dois tipos de espaço na pintura. O espaço desenhado (por exemplo, Buda Amida sobre nuvens e o que há ao seu redor; a montanha Fuji contemplada de um barco da baía de Sagami) e o espaço no qual se desenha (ou seja, a tela, o espaço bidimensional cercado nas quatro direções). O primeiro pode ser pequeno (natureza-morta) ou grande (paisagem). O segundo geralmente é pequeno. A primeira função da pintura cujo objeto que se desenha é grande é reduzir a escala. E trata-se de um meio necessário para se compreender a totalidade do objeto real (por exemplo, os afrescos de animais das cavernas do paleolítico encontrados no sul da França e sudeste da África). Sua função se parece com a de um mapa. Esses meios são diferentes do simbolismo da fala. A pintura não simboliza o objeto, é um esboço do real (*sketching*).

---

com a filosofia e o aprimoramento dos monges zen (Gidō Shūshin, 1325-88, e Zekkai Chūshin, 1334-1405), mas aumenta, gradativamente, a quantidade de poesias que tratam de temáticas populares no período posterior. Parece clara a tendência de popularização do conteúdo da Literatura Gozan. Terceira, as artes plásticas. Os monges zen japoneses não importaram apenas o hábito de tomar chá e o vegetarianismo. Através do comércio com a China, que se desenvolveu novamente, importaram o estilo das construções dos templos zen, os retratos pintados e as caligrafias dos monges zen e as pinturas em nanquim e suas técnicas. Logo depois, o hábito de tomar chá faz nascer a estética do *wabi*, o retrato *chinzō* (頂相), à sua técnica de retrato *shōzō* (肖像), e o *suibokuga*, a um expressionismo peculiar. O zen contribuiu para a cultura durante o seu próprio processo de popularização.

O aspecto revolucionário do zen está no fato de, primeiro, relativizar radicalmente o compromisso social tido como absoluto e, segundo, aceitar o mundo relativizado do jeito que ele é. Se parar no primeiro nível, é uma rebeldia e não uma revolução. Porém, se não existir o primeiro nível, o segundo, ou seja, "mais um mundo", não se realiza. [N.A.]

AS DIVERSAS MANIFESTAÇÕES DO ESPAÇO

Qual o tipo de espaço desenhado nas pinturas japonesas? O estilo representativo da expressão pictórica do Japão antigo é o *emakimono*, que se desenvolveu sob a influência das telas em rolo *huàjuán* da China. Do período Heian até o período Kamakura foram feitos vários. Ultrapassam mil tipos, considerando-se apenas os que existem atualmente. Seu conteúdo é o mais variado, com narrativas em fonograma *kana*, narrativas populares budistas, biografias de dignitários budistas, histórias das origens de templos, entre outros. O espaço onde essas narrativas se desenvolvem muda com a época, e há grandes e pequenos, largos e estreitos, fechados e abertos. Na metade do período Heian, o protagonista de *Utsuho Monogatari* (*Narrativas da caverna*, cerca de 970; as ilustrações originais não mais existem, mas as cópias manuscritas sugerem seus vestígios) vai a Hashi (nome antigo da Pérsia, em chinês, ou antiga denominação japonesa para a região da península malaia), um país cuja localização não se consegue determinar precisamente, mas seria um país estrangeiro distante do continente asiático ou até de Hashi. Em *Genji Monogatari*, as regiões remotas para onde o protagonista vai, afastando-se da capital, são Suma (região litorânea da atual Kōbe) e Akashi (cidade vizinha, a oeste de Kōbe). Em praticamente um século, o palco das narrativas escritas com os fonogramas japoneses foi reduzido. Da mesma forma, também a abrangência do espaço viajado pelos poetas do *Man'yōshū* tornou-se muito menor na época do *Kokin Wakashū*. O campo de ação dos poetas do *Man'yōshū* ia de Kyūshū às províncias do leste, mas o palco dos poetas da corte do *Kokin Wakashū* praticamente não saiu das vizinhanças de Kyōto. Uma exceção seriam os *utamakura* ("travesseiro" do poema), como as montanhas de Yoshino, o monte Ibuki e o monte Ogura, mas não ficavam longe da capital. Isso não significa que o campo do domínio político se reduziu, mas que a cultura voltou-se para o refinamento dos detalhes dentro de um espaço estreito. Pode-se ver minuciosamente no *Makura no Sōshi* (*Livro de cabeceira*, 1000) os detalhes dos acontecimentos, das cerimônias, do vestuário, das palavras, da sensibilidade e das emoções.

No entanto, juntamente com o desmoronamento do domínio aristocrático em todo o país no período Heian, o mundo do *emakimono* ampliou-se novamente. No início do período Kamakura, o monge Saigyō (1118-90) alcançou, por exemplo, Kamakura e Shikoku. Até o monge Ippen (1234-89), que dirigiu um grupo religioso da época, e realizava invocações budistas acompanhadas de instrumentos musicais) peregrinou por quase todo o país, de modo mais amplo que Saigyō. A obra *Ippen Shōnin Eden* (*Biografia ilustrada do monge Ippen*) é um representativo *emakimono* do século XIII. Descreve, de modo preciso, a paisagem de cada região, a vista dos templos budistas e xintoístas, a natureza nas quatro estações, os vários tipos de costume, as invocações budistas, além de outros eventos — o dia a dia dos samurais, do povo, dos homens e mulheres de diversos tipos de comércio, das crianças, das virgens dos santuários xintoístas, dos monges budistas e até dos *hinin*, a classe mais baixa do período Edo. Essas imagens não só refletem a vastidão do ambiente físico da viagem do monge, como também a amplitude do ambiente social, e são inéditas. Tecnicamente, como se diz, recebeu a influência (nuvens e névoas) do *yamatoe* ("pinturas ao estilo japonês"), e também do realismo das paisagens em rolo da China (a construção dos templos xintoístas e budistas, seu meio, a expressão fisionômica, as vestes e as atividades das pessoas). Podemos pensar que o aparecimento de um *emakimono* como este (final do século XIII, conforme os discípulos dos monges) mostra que o espaço cultural fechado dentro da história cultural do Japão não era fixo, mas surgira revezando-se com a tendência à abertura que havia rompido com ele. Era impossível esperar que surgisse um extremo refinamento estético da pintura em rolo das narrativas no século XIII, quando Ippen nasceu. Do mesmo modo, não haveria razão para a consciência de espaço aberto do *Ippen Shōnin Eden* ter surgido na sociedade aristocrática em meados do período Heian. O espaço chamado Japão se fechou mais uma vez em relação ao exterior depois do século XVII ("isolamento do país"), e reabriu em meados do século XIX ("a abertura compulsória do país"). As tendências de abertura e fechamento, a variedade das escolhas culturais

AS DIVERSAS MANIFESTAÇÕES DO ESPAÇO

e a unidade conservadora, os períodos de ampliação dos direitos do povo e de fortalecimento da soberania nacional surgiram em forma de revezamento.[53]

Como ordenar, na tela, o espaço bidimensional em si? É uma questão de composição. Essa é uma das características das pinturas tradicionais do nordeste asiático, ou seja, a técnica de desenhar um objeto numa parte da tela (por exemplo, pessoas indo a lugares famosos para fazer *waka* ou *haiku*; galhos de ameixeira com flores; aves aquáticas na superfície d'água), deixando um grande espaço em branco. A parte desenhada realça a parte não desenhada. Por exemplo, as pessoas ficam no centro da tela, direcionando o movimento com o andar da esquerda para a direita. O galho de ameixeira preenche o espaço tranquilo, se harmoniza com a brisa e o perfume das flores, nada mais se vê e não há ninguém. As ondulações produzidas pela ave aquática, que nada como que deslizando sobre a água, acabam alterando a totalidade da imagem numa superfície rica da parte plana do riacho. Frequentemente — mas nem sempre — misturando-se ao método da superfície de traços simplificados, empregou-se essa técnica que ativa espaços em branco, provavelmente influenciada pelo *suibokuga* (pintura a nanquim), de origem chinesa, que chegou ao auge com as telas das dinastias Sung e Yuan, iniciadas na época Liu

---

53. O período de aproximadamente vinte anos da Renovação Meiji (1868) até a promulgação da Constituição do Grande Império Japonês (1889) foi um período com tendências para a abertura nacional (*Bunmei Kaika*, "O florescimento da civilização"). Depois disso, até a derrota na Segunda Guerra Mundial, ganha nova força o modernismo militarista e o ultranacionalismo (aproximadamente quinze anos após a derrota, em 1945, um "período de paz e de democracia"; posteriormente, um período em que ocorre a intensificação do "curso inverso" e o ideal de um "país rico e forte militarmente"). Os princípios da política externa de alternância entre a abertura e o fechamento do Japão em relação aos países vizinhos, especialmente da Ásia, estão vivos até hoje (início do século XXI). Não é tarefa simples entender qual o sentido desse fato, mas parece sugerir que, mesmo que a influência dominante de diferentes culturas chegue ao Japão, os padrões tradicionais próprios e os conceitos fundamentais não mudam facilmente. Seria, por exemplo, o conceito de espaço fechado. [N.A.]

Chao. A técnica do *suibokuga* chegou ao Japão junto com o zen, e difundiu-se com o passar do tempo, depois dos séculos XIII e XIV. No período Tokugawa, desde os pintores amadores[54] até os profissionais das Escolas Rin e Kanō, não havia quem não pintasse *suibokuga*.

Os artistas japoneses aproveitaram da tradição chinesa dois elementos: o primeiro, os grandes espaços em branco na tela, e, o segundo, uma composição mínima que realça esse espaço em branco. O que eles acrescentaram a isso? A Escola Rin, em maior ou menor grau, dividiu o espaço inserindo alguns objetos semelhantes para organizá-lo. O que é determinante é a relação do posicionamento do objeto e não a característica de cada objeto. Por exemplo, mesmo posicionando uma pessoa no vértice de um triângulo, ou desenhando flores e árvores, a estrutura do espaço do triângulo não muda. Mù Qī (século XIII), por sua vez, enfileirou frutas de caqui, seguindo mais ou menos uma linha horizontal no centro da imagem para dividir o quadro em dois, parte de cima e de baixo, sem usar mais nada (*Kakizu, Gravura do caquizeiro*, acervo do templo Daitoku). Bem antes, o pintor do

---

54. A expressão *wénrénhuà* (pintura de um artista amador), na China, tem o sentido de passatempo do literato, talvez por causa da existência do Instituto de Pintura da dinastia Sung do Norte e pelo fato de contrastar com o trabalho dos pintores profissionais de lá. Também na questão do estilo, denominava-se *Běihuà* ("pintura do Norte") o estilo do Instituto de Pintura de Sung do Norte, e *Nánhuà* ("pintura do Sul") o gênero de pintura dos literatos, que incluem os monges zen de Sung do Sul. Porém, não há institutos de pintura no Japão no período Tokugawa — a Escola Kanō não é um instituto de pintura —, e também não ocorreu de o centro do poder dominante passar do norte para o sul. As definições conceituais de *Bunjinga* e *Nanga* não puderam evitar se tornarem ambíguas no Japão. Gion Nankai (1676-1751) e Yanagisawa Kien (1704-58) certamente não eram pintores profissionais. Eles eram, antes de qualquer coisa, confucionistas e políticos cultos (conselheiros dos senhores feudais). Porém, foram os pintores profissionais Ike Taiga (1723-76), Yosa Buson (1716-84), Uragami Gyokudō (1745-1820), Tanomura Chikuden (1777-1835) e Tomioka Tessai (1837-1924) que desenvolveram o estilo *Bunjinga* e *Nanga* à moda chinesa, introduzido por Gion e Yanagisawa. Aqui, o conceito de *bunjinga*, que se usa por conveniência, não tem o significado de passatempo dos literatos. [N.A.]

AS DIVERSAS MANIFESTAÇÕES DO ESPAÇO

Genji Monogatari Emaki dividiu o quadro em algumas partes[55], traçando linhas perpendiculares e linhas retas que correm na diagonal, ao estilo *fukinuki yatai*.[56] Tawaraya Sōtatsu, na pintura do *Fūjin Raijinzu Byōbu* (*Biombo com os desenhos dos* kami *do vento e do trovão*), dispõe à direita e à esquerda as imagens dos *kami* do vento e do trovão, deixando um espaço vazio ao centro; e no *Bugakuzu Byōbu* (*Biombo com gravuras da dança e da música da corte*), colocou quatro dançarinos que se movimentam intensamente no centro do chão folheado a ouro, e, mais afastados deles, os dançarinos tranquilos, ao redor; um idoso com veste branca, uma parte do pinheiro, e a decoração do palco para a execução musical. O espaço vazio no centro da imagem torna-se o espaço de uma tempestade que chega com o *raichō*[57], e tem-se um palco onde quatro dançarinos prevalecem, com a roupa do avesso, dançando e cantando. Depois de aproximadamente cem anos, Ogata Kōrin (1658-1716) reproduziu as pinturas *Fūjin Raijinzu* e *Bugakuzu*; nesta última, reduziu a varas de bambu, que enfileirou lado a lado, os dançarinos que na obra anterior eram os protagonistas. O que domina o quadro já não é a forma dos bambus individuais — ela é quase a mesma —, mas a relação de suas posições. Mais apropriadamente, não se vê a parte de cima da vara do bambu nem o céu, nem a sua parte inferior e o chão; todas as varas são perpendiculares, de modo que o "ritmo" é decisivo, a relação de distâncias entre eles, ora estreita ora larga. Para relembrar, o bambu é um tema tradicional do *suibokuga*, mas o tema oculto do "jardim de bambus" de Kōrin não é o bambu. É a geometria poética do espaço

---

55. Se os leitores são familiarizados com as pinturas europeias do século XX, podem substituir os caquis de Mù Qī pelos vasos de vidro sobre a mesa, e lembrarão de Morandi (1890-1964). A divisão das imagens segundo a combinação de linhas retas e paralelas do *Genji Monogatari Emaki* não está distante da divisão quadriculada de Mondrian (1872-1944). [N.A.]
56. A observação de um objeto em posição oblíqua a partir de um nível visual bastante alto, para melhor representá-lo tridimensionalmente, permitindo a visão simultânea, por exemplo, dos aposentos de uma habitação. [N.T.]
57. Espécie de perdiz que habita altas montanhas e fica branca no inverno, ptármiga, perdiz-nival, lagópode. [N.T.]

bidimensional. O rico e complexo desenvolvimento de sua pintura encontra-se na obra *Kakitsubatazu Byōbu* (*Biombo das íris*, Museu Nezu). O método da repetição do objeto ("imagem") quase igual perpassa pelas flores e pelas folhas das íris coloridas e partiu da ideia dos bambus do *suiboku*. Isso se verificava não somente nas obras de Kōrin, mas em todos os trabalhos da chamada Escola Rin. Por exemplo, as flores de malva na obra *Tachiaoizu Byōbu* (*Biombo com malvas*), de Ogata Kenzan (1663-1743); as plantas de outono na obra *Natsu Akigusazu Byōbu* (*Biombo com olantas de verão-outono*), de Sakai Hōitsu (1761-1829); e os grous na obra *Gunkakuzu Byōbu* (*Biombo com bando de grous*), de Suzuki Kiitsu (1796-1858).

A repetição do formato individual (imagem ou cor) realça a relação entre as suas posições, mas, ao mesmo tempo, pode atenuar a individualidade de cada uma delas — especialmente quando se abstrai a "imagem" do objeto individual unificando uma forma ("tipo"). Se nos compenetrarmos dessa tendência, a imagem se aproxima de uma estampa, e se unificarmos e repetirmos as suas disposições em simples formas geométricas, nos aproximaremos sem limites das estampas com padrões decorativos. A meu ver, a característica dos padrões é abstrata — sua intensidade é diferente segundo a ocasião — porque é a "repetição" da forma. Tipicamente, temos o padrão de arabesco da Arábia e, retrocedendo no tempo, o padrão da superfície dos objetos de bronze de Yin e Zhou. As pinturas da Escola Rin, certamente, não são padrões. Porém, se frequentemente conseguimos enxergá-las como "decorativas", não seria pela sua relação com eles?

A contribuição do *suibokuga* para a Escola Rin, ou para a história da arte japonesa em geral, não se esgota aqui. Diz-se que Sotatsu inventou a técnica do *tarashikomi* ("alto-relevo alcançado através de camadas sucessivas de pigmento parcialmente seco") do nanquim. Também os esboços de Sotatsu e os rolos de poemas[58] de Hon'ami

---

58. Como exemplos, *Tsuru shitae sanjūrokkasen waka maki* (*Rolo de poemas dos 36 grandes poetas de waka e esboço de grous*, Museu Nacional de Kyōto), e *Shiki Kusabana shitae waka maki* (*Rolo de poemas e esboços de ervas e flores das quatro estações*, Hall Memorial Hatakeyama, Tóquio). [N.A.]

Kōetsu (1558-1637) não utilizam apenas o espaço em branco do papel, mas espalham as letras *kana* sobre esboços claros. As letras grandes e pequenas, o matiz forte e fraco do nanquim e a espessura das linhas, relacionam-se com as suas posições, produzindo um tipo de "ritmo", belo como uma visualização da música. Como se sabe, a estreita relação entre a pintura e a caligrafia a pincel é uma tradição cultural da China. Esse é um dos usos eficazes da parte vazia da pintura, mas o trabalho de distribuir as letras sobrepondo-as no esboço é uma criação original da oficina de Kōetsu, em Takagamine. Nesse local, a literatura, as letras e a pintura se harmonizavam.

A relação íntima e inseparável entre a pintura e a caligrafia veio da China. Porém, nas preferências e atitudes em relação a cada expressão, surgiu uma diferença contrastante entre o Japão e a China. Qual diferença e por que ela surgiu? Sobre isso, falarei adiante. Os temas que os pintores japoneses exploravam seguiam mais ou menos o estilo da China — por exemplo, o retrato de personalidades taoístas e budistas, o retrato pintado (altos funcionários do governo, heróis, monges), pássaros e flores, dragões e tigres, e são especialmente numerosas as pinturas *suiboku* de paisagens (montanhas e rios). A Escola Kanō produziu tudo isso, mas não se pode dizer que acrescentou temas e matérias novos. A técnica e o estilo tomavam como base o *suiboku* (e também a "pintura chinesa"), mas a escola foi eclética ao usar a pintura *yamato* e outras tradições. Porém, no tocante à ampliação da imagem, foi excepcional. A Escola Kanō, com seus pintores que serviam ao xogunato de Tokugawa, quase monopolizaram o acabamento interior das construções das mansões dos senhores feudais e dos grandes templos. Eles produziram não apenas biombos, desenharam no *fusuma* e portas, e decoraram o teto com um colorido chamativo. Mesmo na China, parece que são poucos os exemplos em que o *suibokuga* foi explorado em grandes imagens como essas. As numerosas escolas do período Tokugawa concentravam cada trabalho em grandes e pequenas imagens, dos leques aos tetos de grandes salas. A Escola Kanō ampliou a esfera física das telas, mas não ampliou o mundo desenhado. A Escola Rin aplicou nas pequenas imagens a estética de pequenos espaços que Rikyū inventou e refinou-a de modo ilimitado. E os pintores que fizeram as xilogravuras *ukiyoe*, ao mesmo tempo que redescobriram a superfície plana do espaço pictórico, em consonância com os pintores que acompanharam a peregrinação por todo o país do monge Ippen, ampliaram o espaço da tela às "53 estações" de Tōkaidō (o principal caminho que, antigamente, ligava Kyōto a Edo). Porém, ninguém ultrapassou o mar e chegou a desenhar as paisagens do continente.

O cenário de *Gabi Rochōzukan* (*Rolo do desenho do pico do Orvalho da montanha Emei*) foi produto da capacidade de imaginação de Yosa Buson (1716-84), e não o que seus olhos viram. Soami (?-1525) não viu o *Xiāoxiāng bājǐng* (*As oito vistas de Xiao-Xiang ba-jing-tu*); ele viu a pintura de Mù Qī (1200-70), que vira essa paisagem. *Eka Danpizu* (*Desenho do braço esquerdo decepado de Hui-ke*, 487-593) parece ser a obra-prima dos últimos anos de Sesshū (1420-1506). Anteriormente, Sesshū passeara pela China e estudara o *suibokuga*, mas não havia viajado para a Índia e visitado os *darma* dos afrescos. Esse fato não tem relação com a avaliação da arte deles[59], no entanto, narra qual era o espaço em que viviam. Esse espaço estava fechado para um mundo externo ao arquipélago japonês.

A tendência para o subjetivismo

Como visto, há uma íntima relação entre a caligrafia e a pintura na cultura tradicional da China. Na caligrafia, classificam-se, *grosso modo*, três funções. A primeira, transmitir um sentido quando se lê; a segunda, o estado espiritual interno do calígrafo — a expressão do

---

59. É igual em qualquer época e em qualquer lugar? Claude Monet pintou dezenas de quadros da Catedral de Rouen, e Paul Cézanne fez dezenas de vezes a pintura a óleo da montanha Sainte-Victorie. O que é decisivamente importante na arte não é aquela catedral ou montanha, são os olhos de Monet e Cézanne. Os olhos aos quais se referia Paul Claudel ao dizer "os olhos ouvem" (*L'Œil écoute*), ou Bruno Taut ao dizer "os olhos pensam" (*Da denkt das Auge*). [N.A.]

gênio, da sensibilidade e da determinação; a terceira, decorativa, ou uma ordem do espaço pequeno limitado.[60] Usando instrumentos e materiais muito simples, atingem-se, ao mesmo tempo, esses três objetivos. No caso do *suibokuga*, usam-se meios iguais aos da caligrafia — pincel, nanquim, papel ou seda — e buscam-se esses três objetivos. O primeiro, o realismo; o segundo, a expressão do íntimo do pintor; o terceiro, a natureza decorativa da imagem, mas nem sempre essas três funções ou objetivos se realizam no mesmo nível e são buscados com a mesma força. Em qual desses três pontos se coloca a importância, tanto na caligrafia quanto no *suibokuga*, difere de acordo com as circunstâncias.

---

60. Na China, desde antigamente, há numerosas teorias pictóricas, e elas enfatizam o "desenho realista" (*xiěshí*) e o "refinamento/requinte/elegância" (*qìyùn*) como funções da pintura. O significado do "desenho ao natural" ou da "descrição objetiva" não exige uma explicação. O "refinamento" é mais ou menos a segunda função mencionada aqui, ou seja, sobrepõe-se à expressão do íntimo. Na palavra de raiz latina chama-se *ex-pression*. No alemão, *Aus-druck*. Ambas têm o sentido de "empurrar para fora". Empurrar o íntimo de dentro para fora. A expressão é um movimento de dentro para fora, é uma visualização de algo que não se pode ver, porque o íntimo não é visível.

Em princípio, o objeto do "desenho ao natural" ou da "descrição objetiva" pode ser visto com os olhos. Entre os objetos que podem ser vistos com os olhos há os que existem e os que não existem no mundo real. Quando o objeto existe, ocorre chamarmos de "realismo" (o adjetivo/qualificativo é *réaliste*) esse "desenho ao natural", ou de "descrição objetiva". Mesmo podendo ver com os olhos um objeto que é um produto da força da imaginação ou da alucinação visual ou do sonho, quando ele não existe no mundo real, considera-se esse desenho como *sur-réalisme*.

Salvador Dalí talvez tenha visto em seus sonhos a "imagem" de um relógio que escorre como uma geleia na extremidade de uma mesa. Se for assim, o famoso relógio é um objeto que, mesmo podendo ser visto pelos olhos, não existe, e a imagem que a descreveu é surrealista. Se compreendermos o surrealismo dessa forma, veremos que ele não é um fenômeno que apareceu apenas nos Estados Unidos e na Europa do século XX. Numerosas imagens religiosas são surrealistas. Por exemplo, *Shashin shikozu* (*Alimentar o tigre dando o próprio corpo*), de Tamamushizushi, do templo Hōryū as imagens *Amida Raigōzu* (*Vinda de Buda Amida entre nuvens para buscar os fiéis*), feitas em grande número no período Kamakura. Vê-las como um espetáculo existencial (realismo) ou como uma "imagem" da fantasia (surrealismo) depende de o apreciador acreditar ou não em Buda. [N.A.]

Porém, parece evidente a relação paralela entre a caligrafia e a pintura. O que há de comum entre o primeiro propósito da caligrafia e da pintura é que ambos transcendem o íntimo do artista. É possível ler os caracteres, apesar da variedade do estilo de escrita, porque há um padrão específico nessas formas. Esse padrão é uma condição para o calígrafo, e não tem nenhuma relação com o estado de espírito dele (ou dela). Do mesmo modo, o fato de poder se ver a pintura de um macaco enquanto tal é porque há uma característica fixa em sua fisionomia e compleição física. Essa característica é a condição dada que não pode ser dispensada pelo pintor e não tem relação com o seu íntimo. Se o calígrafo romper o padrão, os caracteres deixam de sê-los, e o mesmo acontece se o pintor ignorar as características do macaco. Certamente, é possível adotar a posição corajosa de não se importar com o fato de os caracteres ou o macaco não serem reconhecidos enquanto tais. De fato, houve pintores que assim o fizeram, enfatizando a "autoexpressão" (segundo propósito) e buscando alcançar o "expressionismo abstrato". Porém, isso não aconteceu nos períodos da China Sung, Yuan ou Ming.

Entre a escrita e a pintura, não há apenas uma relação paralela como essa, também há uma relação mais direta. Trata-se do "vigor da pincelada", considerada importante na caligrafia, e o movimento do pincel molhado com o nanquim forte ou fraco, por meio dos quais o calígrafo refletir-se-ia nos traçados variados produzidos = os mais variados sentimentos do pintor — nesse contexto, as linhas da caligrafia e da pintura se fundem e torna-se difícil distingui-las. É o chamado *izai fudesaki* (sentimento que existe na ponta do pincel) da teoria da pintura chinesa, mas que serve tanto para a caligrafia quanto para a pintura. Como exemplo, temos as linhas grossas do contorno do traje de Lǐ Bó (701--762) na obra *Lǐ Bó Ginkōzu* (*Desenho de Lǐ Bó recitando versos*), de Liáng Kǎi (1140-1210).

Como mudaram esses *suibokuga* — dos grandes mestres de Sung e Yuan até os vários mestres do final de Ming e início de Qing (Shi Tāo, 1642-1707, e Bādà Shānrén, 1626-1705) —, que foram transmitidos para o Japão, como "se japonizaram?" Em poucas palavras, a cultura chinesa estimava o padrão na caligrafia e o realismo na pintura, enquanto a cultura japonesa prezava a quebra do padrão na caligrafia, e, na pintura, mesmo com o sacrifício do realismo, havia grande apreço pelas pinceladas vigorosas com movimentos cheios de vida, graça e elegância. De acordo com o *Kundaikansochoki* (*Registros sobre o padrão decorativo e o reconhecimento dos artigos de Tang*, 1476, segunda metade do período Muromachi), o que o lado japonês importou foi mais o Nanga (uma escola de pintura da China Yuan, Ming, Qin) dos monges zen do que as obras dos mestres da China da linha do Instituto de Pintura de Sung do Norte — ou seja, de Mù Qī e Yŭ Jiàn. Liáng Kǎi saiu do Instituto de Pintura, não foi um monge, mas foi um pintor excepcional, excelente no *suzume-fude* ("pincel de pardal"), dominou completamente o *hatsusumi* ("nanquim esparramado") e desenhou montanhas e rios. São numerosos os trabalhos extraordinários de caligrafia dos monges zen, e, entre eles, há mesmo aqueles que podem ser vistos como pinturas abstratas de nanquim. Os chineses estimavam as obras *sho* dos calígrafos, e não colocavam as caligrafias *bokuseki* dos monges zen acima delas, mas a maioria da caligrafia chinesa que o Japão importou era *bokuseki*.

Esse fato mostra real e vividamente certa tendência comum dos artistas japoneses, na pintura e na caligrafia. Examinando certos padrões externos a si próprios e objetos reais, em suma, a existência e a função do meio, reproduziram uma tendência[61] mais forte do que

---

61. Dentre os mestres japoneses de *suibokuga*, Hasegawa Tōhaku (1539-1610) sobressai nas refinadas minúcias de retratar o real. Isso é observado especialmente nos pinheiros e na névoa que se alastra da obra *Shōrinzu Byōbu* (*Biombo com desenho de bosque de pinheiros*) (Museu Nacional de Tóquio).
    Mù Qī é um monge zen e pintor do final da dinastia Sung do Sul e início de Yuan. Fascinou os pintores japoneses especialmente com suas expressões das nuvens e neblinas (por exemplo, Soami,?-1525), mas, na China, não era tratado como mestre do realismo. Mù Qī desenhou um grupo de macacos brincando nos galhos de uma árvore (templo Daitoku).
    Imitando claramente esse quadro, Tōhaku também fez o seu *Gun'enzu* (*Desenho de um bando de macacos*).
    Comparando-se ambas, da fisionomia dos macacos até a ondulação dos pelos, dos movimentos até as poses, sobre todos os pontos, a agudeza da

a compreensão, e voltada para uma expressão do sentimento e das intenções existentes dentro de si. Se, neste momento, considerarmos que essa tendência seja um tipo de subjetivismo, ele seria um dos princípios fundamentais que a cultura japonesa incorporou e que faria direcionar o olhar do artista para dentro de si e não para o mundo exterior. Certamente, a reação dos artistas, especialmente dos artistas do *suibokuga*, não é mais do que uma dessas manifestações. Esse subjetivismo, por exemplo, influencia até a visão lógica da segunda metade do período Tokugawa. Além disso, hoje vemos os seus vestígios até na sociedade japonesa do início do século XXI. Mesmo assim, por que a visão dos japoneses se volta mais para dentro do que para fora? Por que os estudos do coração, um movimento religioso fundado por Ishida Baigan (1685-1744), prosperaram no período Tokugawa? Por que o gênero de cunho autobiográfico chamado de "romance do Eu" dominou os círculos literários durante o período entre as grandes guerras mundiais? Provavelmente porque, se o espaço da moradia dos envolvidos estiver fechado, o espaço da expressão também se fecha. Se não houver o desejo de mudar o meio, não há outro recurso senão mudar a si mesmo. Se o objeto que se vê não se move, parece que o trabalho em mudar a forma de ver se converte num hábito diário.

---

observação e a precisão da expressão são algo sem comparação. No realismo, nem mesmo os realistas japoneses mais representativos alcançaram, nem de longe, o monge zen chinês, que não necessariamente foi considerado pela sua capacidade realista. Além disso, essa diferença pode facilmente ser generalizada. Isso não se limita a Tōhaku nem aos macacos. Peguemos um pintor japonês de nossa livre escolha, para ver os cavalos retratados em *suiboku*. A precisão do esboço claramente não alcança o nível dos *suiboku* da China, nem mesmo dos cavalos da Itália do século XV. Como exceções, provavelmente poderíamos pensar em Sesshū (1420-1506), no bosque de pinheiros com névoa de Tōhaku e no retrato pintado de Watanabe Kazan (1793-1841). A tradição da pintura japonesa é fraca no realismo. E forte no vigor das pinceladas das caligrafias excepcionais, e também no impacto expressionista do nanquim. Sendo assim, não há outra coisa a fazer senão supor o seu cenário e as características fundamentais da cultura japonesa. [N.A.]

3
Estilos de ação

As relações internacionais que se abrem e se fecham

Houve altos e baixos nas negociações internacionais entre o arquipélago japonês e o continente asiático, e, do lado japonês, as fronteiras abriram-se e fecharam-se. Mencionei anteriormente que a história japonesa foi uma sucessão dessas aberturas e fechamentos. Tomando como limite o século IX, temos o período Nara, aberto, e o período Heian, fechado. Novamente, os períodos Kamakura e Muromachi, abertos, e o período Tokugawa, politicamente isolado. A abertura dos portos e a modernização e ocidentalização decorrentes da pressão exterior e, na continuidade, o *Wakon Yōsai* (espírito japonês e inteligência ocidental) enquanto reação. Os anos 1920 da "democracia Taishō", e o "ultranacionalismo" da década de 1930 até 1945. No período de "democratização" sob pressão exterior, nos anos imediatamente após a derrota, o "movimento oposto" de reação continuou e alcançou os dias de hoje. Os períodos de abertura e fechamento foram se tornando mais curtos, mas a forma de alternância basicamente não mudou.

Entre os motivos de abertura do país frequentemente estava a "pressão exterior", mas, com certeza, não era apenas esse o motivo. É provável que também houvesse a necessidade de importação e transplantação de diferentes culturas, em especial de técnicas básicas, e, sem dúvida, havia essa autoconsciência. Antes do século IX, foi imprescindível importar a escrita e o budismo da China e da península coreana. Quando não se sentiu mais essa necessidade, a política japonesa do final do século IX encerrou as expedições japonesas à China de Tang e Sui. Em meados do século XIX, havia a necessidade de introduzir a "moderna" legislação da Europa e dos Estados Unidos, as técnicas militares e o capitalismo. Tão logo deixaram de ser necessidades, tornaram-se dispensáveis, e, depois da Guerra Russo-Japonesa, o Grande Império Japonês voltou-se para o expansionismo, colonizou a península coreana, buscou garantir direitos e vantagens na China e, por fim, acabou se envolvendo na Guerra dos Quinze Anos.[62] Em resumo, quando o Japão vê-se em condições de acentuadas diferenças culturais em relação aos países estrangeiros, abre-se, introduz a cultura diferente (em relação à China Antiga); no período seguinte, isola-se em maior ou menor grau; e, enquanto assimila a cultura introduzida, produz uma cultura original (períodos Heian e Tokugawa). Em relação às extremas diferenças nas relações de poder internacional, o Japão visou alcançar o modelo apresentado pelo outro (a Europa e os Estados Unidos), e cumpriu num curto período de tempo esse objetivo (da Renovação Meiji até a Guerra Russo-Japonesa), pelo menos no que se refere às forças armadas. Se lermos as forças armadas como força econômica, parece que esse modelo ainda se aplica da mesma forma às condições que se estenderam por sessenta anos após a derrota.

O que sempre existiu foi a capacidade admirável nos domínios técnicos e artísticos dos habitantes do arquipélago japonês, e uma capacidade manifestada e desenvolvida dentro desse espaço geográfico limitado. Nos acontecimentos externos, é notável a tendência em prestar atenção *apenas* ao que se ligava diretamente às condições internas. Os momentos de abertura e isolamento certamente se

---

62. Denominação proposta em 1956 pelo pesquisador Tsurumi Shunsuke e que foi adotada na historiografia para nomear uma série de batalhas realizadas entre 1931 a 1945, dividida em três fases: a primeira, que tem início com o incidente no lago Ryūjo, em 18 de setembro de 1931, com a explosão da ferrovia da Manchúria pelas tropas japonesas como plano de invasão do nordeste da China; a segunda, que se inicia com a guerra contra a China, a partir de 7 de julho de 1937; e a terceira, que se refere à Guerra na Ásia e no oceano Pacífico, a partir de 8 de dezembro de 1941. [N.T.]

alternaram, mas o primeiro era curto e o segundo, longo. A duração da segunda metade de Heian é de cerca de trezentos anos, e do período Tokugawa, de 250 anos, de modo que o olhar do Japão era principalmente introvertido, não estava direcionado para a sociedade internacional estrangeira. É possível ver que a cultura amadureceu e se refinou dentro de um espaço fechado, e que a abertura do país foi um período de preparação para isso. De um lado, temos meios, e, do outro, objetivos. O que aconteceu desde o período Meiji?

Os primeiros vinte anos foram um período de pesquisa e estudo, como simboliza a delegação ao Ocidente, liderada por Iwakura Tomomi. A sua função coincidia com os emissários a Tang e Sui do Japão antigo, separada por mais de dez séculos. Havia muitas alternativas em todas as áreas para a modernização e ocidentalização do Japão, e, para qualquer escolha, havia quem a apoiasse. Por exemplo, até mesmo um esboço de constituição tinha uma grande variedade de tipos e mostrava valores radicalmente diferentes. Nesse sentido, foi um bom período de "liberalismo". O que veio depois disso foi "A Constituição do Grande Império Japonês", o "Édito Imperial aos Soldados" e o "Édito Imperial à Educação", e foi o caminho que um Japão evidentemente "moderno" escolheu. Hastearam o lema *Wakon Yōsai* (espírito japonês e inteligência ocidental), abrindo o caminho para as técnicas ocidentais (país aberto) e restringindo a influência de sua ideologia (país isolado). Esse delicado dispositivo de abertura e fechamento das fronteiras basicamente não mudou depois da derrota e da ocupação, da guerra fria e do alto nível de crescimento.[63]

---

63. A "inteligência ocidental" do lema *Wakon Yōsai* originariamente começou na Europa e nos Estados Unidos e, no século XIX, diz respeito às técnicas científicas que vários países ocidentais monopolizavam. O Japão da Renovação Meiji necessitava da importação. Porém, no século XX, especialmente na segunda metade, as técnicas se estenderam para além da Europa e dos Estados Unidos. Agora, no início do século XXI, as técnicas avançadas não são monopolizadas pela Europa e pelos Estados Unidos (Japão, China, Índia, etc.). O intercâmbio é necessário, mas o período de importação unilateral acabou, e a expressão "inteligência ocidental" parece ter perdido o sentido de lema japonês.

Nesse cenário com tal tendência psicológica (*mentalité*), também foram favoráveis as condições naturais. Como se diz, a "insularidade", a consciência das fronteiras, a forte distinção de interior/exterior e a força do grupo ao qual pertencem foram incorporadas, e houve um fraco interesse por culturas estrangeiras. A relação entre um ambiente cercado pelo mar e suas peculiaridades são diferentes segundo a ocasião e parece que não podem ser generalizadas. No mar, há duas faces. A primeira, os obstáculos do contato com diferentes culturas — como o comércio, em termos amistosos, e as guerras, de característica não amistosa. Por exemplo, o isolamento do continente americano antes de Colombo é resultado disso: no seu interior, muitas tribos fizeram suas respectivas culturas progredir. As fronteiras entre as tribos frequentemente eram as montanhas altas, e quase não havia um intercâmbio mútuo.[64] O arquipélago japonês

---

O *wakon*, "espírito japonês", indicava a alma peculiar do Japão, mas seu conteúdo é ambíguo e vago. Muito antes, Motoori Noringa chamava-o *yamatogokoro*, "coração Yamato", e mais tarde, no século XX, especialmente no Japão da década de 1930, os termos *yamato damashii*, "alma Yamato", ou *nihon seishin*, "espírito japonês", foram usados incessantemente. O centro do *yamatogokoro* de Noringa é o *monono aware* ("a melancolia diante da efemeridade da beleza de todas as coisas"), e a expressão típica da "alma Yamato" da década de 1930 é o *hyakuningiri*, "decapitar cem pessoas" pela espada japonesa segundo os métodos particulares do Japão. Não é clara a diferença entre *kokoro* (心, "coração") e *tamashii* (魂, "alma"). Muito menos, qual a relação entre os dois. Afinal, ao se trabalhar conceitos tão ambíguos, observa-se a dificuldade em compreender qualquer realidade histórica, social ou psicológica. Porém, sessenta anos após a guerra, tanto o budismo quanto o confucionismo perderam a forte influência que sustentava o sistema de valores mundanos. Mesmo assim, a sociedade japonesa de hoje ainda está procurando o conteúdo do *wakon*, dentro do espaço cultural fechado do arquipélago japonês. [N.A.]

64. Visitei três vezes o Museu Nacional de Arqueologia da Cidade do México. Tenho três fortes impressões de cada ocasião. Primeiro, lá há esculturas reunidas de todas as regiões, das quatro direções internas do território mexicano atual. O seu acervo, como um todo, possui uma variedade admirável de estilos, que criam um mundo escultural independente. Quando digo que é um mundo independente, quero dizer que não consigo facilmente inferir por analogia esses estilos a partir dos conhecimentos das artes plásticas abundantes de outros lugares. Nesse sentido, o grupo de estátuas budistas do nordeste

do período Jōmon[65] era um espaço muito pequeno, muito próximo ao continente asiático, mas parece claro que os estreitos impediam a afluência de pessoas e dos produtos culturais do continente. E o ataque de estrangeiros ao arquipélago japonês e a sua ocupação por eles acabou não ocorrendo até o século XX. Nesse sentido, a história antiga do Japão pode ser vista como uma sinopse da história americana antes da sua descoberta pelos europeus. O mar protegeu o Japão do período Jōmon até meados do século XIX, quando a frota americana força a abertura dos portos num cenário com força militar esmagadora. Porém, não foi apenas o mar que protegeu o Japão. No caso

---

asiático, incluindo o Japão, é um mundo independente. Certamente, Egito, Grécia ou a Europa ocidental gótica, etc., cada qual é um mundo independente. Todos têm numerosos exemplos e os exemplos que restam ainda hoje também são numerosos. É impossível inferir um desses mundos pela analogia de outro mundo. A escultura romana, com suas numerosas estátuas humanas, não é um mundo independente, porque seguiu o modelo grego. As pessoas que viram a Grécia não necessariamente precisam ver Roma, mas, se não virem o México, perdem um aspecto importante da história humana da arte escultórica.

Segundo, não são tão numerosas as obras expostas com datas de sua criação. A variedade de estilos não é o resultado da expansão temporal de um estilo — diferente do caso da escultura grega (séculos VI a II a.C.), do caso do gótico (séculos XII ao XV) e também do caso da escultura budista japonesa (séculos VII ao XIII) —, e, provavelmente, mostre as diferenças regionais. Dentro do território do México atual, se as regiões eram diferentes, os estilos também eram notavelmente diferentes. Sendo assim, não há dúvidas de que significa que era difícil ultrapassar clara e facilmente as fronteiras entre cada região.

Terceiro, quais são as fronteiras difíceis de ultrapassar? São as altas montanhas. Dizem que, na época das conquistas da Espanha do século XVI, os domínios do império asteca iam do litoral do Pacífico até o litoral do Atlântico. Porém, isso é uma exceção, e muitas tribos viviam nos planaltos entre as montanhas, enfeitavam as construções de pedra com estátuas de deuses esculpidos em alto-relevo, e parece que faziam estátuas muito expressivas de "terracota". Já que eles não faziam deslocamentos que transpusessem as montanhas, os estilos de escultura se tornaram muitos por si mesmos. [N.A.]

65. Refere-se ao período 10 mil anos a.C.-século IV a.C. Recebeu esse nome em função da cerâmica que caracteriza esse período, com desenhos de cordas que decoravam a sua superfície, provavelmente produzida pelos habitantes que moravam nas cabanas construídas em valas. [N.T.]

da Inglaterra, que estava nas mesmas condições geográficas, o antigo Império Romano ultrapassou o estreito entre a França e a Inglaterra e a invadiu; e, na Idade Média, William, o rei conquistador, ocupou militarmente uma parte da Inglaterra; Napoleão e Hitler, que subjugaram a Europa moderna, não conseguiram passar pelo estreito e invadir a Inglaterra, e a razão disso parece ter sido muito mais a força da marinha britânica do que as condições naturais do estreito. Passando por um longo período, o que garantiu a independência dos países insulares não foi necessariamente o mar e a dificuldade dos invasores de transpô-lo — o grande império britânico do século XIX reinou nos mares do mundo todo.

Para o intercâmbio entre muitos povos, muitas línguas e muitas culturas, as vias marítimas, mais do que as vias terrestres, exerceram um papel muito importante. Por exemplo, o Mediterrâneo. A segunda face da função desse mar, que habitualmente era chamado de "civilização mediterrânea", englobando as culturas litorâneas de vários países, não foi um obstáculo para a movimentação de pessoas e bens culturais, e sim um estímulo. Isso porque os obstáculos das vias terrestres (cordilheiras, desertos, resistência de zonas habitadas, por exemplo) eram maiores do que os obstáculos das vias marítimas (monções, hostilidade dos países litorâneos, por exemplo) — tanto Alexandre, o Grande (século IV a.C.) quanto Marco Polo (segunda metade do século XIII) parece terem, na ida, tomado a via terrestre que passa pela Pérsia e Ásia Central, e, na volta, utilizado a via marítima, que inclui uma parte do litoral do oceano Índico. Na Ásia, muito antes do período das grandes navegações dos países ocidentais, a grande frota de Zhèng Hé (aproximadamente 1371--1434) ultrapassou o oceano Índico e comercializou com o litoral oriental africano. Durante cerca de trinta anos, realizou sete expedições militares a lugares distantes; a primeira, com 62 grandes navios e mais de 20 mil soldados. O mar tornou possível um transporte dessa magnitude.

A relação entre o arquipélago japonês desde o período Heian e o continente asiático é de seiscentos anos de isolamento e seiscentos de abertura. Os três séculos do isolamento de fato (*de facto*) do período Heian e o isolamento oficial (*de jure*) de dois séculos e meio do período Tokugawa têm formações diferentes, mas não se pode dizer que o mar foi um fator determinante do isolamento, porque, mesmo no caso do Japão, a condição de país insular também tinha um lado que tornou inevitável a abertura do país. Em Tsushima e Okinawa, o espaço da moradia era pequeno demais para que o olhar das pessoas se voltasse para dentro.

Na história do Japão, o duplo aspecto da fronteira constituída pelo mar está vividamente refletido. Porém, sobre qual deles recaiu o peso maior? Na tendência ao isolamento ou à abertura? Qual deles continuou a caracterizar fortemente o sentimento de grupo dos habitantes do arquipélago japonês? Se olharmos a história, desde o período Heian e antes do período Tokugawa, ou seja, durante mais ou menos quatro séculos, veremos que esse é um período em que a atitude do Japão para com o exterior era relativamente aberta. Porém, ele coincidiu com um período em que ocorreram várias guerras civis. A camada dominante dos samurais se dividiu e havia lutas mútuas entre os grupos militares. Apesar dos ganhos comerciais com Ming, e do forte interesse pelo zen (ou melhor, a cultura zen), o olhar deles estava voltado para as lutas pelo poder, principalmente dentro do país. Porém, não havia apenas as guerras civis. Os monges budistas não importaram do continente apenas o zen, refinaram também sua filosofia (monge Dōgen, 1220-53), e, enquanto evitavam as guerras vagando pelo país, criaram poemas líricos budistas peculiares (*Ikkyū*), tomaram como central a crença em Amida, individualizaram o budismo de produção genuinamente japonesa e popularizaram-no (monges Hōnen, 1133-1212, e Shinran, 1173-1263). Nos palcos, os teatros *nô* e *kyōgen* continuaram a se desenvolver. São poucas as influências diretas do teatro do continente observáveis no estilo teatral. Adotaram os temas na cultura da corte do período Heian, mas era raro buscá-los na literatura clássica da China. O público dos *kawaranō* ("*nô* de beira de rio") de Kyōto parece que abrangia desde xoguns até os homens e mulheres do povo. O mesmo ocorreu com a literatura. Nesse período, a literatura popular que se propagou era o *renga*, e, da obra *Tsukubashū*[66] até *Inutsukubashū*[67], havia todos os tipos e dizem que até os soldados, entediados ao cercar castelos em guerras civis, divertiam-se com o *renga*. Não houve nenhuma relação direta com a literatura estrangeira. Eram os xoguns que faziam poesias em campos de batalha da China e não os soldados. Em seguida, temos a estética do *wabi* da cerimônia do chá. Resumindo, a cultura da época que vai do século XIII até o século XVI, ao mesmo tempo que possuía o aspecto do intercâmbio que mediava os templos zen (por exemplo, o aumento dos monges que chegavam ao Japão devido à opressão ao budismo na dinastia Yuan, o estilo arquitetônico dos templos zen, a pintura *suibokuga*, etc.), se olharmos de modo amplo, parecia estar fechado em relação à cultura do continente. O "isolamento" do período Heian, meio aberto e meio fechado, conservou como estava o isolamento de um país insular. Como se esperava, no início do período Tokugawa, foi possível novamente fechar as fronteiras em relação ao imperialismo ocidental. Em meados do século XIX, até ser forçada a abertura do país num cenário militar, os líderes e o povo japonês, exceto alguns poucos intelectuais desconheciam as diferenças técnicas entre o próprio país e a Europa e os Estados Unidos, e acreditavam que continuariam eternamente na política de isolamento. As pessoas se acostumaram ao espaço "pacífico" de um país insular agrícola, concentraram a sua atenção no seu interior e conseguiram aprimorar seus detalhes.

---

66. Primeira antologia de *renga*. Composta por vinte volumes, foi organizada por Nijō Yoshimoto e Kyūsei em 1356. [N.T.]
67. Ou *Shinsen Inutsukubashū*, coletânea das estrofes iniciais e das estrofes complementares dos primeiros *haikai*, organizada por Yamazaki Sōkan no final do período Muromachi. [N.T.]

ESTILOS DE AÇÃO

Abertura e fechamento das comunidades e o seu coletivismo

Em que tipo de espaço a grande maioria dos japoneses veio vivendo a sua vida diária? Mais especificamente, a qual grupo pertence e quais as relações que tem mantido com esses grupos? Isso difere de acordo com a época, porém, também se reconhece uma coerência na atitude em relação ao grupo ao qual pertencem esses japoneses. Uma das características coerentes é, como se diz, o direcionamento para o coletivo, e quando a opinião individual contradiz as vantagens, os objetivos e o ambiente do grupo (inclinação emocional), toma-se uma atitude que, por princípio, sempre prioriza a alegação do grupo. Ou o indivíduo muda de opinião ou sai do grupo, e não pode deixar de escolher uma das duas alternativas. Não apenas isso, a pressão do grupo vai até os domínios particulares de seus membros. Por exemplo, até na escolha do companheiro para casamento. Nos salões de cerimônias de casamentos do Japão, até hoje, há a indicação, no salão do casamento, da família A com a família B, e se omite os nomes do homem e da mulher envolvidos nesse casamento.

De onde provém essa forma de coletivismo? Se analisarmos a história do Japão, veremos que provavelmente tem origem numa longa tradição da sociedade agrícola, que toma como central o cultivo de arroz em campos irrigados — um sistema de hábitos e valores daí originários. A Renovação Meiji fez uma reforma territorial, mas grande parte da estrutura e função da vila agrícola tradicional não mudou. Como se diz, a industrialização avançou com o processo de "modernização", porém mais da metade do povo trabalhador estava concentrada no setor agrícola. A estrutura da vila agrícola tradicional mudou radicalmente, e grande parte dos trabalhadores passou a se concentrar nas cidades, devido à expansão econômica decorrente da reforma agrária no Japão sob ocupação militar americana na década de 1960. Foi nesse período que os mais jovens deixaram as aldeias. Porém, esses jovens não perderam todos os valores que as aldeias cultivavam desde antigamente. As comunidades da região que apoiavam o coletivismo já não existiam nas grandes cidades. No entanto, o coletivismo se manteve vivo nos locais de trabalho da cidade — pelo menos até o século XX, durante o qual o sistema de empregos vitalícios foi mantido pelas grandes empresas. Os valores e o modo de ação das sociedades agrícolas que acompanharam a concentração da força de trabalho nas cidades contribuíram para o "sucesso" econômico do Japão, e esse "sucesso" econômico garantiu a longevidade desses valores e modos de ação. Essa é a história do coletivismo do Japão após a derrota na Segunda Guerra Mundial. Sua honra e infortúnio. Segundo uma nota deixada por um funcionário que se matou, a época em que "mesmo que eu morra a empresa é eterna".[68]

Se resumirmos com um "modelo" ou "forma ideológica" a característica típica da comunidade agrícola — neste momento, para nomeá-la, opto pela palavra *mura* ("vila") —, ficaria mais ou menos o que se segue.

As fronteiras dos *mura* tradicionais são fisicamente claras. Por exemplo, as fronteiras do *mura* das cordilheiras, que são especialmente visíveis. Nas planícies, as fronteiras não podem ser claramente vistas pelos estrangeiros, mas elas são conhecidas por qualquer morador. Socialmente, a distinção entre o lado de dentro e o de fora das fronteiras é aguda, as atitudes em relação aos habitantes do *mura* e às pessoas de fora e o relacionamento entre eles são claramente distintos

---

68. A concentração urbana da população, junto com a industrialização e a perda das técnicas, hábitos e sistema de valores tradicionais produzidas pelas sociedades agrícolas é um fenômeno geral. Porém, são muito poucos os exemplos de valores agrícolas que continuaram a funcionar positivamente dentro das sociedades industriais avançadas. Um deles são as décadas japonesas após a derrota. Outro é o "sul" dos Estados Unidos mais ou menos no mesmo período. Portanto, a comparação de ambos é profundamente interessante. Pensei nisso na primeira metade dos anos 1970, quando vivia na "parte nordeste" dos Estados Unidos, e li um pequeno texto sobre o Japão intitulado "Nanbu no tabi e no sasoi" (Convite para uma viagem no Sul, revista *Shisō*, junho de 1975). [N.A.]

e, com frequência, dominados por princípios totalmente diferentes.[69] No comércio, por exemplo, busca-se um intercâmbio equivalente com os colegas do *mura*, e tem-se uma relação marcada pela força com as pessoas de fora.

A estrutura interna da sociedade *mura* é estratificada hierarquicamente. Nessa estrutura constituída pelos proprietários rurais, pequenos produtores e arrendatários, não é apenas no trabalho produtivo, mas também nas cerimônias de casamentos e funerais, que há distribuição de cargos que refletem a relação superior e inferior entre os estratos sociais. Dentro de um mesmo estrato social, enquanto princípio, há um tipo de sistema de igualdade (por exemplo, o *Wakamonoyado*, "Casa da juventude").

A relação entre os indivíduos do *mura* e o grupo *mura*, como mencionado anteriormente, toma como princípio a prioridade do grupo. De modo geral, os proprietários rurais e os lavradores ricos não eram autoritários. A decisão do grupo toma como princípio a unidade social, e quando um indivíduo manifesta uma opinião diferente, tenta-se persuadi-lo, e, se não há sucesso, adota-se o ostracismo. A pressão que o grupo exerce sobre o indivíduo *mura* atinge até minúcias de sua vida pessoal. A reação do indivíduo em relação a isso, geralmente, é o sistema de sujeição à maioria e, excepcionalmente, ocorre a fuga do *mura* (opção espontânea pelo ostracismo). A peculiaridade de um coletivismo como este está vivo até mesmo no Japão atual. A adesão de um funcionário médio no processo de decisão de uma grande empresa, e um sistema de igualdade com esse sentido, é um tipo de ostracismo, chamado de "reestruturação pelo corte de

---

69. O antropólogo Kida Minoru (1894-1975) viveu numa pequena e remota vila logo depois da derrota do Japão na Segunda Guerra e escreveu *Kichigai Buraku Shūyū Kikō* (*Viagem de excursão aos vilarejos dementes*), Azuma Shōbō, 1948. Talvez com certo exagero, ele observou, analisou e registrou os hábitos e costumes da comunidade *mura*, pensando que essa fosse uma forma original da sociedade japonesa. O livro *Kichigai Buraku kara Nihon o Mireba* (*Vendo o Japão a partir dos vilarejos dementes*), Tokuma Shoten, 1967, parece não ter diferenças fundamentais. [N.A.]

pessoal". E se ampliarmos hábitos como esse, do local de trabalho, até atingir a totalidade do país, teremos um nacionalismo (apesar disso, você é japonês?) e um admirável comportamento "maria vai com as outras". O espaço de vida diário tem fronteiras precisas, e os princípios que regem as medidas dentro e fora das fronteiras são diferentes (da identidade — "nossa empresa" até a coação "bandeira do Japão").

Na relação com o exterior, há dois tipos. Primeiro, o exterior próximo. As vilas vizinhas são exemplos disso. Compartilham tradições e hábitos, incluindo o mesmo sistema de valores e crença religiosa. As relações amigáveis com o exterior próximo são, por exemplo, a de casamento. Tipos de relação não amigáveis são as disputas a respeito do direito da água (a nascente dos campos irrigados de arroz) e do uso das florestas (sobretudo como fonte de combustível). Segundo, o exterior distante. Ou seja, mundos basicamente diferentes do *mura*. Os habitantes do *mura* não viajam para o exterior distante. Para eles, a fronteira está fechada. Porém, as fronteiras em relação aos visitantes de mundos distantes que visitam o *mura* estão abertas. Há três tipos de visitantes. O primeiro tipo são os que têm uma posição social mais elevada do que os habitantes do *mura*: os *marebito* ("pessoas raras") = *kami*, como são chamados por Orikuchi Shinobu (1887--1953); os governantes locais que o governo central nomeou; os monges viajantes, etc. O segundo tipo são aqueles considerados inferiores aos camponeses: "mendigos", corja (ninja, fraudadores, ladrões, etc.). E o terceiro tipo, os superiores aos habitantes do *mura*, mas que ao mesmo tempo são inferiores. Esses, frequentemente, possuem uma capacidade que os habitantes do *mura* não possuem e têm acesso ao mundo das pessoas de posição elevada que os do *mura* nunca viram em suas vidas. São os artistas dos mais variados tipos, poetas de *renga*, as *shirabyōshi*, médiuns virgens, cortesãs, etc. Porém, os habitantes do *mura* nunca os tratam com igualdade e, portanto, não se casam com eles. Ou seja, para os habitantes do mura, os visitantes de terras distantes são superiores ou inferiores, ou superiores e inferiores ao mesmo tempo, e nunca estiveram em situação de igualdade. Esse fato parece fazer lembrar as relações exteriores do Japão na história moderna. Os países estrangeiros representam uma existência muito distante das comunidades japonesas. Eles eram mestres (superiores), ou eram inimigos (inferiores), ou ambos (superiores e inferiores). O país Japão nunca havia vivenciado uma relação diplomática de igualdade nem com a China nem com os Estados Unidos, e muito menos com outros países estrangeiros — e, como se sabe, ainda hoje não vivencia.

O modelo de espaço de vida dos japoneses é o *mura* dos campos irrigados de arroz. Suas fronteiras abrem e fecham. A principal causa da continuidade desse isolamento é a permanência de uma agricultura de trabalho condensado e a sua produtividade, a ordem solidária e intrínseca que a produtividade exige. O que promove a abertura dos portões são as condições exteriores e sua pressão, é a lógica do capitalismo adotado desde o período moderno. A reação dos japoneses em relação a tais condições, certamente, não é apenas o coletivismo. É o engenho intrínseco que ultrapassa as condições e os pressupostos, é um tipo de subjetivismo. E como era isso? Veremos na terceira parte.

PARTE III

A CULTURA DO "AGORA = AQUI"

1

A parte do todo

A típica noção do "tempo" dentro da cultura japonesa é uma espécie de idealismo do presente. O significado dos acontecimentos do presente ou do "agora" é completo por si mesmo, e não há necessidade de mostrar claramente a relação entre os acontecimentos do passado ou do futuro para extrair e esgotar o seu significado. No fluxo do tempo, há uma direção determinada, mas sem começo e sem fim, o fluxo do tempo histórico se parece com uma linha reta infinita que se volta para uma direção determinada. Pode-se falar sobre o antes e o depois dos acontecimentos nessa linha, mas não se consegue pensar a totalidade do tempo estruturando-o além disso. Uma cena entre as várias da pintura em rolo que se propagou no período Kamakura consegue agradar o suficiente, mesmo separada do restante do enredo. A infinidade de antologias compiladas que foram escritas desde o período Tokugawa até o período moderno é constituída por fragmentos de textos um tanto quanto desconexos entre si, mas, ao lê-los, separados do todo, seu sabor é profundo. Trata-se de uma das tradições literárias conhecida pelo nome japonês de *zuihitsu*, que vem desde o *Makura no Sōshi* (*Livro de cabeceira*) passa pelo *Tamakatsuma* (*Cesto de bambu precioso*) e chega até os dias de hoje. Neles, as características notáveis da noção de tempo japonês estão vividamente refletidas.

O mesmo se pode dizer sobre os hábitos da vida diária. Dentro da cultura japonesa, como princípio, as pessoas conseguem enterrar o passado ("deixar a água levar") — especialmente um passado inconveniente. Ao mesmo tempo, não há por que se inquietar com o futuro.

Amanhã soprarão os ventos de amanhã ("o futuro a Deus pertence"). Os terremotos ocorrem mesmo, a bolha econômica estoura mesmo. Não importa como será o amanhã, o melhor é burlar os critérios de segurança de um edifício e ganhar dinheiro *agora*, acumular créditos ilícitos e fazer o comércio prosperar *agora*. Caso se descubra o perigo que os edifícios correm, caso não se consiga resgatar os créditos ilícitos, basta se curvar, expressando profunda reverência no momento em que isso ocorrer e pedir perdão do fundo do coração (誠心誠意, "sincera e devotadamente") por ter "perturbado a sociedade". Resumindo, agir visando aos benefícios do presente sem pensar no futuro, e, se fracassar, enterrar esse passado ou, pelo menos, tentar enterrá-lo. O conteúdo desse esforço é uma questão de "sinceridade e devoção", ou seja, "uma questão do sentimento, do coração", mais do que uma ação (responsabilidade pelas consequências) que causou alguma consequência na sociedade. A questão central é saber qual foi a intenção dessa pessoa na hora que agiu (o bom e o ruim das intenções). A tradição cultural jamais desapareceu.

Mais uma noção de tempo sem começo e sem fim é o tempo que se sucede como os ponteiros de um relógio. Nesse caso, os acontecimentos não se limitam a uma vez, ocorrem várias vezes — "Se o inverno está vindo, a primavera não está distante". Na primeira parte deste livro, analisei minuciosamente o tempo cíclico que acompanha um tempo infinitamente reto. Aqui, o importante é atentar para o fato de que a negação da natureza única dos acontecimentos nem sempre é o que enfraquece a concentração da atenção aos acontecimentos do presente, pelo contrário, é algo que veio atuando no sentido de fortalecê-la. Se considerarmos que o inverno deste ano não mudou em relação ao inverno do ano passado, podemos constatar esse fato ao tomar conhecimento do inverno deste ano. Isso parece mais preciso do que depender da memória. Se as características de uma primavera se repetem, a observação da primavera do presente liga-se à previsão da primavera do futuro. As estações que se sucedem significam a atualização de todas as estações do passado e do futuro. Os *kigo* (termos sazonais do *haiku*, segundo as diferentes estações) dos poetas de *haiku* mostram todas as estações do passado, do presente e do futuro. Parece desnecessário dar exemplos. A "totalidade" do tempo é uma linha reta em que o presente = agora se enfileira infinitamente, é um ciclo que se sucede infinitamente. Cada presente = agora é uma "parte" desse todo e, se considerarmos que são mutuamente equivalentes, podemos compreender que o sistema de concentração no presente que a tradição cultural japonesa enfatiza é a expressão de uma tendência em valorizar a parte em relação ao todo. Nele, não é pela divisão do todo que a parte se realiza; quando as partes se juntam, tem-se o todo.

A totalidade do "espaço" tem uma extensão infinita. A parte é o "aqui" ou "o lugar onde estou". Esse lugar, tipicamente, é a comunidade *mura*; as fronteiras são claras, e os dois espaços, de fora e de dentro da fronteira, constituem a totalidade do mundo para os habitantes do *mura*. Os domínios do *mura* não são resultado da divisão da totalidade do espaço do mundo, é o ajuntamento dos *mura* que faz o *kuni* ("país") — por ora, não está em questão qual é o significado que se dá ao *kuni* —, a totalidade do espaço é algo dado enquanto extensão infinita da parte externa do *kuni*. Primeiramente, existe o lugar onde eu moro = "aqui", e em suas cercanias se alarga o espaço do lado de fora. A totalidade do espaço externo não foi objeto de forte interesse, com exceção de um lado específico (por exemplo, o budismo e as artes e ofícios) que tenha tido transações diretas com o lado interno do grupo ao qual se pertence. As pessoas que compilaram o *Kojiki*, no início do século VIII, certamente sabiam da existência dos três reinos da península coreana, da China Tang e da Índia. Porém, a mitologia da criação que está na introdução do *Kojiki* fala apenas da criação do arquipélago japonês, e não menciona uma linha sequer sobre a formação dessas terras estrangeiras. Mesmo depois que o mapa-múndi de fabricação holandesa foi importado na segunda metade do século XVIII, a visão de mundo do representativo estudioso da decifração do *Kojiki*, Motoori Norinaga, não mudou radicalmente em sua obra *Jindaiki* (*Registro da Era dos Kami*). O lugar em que Norinaga vivia = "aqui" é o centro do mundo, e as cercanias até existem, mas apenas ligadas a esse centro (por exemplo, península coreana, China, Holanda!). Não foi a totalidade do mundo que se concluiu primeiro e cada país (por exemplo, o Japão!) se posicionou no mundo enquanto parte dele.

O grupo ao qual o indivíduo pertence não necessariamente é um país (Japão). Para o estrato social dos militares do período Tokugawa, era principalmente o feudo; para os pequenos proprietários rurais, o *mura*; para os grandes comerciantes, parece que era a sociedade citadina de Sakai e Ōsaka. A classe média das cidades que se desenvolveram a partir de Meiji exigiam das agências governamentais e das grandes empresas a base da "identidade" deles. Cada qual em seu respectivo "aqui" vivia, trabalhava, comercializava, era solidário e competia. O "aqui" se expande, se contrai e se sobrepõe a outros. Das famílias até o país, dos "gêneros" até as gerações, cada um dos seres humanos pertence a muitos e diferentes grupos, mas tem consciência de que toma como "aqui" os domínios de cada grupo. Veem a totalidade do mundo do "aqui", e não uma parte disso = Japão = "aqui", a partir da totalidade da ordem mundial. Essa estrutura, ou seja, o modo de ver algo em que a parte precede a totalidade, poderia ter mudado na segunda metade do século XX, depois da derrota e da ocupação? Se considerarmos o exemplo da atitude internacional do Japão, não conseguimos vê-la como mudança radical.

Para solucionar a questão internacional, cada país alega uma solução vantajosa para si. Se as medidas para isso forem vistas de modo amplo, podemos considerar três. A primeira medida é a que impõe a própria opinião aos outros países. Essa é a atitude imperialista. As forças consideradas necessárias são principalmente a econômica e a militar, e uma delas ou as duas precisam ser dominantes. No Japão da segunda metade do século XX, não havia uma força tão poderosa. A segunda medida é aquela que intervém nos domínios das questões apenas quando essas têm relação direta com os benefícios ao próprio país; é a diplomacia que defende constante e fortemente os benefícios nacionais. Essa é uma atitude típica que o Japão veio tomando em relação às questões internacionais. Por exemplo, "os conflitos relacionados ao comércio exterior" com os Estados Unidos e a negociação sobre "o território do Norte" com a Rússia (antiga União Soviética). A terceira medida é a que não alega diretamente os benefícios nacionais, escolhe e apresenta um plano (um de ordem internacional) vantajoso para esses benefícios a partir das soluções possíveis e sobre todos os domínios das questões. Tanto a Rússia quanto os Estados Unidos, a China e a Europa frequentemente tomaram esse tipo de atitude. Por que as atitudes internacionais do Japão tinham a notável tendência mais para a segunda medida do que para a terceira? É desnecessário dizer que essa questão envolve a complexidade de cada momento individual, mas, se tentarmos repetir a história de meio século, não parece que os grandes cenários se resumem a algo que direcionava o olhar do Japão mais para dentro do que para fora. Ou seja, o centro dos interesses está no "aqui" = Japão, e não era o mundo do momento = totalidade que incluía esse Japão como parte. A tradição cultural do "aqui" ainda vive hoje.

Assim, a cultura do "aqui", igual à tradição do "agora", também se reduz à relação entre as partes e o todo. Em outras palavras, a expressão no tempo da tendência psicológica em que as partes precedem o todo é o presentismo, e a expressão no espaço é o comunitarismo. Na relação entre as partes e o todo, a cultura do "agora" e a cultura do "aqui" se encontram e se fundem, unificam-se e se tornam a cultura do "agora = aqui". Como o palco do *mugen'nō* (o teatro *nô* da fantasia).

No palco do *mugen'nō* não há nada sobre o piso de madeira polida. Apenas o silêncio reina completamente e domina esse espaço. De repente, aquela flauta aguda ressoa como que rasgando o ar silencioso. O som da flauta surge num instante e desaparece num instante. Nesse som, há uma força de um passado muito distante, que traz para o palco, os personagens que estão atrás da cortina, que se abre para a entrada dos atores. O palco, num abrir e fechar de olhos, torna-se os jardins da corte de antigamente e os campos de batalha de Dannoura. Os protagonistas não falam sobre as lembranças, ali, naquele momento (*agora*), angustiam-se com o amor proibido, e empunham longas espadas sobre o navio. Eles dançam. A dança muda de uma forma para outra num instante, e cada movimento parece se tornar a expressão de cada tempo, denso e decisivo. O palco *nô* mostra que a experiência de um instante dentro de espaços estreitos pode se aprofundar o quanto se deseja, e essa expressão pode se refinar infinitamente. A plateia não se reúne pelo interesse histórico, mas para ver o drama atual, o drama deles mesmos. Ao ver os próprios dramas, definem por si mesmos a cultura do "aqui = agora".

2

Evasão e superação

SOBRE O DESEJO DE FUGA

A comunidade garantia a segurança de seus membros. Enquanto *tatemae* (princípio social) protegia-os pelo menos de ameaças externas — por exemplo, da seca e dos impostos. Ao mesmo tempo, limitava ao extremo a liberdade individual deles, e essa pressão atingia todos os aspectos da vida diária, até os detalhes das ocasiões mais importantes de reuniões familiares, como os matrimônios e os funerais. Por isso, frequentemente, a produtividade do trabalho dentro da comunidade era elevada. Porém, para os indivíduos, isso era tão rígido quanto intolerável.

Faz mais ou menos trezentos anos que essas comunidades (= os hábitos desses grupos) foram sistematizadas e rigorosamente estruturadas, especialmente a partir da segunda metade do século XVII até a primeira metade do século XX. Os primeiros duzentos anos são de uma sociedade agrícola sob o sistema do xogunato, e os cem anos posteriores são de uma sociedade que estava num processo de industrialização repentina numa nação regida por um sistema imperial. Havia grandes e pequenas comunidades fortes: desde aquelas de famílias patriarcais até as de vilas agrícolas, de empresas e do Japão enquanto país. As fronteiras de qualquer uma dessas comunidades também eram claras, e o acesso (entrada e saída) a elas era difícil. O controle em qualquer dos grupos era severo e, em relação aos desvios, instalavam-se medidas punitivas. Nem todos estavam satisfeitos dentro delas, pelo contrário, não seria estranho que a insatisfação se acumulasse. A expressão explosiva dessa insatisfação latente foram as visitas em grupo ao Santuário de Ise, chamadas de *okagemairi* (peregrinação para obtenção de graças) ou *nukemairi* (peregrinação para fuga do trabalho), que se repetiram em todas as regiões do país no período Tokugawa. Homens e mulheres, idosos e crianças abandonavam os ofícios da família (sobretudo do pai), interrompendo serviços por fazer, e, como que possuídos, somavam-se à multidão que passava pelas aldeias com destino a Ise. Diz-se que, em dois ou três meses, o número total de peregrinos que passava por um determinado posto de fiscalização atingia milhões de pessoas. Não há registros de que agressões violentas, doenças infecciosas agudas ou a fome tivessem sido sua causa direta. O motivo — melhor dizendo, os principais estímulos — eram os boatos de que o amuleto do Santuário de Ise havia caído do céu. A motivação variava segundo a época e o lugar. Porém, por trás dessas repetidas histerias coletivas, não podemos deixar de supor que houvesse um desejo reprimido de se libertar da ordem e da pressão da vida diária. Esse desejo — um desejo de fuga da rotina e da comunidade, impossível de se realizar — atingia multidões, milhões de pessoas ou, fazendo-se o somatório, provavelmente dezenas de milhões de pessoas.

Fugir, mas para onde? Essas pessoas não esperavam por outra ordem num futuro distante, separada da ordem da comunidade daquele momento atual. Talvez desejassem os benefícios do amuleto, mas esses benefícios deviam atuar na realidade presente e não num mundo distante do dia seguinte. O Santuário de Ise não era um objetivo semelhante ao de uma sociedade ideal do futuro. Também não estava muito longe do "aqui" onde os peregrinos viviam. Não ficava num além-mar tão distante e difícil de alcançar como o monte Hōrai dos antigos chineses, o Niraikanai dos okinawanos ou a ilha de Cérigo (ilha grega do mar Egeu) dos gregos. Ise é o local sagrado de Amaterasu. Esse local não está do lado externo do nosso "agora = aqui", está no interior dessas fronteiras. O maior domínio de extensão do "agora = aqui" é o Japão, e o Japão é o mundo, o mundo que envolve o local sagrado de Ise. Assim, a terra sagrada não fica em outro mundo. Além disso, o entusiasmo da visita a Ise só dura, no máximo, poucos meses.

Passado o entusiasmo, para onde se direcionar? Parece que não havia outra coisa a fazer senão voltar para o *mura*, sua terra natal, e retomar o trabalho familiar interrompido, como se nada tivesse acontecido. Porém, o que deveria se fazer em casos em que os desastres do *mura* eram muito grandes, os proprietários e os impostos eram muito severos e a sobrevivência das pessoas do *mura* em si estava ameaçada? Obviamente, a resposta não é a visita ao santuário, que permite a fuga para o recebimento de graças por intervenção dos *kami*. Isso porque, na oposição entre o lado que cobrava os impostos e o lado que era cobrado, ou do dominante e dominado, os *kami* nunca intervinham a favor dos trabalhadores. A reação desesperada tornou-se a violência da destruição e da revolta. As revoltas aumentaram rapidamente no final do xogunato. E, por fim, como se sabe, o xogunato desmoronou sob a "pressão exterior" da esquadra europeia e americana, tendo, do lado interno, sua base econômica desestruturada pelas revoltas dos camponeses.

O desejo de fuga já vivia nas lendas populares e no folclore havia um longo tempo. No Japão, a lenda de Urashima é bem típica, mas, provavelmente, o travesseiro do sonho de Hándān está entre as lendas mais conhecidas que foram transmitidas da China (de Tāng Xiǎnzǔ, da dinastia Ming). O primeiro pode ser visto no *Man'yōshū*, e o segundo está numa música *nô* chamada *Hándān*. A história de ambas é sobre o ir e vir de outros mundos, e as estruturas da narração são muito parecidas. O protagonista da lenda de Urashima é um pescador jovem e bom. Sua realidade diária é a vila de pescadores. O outro mundo é o Palácio dos Dragões, e a distância entre ambos é enorme. Temporalmente, o relógio no Palácio dos Dragões gira muito mais devagar do que o relógio da vila de pescadores. Espacialmente, é muito longe, fica no mar, e só pôde ser alcançado graças à retribuição da tartaruga. No espaço da realidade do dia a dia, também não há um prazer extraordinário, e as pessoas envelhecem calmamente. No outro mundo não há medo, há banquetes luxuosos e as pessoas não envelhecem facilmente. Porém, quando o protagonista partiu da vila de pescadores junto com a tartaruga, as informações que ele tinha sobre o Palácio dos Dragões eram limitadas. Só soube de tudo depois que regressou para a aldeia de pescadores, abriu o baú de tesouros e voltou para dentro do fluxo do tempo do *mura*. O motivo de sua partida não parece ter sido a busca pelos prazeres e felicidade que se podem obter em um outro mundo, mas uma fuga temporária do *mura*, ou seja, da comunidade.

O protagonista da lenda Hándān é a do pobre e jovem Lú Shēng, de Sìchuān (província do sudoeste da China). Sua realidade é chorar a miséria numa estalagem de viajantes. O dono da estalagem, ao saber disso, pegou emprestado para ele o travesseiro de um taoísta, que casualmente estava presente. Quando o jovem fazia a sesta, teve logo um sonho. O mundo em seu sonho era outro. Sua extensão correspondia a uma parte central da China, um lugar que incluía Hándān. A disparidade espacial com o aposento da estalagem real é imensa. A diferença de hora também é notável, e o relógio do sonho, ao contrário do relógio da lenda de Urashima, avança mais rápido do que o relógio da realidade. No sonho, Lú Shēng instantaneamente se torna rei e domina os campos centrais, dá ordens ao reino e vive uma vida de extrema glória. Porém, uma vida toda dentro do sonho é tão curta como o tempo que se leva para cozinhar painço no mundo real. A distância temporal e espacial entre o "agora = aqui" do protagonista e do outro mundo é sempre enorme; Urashima a ultrapassa montado nas costas da tartaruga — frequentemente, os animais possuem capacidades sobrenaturais que os seres humanos não têm — e Lú Shēng atravessa-a num instante por meio do sonho.

Dessa forma, para romper as fronteiras de uma comunidade, ultrapassar os obstáculos ou vencer grandes distâncias, os meios para se transferir para outro mundo são variados. Porém, agora, não entrarei em detalhes, sobretudo no que se refere à função do "sonho". Aqui, não há apenas a fascinação por outro mundo como motivo para a mudança, frequentemente é mais do que isso, mas, se ficar claro que existe o desejo de fuga, é o suficiente. Sobre Urashima, mencionei esse desejo há pouco. Para Lú Shēng, é ainda mais claro. Se ele não se afligisse pela miséria, ninguém lhe teria emprestado o "travesseiro do sonho", e ele mesmo também não tentaria dormir sem saber o que sonharia. Se resumirmos isso em termos budistas, é a coerência de *Enriedo* ("Escapar deste mundo impuro") (Genshin, 942-1017) que antecede o *Gongu Jōdo* ("Buscar o renascimento na Terra Pura").

A fuga do "agora"

Há dois tipos de fuga das fronteiras do "aqui = agora". A fuga a partir do "agora" de acordo com o eixo temporal (chamado de fuga T) e a fuga a partir do "aqui" (chamado de fuga S). Podemos pensar que o tempo de outros mundos que aparecem nas lendas populares flui numa velocidade diferente do tempo da comunidade, e que eles se situam num lugar longínquo, separado do mundo da vida diária da realidade, porque se trata de uma mescla das fugas T e S ou de um estado indivisível. Nas camadas sociais intelectuais, os desejos de fuga T e S se ramificam, e são muitas as que têm duas expressões diferentes.

O desejo de fuga T ora se vira para o futuro, ora se vira para o passado do tempo histórico. O local ideal (utopia) é a sociedade ideal que se imagina no futuro, ultrapassando o espaço social do momento — sua estrutura e cultura. As ideias, os movimentos e seus reflexos (por exemplo, as obras-primas da literatura) que nos convidam a sair da situação do presente e nos direcionarmos para a utopia são muito poucos no Japão se compararmos com os da Europa moderna desde o período do Renascimento. O motivo deve ser a ínfima possibilidade de renovar radicalmente o sistema social. Uma exceção está no período anterior e posterior à Renovação Meiji. Na época, produziu-se grande número de romances políticos e futuristas. A reforma social foi intensa e vasta, e também instável, porque as expectativas de cada pessoa eram grandes.[1] Podemos dizer o mesmo sobre as atividades dos historiadores após a derrota de 1945. A expectativa em relação ao futuro era grande e, portanto, uma correção da leitura da história foi natural. Porém, assim como ocorreu com o período anterior e posterior à Renovação Meiji, o período logo depois de 1945 foi uma época excepcional.

A segunda direção da fuga T se volta para a história de um passado longínquo. Haveremos de encontrar em seu extremo o paraíso que foi perdido, a utopia ético-política, a sociedade da paz e da justiça não maculada pela corrupção das épocas posteriores: a China antiga de Yáo-Shùn (os dois imperadores que costumam ser citados, em conjunto, como governantes ideais da Antiguidade), pregada por Ogyū Sorai (1666-1728), mesmo dirigindo-se aos japoneses, e o Japão antigo de *Kamunagaranomichi* (segundo o xintoísmo, "caminho em consonância com os *kami*") defendido por Motoori Norinaga. Como se sabe, Sorai lutou contra o neoconfucionismo reconhecido oficialmente pelo xogunato, aboliu as notas neoconfucionistas dos clássicos e elaborou o *Rongochō* (*Características dos analectos de Confúcio*, 1737) baseado na sua própria teoria, intitulada *Kobunjigaku* (*Estudo dos termos dos textos antigos da China*).[2] A obra *Rongochō* extravasa em originalidade e, além de destacar-se na busca exaustiva da bibliografia de textos antigos, é uma das obras-primas representativas do confucionismo do período Tokugawa. Sorai extrapolou intelectualmente o mundo neoconfucionista do Japão do século XVIII, o mundo acadêmico de domínio da família Hayashi[3] e do tempo/espaço do "agora = aqui" estreitamente fechado. Certamente,

---

1. Mais detalhes em Kurita Kyōko, "Kōda Rohan e o futuro — considerações temporais da obra *Tsuyudandan* (*Orvalho*)", *Literatura*, vol. 6, nº 1, janeiro-fevereiro de 2005. [N.A.]
2. Também conhecido como soraismo, esse estudo busca compreender os ensinamentos dos sábios e critica o confucionismo e as teorias do também confucionista Itō Jinsai (1627-1705). [N.T.]
3. Ou Rinke, linhagem dos vários Hayashi, que começa com Razan (1583-1657). [N.T.]

não é apenas Sorai que abre janelas nas grossas paredes. Havia também os que se dedicavam aos estudos holandeses e os estudiosos citadinos progressistas do Kaitokudō.[4] Porém, as influências de Sorai e a Escola Ken'engakuha[5] apoiadas por Yanagisawa Yoshiyasu (1658--1714)[6] foram grandes.

Norinaga era um médico de Matsuzaka, na cidade de Ise, que aplicou na língua japonesa antiga os métodos de pesquisa do idioma chinês antigo de Sorai — da linguística empírica e da filologia — e escreveu a obra *Kojikiden (Edição crítica do Registro de fatos antigos,* com 44 tomos, iniciada em 1767 e concluída em 1822), nunca antes explorada por ninguém. O *Kojikiden* segue a linha de Kamono Mabuchi (1697-1769), abole os estudos do confucionismo e do budismo e é o centro da contribuição científica do *kokugaku* ("estudos clássicos japoneses"), que Norinaga defendeu. Sem dúvida, Norinaga recebeu de Mabuchi o objeto da ciência, e de Sorai, o método. Porém, será que apenas com isso teria conseguido continuar, por uma vida inteira, aquela luta intensa com os monges eruditos e os confucionistas? Segundo suas próprias palavras, era o *"karagokoro"* (sentimento chinês do confucionismo e do budismo) *versus* o *"yamatogokoro"* (sentimento de *yamato*) do *Kojiki*. Ele hasteou o *"yamatogokoro"* e atingiu o fanatismo de *Naobi no Mitama (Escritos sobre o xintoísmo com o significado de purificar o sentimento chinês pelo espírito do* kami *Naobi,* 1771)[7] e até a demagogia instigante de *Karaosame no*

---

4. Uma escola de Ōsaka fundada em 1724 e mantida pelos citadinos até 1869. [N.T.]
5. Outro nome pelo qual era conhecido o soraismo ou o Estudo dos Termos dos Textos Antigos da China. [N.T.]
6. Daimiô (senhor feudal), sucessor de várias gerações que serviram a Tokugawa. [N.T.]
7. Inicialmente fazia parte do "Apêndice" do tomo I do *Kojikiden*, mas depois foi publicado em separado. Explica as características do caminho do Japão e constitui a estrutura da Teoria do Caminho Antigo, ou seja, o pensamento de se valorizar o espírito puro e simples do Japão antigo. [N.T.]

Uretamigoto[8] (*As insatisfações do povo japonês pelos estudos chineses*, 1778). É extremamente difícil acreditar que o *"yamatogokoro"* tenha nascido da pesquisa do *Kojiki*. Mesmo que não o fosse, é provavel que Norinaga já tivesse a intuição e a convicção sobre o *"yamatogokoro"*, e isso o direcionou para o *Kojiki*. Não foi do *Kojiki* para o *"yamatogokoro"*, foi o inverso. Onde ele encontrou esse *"yamatogokoro"*? O centro da cultura estava em Kyōto e Edo, e Kyōto não era longe de Matsuzaka, em Ise, mas Norinaga, que em sua juventude viajou e estudou medicina na capital, nunca mais voltou para lá. Uma única viagem curta, apenas, seria a exceção. O centro da cultura, em suma, não era outro senão o centro do confucionismo. Edo era distante, e, com exceção de um período excepcionalmente curto, o serviço governamental nunca foi problema. Fugindo antecipadamente do centro da cultura influenciada pelo "sentimento chinês", Norinaga continuou todos os dias o seu serviço de pediatra. As crianças doentes não visitavam o médico sozinhas. O seu dia a dia profissional, tanto nas "visitas externas" quanto na "farmácia", sem dúvida, tinha relação com as mães de Matsuzaka e cercanias. A essência do *"yamatogokoro"* estava ali. O modo como essas pessoas pensavam as coisas e as sentiam, o que falavam e os sentimentos que expressavam eram muito diferentes daqueles dos "intelectuais" de Kyōto, ou seja, do médico = sociedade confucionista? Sim, e essa diferença Norinaga formula como um contraste entre *"karagokoro"* e *"yamatogokoro"* e, remontando ao passado histórico até o *Kojiki*, tentou investigar sua origem. Esse *"yamatogokoro"* é exatamente o que Maruyama Masao (1941-96) tomou como objeto de análise enquanto *basso ostinato* ("som baixo persistente")[9] da

---

8. Ou *Gyojūgaigen*, livro que critica a idolatria chinesa pelos confucionistas e que explica a Teoria do Caminho Antigo. No final deste capítulo, o autor menciona novamente essa obra, com a sua leitura em chinês. [N.T.]

9. Utilizando esse termo musical, Maruyama explica metaforicamente que, na história do pensamento japonês, o *basso ostinato*, enquanto melodia secundária, é um padrão repetido insistentemente, um padrão no modo de pensar e de sentir japonês, e que sempre atuou para modificar o efeito da melodia principal, que teria vindo predominantemente do continente chinês, e, após Meiji, da Europa

história do pensamento japonês, e é a oposição em relação à provocação do pensamento estrangeiro que tentei descrever enquanto *dochaku sekaikan* ("visão de mundo autóctone"), que atravessa toda a história da literatura japonesa. O cenário desses dois termos opostos, *"karagokoro"* e *"yamatogokoro"*, é Kyōto *versus* Matsuzaka, confucionistas *versus* mães das crianças enfermas e, por fim, é o idealismo racional sobre a natureza humana — por exemplo, *Mêncio* Meng Zi (371- 289 a.C.) *versus* positivismo filológico de *Shibunyōryō* (*Pontos principais do texto de Murasaki*, 1763) até o *Kojikiden*.

A FUGA DO "AQUI"

Também há dois tipos de fuga S. O primeiro é a viagem, fugir e viajar para outros mundos e voltar novamente para o ponto de partida. Urashima foi do Palácio dos Dragões e desse local para a vila de pescadores de sua terra natal e de seu tempo. Lú Shēng foi de uma vida inteira no mundo do sonho para uma estalagem de viajantes onde cozinhava painço. O segundo é o exílio. Fugir do próprio país e permanecer em outro, não necessariamente se limitando a voltar ao país de origem. A maioria o faz por motivos políticos. Abeno Nakamaro seguiu para a China Tang como estudante estrangeiro, junto com os emissários japoneses enviados para lá e, sendo muito bem recebido pela sociedade Tang (como a amizade com Lǐ Bó e Wang Wei, e a viagem com a delegação chinesa ao Vietnã), nunca mais voltou para o Japão. Considera-se que, por um tempo, ele teve a intenção de voltar, mas isso não se concretizou por obstáculos técnicos (como o fracasso em atravessar os mares de navio). Além disso, não é claro se havia ou não motivos políticos. Resumindo, de modo geral classifica-se a fuga S como dois momentos, de voltar e de não voltar. Entre os poemas líricos

---

["Genkei, Kosō, Shitsuyō Teion" ("Modelo original, camadas antigas e som baixo persistente"), in Katō Shūichi; Kinoshita Junji; Maruyama Masao; Takeda Kiyoko, *Nihon Bunka no Kakureta Katachi*, Tóquio, Iwanami Shoten, 2004]. [N.T.]

japoneses representativos (*waka* e *haiku*), são muito poucos os poemas de viagem, quando comparados com os da China, da Europa e dos Estados Unidos. E, no que se refere ao exílio, é muito raro se transformar em expressão poética. Esse fato parece significar que, para os poetas japoneses, as fronteiras do espaço de suas vidas e, consequentemente, também as fronteiras do mundo da imaginação estavam notavelmente fechadas. Os poetas chineses fizeram numerosas canções de profunda emoção durante suas viagens, de despedida aos conhecidos que saíram em viagem, entre outras. Sua influência alcançou o *Man'yōshū*. Não são poucas as canções que pertencem à divisão do tema "viagem, viajante".

家にあれば笥に盛る飯を草枕旅にしあれば椎の葉に盛る

> *Ie ni areba tsutsu ni moru meshi o kusamakura tabi ni shi areba shii no ha ni moru.*
>
> O arroz servido numa vasilha quando estou em casa, disponho em folhas de faia aromática quando faço a grama de travesseiro.
> (Arimano Miko, rolo II, *Elegia*.)

Essa é uma viagem para o outro mundo (morte ou a última viagem), e a imagem da viagem mostra a sua profunda associação com as questões da vida e da morte. Porém, passando para o período Heian, a quantidade de poemas de viagem do *Kokin Wakashū* se reduz drasticamente. Isso porque as fronteiras do âmbito cultural da corte eram fechadas e havia poucas pessoas que tentavam ultrapassá-las à força. Além disso, os postos de fiscalização das fronteiras não eram distantes da capital, Heian (por exemplo, o posto fiscal de Ōsaka). Naturalmente, a força da imaginação consegue ir muito além. O *utamakura* ("travesseiro" do poema[10]) era um dispositivo prático para se

---

10. Termo literário japonês utilizado para designar lugares pictóricos que serviram de cenário para os poemas. [N.T.]

cantar uma jornada distante mesmo sem tê-la feito na realidade. Nōin, poeta e monge budista da metade do período Heian, fez um famoso *tanka* do posto fiscal de Shirakawa. Essa tradição continuou por longo tempo, e os pintores do período Muromachi pintaram as "oito vistas de Xiao-xiang" sem nunca tê-las visto. O primeiro pintor japonês que dominou completamente as técnicas de aquarela e pintou com realismo as paisagens que observou por si mesmo, indo ao próprio local, foi Sesshū (1420-1506). Bashō foi o primeiro poeta viajante a expressar em forma poética bela e curta o que observou e experimentou pelos caminhos do roteiro que preparava minuciosamente. Não é que os japoneses "amavam a natureza", Bashō a amava. Ele viajou para dentro da natureza. Certamente viu as folhas tenras, o mar bravio, a Via Láctea e ouviu o canto da cigarra. Onde, no "agora = aqui", no Japão do século XXI, há vilas com verde tenro e se ouve o canto contínuo das cigarras?

A grandeza de Sesshū e Bashō está na descoberta que eles fizeram da "natureza" do Japão. Para descobri-la, havia a necessidade de romperem o âmbito cultural fechado da viagem de Kyōto e Edo, fugindo de lá. Porém, agora, a própria "natureza" que eles descobriram desapareceu — pelo menos uma grande parte dela. Uma viagem pela China e pelo Japão hoje é totalmente diferente da viagem deles. Não é que eles encontraram a paz de espírito e o prazer momentâneo na viagem. Juntamente com a natureza, eles encontraram "o caminho que deveriam seguir fielmente", ou seja, a criatividade para uma nova arte. Mesmo ampliando as viagens no interior do país para fora dele, desnecessário dizer que a questão parece ficar sem solução.

A ESCOLHA DO EXÍLIO

Os japoneses não foram exilados. No período de isolamento, quase não houve estudantes que foram para fora; havia estrangeiros que vinham para Nagasaki, mas não havia quem oficialmente saísse do país e, periodicamente, de Nagasaki. Depois de Meiji, um grande número de estudantes e delegações foi enviado para vários países da Europa e para os Estados Unidos. Porém, entre eles, quase não houve aqueles que permaneceram no local sem voltar para o Japão. Não é exílio uma viagem da qual se volta para o próprio país quando os negócios terminam. No século XIX, o Japão "aberto" não só recusou receber oficialmente os exilados políticos de países estrangeiros, como também dificultou o exílio dos japoneses em outros países. Da década de 1930 até após a derrota de 1945, uma das diferenças contrastantes entre a Alemanha nazista e o Japão na guerra da invasão da Ásia é que os exilados intelectuais foram muito poucos no Japão. No mesmo período, na Alemanha, assim como na Áustria, um grande número de intelectuais, cientistas e artistas, judeus ou não, escaparam da política nazista e se exilaram em países estrangeiros. De Einstein a Thomas Mann, de Arnold Schoenberg a George Grosz, da "Escola de Frankfurt" a Fritz Lang. O destino do exílio foi principalmente os Estados Unidos, e o panorama intelectual daquele país mudou devido a isso. Certamente, não significa que não tenha havido nenhum exilado político japonês. No período que antecedeu a Segunda Guerra, Ōyama Ikuo (1880--1993), um dos líderes da democracia Taishō, exilou-se nos Estados Unidos (1932-47); o político comunista Nozaka Sanzō (1892-1993) exilou-se na Rússia e na China (1931) e voltou para o Japão após a derrota (1947). O diretor de teatro Sano Seki (1905-66) deixou o Japão em 1931 e exilou-se em Moscou, onde foi ajudante de Vsevolod Emilevitch Meyerhold (1874-1940, diretor, ator e produtor russo), e, após o grande expurgo (1934-9) de Stálin, exilou-se no México (1935), onde se empenhou no desenvolvimento do teatro local. Na primeira metade da década de 1960, ele construiu, na Cidade do México, um teatro particular. Alguns meses antes da inauguração desse novo teatro — com orgulho e uma emoção infinita e profunda —, murmurou: "Levei um quarto de século para conseguir isso". Na ocasião, ele já não era um exilado do Japão, era um ator de teatro que realizou o seu ideal totalmente dentro da sociedade mexicana. Naquele momento, de pé no palco ainda vazio, como se enchiam de esperança e como brilhavam com vigor aquelas palavras proferidas sozinho! Muitos anos depois, quando visitei o México novamente, Sano Seki já não vivia mais.

Os exilados japoneses foram poucos. E os que conseguiram realizar seus ideais numa cidade estranha foram menos ainda. Na mente do jovem Mori Ōgai, sem dúvida, devem ter pairado, como num sonho, possibilidades de um futuro em que ele ficaria junto à amada nas noites de Berlim, sem voltar para Tóquio, ou seja, para o Ministério do Exército, para os círculos literários e para o seio da família Mori. Mas isso não passou de um sonho. Nagai Kafū (1879-1959) escreveu que, antes de voltar ao país como lhe ordenara o pai e mesmo com seu provimento cortado, ficou em dúvida se permaneceria em Paris até morrer na sarjeta. Certamente, ficou preocupado, mas não significa que ficou confuso com a escolha que deveria fazer quanto a voltar ou não para o Japão. Tempos depois, Kinoshita Mokutarō (1885-1945; nome verdadeiro, Ōta Masao), que foi bolsista na Europa, e, por acaso, viajou para Nápoles, também não deixou de mencionar a dúvida em permanecer lá ou não. Porém, parece que o seu caso não foi tão grave como os de Ōgai e Kafū. No fim das contas, eles não extrapolaram a esfera de estudantes estrangeiros. No entanto, não significa que não existisse neles o desejo de fuga. Conhecendo profundamente a sociedade ocidental europeia do século XIX até início do século XX, eles eram suficientemente conscientes de que a "modernidade" japonesa era um impulso inconsequente (Sōseki) e que essa situação seria apenas temporária, durante a sua construção (Ōgai). A partir desse fato, é impossível que não desejassem a fuga. Todavia, ao mesmo tempo, tratavam a "modernidade" como um acontecimento inevitável, e pensavam que a inconsequência e a brevidade eram um mal necessário.

Por exemplo, o que os artistas de pintura a óleo faziam? Quase todos os pintores que adotaram o estilo ocidental foram a Paris e viveram muitos anos como estudantes estrangeiros: desde Kuroda Kiyoteru (1866-1924) até Umehara Ryūzaburō (1888-1986). Com que finalidade? Para aprender as técnicas e os estilos mais novos na cidade onde pintores de renome mundial estavam reunidos e que era considerada o centro da pintura mundial do século XIX até a primeira metade do século XX, e levá-las para o círculo de pintores do

Japão. Com exceção de Fujita Tsuguharu (1886-1968), praticamente nenhum pintor japonês lançou-se à conquista do círculo pictórico de Paris, sobrevivendo e contribuindo com a sua participação para a história da pintura. Amedeo Clemente Modigliani (1884-1920), Chaim Soutine (1893-1943) e Marc Chagall (1887-1985) exilaram-se na França, e na década de 1920 formaram a chamada École de Paris (movimento artístico). Em Paris — e não no Japão —, Fujita aplicou as técnicas e os estilos que ele mesmo inventou e se juntou à escola. Isso é um exílio artístico. Nesse sentido, parece que o único pintor exilado a se equiparar a ele foi Kuniyoshi Yasuo (1889-1953), que foi para os Estados Unidos aos dezessete anos de idade e viveu todo o resto da vida em Nova York.

Deixando por enquanto as exceções de lado, se compararmos amplamente as pinturas japonesas e ocidentais, veremos que a situação do século XIX até a primeira metade do século XX é exatamente oposta à situação do século XVIII até a primeira metade do século XIX. Na época de isolamento, mesmo quando os pintores representativos do Japão não tinham dado um passo fora do país, a influência de seus trabalhos (principalmente da xilogravura) no exterior foi grande. Ao contrário, na época da abertura ou, como se diz, no "Japão moderno", não apareceram obras que se equiparassem à xilogravura do período Tokugawa no que toca ao interesse internacional. Pelo menos em relação à pintura, parecia que o país isolado suscitou a internacionalização da cultura, e que o país aberto levou ao seu isolamento local. Qual seria o motivo? Talvez a criatividade artística no limite, que buscou exaustivamente a especificidade das condições que a cultura do próprio país — ou da terra natal — propiciou, seja algo que se concretiza apenas com o movimento que avança e vence, voltando-se para a universalidade da arte. Isso não se limita ao caso do Japão moderno, nem ao caso da pintura. A direção desse movimento é contrária ao das técnicas científicas: seja de *Dublinenses* a *Ulisses*; do *jazz* e da espiritualidade negra a *Rhapsody in Blue*; da cultura autóctone mexicana aos murais dos "Pintores Revolucionários".

O primeiro nível do exílio é a fuga. Porém, a fuga não é garantia de promessa do exílio. Muitas vezes, a razão de se desejar a fuga do meio natural e cultural em que o indivíduo nasceu e foi criado — geralmente a terra natal, o próprio país conforme o tempo e a situação —, é que nesses locais sente-se a independência e a liberdade individual ameaçadas. Por exemplo, a limitação de oportunidade de emprego, a pressão da comunidade sobre o casamento e o divórcio, a ausência de liberdade de expressão falada e escrita. Por um lado, dentro da comunidade, há hábitos peculiares e valores especiais que qualquer um dos membros aprova e aos quais até se apega profundamente. Por outro, fora da comunidade, há mundos em que a independência e a liberdade individual são muito mais largamente reconhecidas, ou seja, há sociedades em que se imaginam vivos os valores universais. As especificidades dos hábitos da terra natal garantem a segurança e a identidade do indivíduo — porém, usurpam a liberdade individual. A universalidade da visão de valores de países estrangeiros garante a liberdade espiritual individual e torna possível a integridade de cada um deles — todavia, a possibilidade de previsão dos acontecimentos que nelas ocorrem é pequena, e os perigos são grandes. Com qual ficar não é uma questão de escolha da "felicidade". Seja qual for a definição que se dê à "felicidade", parece que em ambas há tanto momentos felizes quanto infelizes. Porém, frequentemente, parece inevitável, para o indivíduo, a escolha que enfatiza uma das visões de valores. Sectarismo ou universalismo? Em momentos extremos não se pode deixar de escolher entre esses dois princípios opostos. Por exemplo, assim foi a sociedade japonesa durante a Guerra dos Quinze Anos. A mobilização geral do sentimento do povo é a unificação (imposição) pela força dos valores, é uma forma radical de sectarismo. Pelo menos aqui, naturalmente, imagina-se que o desejo de fuga ocorreu em parte considerável da população.

Após a derrota, depois que a liberdade de expressão foi recuperada, Masamune Hakuchō (1879-1962) escreveu o longo e representativo romance dos últimos anos de sua vida chamado *Nihon Dasshutsu* (*Fuga do Japão*, 1949-53, inacabado). Trata-se de uma narrativa imaginária na qual um homem e uma mulher do Japão fogem para fora do planeta durante a guerra e chegam a um lugar onde havia o país dos homens pássaros. Avançando ainda mais, entram no país dos animais selvagens, chamado *Yami* (Treva), e os protagonistas se transformam nesses animais selvagens. O todo tem um enredo absurdamente imaginário e, mesmo considerando que a "fuga" estivesse refletindo os desejos do próprio autor, não conseguimos estimar quais pensamentos e ideias, ou contraideias do autor, o país dos homens pássaros e o país dos animais selvagens estariam refletindo. Pelo menos esse romance, até onde se pode ver exposto, fala sobre a "fuga" e não sobre o "exílio".

O desejo de fuga ocorre a partir da ausência de liberdade. Há muitos obstáculos para a concretização do desejo, e a fuga do Japão durante a guerra, certamente, para qualquer um, era próximo do impossível. Se a fuga é impossível, o exílio também o é. Contudo, ao longo da história do Japão moderno, nem sempre a fuga foi impossível. Os intelectuais e políticos que se exilaram foram muito poucos, e parece que isso não pode ser explicado apenas pelos obstáculos à fuga. Para que o exílio se concretize, a pessoa interessada precisa acreditar num ideal que ultrapasse todas as culturas locais, e, mesmo que precise pagar qualquer preço, não pode deixar de ter a convicção nos valores universais que deseja adquirir. Em que medida essas ideias e valores estariam se realizando no local do exílio é uma questão posterior. Com o exílio, abandona-se tudo o que era encantador na terra natal. Quando se conta com coisas mais preciosas em outros países, e apenas nesse caso, a pessoa se exila. O poeta alemão Heinrich Heine (1797-1856) exilou-se buscando os ideais republicanos e a liberdade de expressão, e viveu a segunda metade de sua vida falando francês. As perdas foram grandes, mas parece que os ganhos obtidos foram maiores. Se considerarmos que não havia a convicção de Heine — mesmo que ela fosse uma fantasia — nos protagonistas de Masamune Hakuchō, que foi um artista representativo do estilo "naturalista" japonês do período entreguerras, era impossível que eles falassem do exílio seja em que sentido fosse.

EVASÃO E SUPERAÇÃO

Numa comunidade que incorpora fortemente até as ações e os sentimentos mais íntimos dos indivíduos que a compõem, há um tipo de círculo vicioso. Se a inclusão se torna forte, a restrição da liberdade do indivíduo também se tornará. Se essa restrição ultrapassar um determinado grau, surgirá um desejo de fuga. Para impedir a realização da fuga, é preciso restringir ainda mais a liberdade de acesso geral às fronteiras. Essa restrição, naturalmente, irá fortalecer o desejo de fuga. É um círculo vicioso. Em relação ao desejo de exílio, uma das coisas que a comunidade pode fazer é destruir a base do desejo. Porém, como foi mencionado, a base do desejo do indivíduo é o "compromisso" para com os valores universais que ultrapassam os valores específicos de uma comunidade. Em relação a isso, a comunidade, com seus valores especiais e individuais, não tem outra alternativa senão entrar em confronto com os valores universais — "Mesmo assim, você é japonês?". Seu resultado pelo menos garante a um pequeno número de pessoas a convicção dos valores universais ou conduz um grande número de pessoas para uma concessão na forma de sujeição à maioria. No caso do Japão moderno, o segundo resultado estava quase sempre sobressaindo. Portanto, os exilados são poucos.

O DESPRENDIMENTO DO TEMPO E DO ESPAÇO

Os hábitos e as regras do grupo isolado e fechado a que se pertence em relação ao mundo exterior — como as típicas famílias de samurais do período Tokugawa, as comunidades *mura* e o país Japão —, ao mesmo tempo que fortalecem a inclusão do indivíduo no grupo, podem restringir a liberdade, os sentimentos e as ações dos indivíduos, pressionando-os e destruindo-os. Aí, cria-se uma relação tensa entre a ordem do grupo e os anseios dos indivíduos que o compõem, e parece que, se a tensão aumenta, nasce o desejo de fugir desse grupo. Porém, o desejo não necessariamente promete sua real possibilidade. Pelo menos na prática, para fugir, é necessário, em primeiro lugar, ultrapassar as fronteiras e, em segundo, garantir o destino. Todavia, a falta de liberdade de acesso às fronteiras faz parte da ordem do grupo, e o desejo de fuga é gerado pelo fato de ser praticamente nula a possibilidade, legal ou ilegal, de mudança. A questão não é a inviabilidade de fugir mesmo tendo esse desejo; almeja-se a fuga porque ela é impossível. Sob o xogunato que restringia ao extremo a informação de outros lugares, especialmente as informações de fora do Japão, não havia condições de fazer uma estimativa do que poderia ocorrer no destino, mesmo que se fugisse da comunidade do "agora = aqui". (Essa tradição não foi totalmente perdida na época da Renovação Meiji nem nos dias atuais.)

Sob condições em que é impossível mudar o ambiente do "aqui" e em que também a fuga está muito próxima do impossível, um número esmagador de membros fica inerte dentro da comunidade. Como eles agiram diante das condições que se apresentavam a cada momento? Quando a fome apertou, uma resistência desesperada se tornou um "motim" e explodiu. Porém, isso foi uma exceção. O xogunato reprimiu os motins pela força militar e executou seus líderes (pessoas que o sistema considerou como tais). Depois disso, houve ocasiões em que a miséria foi reduzida e outras em que isso não ocorreu.

No século XVIII, quando o xogunato estava bastante estável, entre os intelectuais que sonharam com a fuga do Japão ou o exílio e não conseguiram, havia pessoas como Hiraga Gen'nai (1728?-79), que escreveu um registro de uma viagem imaginária ao redor do mundo. No seu livro *Fūryū Shidōken Den* (*Biografia do requintado Shidōken*, 1763)[11], o protagonista pega emprestado um leque de penas de um eremita e, com seu efeito sobrenatural, vai e vem livremente entre o céu e a terra, e observa os "sentimentos humanos de vários países". Já que "o fim último dos sentimentos humanos é considerar primeiro

---

11. Shidōken (1680?-1765), pseudônimo de Fukai Eizan, natural de Kyōto. Ficou famoso por ter feito a leitura de narrativas militares no terreno do templo Sensō em Asakusa no período Edo. O livro que contém o seu nome no título é composto por cinco rolos e descreve de modo humorístico e satírico o comportamento e o sentimento das pessoas. [N.T.]

os apetites sexuais"[12], vai conhecer especialmente os costumes de um lugar chamado Irozato.[13] Após ter dado uma volta dentro do Japão, segue para os "países estrangeiros" — o leque de penas não só torna possível voar como atravessar os oceanos — e passa por locais onde vivem pessoas grandes, pequenas e também outros seres estranhos, chegando à ala feminina do palácio da dinastia Qing, onde experimenta as "diversões masculinas" destinadas às "damas do palácio". A extensão dos "países estrangeiros" nessa obra é a China. O autor tinha conhecimento sobre os estudos holandeses e seus produtos, e fabricava a famosa *electriciteit* (aparelho que gerava eletricidade por meio de atrito e era utilizado como instrumento médico), mas a narração não alcança os países estrangeiros além da China. A principal região que o protagonista observa e experimenta é Irozato, e a sua descrição não sai do superficial e do senso comum. Inverte as relações entre homens e mulheres de Irozato, colocando as "diversões masculinas" no lugar das diversões femininas, o que sem dúvida é uma paródia de Yoshiwara (zona dos prazeres criada no início do século XVII, em Edo), mas não é uma crítica propriamente dita, muito menos uma sátira política. Não deixa de ter partes que poderiam ser lidas como escárnio em relação aos confucionistas, mas nada que vá além de uma ironia leve sobre os costumes. *Fūryū Shidōken Den* não era *Cândido, ou O otimismo* (1759, comédia romântica de Voltaire). Não continha uma crítica severa da situação da época, nem mesmo uma apresentação do futuro da justiça social. Hiraga Gen'nai não era Voltaire. Mesmo assim, foi uma exceção da sociedade japonesa do século XVIII. Ele não empreendeu uma fuga para "países estrangeiros" do Japão como o protagonista do seu romance, mas talvez tenha fugido da sociedade japonesa considerada lúcida para o mundo da loucura.

---

12. *Fūryū Shidōken Den* (rolo I) *Hiraga Gen'nai Zenshū Jō* (*Obras completas de Hiraga Gen'nai*, I), Meicho Kankokai, 1970. [N.A.]

13. "Vila da Cor"; em geral, a cor remete ao que se liga aos amantes e à lascívia. [N.T.]

O que faziam as pessoas que viviam do lado de dentro dessa sociedade? Se pensarmos que o sentimento e o espírito dos indivíduos juntos poderiam ser chamados de *kokoro* (coração, alma, sentimento), a parte interna da comunidade, do ponto de vista do *kokoro,* seria a parte externa. O mundo é constituído pelo "mundo interno" do meu *kokoro* e pelo "mundo externo" que me envolve, ou, então, pelo ambiente. O ambiente inclui o que pertence ao natural e o que pertence ao social, e o último são os outros e tudo que os outros produziram, ou seja, a cultura. Certamente, o "mundo interno" e o "mundo externo", intermediado pelo corpo humano, se influenciam mútua e continuamente. Porém, nunca um é transformado no outro. Grande parte das coisas que acontecem no "mundo externo" ocorre sem relação com as transformações no mundo interno (= *kokoro*, consciência, mente, espírito) do indivíduo. A chuva cai ou um tumor maligno ataca independente da minha vontade. O contrário, em geral, também costuma ser verdade, e, em relação aos mesmos acontecimentos do mundo externo, não necessariamente o *kokoro* mostra a mesma reação. O tipo de reação vai depender muito menos das transformações do mundo externo do que das decisões de meu próprio *kokoro*. Nesse sentido, *kokoro* e o ambiente, o mundo interno e o externo do *kokoro* são mutuamente transponíveis. Portanto, quando se sente que é difícil tolerar o ambiente, parece que o indivíduo pode tomar duas atitudes. Ou muda o ambiente ou muda o próprio *kokoro*. Qualquer caminho que tome para melhorar as condições do "agora = aqui" requer técnicas peculiares próprias de cada um. O que oferece as técnicas necessárias é a cultura de seu período, peculiar a essa sociedade e sua história.

No século XVIII, a típica cultura japonesa bloqueou as possibilidades de fuga e a escolha de meios diferentes, e também trancou as possibilidades de reforma radical do xogunato (com a exceção de Andō Shōeki, 1703-62). A estrutura do mundo exterior é imutável. Portanto, essa cultura, primeiro, voltou-se para um lugar de intersecção direta do mundo externo e do interno para o domínio físico e sensitivo, ou seja, o refinamento radical da expressão dos detalhes do mundo externo. Por exemplo, a Escola Rin, as xilogravuras do *ukiyoe*, as artes plásticas em geral, a música, ou, ainda, o vestuário, as iguarias finas, o teatro e Irozato. Em segundo, ela voltou-se aos desejos do mundo interno — em resumo, o engenho que depende do "modo como se considera algo". Aí, aparecia a criatividade realista e também teórica para solucionar a frequente e aguda oposição entre os mundos externo e interno. Se olharmos amplamente, há quatro modelos dela.

Primeiro: o modelo da sociedade citadina de distinção entre o *giri*, "dever", e o *ninjō*, "sentimento humano". O *giri* é um sistema de valores imposto pela classe dominante, é a ordem do mundo público exterior. O *ninjō* é um valor que a cultura citadina concilia na esfera totalmente privada do mundo interno. E o *giri/ninjō*, o público/privado e os mundos interno/externo são paralelos e se sobrepõem enquanto domínios de fronteiras claras. Se alguém ultrapassar as fronteiras e quiser impor seus anseios do *ninjō* (o amor, a paixão) no domínio público (por exemplo, no casamento), a sociedade punirá essa pessoa com a morte. Esse é um do temas de suicídio por amor tratados pelo *jōruri* de Chikamatsu Monzaemon (1653-1724).

Segundo: o *Sekimon Shingaku* (*Estudos do coração da Escola Ishida*).[14] Se, de um lado, reconhece a distinção dos papéis sociais de cada classe, como se diz, o *shinōkōshō* (samurai, agricultor, artesão e comerciante — em ordem decrescente de importância), de outro, enfatiza a igualdade do grau de contribuição social delas. Teoricamente, de acordo com o que o discurso do *shingaku* mostrava, era um

---

14. Tipo de movimento doutrinário fundado por Ishida Baigan (1685-1744). "Seki" provém da outra leitura do ideograma usado para "ishi", que compõe o sobrenome do fundador, e "mon", de portão, com o sentido de escola. Posteriormente, foi seguido por Teshima Toan (1718-86), Nakazawa Dōni (1725-1803) e Shibata Kyūō (1783-1839), entre outros, durante o período Tokugawa. Originário do neoconfucionismo, integrava princípios do zen-budismo de modo simples e acessível para educar o povo em geral com histórias éticas, músicas com letras de teor moral e educativo e cantigas de ninar. Chegou a ter 149 instalações educativas em cerca de 65 províncias antigas, mas, no fim, já havia perdido o rigor ideológico proposto por seu fundador. [N.T.]

tipo de ecletismo como modo de vida dos indivíduos, de almejar uma disposição interior próxima à iluminação espiritual do zen. Em razão disso, mas não apesar disso, reuniu um grande número de apoiadores desde o período de Teshima Toan (1718-86), que sucedeu o criador Ishida Baigan (1685-1744). Já que outrora tratei pormenorizadamente de Ishida Baigan[15], não o farei aqui.

Terceiro: o modelo Sorai. Trata-se de uma filosofia histórica que tentou absolutizar a imagem ideal de ordem ("o caminho dos antigos soberanos virtuosos") para o mundo externo e fazer com que o mundo ao qual se pertence seja incorporado a ele. Porém, como se consegue facilmente imaginar, há um obstáculo muito grande em se amarrar os ideais da sociedade chinesa antiga à sociedade japonesa do século XVIII. No entanto, os discípulos foram numerosos, e a sua influência foi grande entre os confucionistas.

Quarto: o modelo Norinaga. Ao contrário do modelo Sorai, enfatizou o sentimento interior e a realização (*mononoaware*, "a melancolia diante da efemeridade de todas as coisas belas", e *kannagaranomichi*, "o caminho que está de acordo com a vontade dos *kami*"), e tentou concentrar nisso todo o mundo externo. É quase um absurdo. Porém, os discípulos de Norinaga foram mais numerosos do que os de Sorai, e o nacionalismo de seus estudos clássicos propagou-se por todo o país. Também não se pode ignorar a contribuição dos estudos clássicos para a Renovação Meiji. Mais do que o Norinaga grande estudioso do *Kojikiden*, quem contribuiu foi o Norinaga nacionalista do *Gyojū Gaigen*.[16]

No mundo de fora do *kokoro*, todos os acontecimentos ocorrem dentro do tempo e espaço. Porém, o *sōnen* (pensamento = sentimento, vontade e razão) que ocorre dentro do *kokoro* pode não estar preso ao tempo e ao espaço, e os relatos dessas ocorrências são incon-

---

15. Tominaga Nakamoto e Ishida Baigan, *Nihon no Meicho* (*Obras-primas do Japão*), Chūokoronsha, 1984. [N.A.]

16. Ou *Kara osameno uretamigoto* (*As insatisfações do povo japonês pelos estudos chineses*, 1778). Como já mencionado anteriormente, o livro critica a adoração chinesa pelos confucionistas e defende a valorização do Japão. [N.T.]

táveis desde antigamente. As condições que ultrapassam o tempo e o espaço são principalmente as religiosas, e, entre elas, há os casos que intermedeiam os seres absolutos individuais e os *kami*, e há os casos que não são assim. Um exemplo representativo de experiência misteriosa que ultrapassa a antinomia (próprio e outrem; vida e morte; existir e não existir) de tudo e não apenas de tempo e espaço, sem intermediar *kami* individuais, parece ser o *satori*, ou seja, o estado de iluminação que se almeja no zen. Também a cultura japonesa que enfatiza o "agora = aqui", em última instância, considerou necessário o engenho universal do "agora enquanto eterno", do "aqui enquanto mundo". Essa necessidade deve ser o *background* da função que o zen exerce na cultura japonesa. Porém, o entendimento interno da experiência zen ultrapassa os limites deste livro.

Epílogo

Por que escrevi este livro?
Na primeira metade da década de 1950, eu vivia em Paris. Nessa época, comecei a perceber que uma parte fundamental da cultura da Europa ocidental era simetricamente diferente da do Japão. Depois que voltei ao meu país, passei a enfatizar o significado positivo disso, apontando também a "natureza híbrida" palpitante da cultura moderna do Japão.

Nos anos 1960, trabalhei numa faculdade do Canadá, onde lecionei história da literatura japonesa e, através da literatura, desejei certificar-me das características essenciais da história do espírito (ou do pensamento) japonês. O resultado dessas minhas observações está no livro *Nihon Bungakushi Josetsu* (*Introdução à história da literatura japonesa*, Chikuma Shobō. Refletindo sobre o pensamento estrangeiro e o pensamento autóctone como dois vetores, tomei como resultado da composição vetorial a "japonização" do pensamento estrangeiro. Na base do pensamento autóctone, pensei sobre a natureza *shigan* (este mundo) e a "diretividade do grupo".

Nas décadas de 1970 e 1980, mudei de local de trabalho muitas vezes, e andei por várias regiões do Japão, da China, do México e dos Estados Unidos, como também da Europa ocidental. Uma vida com tantas andanças acarretou a instabilidade, mas as alegrias foram claramente maiores. Um dos proveitos foi que consegui experimentar e observar os conceitos de tempo e de espaço que diferem se os ambientes culturais são diversos. Há cidades (como Tóquio) em que os teatros abrem ao anoitecer, às dezoito horas, mas também há lugares em que as peças teatrais começam às 21h30 (como em Veneza). Os jantares seguem esses horários, como também os hábitos são apropriadamente diferentes. As cidades entre vales de países montanhosos (como Salzburgo, Áustria) possuem um requinte que pode ser sentido em qualquer rua que se ande, são próprias para passeios a pé. No terraço da cafeteria voltada para o rio de um vale, misturam-se os sons das águas das torrentes que batem contra as rochas, num rumor de ópera de Mozart. Porém, se sairmos pelas cidades localizadas nas imensas pradarias (como a cidade de Oklahoma, no sul dos Estados Unidos, e Edmonton, na região norte do Canadá), não há o que chamamos de "subúrbios". Mesmo percorrendo de automóvel distâncias de dez ou cem quilômetros, a paisagem não muda. Não se consegue ver as cordilheiras distantes nem os campanários das igrejas em estilo barroco. Esse não é um espaço para passeios a pé ou de automóvel, mas para ser percorrido com jatos. O que existe aí? Para contemplar, há apenas um magnífico sol poente. Passei a ter um interesse cada vez mais forte a respeito de qual consciência de tempo caracterizaria a cultura japonesa e qual está viva, o tempo que avança rápido/lentamente, o tempo finito/infinito que se volta para uma direção em uma linha reta, o tempo cíclico e não cíclico.

Também fiz conferências sobre a consciência do tempo e do espaço na cultura japonesa em muitas universidades de diversos países. E na Universidade Seikei, dei aulas sobre a consciência e as expressões do tempo e do espaço durante um semestre. O esboço dessas aulas se tornou o ponto de partida deste livro. A primeira parte enfatiza que o tempo típico na cultura japonesa é resumido pelo "agora". O significado dos acontecimentos do "presente" é diferente do caso do tempo judaico simbolizado pelo Êxodo, e pode-se compreendê-lo o suficiente mesmo ignorando-se a relação entre os acontecimentos passados e futuros.

A segunda parte deste livro discute o espaço. O espaço típico na cultura tradicional japonesa é o *mura* dos campos irrigados de arroz de trabalho concentrado. As fronteiras das comunidades *mura* são claras e, de acordo com a necessidade, abrem-se ou fecham-se. Os critérios de ação dos habitantes do *mura* diferem enormente em relação às pessoas do *mura* e das pessoas que não são do *mura* (os de fora).

EPÍLOGO

As pessoas do *mura* vivem de acordo com o *mura*. Em primeiro lugar vem o grupo, em segundo, os indivíduos. Não é o contrário. A comunidade garante a segurança dos indivíduos, mas, por outro lado, tolhe ao extremo a liberdade deles. Tomando como cenário a decisão unânime, o grupo é um modo eficiente para se atingir um alvo definido, mas, quando nasce a necessidade de se alterar o alvo, frequentemente ele é ineficaz no processo de selecionar um novo objetivo.

Dessa forma, ao contemplarmos a cultura da ênfase no "agora = aqui", originam-se duas questões. Primeira: a ênfase do "agora" no tempo e a ênfase do "aqui" no espaço vieram coexistindo por acaso? Se considerarmos que não é uma coexistência casual, que tipo de relação pode ser pensada entre ambos? Segunda: no caso em que os indivíduos não estejam satisfeitos com o tempo-espaço do "agora = aqui", que tipo de dispositivos podem ser pensados para superar esse tempo-espaço? A terceira parte deste livro toca nessas duas questões.

Uma resposta em relação à primeira questão diz respeito ao grau de abstração do conceito. Se avançarmos um grau na abstração, o sistema do presente no tempo, por enfatizar o presente como "uma parte" da "totalidade" do tempo, podemos pensar que se trata de um "parcialismo temporal". O pequeno espaço interno da comunidade é uma parte do grande espaço externo. Ou seja, a comunidade = o sistema do aqui é o "parcialismo espacial". Desse modo, não significa que o sistema do "agora" e o sistema do "aqui" coexistam. Mais do que dividir o todo e voltar-se para as partes, é uma questão de sobrepor as partes para se chegar ao todo, revelando as duas faces de um mesmo fenômeno.

A resposta em relação à segunda questão é o dispositivo de superação do tempo-espaço. Para tanto, há a superação física e a superação espiritual. A primeira é a "fuga" que se realiza no exílio. A segunda é a experiência radical na vivência mística religiosa, que, no Japão, é típica no zen. Sendo a bibliografia muito ampla, neste livro não me debrucei detalhadamente no imenso território do segundo caso.

Assim, esta obra é um resumo de minhas reflexões sobre a história do pensamento japonês. Para chegar até aqui, recebi ensinamentos de um número realmente grande de pessoas. Para todas elas, e também para todos os leitores que compartilham do interesse para com a história do pensamento japonês, mais uma vez externo meus agradecimentos nesta oportunidade.

Kaminoge, março de 2007.

Períodos japoneses (variam segundo os estudiosos)

Asuka	552-645
Hakuho	645-710
Nara	710-794
Heian	794-897
Fujiwara	897-1185
Kamakura	1185-1334
Muromachi	1334-1573
Azuchi-Momoyama	1573-1598
Edo ou Tokugawa	1603-1867
Meiji	1868-1912

Dinastias chinesas

Período	Termo chinês transliterado	Data
Três Augustos e os cinco imperadores	Sanhuang wudi	até 2070 a.C.
Dinastia Xia	Xia	2100-1600 a.C.
Dinastia Shang	Shang	1600-1046 a.C.
Dinastia Zhou	Xi Zhou	1046-771 a.C.
Primaveras e outonos	Chunqiu	722-476 a.C.
Reinos combatentes	Zhanguo	475-221 a.C.
Dinastia Qin	Qin	221-206 a.C.
Han ocidental	Xi Han	206 a.C.-9 d.C.
Dinastia Xın	Xin	9-23
Han oriental	Dong Han	25-220
Três reinos	Sanguo	220-265
Primeira dinastia Jin	Xi Jin	265-317
Dezesseis reinos	Dong Jin	317-420
Dinastias do Norte e do Sul	Nanbeichao	420-589
Dinastia Sui	Sui	581-618
Dinastia Tang	Tang	618-907
Cinco dinastias e dez reinos	Wudai Shiguo	907-960
Dinastia Song	Bei Song/Nan Song	960-1279
Dinastia Liao	Liao	916-1125
Segunda dinastia Jin	Jin	1115-1234
Dinastia Yuan	Yuan	1271-1368
Dinastia Ming	Ming	1368-1644
Dinastia Qing	Qing	1644-1912

Sobre a ilustração da capa

Nesta gravura denominada *Queda d'água de Amida* ou *Queda d'água de Amida na estrada para Kisō*, Hokusai (1760-1849), um dos grandes mestres da técnica *ukiyoe*, retrata um dos acidentes geográficos mais apreciados do Japão. Perde-se na memória do tempo quando sábios e monges japoneses começaram a vir meditar contemplando sua beleza.

A composição contrapõe o realismo dos três personagens no promontório aos traços estilizados da água em sua queda. A cavidade espacialmente imprecisa de onde jorra a água tem algo de divino em sua majestosidade lunar e remete a uma noção de tempo que se esvai.

ESTE LIVRO FOI COMPOSTO EM GARAMOND
PREMIER PRO, CORPO 11.6/14, E IMPRESSO
SOBRE PAPEL PÓLEN SOFT 80 g/m² NAS OFICI-
NAS DA ASSAHI GRÁFICA, SÃO BERNARDO DO
CAMPO — SP, EM FEVEREIRO DE 2012